中公文庫

誤　断

堂場瞬一

中央公論新社

目次

誤断

第一部　連鎖

1

「危ない――」

　誰かの声が晩秋の空気を切り裂いた。危ないって何が……槙田高弘《まきたたかひろ》は、スマートフォンの画面から顔を上げた。次の瞬間、激しい警笛が鳴り響き、思わず首をすくめる。鋭い金属音は――列車が急ブレーキをかけたのか。次いで悲鳴と怒声、少し遅れて非常ベルが鳴り響く。鼓動が跳ね上がった。

　朝の通勤ラッシュのホームで、人の波が揺れ始める。誰かが線路に飛び込んだのだ、と槙田にはすぐに分かった。冗談じゃない……以前にも同じように、目の前の電車に人が飛び込んだことがある。一生のうち二回も飛び込み自殺の現場に遭遇するなんて、俺はついてない――しかし暗い気持ちになったのもつかの間、次の瞬間には踵《きびす》を返し、人混みを縫《ぬ》って階段の方へ向かい始めた。自殺した人には申し訳ないが、自分の通勤の方が大事だ。このままホームで待っていても、復旧まではかなり時間がかかるはずだから、別ルートを探さないと。同じように考えたのか、踵を返して動き出した人たちが増え、階段は一気に混み始めた。

「何なんだよ」低い声で悪態をつく。前を行く中年の男の背中に近づき過ぎたので足を止めると、今度は誰かが後ろからぶつかってきた。振り向いて睨《にら》みつけてやろうかと思ったが、何とか我慢する。最近は、ちょっとしたことで切れる奴が増えているのだ。槙田は必死に人の圧力に耐え、ゆっくりと歩を進めた。

まったく、何でこんなことに……十一月は、飛び込み自殺が増える時期とも思えない。死ぬまで追いこまれるのは可哀相だと思うけど、何も周りに迷惑をかけなくてもいいのに。

「勘弁してくれよ」

乗り換えを目指す通勤客が渦を巻くようなコンコースの中で、槙田はぶつぶつと文句を言った。

4日午前8時35分頃、JR新宿《しんじゅく》駅中央線ホームで、35歳の男性が線路に飛び込み、高尾《たかお》発東京行きの快速電車にはねられ、全身を強く打って死亡した。男性は普段から周囲に、持病のことで不安を漏らしていたという。新宿署は自殺と見て調べている。この事故で山手線《やまのて》、中央線、総武線の計30本が最大45分遅れ、約4万2000人に影響が出た。

昼前、槙田は少し早目の昼食を摂ることにした。午後からは仕事が詰まっている。勤務する広報部の他のスタッフは忙しそうにしていたので、誰も誘わずに部屋を出た。今日は社食にしておこうか……結構寒く、十二月上旬の気候だ。学生の街でもあるお茶《ちゃ》の水《みず》には、昼食を安く済ませられる店がいくらでもあるが、寒風を突いて外へ出るほどの元気もない。

本社ビルの最上階にある社食は、量の多さと安さで人気だ。味は……まあ、そこまで期待するのは間違っているだろう。製薬会社の社食としては、栄養バランスの方がはるかに大事なのだから。

メニューが入ったケースの前に立ち、顎《あご》に手を当てて検討する。Aランチは焼き魚とスパニッシュオムレツ。Bランチは鳥の磯辺揚《いそべあ》げと、様々な豆が大量に入ったサラダだった。何となくどちらにも食指が伸びず、カレーにしようか、と考え始める。社食で一番まともな味なのはカレーだ。

券売機の前に立った瞬間、背広の内ポケットに入れた内線のPHSが鳴り出す。昼食ぐらい、ゆっくり食べさせて欲しいよな……と思いながら電話に出ると、広報部長の野分《のわき》だった。

「飯か?」

「今食べようと思ってたところです……社食ですけど」

「ちょっと戻ってくれないか」

「はあ」仕事かよ、とがっかりする。いや、仕事がないと困るのだが、槙田は追いまくられるのが好きではなかった。マスコミの相手をしていると、こっちの時間に関係なく問い合わせがくるのが辛い……そろそろ異動を希望しようか、と考えている。槙田は入社以来ずっと、総務畑を歩いてきた。庶務部、人事部、そして三年前からは広報部。これから研究開発部門や営業に回されても困るのだが、会社の裏方としての仕事にも嫌気がさしている。

要するに、どこへ行きたいのか、何がしたいのか自分でも分からない。就活で苦労していた時には、こんなことになるとは思ってもいなかった。

「ややこしい話だから、昼飯は抜きになるかもしれないぞ」

「そうなんですか？」

「ああ——覚悟しておけよ。安城《あんじょう》さんが呼んでるんだ」

安城隆雄《たかお》——長原《ながはら》製薬副社長。槙田は思わず背筋が伸びるのを感じた。

「副社長に呼びつけられるって、尋常じゃないですよね」

「三十一歳の広報部の平社員が副社長に呼ばれるのは、珍しいだろうな。でもお前は長原家の人間なんだから、何か事情があるんじゃないのか」

「それは関係ないですよ」自分でも覚え切れないような遠縁の関係について言われてもピンとこない。言いがかりとしか思えなかった。

「どれだけでかくなっても、うちは所詮《しょせん》同族会社だからな……面倒な仕事が全部回るんだから、安城さんも大変だ」

ひどい言い草である。長原家につながる幹部は皆無能、「家老」である安城に厄介ごとを全て押しつけているように聞こえる。

「さっさと戻って来い。俺も同席するから」

野分はいきなり電話を切ってしまった。話を振ってきた本人も苛々《いらいら》している。いったい何の話なのか……溜息を一つつき、槙田は社食を出た。味は期待できない社食だが、食べられないかもしれないと思うと、急に未練を感じるのだった。


副社長の部屋に入るのは初めてだった。茶色と黒を基調にした、無個性な部屋。野分と一緒に足を踏み入れた瞬間、安城が苛ついているのが分かった。後ろ手を組んで、それほど広くない部屋の中を行ったり来たりしている。小柄な彼がそうしていると、ケージに閉じこめられたハムスターが輪を回している様子を想像してしまう。

「ああ、座ってくれ」安城が二人にソファを勧め、自分は一人がけのソファに腰かける。足を組むと、上に来た左足が小刻みに揺れた。槙田と野分は、安城の斜め向かいに位置するソファに陣取った。槙田は浅く腰かけ、背筋を真っ直ぐ伸ばす。

安城が、野分ではなく槙田をじっと見る。俺に何か用事なのかと考えると、鼓動がいきなり跳ね上がった。

「新宿駅で事故に遭ったそうだな」

「ええ」何でそんなことを知っているのだろう……一週間も前のことなのに。広報部の同僚には話したから、そこから伝わったのかもしれない。しかし、副社長が気にする話とは思えなかった。

「現場……飛び込みの様子は見たのか？」

「いえ。私はホームの中程にいて、飛び込みがあったのは、ずっと後ろの方でしたから」

「それで？」

「すぐにホームを離れました。遅刻しそうだったので、中央線ではなく都営新宿線を使ったんです」

「現場で何か見なかったか？」

何なんだ？　槙田は混乱を意識した。どうして長原製薬の副社長が、中央線の飛び込み自殺を気にする？　まさか、亡くなったのがうちの社員だったとか？　新聞には名前が出ていなかったから、死んだのが誰か、槙田は知らない。

「いえ、特には」

「そうか……」安城が腕組みをした。小柄な割に腕は太く、年齢を感じさせない迫力が生じた。

槙田は、横に座る野分をちらりと見た。緊張し切った面持ちで、両手を腿《もも》に置き、体が反るほど背中を真っ直ぐ伸ばしている。何か言ってくれればいいのに、と不安になった。上司なのだから、こういう時ぐらい助け舟を出して欲しい。

「副社長、その飛び込み自殺が何か……我が社と関係あるんですか」思い切って訊《たず》ねてみた。

「まだ何とも言えないんだが」安城が身を乗り出した。「君は、秘密を守れるか」

「会社の秘密ということですか？　それはもちろん――」急に不安になって口を閉ざした。しかし、忠誠心を試されているような気分になって、慌てて言葉を継ぐ。「もちろん、会社の秘密は守ります」

「そうか……それならいい」安城が背中をソファに預けた。「ま、そんな大袈裟《おおげさ》な話じゃない」

ほっとしてうなずき、気取《けど》られぬよう息を吐いた。しかし、話の内容がまだ見えてこないので不安は残る。

「出張してもらいたい」安城がいきなり切り出した。

「はい？」また混乱してきた。話が飛び過ぎているし、副社長が直々に社員に出張を命じることなど、まずないはずだ。

「その方向で準備してくれたな?」今度は野分に目を向ける。

「はい。今日の午後にでも出発できます」

「そうか。だったらすぐに進めてくれ」

「ちょっと待って下さい」槙田は思わず身を乗り出した。もう決まったような話だが、槙田にすれば初耳だ。どうも野分は、仕事の順番を無視して話を進めているらしい。「どういうことなのか、事情を——」

安城が槙田を軽く睨んだ。それで腰が引けて、背中が丸まってしまう。安城が立ち上がり、デスクからファイルフォルダを取ってきた。投げ出すように槙田の前に置く。

「出張の道中で読んでおいてくれ」

槙田はファイルフォルダを取り上げた。中身は薄く、数枚の書類が挟みこんであるだけだった。

「社外秘だ。絶対に外に漏らすな」

「秘密は守ります、もちろん」信用されていないと感じ、槙田は少しだけむきになって宣言した。

「結構だ。行き先は大阪、それと札幌《さっぽろ》だ。どちらが先でもいい」

「分かりました。それで、目的は——」

「そこに書いてある」安城がぞんざいな態度で顎をしゃくった。「口頭では説明しにくい。読んで理解してくれ」

滅茶苦茶な命令だ。しかし会社というのは、こういうものである――理不尽と書いて会社と読む、とか。詳細な説明は諦《あきら》め、槙田はファイルフォルダを膝《ひざ》に置いた。

「この件には、会社の命運がかかっているんだ」安城がいきなり重い話を持ち出した。

「はあ」

「心してかかってくれ。君を信頼しているからこそ任せることなんだ。それと、マスコミとの接触は絶対に避けるように」

「マスコミと接触するのが普段の仕事なんですが」思わず反論してしまう。知り合いの記者の顔が、一瞬頭を過《よぎ》った。

「これは、広報部の仕事とは関係のない特命事項だ」安城がうなずく。「当面は私と広報部長、それに君だけの秘密にする。報告も、私か広報部長のみにしてくれ。社内でも、一切話さないで欲しい」

「分かりました」尋常な事態でないことだけは分かる。これは緊張する……同時に、自分が信用され、こういう仕事に選抜されたことにかすかな誇りを感じた。

その誇りは、ファイルを読んだ瞬間に不安に変わってしまった。

先に札幌を訪ねたのは、寒さを考えてのことだった。十一月。雪が降るのはまだ先のはずだが、四国生まれで寒さが苦手な槙田としては、こちらを一日でも早く先に済ませておきたかった。

2

しかし……上手くいくだろうか。マスコミの相手は慣れているが、警察と接触したことはない。相手に警戒心を抱かせず、きちんと話を聞き出せる自信はなかった。嘘はいけないが、本当の狙《ねら》いを悟られてもいけない——綱渡りになるのは必至だった。

札幌市内には地下鉄が三路線ある。この街に来るのが初めての槙田は、ゴムタイヤ独特の微妙に弾むような乗り心地に、軽い乗り物酔いを感じていた。しかも地下から地上に上がった途端に、身を切るような寒さに襲われる。空港から札幌、さらに地下鉄と乗り継いでほとんど外気に触れなかったので、寒さはひとしお身に染みた。東京では暑いぐらいのトレンチコートも、ここでは物足りない。

警察署は住宅地の中にあった。周辺にはマンションなどが建ち並んでおり、東京の郊外の街と変わらぬ、端正で落ち着いた雰囲気である。警察署は素っ気ない、白い三階建ての建物で、いかにも「役所」という感じだ。それも小さな町役場のイメージ。「暴力追放」

の看板だけが、ここが司法の最前線であることを意識させる。

槙田は一旦警察署を通り過ぎ、煙草《たばこ》に火を点《つ》けた。製薬会社の社員という立場上、煙草を吸うのはどことなく後ろめたい。実際社内では、半年に一度の割で「禁煙キャンペーン」のお達しが回ってくるのだ。禁煙用の薬も作っているから、当然だろうが……しかし、久しぶりの煙草は美味《うま》かった。しばらく禁煙していたのだが、安城から訳の分からない仕事を押しつけられた後、出張のために会社を出た直後に買ってしまった。俺はプレッシャーに弱いな、と痛感する。今もまだ、心の準備ができていない。本当なら、どこか喫茶店にでも落ち着いてもう一度ファイルを見直し、質問内容をじっくり考えたいところだが、適当な店が見当たらなかった。

煙草を一本灰にした後、意を決して踵を返し、署の敷地に足を踏み入れる。どれだけ考えてシナリオを書いてみても、どうしようもない。とにかく話してみよう。

署内に足を踏み入れると、ざわざわした空気に気圧《けお》される。既に午後五時近く。昼間の業務は終わりに近い時間なのだ。事前に計画していた通り、副署長に面会を求める。制服警官を目の前にするとさすがに緊張する——しかも相手はひどく大柄で威圧感があった。そして、疑わしげにこちらを見る目は冷厳である。身を強張《こわば》らせたまま名刺を渡し、一つ息を吐いて用件を切り出す。

「今年の七月に、地下鉄に男の人が飛び込む事故があったと思うんですが」

「ああ、あれね」副署長はすぐに思い至ったようだった。「朝方で、大変だったんだ。札幌にも通勤ラッシュはあるからね……それが何か？」

「あれは、事故という結論になったんでしょうか」

「ちょっと」

副署長が腰に両手を当てる。見下ろされる格好になり、槙田は思わず一歩引いてしまった。

「いったい何で――」デスクに置いた名刺に視線を落とす。「製薬会社の人がそんなことを知りたがるんですか」

「内密の話でお願いできますか」槙田は低い声で切り出した。ここが正念場だ。「実は亡くなった方が、弊社の薬を常用していた、という情報があるんです」

「どういうことですか」言って、副署長が周囲を見回した。

「仮定の話でして、根拠はないんですが……」

「ちょっと詳しく伺いましょうか」副署長が受話器を取り上げた。誰かと一言二言話して、すぐに受話器を置いてデスクの前に出る。「上に部屋を用意したので、そちらで。担当者が話を聞きますから」

捜査担当者、ということか……飛び込み自殺の場合、誰が捜査を担当するのだろう。安城から渡された資料には、そこまでの情報はなかった。

取調室にでも連れて行かれたらどうしようと思ったが、小さな会議室だった。入る前に、隣の部屋に「刑事課」の小さな看板が出ているのに気づく。ということは、この一件を調べていたのは刑事課だったのだろうか。

中では既に男が一人、待っていた。自分と同年配。中肉中背のスーツ姿で威圧感もなく、槙田はほっとした。副署長は同席するつもりはないようで、相手の耳元で一言二言囁《ささや》くと、部屋を出て行った。

槙田は相手と名刺を交換した。「刑事課　巡査部長　長谷《はせ》友則《とものり》」の名前を頭に叩《たた》きこむ。特に特徴のない顔つきで、刑事という言葉からイメージされる鋭さや怖さは感じられなかった。

「わざわざ東京からですか……ご苦労様です」長谷の口調は丁寧だった。

「いえ、こちらこそ。お忙しいところ、どうもすみません」

互いにパイプ椅子《いす》を引いて座る。椅子自体も部屋もかなり古くなっており、脚が床を引っかく音が耳障りに響いた。傷だらけのテーブルを挟んで向かい合うと、長谷がちらちらとこちらを見ているのに気づいた。鋭さはないが、しつこいタイプではないかと槙田は想像した。

「地下鉄の事故のことだと聞きましたが」

「はい」

長谷が、傍らに置いたバインダーを引き寄せた。開いたものの、槙田からは見えないように立ててしまう。その上から覗《のぞ》くように、槙田の顔を見た。

「先に、どういう事情か話していただけますか？　当時の記録については全部ここに保管してありますけど、曖昧《あいまい》な情報では、話せるかどうか決められません」

「副作用なんです」

「副作用？」長谷が目を細める。

「ですから、内密にお願いしたい話なんですが……実は、弊社で発売している関節痛用の鎮痛剤で、ごく稀《まれ》に意識混濁《こんだく》などの副作用が出る、という症状が報告されているんです」

「そんな話は初耳ですね」

「ケースが少ないですから。それに今までは、致命的になることもなかったんです……今回は例外かもしれません」

「それは、市販薬なんですか」

「いや、処方薬です。一般の薬局では手に入りませんし、特殊な薬ですので、数もそれほどたくさんは出ていません」この辺りは本当なのだが、長谷は信用しているだろうか……一応、真剣に話を聞いてくれてはいるようだが、腹の中で何を考えているかは分からない。

「普通、鎮痛剤には、眠くなる成分が入っていますよね。だから、車の運転はしないようにとか、そういう注意書きがあるでしょう」長谷が訊ねた。

「ええ。でもああいうのは、あくまで念のためなんです。実際には、副作用が起きる可能性は極めて小さいんですよ。だからこそ、副作用が起きると大きなニュースになるわけです。いずれにせよ、こちらとしては製造者責任があるので、注意はしておかなくてはいけないことで……」

「それで、今回の薬は？　いきなり昏倒《こんとう》するようなものなんですか？」

「それはないです」槙田は慌てて首を横に振った。「ただ、アルコールと併用《へいよう》した時に影響があるようで……アルコールと鎮痛剤は、同時に呑むと危険なことが多いんですが、この薬の場合、飲酒からある程度時間が経《た》ってから呑んでも、稀に副作用が出ることがあると分かりました。ごく稀に、ですが」稀、を強調する。

「それは問題ではないんですか？」

「微妙なところです。鎮痛剤とアルコールを同時に摂取しないというのは、ある程度は常識ですよね？　薬局で処方する時も、それは必ず注意します」

「まあ、そうでしょうね……つまり、これで意識混濁して事故が起きても、製薬会社の責任ではない、ということですか？」

「危険性は必ず伝えていますので、製造者責任は果たしていると考えています」背中を冷汗が流れるのを槙田は感じた。長谷の視線がどんどん鋭くなってくるようだった。

「ま、それは確かに……」

長谷がバインダーを閉じてテーブルに置き、腕組みをした。何となく不満そうだが、何が不満なのか、槙田には読めない。事件化できるかどうか、考えているのだろうか。

「今回問題になっているのは、二日酔いの状態での事故です。ご存じの通り、二日酔いというのは、エタノールの代謝で生成されたアセトアルデヒドがまだ体内に残っていて、不快な症状を引き起こす——」

「二日酔いのことならよく分かってますよ。実際の経験でね」長谷が苦笑しながら、顔の横で手を振った。

「とにかく、微量の残留アセトアルデヒドが、この鎮痛剤と化学反応を起こして、ごく稀に意識混濁などの症状を引き起こすことがあるようなんです。今回も、この結果ではないかと……もしもそうなら、弊社としても何らかの措置を取らなければなりません」

「例えば、どんな？」

「薬の見直しもそうですが、病院や薬局に対して、さらに周知徹底することになります」

「そうですか」長谷がまたバインダーを開く。今度は隠さず、槙田からも見えるように置いた。反対側から見ても、現場の写真が貼りつけられているのが分かる。ばらばらになった遺体が……と唾《つば》を呑んだが、ホームに電車が停止している場面だった。

「それで、今回の事故の状況がどうだったのか、気になりましてね。わざわざお伺いしたんです」声が震えそうになるのを何とか抑えながら、槙田は言った。

「それでわざわざ東京から、ですか……」長谷が、テーブルに置いた槙田の名刺を取り上げた。「こういうのも、広報の人の仕事なんですか？」

「外部との折衝や情報収集という意味からすれば広報の仕事ですけど、正確に言うと、どこが担当するのかはっきりしないんです……それで、この場合はどうだったんでしょう？　事故だったんですか？」槙田は先を急いだ。

「断定はできないんですが、自殺という結論を一応出しています」

「自殺」繰り返し言って、槙田はうなずいた。まだ安心できない……もっと詳しく状況を聞かないと。

「断定はできないですよ。遺書等も見つかっていませんし」長谷が慎重に繰り返した。「ホームにいた人たちの目撃証言、防犯カメラに映っていた映像から、この男性が自分で歩いてホームから転落したことは裏づけられていますが」

「飛び込んだ、ということですか」

「その言葉が正しいかどうかは分かりませんが、自分で歩いてホームから転落したのは間違いありません」

長谷が、バインダーから一枚の図面を取り出した。手書きで、ホームの様子だとすぐに分かる。黒い点が、地下鉄を待っていた人たちの位置を示しているのだろう。きちんとした列になっていないのは、東京と違って、朝でもそれほど混み合わないからではないか。

その後ろから太い矢印が書いてあり……他の乗客を迂回《うかい》する格好で前に出たようだ。

「ホームの奥の方にいて、前に出て行って転落したんですか?」

「そういうことです」

「例えば……防犯カメラの映像を拝見することはできませんか?」

「それはちょっと……」長谷が渋い表情を浮かべた。「自殺という結論は出ていますが、捜査上のことですので」

「いや、すみません」槙田は慌てて言った。「そうですよね。別に無理に、とは申し上げません」

「亡くなった方は、元々病気で苦しんでいたようですね」

「そうなんですか?」

「ご存じないんですか?」

「ええ。そこまでは把握していません」小さな嘘。それが分かっていなければ、ここへは来ていない。

「そうですか……」

「鎮痛剤の追跡はしていましたが、それ以外の部分はちょっと……患者さんのプライバシーに踏み入るようなことはしたくないですしね」

「膝痛だったそうですが、あれも辛いんでしょうね」

「お年は……六十歳ですよね」

「膝の痛みが出るには、若い感じもしますけど」

「年齢はあまり関係ないようですよ。若い頃にスポーツ外傷を受けた人が、ずっと痛みに苦しむこともありますし」

「なるほどねえ」納得したように長谷がうなずく。「しかしご本人は、結構大変だったみたいですよ。ずっとバスの運転手をしていたんですけど、五十歳を過ぎてから膝痛がひどくなって、結局運転手の仕事も辞めざるを得なくなったようです」

「ああ……仕事にまで影響するほどでは辛いですよね」ずいぶん詳しく調べているのだな、と槙田は驚いた。

「それでだいぶ悩んでいた、という話があります。結局、膝痛も治らなかったようですしね。こんなことで自殺というのも……正直、ちょっと大袈裟な感じもしますけど」

「痛みは、本人にしか分からないんです」槙田は大袈裟にうなずき、低い声で言った。

「ですから、たかが膝痛とは言えなかったと思いますよ」

「そんなものですかねえ……でも、どうなんですか？　これで、御社とは関係ないと分かったんじゃないですか」

「アルコールはどうだったんでしょう？　あの、こういう亡くなり方だと解剖しますよね？　アルコールは……」

「それは……」長谷がバインダーの中の書類をめくった。「アルコールの影響はなし。解剖結果ではそう出てますね」

「そうですか」槙田は吐息を吐いた――吐いて見せた。ちらりと長谷の顔を見ると、少しだけ表情が緩んでいる。

「解剖所見に関しては、これ以上詳しいことは申し上げられないんですよ」申し訳なさそうに長谷が言った。

「ここまで話していただけただけでも、十分ですよ。いずれにせよ、二日酔いの状態で薬を服用していたわけではないようですね」

「解剖所見ではそういうことになりますか……しかし、大変ですねえ」長谷がバインダーを閉じた。「製品に問題があったら、一気に社会問題化するでしょう」

「そうなんですよ」真剣な面持ちで槙田はうなずいた。「今までたくさんの会社が、同じようなケースでヘマをしてきました。そういうのを何度も見てるのに、やっぱり繰り返すんですね」

「今回の件は、心配いらないんでしょう？」

「アルコールを摂取した形跡がなければ、少なくとも弊社の製品とは関係ないようですね……亡くなった方には申し訳ないですが、ほっとしました」

「そうですか」

「念のためですが、被害者の方、他にどんな薬を服用していたかを確認させてもらえますか？　解剖結果でも、それぐらいは分かるはずですよね」

「それは……」長谷が口をつぐむ。

「分からないんですか？」

「いや、検査はきちんとしていますけどね……薬物やアルコールの影響がないか、確認しないといけませんから。何か薬物を摂取していれば、痕跡は残ります」

「弊社の薬の残留物がなかったかどうか、それが分かれば、安心して社の方に報告できるんです」

「それはちょっと、私の一存では話せませんね」

「でしたら、上の方に許可を取っていただくとか……お願いできませんでしょうか」槙田は頭を下げた。

「警察としては、こういう情報を外に出すのは、好ましくないんですけどね」

「それは分かりますが、事は薬物関係なんですよ。何かあったら、多くの方が被害を受けます。弊社としては、そういうことにならないよう、できるだけ情報を多く集めておかなければならないんです」

「うーん……」長谷が唸《うな》って天を仰いだ。やがて槙田に視線を戻す。「私の判断では難しいです。ちょっと待ってもらえますか？」と言って腰を浮かした。一歩を踏み出した瞬間に慌ててバインダーを摑《つか》む。

一人になり、槙田は溜息をついた。煙草が吸いたい……しかしこの部屋には灰皿もないし、そもそも煙草の臭いがしない。もう少しの我慢だ、と自分に言い聞かせ、パッケージを取り出して鼻先に持っていく。馴染《なじ》みの香りにほっとして、室内を見渡した。改めて見ても、ひどく素っ気ない部屋である。今、自分たちが使っているテーブルと椅子。片隅にあるもう一つの小さなテーブルに載っている電話は、元々はクリーム色だったのが変色してしまったようだ。エアコンは効いておらず、一人でじっとしていると札幌の晩秋の寒さをしみじみと感じる。脱いだコートを膝に置き、何とか寒さをしのいだ。それでも震えがきて、思わず自分の上半身を抱きしめてしまう。風の流れを感じたので、体を捻《ひね》ってみると、ドアが細く開いたままになっているのが分かった。廊下を流れる風は、ここよりずっと冷たいようだ。しかし、自分で閉める気にはなれない。自らをここへ閉じこめてしまうような感じがする。

「――どうもお待たせしました」ドアが大きく開き、長谷が戻って来る。先ほどのとは別のバインダーを抱えていた。

槙田は軽く腰を浮かして、また頭を下げた。向かいに座った長谷が、すぐにバインダーを広げる。

「ええと、上の者――刑事課長と話をしたんですが、一応自殺という結論が出ていますし、公共性を鑑《かんが》みて、お話ししても構わないだろうという判断でした」

「お手数おかけします」槙田はまた頭を下げた。何だか今日は、ずっとこんなことばかりしている、と情けなくなってきた。頭を下げるのには慣れているから、普段はこんな気分にはならないのだが。

「取り敢えず、こちらを」バインダーから一枚の書類を引き抜き、長谷はテーブルの上を滑らせた。槙田には馴染みの化学式。「書き写していただいて構いませんよ。コピーまではサービスできませんが」

「結構です。それで十分ですよ」

槙田は手帳を取り出し、素早くメモを取り始めた。すぐに、問題の残留物の存在に気づく。やはりそうか……顔が暗くなっていないだろうかと心配になり、一層うつむいてしまう。書き写し終わった時には、妙に鼓動が速くなっていた。

「どうも、お手数おかけしました」長谷に書類を渡す。

「いえ、大した役には立てませんでしたが」

「とんでもありません」

長谷がバインダーを平手で軽く叩く。急に話す気を失ってしまったようだった——いや、話し過ぎを警戒しているのかもしれない。そもそも、口が重いタイプではなさそうだ。無駄なお喋《しゃべ》りをしているうちに、余計なことを漏らしてしまうかもしれないと恐れたのではないだろうか。

さて……無用な疑いは持たれなかっただろうな。槙田は彼の顔を一瞬凝視した。その目を覗きこんだ限り、感じられるのは純朴さである。田舎《いなか》の人は簡単に騙《だま》されるから――騙してしまったのだ、という軽い罪の意識に槙田は苛《さいな》まれた。

しかしその意識は――あくまで軽いものだった。明日になれば忘れてしまうのではないか、と思えるぐらいの。

自分はこんなに簡単に嘘に馴染める人間だったのか――会社を守るためとはいえ、槙田は暗い気分を抱えこんだ。

3

安城は、プリントアウトされたメールを手に、険しい表情を浮かべた。まったく、こいつらは危機意識が足りない。

「これは、いつ届いたんだ？」

「三十分ほど前です」立ったまま、広報部長の野分が答える。

「メールは削除したか？」

「いえ……」

「すぐに削除するように」安城はプリントアウトを手の甲で叩いた。「誰かに見られるとまずい」

「しかし、他の人間には見られない私のパソコンで受けています」

「システムの連中なら、見られる」

こいつはこんなことも分かっていないのか。新たな怒りに襲われ、安城は野分を凝視した。野分はすっと目を逸《そ》らしたが、耳が赤くなっている。

「社内の人間も信用するな。よほど緊急の用件でない限り、報告は口頭で直接行うようにしてくれ」

「――分かりました」野分がうなずく。釈然としていない様子だった。

それを潮に、安城は立ち上がった。ソファに移動し、野分にもそちらに座るよう、促《うなが》す。野分は反り返るぐらい背筋を伸ばしたまま、座面に浅く腰を下ろした。それをちらりと見てから、槇田からの報告にもう一度目を通す。やはり予想していた通りだった。最大の問題に関しては――警察は、特に注意を払っていない。あくまで自殺として処理し、その後は追跡捜査もしていないようだ。あとは、槇田が上手く言いくるめたかどうかが問題である。自殺から数か月も経って、突然製薬会社の社員が訪ねて来たら、警察は疑わしく思うのではないだろうか。

「槇田は上手くやったのか?」

「何とか疑われずに済んだようだ、とは聞いています」緊張した面持ちで野分が答えた。

「あいつは、そういうことで上手く立ち回れる人間なんだろうな」前々から目をつけてはいたが、直接一緒に仕事をしたことはないので、その辺のことは分からない。

「それは心配いらないと思いますが……」

「本人から直接、話を聞かないといけないな」安城は紙を折り畳んだ。これもシュレッダーにかけて処分しなければならない。「いつ、こっちへ戻って来る?」

ちらりと壁の時計を見た。用件は済んだのだし、札幌から東京への便はたくさん出ている。遅くまで会社に残ることになっても、今日中に話を聞きたかった。

「明日になると思います。今夜の便で大阪に移動して、明日そのまま向こうの警察に行くと言っておりますので」

「そうか」確かにその方が効率はいい。だが、明日まで待つのは嫌だった。今夜は気分よく眠れそうにない。

「明日、東京へ戻り次第出頭させます」

「……分かった、そうしてくれ。時間が分かればスケジュールを空けておく」

「了解しました」

「結構だ。また何かあったら、すぐに報告を入れてくれ――口頭で、直接」

うなずき、野分が立ち上がる。頼りにならないな、と心配になってきた。こういう問題は、本来法務部辺りが対処すべきことなのだが、今回は敢えて外している。何しろ、まだ海のものとも山のものともつかない事態なのだ。問題が具体化すれば、法務部の出番になるかもしれないが……今回ばかりは難しい。長原製薬は、非常に難しい立場に置かれているのだ。

野分が出て行って一人になると、安城はデスクの引き出しを開け、サプリメントのボトルを確認した。一日分を掌《てのひら》に出し、ペットボトルの水で一気に流しこむ。マルチビタミン、プロバイオティクス、ＤＨＡ……いずれも自社製品である。サプリメントは、十年ほど前から長原製薬の主力製品になっていて、安城も愛用していた。以来、確かに体調はいい。

だが、精神状態までは救ってくれないのだった。

窓辺に歩み寄る。副社長室から見る光景にもようやく慣れてきた……視界の大部分を占めるのは明治大学のキャンパスなのだが、悪くはない光景だと思う。ここへ辿《たど》り着くまで四十年。まだこの会社でやるべきことはある。しかし、今回の問題が大きな障害になる可能性もあり……サラリーマンとしての最後の仕事がこんなことになるのは、絶対に避けたかった。危機管理は重要ではあるが、それは決して生産的な仕事ではない。

長原製薬には、今、喫緊《きっきん》の、そしてもっと重要な課題があるのだ。

電話が鳴る。社長秘書からだ、と分かっていた。社長との打ち合わせ時間を確認してきたのだろう。受話器を取り上げると、予想通りだった。さて……この時点ではまだ、話すことはそれほど多くない。それで社長が納得してくれるかどうかは分からなかったが、まずは話してみることだ。

長原製薬社長、長原晴信《はるのぶ》は線の細い男だった。創業者一族の人間なのだが、二世、三世の経営者は、どうしても先人に比べて弱々しい感じになるのを、安城は経験から知っていた。似たようなタイプの社長は、どこの業界、どこの会社でもよく見かける。それでもほとんどの会社はきちんと機能しているわけで、経営者の資質が会社に与える影響はごくわずかでしかない、というのが安城の密《ひそ》かな持論だった。

自分の部屋より一回り大きな社長室に入ると、いつも落ち着かない気分にさせられる。調度品などは高級なものが揃《そろ》えてあるのだが、部屋の一角にある書斎のようなスペースが、全体の雰囲気をぶち壊しにしているのだ。二台のパソコン、積み上げられた医薬関係の雑誌、新聞の切り抜き、専門書の山……そこだけ、東証一部上場企業の社長室ではなく、大学の研究室のような様相である。

この人も、研究の道に専念していれば、今とは違う人生を送れていたはずだ――少なくとも、会社存続の危機などという最悪の事態に直面することはなかったはずなのに。

ここ数か月、長原はずっと落ち着きを失っている。毎日のように会うのだが、目を合わせようとしない。ソファに座っている時にも、しきりに体を小刻みに動かしている。昔はこんなことはなかったのだが……今日も同様だった。ほっそりとした体形に、目が痛いほど白いシャツ、そして愛用しているらしい赤いネクタイ——そのネクタイが始終左右に振れるほど、体が揺れているのだ。

安城は、これまでの調査結果を簡単に報告した。

「——ということとは、どうやら間違いないようですね」態度はおどおどしているのだが、長原の結論は早かった。経営者としての資質はともかく、頭の回転は抜群に速い。

「おそらく……明日は大阪の方で調査を進めるそうですから、それでもう少しはっきりするでしょう」

「東京の事故も……間違いないんですね」

「ええ。そちらは確認済みです」

「参ったな」長原が眼鏡《めがね》を外し、目を擦《こす》った。疲労感が漂い出てくるような動きで、眼鏡をかけ直した時には、目が真っ赤になっていた。

「お疲れですか」安城は下手に出て訊ねた。

「元気ではないですね」

「気を遣うことが多いですからね」

「今夜また、ユーロ・ヘルスとのミーティングがあるんです」

「承知しています」

「ああいうのは、面倒臭いものですね。私には、性に合わない」

安城は無言でうなずいた。自分よりも五歳年下のこの社長は、酒が呑めないし、コミュニケーション能力に長《た》けているわけでもない。つまり、宴席では座持ちしないタイプなのだ。しかし社長ともなれば、夜のトップ会談も少なくない。毎回ひどく苦労してストレスを溜めこんでいるのを、安城はよく知っていた。営業出身の自分なら、箒《ほうき》が相手でも場を盛り上げる自信があるのだが、毎度副社長が同席するわけにもいかない。安城には安城で、対峙《たいじ》しなければならないカウンターパートがいるのだ。

「しかし、社長にしかこなせない、重要なミーティングですから」

「外資には、こういうのはないものと思っていましたよ。アンオフィシャルなミーティングも、パワーランチやブレックファーストミーティングでやるものかと」

「外資といっても、ユーロ・ヘルスはもう日本に三十年もある会社ですからね」安城は苦笑した。「今や日本企業ですよ。日本IBMと同じようなものでしょう」

日本IBMの前身となる会社ができたのは戦前で、その辺の日本企業よりもずっと古い歴史を誇っている。ユーロ・ヘルスも外資では「老舗《しにせ》」と言っていいだろう。今回、長原製薬の交渉相手になっているのは本社ではなく、その日本法人の方だ。

「しかし、向こうのトップとやり合うのは、疲れますよ」長原が溜息をついた。

「社長、英語は得意じゃないですか」

「それはそうなんですが、日本法人のトップは今、フランス人ですからね。フランス人の英語と私の英語で、どれだけ意思の疎通ができているか」

長原は大学卒業後、アメリカに留学していた。将来の社長候補の経歴に箔《はく》をつけるためだったが、長原自身は、本気で研究者の道を歩みたいと考えていたようである。実際、社長に就任した二年前に、本人の口から直接聞いたことがあった。それに続いた言葉は……

「研究者でいれば、こんな嫌な時期に社長になることもなかったでしょうね」という情けないものだった。

経営者には、「攻めの経営者」と「守りの経営者」がいる。ベンチャー企業や、世界に市場を持つ会社の経営者は、前者のタイプであるべきだ。常に前に出て、新しいアイディアを試す気概がないとライバルに負ける。一方、歴史が古く、ドメスティックな会社の経営者は守りを考えねばならない。数千人の社員と、その背後にいるもっと多くの家族のことを考えれば、経営を安定させ、しっかりと社員を養うことを第一に考えるべきだ。

長原製薬の場合、基本的には後者のタイプの経営者を戴《いただ》いた時代が長く続いたのだが、今は大きな転換点を迎えている。そういう時期にはやはり、攻めの経営者が必要なのだが……長原は悪いタイミングでトップにつかざるを得なかった。

先代社長は現社長の叔父で、十五年の長きに亘《わた》って会社を支えたが、その後半は悪化する収支との戦いだった。社長の座を甥に譲った直後に急死したが、残されたのは膨大な赤字だけである。

危機的状況……自分だったらどうするか、と考えることもあるが、これぱかりはどうしようもない。現社長の父親である先々代の社長は未だに個人筆頭株主で、会社に大きな影響力を持っているのだ。トップは長原家の人間から、というのは暗黙の了解であり、東京移転以来、兄から弟、そして長男へとバトンが渡されてきた。そういう意味では、実質的に会社を動かしている安城でさえも「外様《とざま》」に過ぎない。

「研究への出資については？」長原が遠慮がちに訊ねる。

「今のところ、予定通りです」安城はうなずいた。認知症の予防薬――現代の夢の薬だ――開発について、ユーロ・ヘルスは向こう五年に亘って計五千万ユーロの出資を計画している。これが実質的には、合併への第一歩なのだ。もちろんユーロ・ヘルスは、長原製薬の新薬にも期待を抱いている。長原製薬にとっては、この五千万ユーロは干天《かんてん》の慈雨《じう》にもなり得る。

「私が言うことではないかもしれませんが……」安城は控え目に切り出した。「合併に関しては、最大限の譲歩も致し方ないと思います」

「それでは、こちらが失うものが多い」長原が色をなして言った。

「例えば？」

「向こうは、和歌山工場の閉鎖を示唆《しさ》しているんです」

「それは……」さすがに安城も言葉に詰まった。和歌山工場は、国内三工場のうち、生産規模からすると上から二番目である。そこを切れということは……和歌山工場の従業員数は五百人ほどだ。大きなリストラであり、社内から強い反対の声が上がるのは目に見えている。

「組合の方は、どうなんですか」心配そうに長原が訊ねる。

「労担役員の春日《かすが》がきちんと対応していますが、今のところは静観の様子です。会社の生き残りが一番大事だということは組合も理解してくれています。しかし、大規模なリストラになったら、話が違ってくるかもしれません」

「そうでしょうね」

長原が眼鏡を外す。また目を擦って、溜息をついた。眼鏡はそのまま、テーブルに置いてしまう。急に白髪が増えたな、と安城は同情した。特にもみあげは、ほとんど白くなってしまっている。

「実際、和歌山工場の存在が大きな負担になっているのは間違いないんですが」長原が認めた。

「不採算部門をカットするとしたら、和歌山工場からでしょうね」安城も認めざるを得ない。「難しい問題です」

確かに長原製薬はこの十年、不振に喘《あえ》いでいる。しばしば赤字決算を出し、株主総会も荒れることが多い。最大の理由はヒット商品が出ないことで、そのために研究部門の予算が削られ、さらに新商品開発のペースが遅れるという悪循環に陥《おちい》っている。これまで散々、不採算部門の見直しや小規模のリストラを行ってきたが、業績が改善される見通しはない。

しかし、企業合併は難しい……一度二つの会社を完全に解体して再構築し、まったく新しい企業文化を作り上げるぐらいの気持ちで臨まないと、いつまでも「二つの会社」が「一つの器」の中で併存している格好になり、はなはだ能率が悪いのだ。銀行の合併がいい例で、何十年も経たないと派閥が解消されず、社員同士も馴染まない、と聞いたことがある。それこそ、合併時に在籍していた全行員が定年を迎えるぐらいの年月が必要だ……。

「とはいえ、最優先事項が何かは考えないといけません」長原が暗い表情で言った。

「そうですね」

最優先事項——それが何なのかは、話し合うまでもなく分かっていることだ。会社を生き延びさせる。たとえ「合併」という形になっても、社員を守り、製品や企業文化を存続させることが一番大事だ。

そのためにはやはり、捨てなければならない物があるだろう。それを考えると、安城はどうしても暗い気分になる。生きながら自らの片腕を切り落とすのは、どんな気分なのだろうか。

4

疲れた——槙田はまどろみから抜け出し、体に積もった重い疲労感を意識してうんざりした。大したことはしていない。これは単なる移動の疲れだ……東京から札幌へ、その足で大阪まで飛び、今ようやく新横浜駅に到着したところ。二日間の総移動距離はどれぐらいになっただろう。動いた距離に見合った成果は出たのだろうか、と考えると鬱々《うつうつ》とした気分になる。

しょぼしょぼする目を癒《いや》そうと、窓の外に目をやった。新横浜か……東京駅まではあと二十分ほどだ。左腕を持ち上げ、腕時計を確認する。午後二時。何となく昼飯を食べそびれてしまったが、空腹はあまり感じない。まあ、今日は抜いてもいいか。今は、食事が最優先事項とは思えない。

目を擦り、膝の上に載せたバッグを開ける。ファイルフォルダを取り出し、書類を精査しながら——横の席が空いているからできる——大阪の警察で聞いた話を思い出していた。やけに話し好き、しかも世話好きな警察官で、札幌の時ほど抵抗を受けなかったのでほっとしたのだが、大阪弁でまくしたてられてげっそりしてしまった。関西圏の四国出身である槙田でも、大阪弁の勢いには疲れを感じる。

「ああ、あれな？　間違いなく事故ですわ。ちゃんと防犯カメラの映像も残ってますよ。ホームの端の方に立っていて、急にふらっときた感じでねえ。突き落とされた？　ああ、それはあり得まへんわ。午後三時のホームなんて、がらがらですよ。自殺？　そういう感じにも見えまへんな。そうそう、自分の目で見てもろた方がよろしいんとちゃいますか？ああ、構いませんよ。隠すようなことやないし。もちろん、社外秘でお願いします。大阪府警が、事件の関係者でもない人間に証拠物件を見せたとなったら、またえらい問題になりますから。あんたは知らんかもしれまへんけど、まあ、世間の人が大阪府警に向ける視線は厳しいんですわ……」

だったら見せなければいいのに、と苦笑した。もちろん自分も、こんなことを他人に言いふらすつもりはないが、そもそも大阪府警には「秘密保持」という考えがないのだろうか。あまりにもあけすけ過ぎる。

防犯カメラの映像は、しっかり覚えている。さすがにコピーまでは要求できなかったので、何度か見せてもらい、頭に叩きこんだのだ。

ホームの最後尾近くで一人電車を待っている男。急にふらりと揺れたかと思うと、右の膝から崩れ落ち、そのまま頭から線路へ転落した。直後、電車が入ってきて——即死だったと聞かされた。

不自然な様子はなく、貧血か何かで急にふらついて倒れただけのように見えた。周りに人がいないから押されるはずもないし、札幌の時のように自らふらふらと歩いてホームの端まで至ったわけでもない。本当に、立ちくらみで落ちたように見えた。

新幹線が東京駅に滑りこみ、槙田は一瞬で現実へ引き戻された。終点だから慌てる必要もないのに席を蹴ってホームへ飛び出し、こんなことは滅多にないのだが、と苦笑する。本例えば帰りの電車の中で寝てしまっても、降りるべき駅の一つ手前で必ず目が覚める。本に夢中になっても、乗り過ごしたことなど一度もなかった。今回はそれだけ強く、この事故に心を奪われていたということか……。

中央線のホームへ移動する。午後早い時間なので、いつも混み合う中央線も空いていた。それでもちゃんと電車待ちの列を作るのが、東京の人間の礼儀なのだが、今日はどうしても整列する気になれない。空いているが故に、一番前に行かざるを得ないからだ。そうするとどうしても、転落した人たちのことを考えてしまう……ホームの中央付近にある自販機の前に行き、ミネラルウォーターを買ってちびちびと飲み始める。電車を一本見送り、ベンチに座って水で胃を満たし続けた。頭の中では、数時間前に大阪で確認した映像が何度も繰り返されてしまう。あれは確かに、事故にしか見えない。警察でも、貧血か何かでふらついた結果、間違ってホームから転落したと結論づけていた。

たぶんこういうのは、警察にとっても面倒なことなのだ。鉄道自殺など迷惑なだけで、できるだけ穏便に、早急に処理したいはずである。ましてや、再捜査など絶対にしたくないだろう。警察がそれほど気にしていないのは明るい材料だった。仮に警察が不審感を持ち、再捜査を始めたら、長原製薬は厄介な状況に巻きこまれる。

こうやって調査を進めて、会社はいったい何をしようとしているのだろう。そう言えば、新宿の事故の件はどうなっているのか……槙田は立ち上がり、ホームに滑りこんできた電車に向かって歩き始めた。自分が警察に話を聞く必要はないかもしれないが、もう一度現場を見ておこうか。見て何か分かるわけではないだろうが、妙に気になった。自分はもう、この件に巻きこまれているのだから。

新宿駅のホームも、この時間だとさすがに空いていた。犠牲者《ぎせいしゃ》が転落したホームの一番後ろまで行ってみる。途中で足が震えるような感じがしたが、何とか自分を叱咤《しった》し、歩き続けた。事故の形跡はまったく残っておらず、冷たい風が吹き抜けるだけだった。かすかにオイルの臭いがするのも、いつも通りのホームである。コートのポケットに両手を突っこんだまま、黄色いラインぎりぎりまで前に出てみた。急にバランスが崩れるような気がして、慌てて両手をポケットから出し、もう一歩進み出て下を覗きこむ。

後日知ったのだが、飛び込んだ男性は、人混みを強引にかき分けるようにして線路に身を投げたのだった。明らかに自殺であり、あの時ホームで悲鳴が上がったのも理解できる。目の前で誰かが線路に飛び込めば、恐怖に身を縛られる感じになるだろう。それにしても、巻きこまれた人がいなくてよかった……一日のうちで一番混み合う時間帯であり、他の人間にぶつかって、巻き添えにしてしまってもおかしくはなかった。関連づけるのは極めて難しいだろうが、警察が一度関心を持ったら、こちらとしてはまな板の上の鯉《こい》になるしかないのだ。それが長原製薬のせいにされる可能性もないではない。こうやって調べている自分は、もしかしたら隠蔽《いんぺい》工作にかかわっていたと判断されるかもしれない。ぞっとして身震いし、思わず後ずさった。

「槙田君」

いきなり声をかけられ、ぎょっとする。声がした方へ顔を向けると、見知った顔がいたのでほっとしたが、逆に相手は怪訝《けげん》そうな表情を浮かべていた。

「どうした、ぼうっとして」

「いや、何でもありません」一礼し、相手のもとへ歩み寄る。会社の顧問弁護士、高藤辰美《たかとうたつみ》。まさか、こんなところで会うとは。

「お疲れみたいだね」高藤が柔らかい声で言った。

「出張だったんです。昨日から……札幌から大阪を回って、今帰って来ました」

「それはずいぶん強行日程だね」

「ええ、まあ……」

「札幌で、美味い魚でも食べてきたか？」

「いや、昨日の夜に札幌から大阪へ移動したもので」何と、夕飯は新千歳《しんちとせ》空港の中だった。

スープカレーを食べたので、一応北海道らしさは味わえたが。

「大阪では？」

「昼飯も抜きでした」言うと、急に空腹を意識する。

「それは、会社としては問題があるね」高藤が苦笑する。「ちょっと遅いけど、一緒に飯でも食べないか？」

「先生は、お急ぎじゃないんですか？」

「いや、今日は余裕があるんだ。次の約束まで結構時間がある」

高藤が左腕を持ち上げ、腕時計を見た。落ち着いた風合いの、パテック・フィリップ・カラトラバ。さすが、儲《もう》かっている事務所の所長は違う。

「先生も電車で移動されるんですね？」

「何だと思っていた？」高藤が悪戯《いたずら》っぽい笑みを浮かべる。

「それこそハイヤーとか……」

「都内の移動は、電車に限るよ。車だと時間が読めない。見栄を張るためだけに車を使う人間は馬鹿だね……それで、これから会社？」

「ええ」

「急いでるのか？」

「そうでもないです」

大阪から電話をかけて野分と話した時のことを思い出す。野分はまるで誰かに聞かれるのを恐れるように、「報告は戻ってから受ける」「この件についてはメールしないように」と慌ただしく忠告して電話を切ってしまった。いったい何を用心しているのだろう。本当に盗聴されるとでも心配している？　やけに仰々しい彼の態度は馬鹿馬鹿しく思えたが、自分がいない間に事態が変わったのかもしれない。そう考えれば、のんびりしている場合ではないのだが……構うものか、と思った。高藤は、心を許せる相手なのだ。一緒に食事をして、ささくれ立った気持ちを少し癒すぐらいはいいだろう。野分も、謎めいた態度の割に、それほど急いでいる様子ではなかったし。

「じゃあ、飯にしよう」

「先生は、どちらへ行かれるんですか？」

「東京――東京駅の近くなんだが、俺も昼食を食べ損ねてね。軽く蕎麦《そば》でもいきたいところなんだが……」高藤は嬉しそうだった。一人の昼食が嫌だったのかもしれない。

「それなら、ご案内できますよ。四谷《よつや》に新しい蕎麦屋ができたんです」

「いいね」高藤が目を輝かせる。

まるで子どものようだ、と槙田は思った。確か、もう五十歳なのだが、時々子どもっぽい――というか純朴な表情を見せることがある。特に大好きな蕎麦の話になると。

「昼が終わっても、そのままぶっ通しでやってる店なんです」

「ますますいいね。ランチタイムが終わって休むような蕎麦屋は、ろくなもんじゃない」

「——実は、会社の先輩が始めた店なんですよ」

「脱サラなんだね？」

「そういうことになりますね」

広報部次長を最後に退職した先輩は、まだ五十歳だった。定年まで十年残して辞め、蕎麦屋を始めると聞いた時にはびっくりしたものだが……だいたい、脱サラで蕎麦屋を開く人は、郊外での出店を目指すのではないだろうか。退職金を注ぎこんでも、都心部で店を出せるほどの資金になるわけでもないし。後で聞いた話だと、相続税対策のためだ、ということだった。四谷にある不動産を相続するというのも、なかなか豪勢な話ではあるが……そんな人だとはまったく知らなかったが故に、ますます驚いた記憶がある。もちろん、そもそもが蕎麦好きの人ではあったが。槙田も、この人から蕎麦の魅力を教わったのだ。

そして今は、高藤が「蕎麦友」である。

「人生、いろいろだな」

「そう、ですね」この弁護士は時々、達観したような口調で話す。普段はそうでもないのだが……気の合う相手ではあるが、まだよく知らない部分もあるのだな、と槙田は思った。それだけ奥が深い人なのかもしれない。

店は新宿通り沿い、四ツ谷駅と四谷三丁目駅の中間付近にあった。蕎麦屋が一階に入っている七階建てのビル一棟が、亡くなった父親から継いだ物件だという。その辺のことは、敢えて高藤には教えなかった。蕎麦の味とは関係ない話だから。

「いい店だね」入った瞬間、高藤が嬉しそうに言った。

「そうですか?」

「いい蕎麦屋は、入ったらすぐに分かるんだよ。変な民芸調のインテリアとかはよくない。東京の蕎麦屋は、すべからくシンプルであるべきだね」

「俺はまだ、そこまで修行ができていません」

「蕎麦を食べるのに修行なんか関係ないよ。あくまで雰囲気だから、雰囲気」笑いながら、高藤がテーブル席に腰を下ろした。他に客は一人だけ。七十歳ぐらいの男性が、隅のテーブル席でゆったりと酒を呑んでいる。つまみは卵焼きと蒲鉾《かまぼこ》。そちらをちらりと見た高藤が、羨《うらや》ましそうに下唇を突き出した。

「昼からは……まずいですよね」槙田は苦笑した。本当は、酒でも呑みたい気分だったのだが。

「まだ仕事中だからね。早く引退して、昼酒が呑めるような身分になりたいよ」

「先生も、引退なんか考えるんですか?」

「六十までだな」高藤が真面目な表情でうなずく。「六十まで一生懸命働いたら、十分だろう。サラリーマンと一緒だよ」

店主がお茶を運んできたので、槙田は立ち上がって挨拶した。「こんなところでサボっていていいのか」とからかわれたが、「昼飯を食べそびれたんです」と打ち明けると、店主は急に真顔になってうなずいた。昼飯を食べる時間さえない――自分の現役時代を懐かしく思い出したのかもしれない。広報部に来る前は、長く営業の現場にいたそうだから、時間に追われる生活が普通だったのだろう。

高藤は天ぷら蕎麦とせいろを頼み、せいろを後から持ってくるようにと念押しした。いつもながら、この健啖《けんたん》ぶりには圧倒されてしまう。二人とも蕎麦が好きなので、名店と言われる店に何度か一緒に入ったことがあるのだが、高藤は種物の蕎麦とせいろを頼むのが常だった。槙田も同じような組み合わせにすることが多いのだが、今日は鴨《かも》せいろだけにとどめておいた。先ほどは激しく空腹を意識したのだが、今はまた食欲が失せてしまっている。

「元気がないね」高藤が言った。

「ちょっと疲れてます」

「疲れたなんて言う年じゃないだろう。まだ三十だろう？」

「三十一歳になりました」

「入社十年近くか……脂が乗り切って、仕事が一番面白い時期だね」

「ええ、まあ……そうなんでしょうね」素直にうなずけない。今回の訳の分からない仕事は、槙田にストレスを与えるだけだった。お茶を一口。温かいそば茶のかすかな甘さにほっとする。

「俺は普通の会社に勤めたことがないし、弁護士は仕事を始めるのが普通の社会人より遅くなるから何とも言えないけど、いろいろな会社の人とつき合った経験からいうと、三十代が一番楽しく仕事ができる時期だね」

「そうですかねえ」

「体力が落ちてくる四十代は経験で乗り切って、五十代は……惰性だろうね」高藤が軽く声を上げて笑う。「会社員だったら、五十代で上手く振る舞えば、役員への道も開けてくるんじゃないかな」

「そんな先のこと、考えられませんよ」

「そうだろうな。今は、与えられた仕事をこなすことで精一杯だろう。でもそろそろ、そこに少しだけ自分の考えを入れてみてもいい時期だ」

うなずいたが、どうにも釈然としなかった。こんな仕事に「自分の考え」を入れる……どうしたらいいのか。

「何か気になることがあるなら、話を聞くけど」

「いやあ……先生に払えるようなお金はないですよ」

高藤がまた声を上げて笑う。お茶を一口飲んで、「馬鹿言うな」と言った。

「でも、弁護士を頼んだら大変ですよね」

「そんなの、会社の顧問料の中の話でいいんだよ。どうせ、仕事の関係で悩んでるんだろう?」

「そうですけど、顧問料で社員の面倒を見るのは……おかしくないですか?」

「だいぶ追いこまれているみたいだな」高藤が急に真顔になった。

「え?」

「今のは冗談だよ。冗談に真面目に反応するのは、相当追いこまれてる証拠じゃないかな」

「ああ、まあ……そうかもしれません」

「別に、弁護士の業務とは関係なく、相談ぐらいには乗るよ。人生の先輩としてね……いやあ、嫌なもんだな」高藤が破顔一笑した。「自分が『人生の先輩』なんていう台詞《せりふ》を吐くとはね。こういうのは、すっかり白髪になったジイサンの台詞だと思ってた」

「でも、先輩なのは間違いないですから」

高藤がうなずく。「人生の」先輩であると同時に、「大学の」先輩でもあるのだ。よく話すようになったのも、高藤が槙田と同じ大学で、ゼミの先輩だと分かったからである。二十歳近い年齢差も、こういう事情があると関係なくなる。

「ま、人の事情に立ち入らないのが最近の流行だろうが、話す気があれば……」

「いや、大丈夫です」つい、自分が置かれた中途半端な状況を打ち明けそうになったが、はっきりと断った。顧問弁護士とはいえ、漏らしてはいけない秘密はある。もちろん、事態が大きく動いたら、正式に相談することになるかもしれないが。

「そうか？　それならいいけどね……おっと、これは上等な天ぷら蕎麦だな」運ばれてきた天ぷら蕎麦を見て、高藤が嬉しそうな表情を浮かべる。大きな海老の天ぷらが一本。濃い色でからりと揚がり、香ばしい香りを漂わせている。税金対策で始めた店かもしれないが、味は確かなのだ。

　槙田の鴨せいろもそうだった。つけ汁には鴨とネギがたっぷり入っており、美味そうな脂が浮いている。蕎麦は太目。東京の洗練された蕎麦というより、山間地で蕎麦好きの素人《しろうと》が打ったひなびた蕎麦という感じでごわごわしているのだが、槙田はその方が好みだった。東京の名店らしい、白い細い蕎麦は、何となく物足りない。

　高藤は天ぷら蕎麦をあっという間に食べてしまい、間をおかず運ばれてきたせいろに手をつけた。音を立てて豪快に啜《すす》りながら、満足そうな笑みを浮かべる。あっという間に食べ終えて、蕎麦猪口《ちょこ》に蕎麦湯を注ぎ、使わなかったネギを加える。満足そうに呑み干して、満面の笑みを浮かべた。

「先生、本当に美味そうに食べますね」

「食べるのは大事だよ」高藤が胃の辺りを撫《な》でた。「人間、いつ死ぬか分からないんだから、一食一食を大事にしないと」

「そんな、死ぬなんて」軽い調子で言ってみたが、言葉は胃に重く落ちた。二人――三人の死の現場に近づいたが故に。製薬会社に勤めていると、多かれ少なかれ人の死に接する機会があるのだが、今回の件は生々し過ぎる。

「いやいや、分からないよ。だいたい、日本人の平均寿命なんて、これからどんどん短くなっていくんじゃないかな」

「そうですか？」

「今長生きしている人たちは、子どもの頃は粗食で育ったはずだ。でも俺たちは――君もそうだけど――子どもの頃から添加物たっぷりの物を食べてただろう？　絶対、体の中に爆弾を抱えてると思うけどね」

「体調でも悪いんですか？」

「いや、そういうわけじゃない」高藤が蕎麦茶を飲み干した。「常にそういうつもりで生きていないと、いざという時に後悔するかもしれない、ということだよ……さて、今日はありがとう。いい店を教えてもらった。礼を言うよ」

「とんでもないです」

「美味い蕎麦屋の情報は、これからも共有したいね」

屈託のない笑顔を見ながら、先ほどの話との落差を槙田は感じていた。高藤にとって、死はごく身近な存在なのではないか。

「戻りまし――」

言い終わらないうちに野分が腰を浮かし、廊下に向けて顎をしゃくる。槙田は荷物だけデスクに下ろして、彼の後に続いて廊下に出た。

「どうだった?」いきなり切り出してくる。

「予想通りでした」

「そうか……行くぞ」

「どこへですか?」

「安城さんに報告するに決まってるじゃないか」呆気《あっけ》に取られたように野分が言った。

「一刻も早い報告を求められているんだ」

「だったら、電話でもメールでも……」何だかヘマしたのを責められているような気分になる。

「電話もメールも駄目だ。この件については、情報漏れは絶対厳禁だからな」

「メールをわざわざ盗み見する人間なんかいませんよ」

「社内のシステムの人間なら見られる」

「そんな……身内じゃないですか」

「身内にも隠しておかなくてはいけないことがあるんだ」

いったい、どれだけ大事《おおごと》になっているのだろう。槙田は、背中に重い荷物を背負《しょ》いこんだように感じた。野分が、足早にエレベーターホールの方に歩き出す。その背中は、何故か怒っているように見えた。

エレベーターで二人きりになると、野分がすかさず切り出してきた。

「お前、合併の情報は知ってるよな?」

「噂《うわさ》は聞いてますけど、本当なんですか?」槙田は思わず声をひそめた。

「俺も詳しいことは知らない。しかし、単なる噂じゃないようだぞ」

「そう、ですか」胸の中に黒い雲が広がり出す。確かに、長原製薬の業績はずっと右肩下がりだ。合併の話が出てもおかしくないぐらいに……だいたい、会社などそんなに長く存続するものではないはずだ。一つの会社の全盛期など二十年も続かないというし、長原製薬はそういう時期を過ぎたのだろう。

「何だ、驚かないのか」

「ぴんとこないんです。合併って言われても、会社がどんな風に変わるのか、イメージが湧かない」

「研究部門なんかはあまり影響を受けないかもしれないが、俺たちは大変だぞ。総務部門は、人的、システム的な統合を担当するわけだから、何年も混乱が続くだろうな」

「そうですかね」

「いずれにせよ、何かトラブルがあれば、合併話は消えてなくなるかもしれない。問題を抱えた企業と合併したがる会社なんかないだろう」

「それはそうですね」

「どんな形にせよ、会社が生き残るのが先決だ。そのためには、スキャンダルは絶対に避けなくてはいけない」

「スキャンダルっていうのは……」

「お前が調べてきたことは、十分スキャンダルになり得るんだよ」

「それは、どういう──」

軽やかな音が響き、エレベーターが停まった。ちらりと振り向いた野分が、唇の前で人差し指を立てて見せる。黙っていろ、か……結局俺みたいな平社員は、肝心な情報は知らされないままなんだよな。

役員室の前に立つと、野分がネクタイを直した。直す前より曲がってしまっていたが、それを指摘するのも馬鹿馬鹿しく、槙田は黙っていた。自分は……多少疲れているが、服装はちゃんとしているはずだ。野分がノックし、一呼吸置いてからドアを押し開ける。「入れ」の声も聞こえなかったが、大丈夫なのだろうか。顔を突っこんでから、野分が

「失礼します」と声をかける。

安城は、立って二人を出迎えた。ソファに座るよう促すと、第一声で槙田に「ご苦労様」と声をかけた。腰をおろしかけていた槙田は、まず一礼してから、改めてソファに腰かけた。

「報告してくれ」

安城の求めに応じ、槙田は一息ついてから話し始めた。

「結論から言いますと、札幌と大阪、二つの事故現場で、亡くなった方がうちの薬を服用しています。遺体の血液検査からも明らかです」と告げた。

「D07」安城がぽつりとつぶやく。

「はい……警察で解剖結果を教えてもらったんですが、血液内の残留物から考えて、二人がD07を服用していたのは間違いありません」槙田は早口で続けた。社内開発コードD07、商品名プレビール。

「そうか」安城が腕組みをした。しばらく無言で何か考えていた様子だが、突然目を見開き、「警察の方はどうだった？」と確認する。

「どう、と言いますと？」

「この件について、どういう見解だった？」

「札幌の件は自殺、大阪については事故というのが公式見解です。正直言って、こちらの話に関心を示したようには見えませんでした」

「それなら結構だ」安城がうなずく。少しだけ表情が緩んでいた。「警察も、簡単に片づけたいだろうな」

「そうだと思います……あの、副社長？」

「何だ」安城が目を細める。苛立ちが波のように漂ってきた。

「警察沙汰になるような話なんですか？」

「そうかもしれない」

槙田は思わず唾を呑んだ。この時点に至っても、槙田は安城の狙い――本当は何が起きているのか――を知らない。だが、嫌な想像だけは膨らんでいて、それが今の安城の言葉でさらに大きくなった。

「一つ、お聞きしてよろしいですか」

安城が真顔を保ったままうなずく。聞きにくい雰囲気ではあったが、槙田は思い切って続けた。

「この件、どうして分かったんですか？」

「他にも、意識混濁などの似たようなケースがあるんだ――死者が出たのは、新宿も含めて三件だが。札幌と大阪の件の共通点がＤ07だと分かって、さらに調査を進めようとした矢先に、新宿駅の事故が起きた。亡くなった人は、病院へ向かう途中だったんだが、たまたまうちの社員の知り合いだったんだ。追跡調査したところ、やはりD07を使っていたことが分かった」

「D07には、重大な副作用がある、ということですか」

「違う」

どういうことだ？　槙田が次の質問を探しているうちに、安城は早くも話を終わりにしようと試みた。

「とにかく、この件は忘れてくれ。君はよくやってくれた」

「いえ……」忘れろとはどういうことだ。話を聞くに連れ、混乱するばかりである。

「ちなみに、警察に対しては上手く誤魔化しただろうな」

「それは……疑われてはいないと思います」槙田は、どうやって疑念を払拭《ふっしょく》したか、説明した。

「それなら結構だ。君の胸の内だけにとどめておいてくれ。社内の人間にも喋らないように」

もっと詳しい説明を求められると思っていたのに、これは意外だった。しかしすぐに、嫌な予感が膨れ上がり始める。安城は、「聞かなかったこと」にしたいのではないのか？　どんなに大事な話でも、実際に聞いていなければ、問題になった時に上手く逃げられる。ということは、俺にすべての責任を押しつけるつもりか？　俺は上手く利用されて、それで終わりになる？

　これが際どい問題を含んでいることは、想像するまでもなく分かる。製薬会社にとって、副作用は致命的な問題だ。評判も地に落ちるし、それ以前に、人の命を奪ってしまいかねない。野分は合併への影響を気にしているようだが、そんなことはあくまで二次的な問題だ。

「悪い噂が立つとまずいですか」厳しい言葉が口を突いて出てしまう。

「槙田」

　野分が低い声で警告したが、槙田は無視した。

「合併に悪い影響が出る、とお考えなんですか」

「合併は、正式に決まった話ではない」安城の答えは素っ気なかった。

「でも、この問題が表に出ると、合併の構想自体が流れるんじゃないですか」

「それは、君が気にすることではない。経営について心配してもらうのは、心苦しい限りだな」

　皮肉っぽい言い方に、槙田は耳が赤くなるのを感じた。

「君が何を想像しているかは分かる。ただし、D07に関して、副作用の報告は一切ない」

安城が重ねて否定した。

「本当にそうなんですか？」どうにも信じられなかった。最大の懸案であった副作用がないというなら、何も心配することはないではないか。

「とにかく他言無用だ。いいな？」

「はい……」

「君はよくやってくれた。次期の査定も期待してくれていい」

そう言われても、手放しでは喜べない。何だか騙されているようであり、裏があるのではと疑ってしまう。しかし安城は、それ以上説明しようとしなかった。代わりに、淡々と事務的に指示を進める。

「今回の出張のレポートを早急にまとめてくれ。ただし、私に提出後は、すぐにファイルを削除すること」

「……はい」

「君、私用のパソコンは持っているか？」

「自宅にありますが」

「分かった。今日はもう引き上げてくれ。会社では作業せずに、自宅でまとめるんだ。私用のパソコンでも、作業後にはファイルは削除してくれ」

「そこまで念入りにする必要があるんですか？」

「ある」

「それは、どういう――」

「君が知る必要はない」安城が言い切った。

「そうですか」乱暴な言い方にむっとしたが、反論のしようもない。自分が何をやらされているのかさえ分からないのだから、いくら反発しても暖簾《のれん》に腕押しだろう。

ただ嫌な予感だけを抱いて、役員室を出る。この仕事が、自分のキャリアにおけるターニングポイントになる気がしてならなかった――それも悪い方向への。

5

会社同士の合併というのは、どのように進むものなのか……会社員として四十年以上の経験を持つ安城でも、手探りだった。もちろん、訊ねる相手ならいくらでもいる。合併を経験した会社にいる知り合いだ。しかし迂闊《うかつ》に聞けば情報が漏れる恐れがあるので、誰にも相談できない。

本当は、こんな店で会食している場合ではない、とも思う。銀座にある老舗のイタリアンレストラン。次々と少量の料理が出てくるのは、どちらかと言えばフランス料理店の感じだった。それ故、どうにも落ち着かない。個室にいても、度々料理が運ばれてくるので、会話が中断されてしまうのだ。

相手――ユーロ・ヘルス専務の杉村《すぎむら》はここの常連のようで、ウエイターが入って来る度に軽く談笑していた。ワインについて相談し、途中から赤に変え、料理の説明を受け……あまりワインが好きではない安城としては、それも落ち着かない要因の一つだった。

杉村は自分より十歳以上も若く、その元気さが妙に鬱陶《うっとう》しい。個人的に元気なのを羨むわけではないが、それぞれの会社の基礎体力の違いのようなものを感じるのだ。だいたい、五十手前で役員というのも、いかにも外資系企業らしい話だ。実力主義というか、年功序列の完全な放棄というか。

今日の話題はずっと、最近ドイツ企業が開発に成功した、認知症の新しい薬についてだった。「夢の薬」とまではいかないが、認知症治療に画期的な局面をもたらすのは間違いない、と評価を受けている。ライバル社の話ではあるが、明るい話題ではあった。

「御社の開発も、刺激を受けるのではないですか」

「そうですね。うちは一歩先を行って、予防薬ということになりますが」

「楽しみです。しかし、製薬業界というのは、絶対に滅びませんね」杉村が自信たっぷりに言った。「二〇〇〇年からの十年で、医薬品市場は二・四倍に拡大しています」

「新興国向けを考えれば、今後はさらに拡大が予想されますね」

それから二人はしばらく、中国やアジア各国の市場動向などについて情報を交換した。

「もちろん、国内向けも大事です」杉村が指摘した。

「仰《おっしゃ》る通りですな」

「今後高齢化が進めば、それだけ薬の使用量も増えるわけですし、開発すべき分野も広がっていく」

「ただし、全ての会社が儲けられるわけではない」

「それはそうです」軽やかにナイフとフォークを使いながら、杉村がうなずいた。「技術力だけあれば、それでいいというわけでもないですし」

「現代は、宣伝の時代ですからね」軽い皮肉の響きを感じ取ったが、安城も同意せざるを得なかった。宣伝不足は、長原製薬の業績不振の最大の原因と結論づけられている。

開発か、営業か、宣伝か。どこに金を使うかには会社の個性が表れる。長原製薬の場合、圧倒的に開発優先だ。

あらゆる製造業の中で、医薬品は最も高い研究開発費を必要とする。実際、対売上高の比率で、研究開発費が十パーセント以上を占めるのが普通だ。製造業の平均は四パーセント以下にとどまるから、効率という点では甚《はなは》だしく低い。しかし、一つの新薬を開発するには数百億円から一千億円の費用と、治験などに要する長い時間がかかるものだ。無責任に新しい薬を市場に出すわけにはいかないのだから、当然である。長原製薬でも、ここ十年ほどは、毎年の研究開発費が一千億円を超えている。それに比して売り上げの方は……決算時期には、毎年胃が痛くなる。

「御社はずっと、堅実路線でしたからね」杉村が同情するように言った。

「それが時代の流れに合わなくなってきたのかもしれませんが」

「致し方ないでしょう。会社の体質は、そう簡単には変えられません」

「そろそろ、大きく変革する時期に来ているとは思いますが、社内努力だけではなかなか……」安城はナイフとフォークを皿に置いた。コースのメーンの豚のローストは、少しパサついている。高い値段を取る割に、大したことがないな……老舗というのは、こういうものかもしれない。看板だけで商売をし、本質の追求が疎《おろそ》かになる。

ある意味、長原製薬も同じようなものだ。

いや、違う。新薬の開発という「本質」については、一切手を抜いていない。売り上げが思うように上向かないのは、宣伝費を圧縮──軽んじ続けてきたからだ。処方薬はともかく、市販薬に関しては宣伝の役割は間違いなく大きい。

「どうなんでしょうか……御社としては、どれぐらいの圧縮を考えておられるのですか」

安城は本題に入った。食事が始まってから既に一時間半、遅々として進まない会話には苛々させられるが、杉村という男は常にこうなのだ。食事は食事。大事な仕事の話は食べ終えてから、という方針らしい。だったら最初から、食事抜きで昼間に仕事の話をすればいいのに……もしかしたら、こちらの金で食事をするのが目的なのだろうか。

「そこまで具体的な話は、まだ早いと思いますが」急に杉村が素っ気なくなった。

「トップ同士の間では、もう話題になっているようですよ」

「ああ……」杉村が薄い笑みを浮かべる。「それはあまり、あてにしない方がいいでしょう。トップが会社の全てを知っているわけではないですし。実際の詰になったら、私や安城さんが仕切らなければならないでしょうね。私も、トップには釘《くぎ》を刺しているんです。適当に話を進めないように、と」

「それなら結構ですけどね」安城は安堵《あんど》の息を漏らした。本当に厳しい局面は、まだ先のようだ。

「何か問題でも？」疑わしげな口調で杉村が問いかける。

「いや……」言いたいことはいくらでもあるが、きりがない。個別の案件に突っこんだら、話は終わらないだろう。

「細かい話は、後で考えればいいんじゃないですか。大枠を決めるのが大事です」杉村が話を打ち切りにかかった。「それより、今日は一つだけ、確認させていただきたいことがあります」

「何でしょう」安城は背筋を伸ばした。ナイフとフォークを改めて揃えて置く。食事は実質的に終わり、これからきちんと話を聞く、という態度の表明だ。

「古い話なのですが……四十年近く前に、御社で何か大きなトラブルがありませんでしたか？」

「何のことでしょうか」恍《とぼ》けたわけではない。一瞬、ピンとこなかったのだ。しかし次の瞬間には、杉村の意図が読めた。まさか、あの件を持ち出してくるとは……当時、あの件にかかわった社員で今も会社に残っているのは、安城ぐらいではないか。

「いや……」杉村がすっと目を背ける。「何もなければ、それでいいんですが」

安城は素早く頭の中で計算した。あの件を話しておくべきかどうか……あまりにも古く、今さら問題になるとは思えない。今まで何もなかったのだから、これから問題が再浮上する可能性はゼロと考えていいだろう。結局、抽象的な言葉を選んで答えた。

「どんな会社にも、大なり小なりトラブルはあるでしょう」

「仰る通りですね」杉村がうなずく。

「ただし、解決済みならトラブルとは言えないのではないでしょうか」

「そうですね」

「忘れていいトラブルもあるでしょうね。だいたい四十年前と言われても、ぴんときませんが……私もまだ新入社員の頃でしたから」

「私は小学生でした」

杉村が緩く笑う。自分の方が安城より十以上若いという事実を強調したがっているだけのように思え、安城は内心歯軋《はぎし》りした。

「いや、失礼しました。やはり合併というのは大事ですからね。ちょっと噂が耳に入っただけでも気になるものです」

「ええ」

「仮に四十年も前に御社に何かトラブルがあったとしても、現在も会社はきちんと存続しているわけですから、致命的なトラブルではなかったんでしょうね」

「その通りだと思いますよ」

「それならいいんですが」

一瞬、杉村が挑みかかるような視線を安城にぶつけた。嘘をついていないか？　自分に不利な話を隠蔽していないか？　安城としては、無表情の仮面を被って、無言の追及に対応するしかなかった。しかしその緊張感には耐え難いものがあり、安城は自分より十以上も年下のこの男が、交渉相手として極めて厄介であることを改めて実感していた。

ドアが開き、ウエイターが入って来た。メーンの皿を下げに来たのだ……期待もしていなかった援軍の登場に、安城は緊張を解いて少しだけ肩を落とした。料理の皿が取り換えられる瞬間が、安城にとっては話題の転換のタイミングだということは分かっている。予防のために、こちらから別の話題を振らなくては……完全に向こうのペースになっているなと意識しながら、安城は目の前の皿が持ち去られるのを眺めていた。

この街──長原製薬創業の地・畑井《はたい》市へ来るのは久しぶりだ……体を突き抜けるような冷たい海風をきつく感じたが、ほどなく気にならなくなる。東京から一人車を飛ばして、一時間。この街には何年も住み、当時は行きつけの店が何軒もあった。そういう店は、今はほとんどなくなってしまっただろう。それが少しだけ悲しい……普段はそんなことは考えないのだが、この街は特別だ。結婚して子どもが生まれた――人生の節目を経験した街だったが故に、想い出深いのかもしれない。

それにしても、こんな感じだっただろうか。本社の東京への完全移転が成ってから、一度もここに来なかったことをわずかに悔《く》いる。何という堂々とした光景か……太平洋と富士山。日本の象徴。そのまま絵葉書にしたいような景色が全身を包む。

海岸沿いには、幅一キロ近くに亘って公園が整備されている。かつてはここに、長原製薬があったのだ。本社と、最大規模の工場。あの頃は、建物だけで景色が成り立っているように見えたが、それが取り払われて公園が整備された今、あまりにも日本的な光景が現出していた。

目の前には太平洋が広がる。今日は海岸近くでは少し波が高く、消波ブロックに当たっては白く砕けているが、少し視線を遠くへ向けると、ひたすら穏やかな海が広がっている。会社の建物自体は、現在防風林がある場所のさらに奥にあり、この公園は元々広大な駐車場とグラウンドだった。社員の通勤と福利厚生のために、こんな絶好のロケーションを潰《つぶ》していたのだから、何とも贅沢《ぜいたく》な話である。

防風林の方を向くと、富士山が青空にくっきりとその姿を刻んでいた。既に山頂は雪で白くなり、雲がかかっている辺りから下が青いだけである。触れられるほど近く感じられるのだが、ここから実際の距離はどれぐらいだろうか……あまりにもスケールが大きいが故に、距離感がつかめなくなってしまう。

緩い階段を下りて海岸に出た。陽射しが海に反射して眩《まぶ》しい――思わず額に手をあて、陽光を遮《さえぎ》ろうとしたが、それぐらいではとても間に合わない。そう言えば昔は、ここで海水浴もできたのだ、と思い出す。長原製薬のプライベートビーチのようになっていて……生まれたばかりの長男を連れて来て、泣かれたものだ。水が嫌いなのは、成長してもとうとう変わらなかったな、と考えるとつい頬が緩む。長男はもう、三十六歳。その子ども――安城の孫がスイミングスクールに通っているのは、皮肉にしか思えない。

西の方へ向かってゆっくりと歩き出した。ここの海岸は砂が湿って固く締まり、歩きやすい。昔はもっとさらさらしていて、足を取られたような記憶があるのだが……時代は変わるということか。最後にここへ来てから、既に三十年以上が経っているのだ、と改めて意識する。

ちらりと右の方に視線をやると、公園を見上げる格好になる。遊具が少しだけ、それに富士山を歌った歌碑《かひ》、人工の小高い丘が目立つぐらいだ。そしてだだっ広い駐車場。これは昔から同じようなものだな、と思う。

ずっと先の方で、工場の煙突から煙が上がっているのが見えた。あの煙突は、自分がこの街にいた頃にはなかったものだが、何の工場だろう。この街——湊《みなと》地区は高度成長期から、工業で栄えてきた。水利に恵まれ、東京から新幹線や車で一時間余という近さから、様々な製造業が工場を進出させた。彼らが落とす金で街は潤《うるお》い、雇用も確保できて、地元としては一石二鳥だったはずである。戦前までは、漁業が細々と行われているだけだったのだが、安城が入社した頃には、工場建設のために土地を提供して一気に大金を手にした「土地長者」が、何人もいた。羽振りのいい話だったが、そういう人たちは今、何をしているのだろう……一九七〇年代の自分の青春は、畑井と分かち難く結びついているのだが、当時つき合いのあった地元の人たちのことはほとんど忘れている。

それも仕方ないだろう、と自分に言い聞かせた。当時の長原製薬は、創業の地であるこの街の他に、東京にも本社機能があった。安城が入社したのは、業務の中心を急速に東京へシフトしていた時期で、東京本社で大々的に新人の採用が始まっていた。安城も東京採用組だが、最初の五年はこの街で勤めた。自分のサラリーマンとしての第一歩が、まさにこの街にあったのは間違いない。

それにしても冷える……早々に引き上げることにした。日曜の昼前。公園では子どもたちが元気に遊びまわっているが、自分にはもう無理だ。ここの環境は厳し過ぎる。たぶん、この公園のベストシーズンは春だろう。

駐車場に戻り、車に乗りこんでほっとする。最近は自分で車を運転することもほとんどなくなり、二年前に新車で買ったベンツの走行距離は、まだ四千キロにも満たない。今回は久々に、一気に百キロ以上を走り抜いてきて、運転の醍醐味《だいごみ》を味わったところだった。昔から、自分の身の丈以上の車に乗るのだけが楽しみだったが……その趣味も、最近はすっかり影を潜めてしまった。長原製薬の副社長として「身分以上の車」が何なのか、よく分からない。それに役員の秘書役である社長室の連中からも、あまり車は運転しないようにと釘を刺されている。あの連中が事故を恐れるのは当然なのだが、何だか老人扱いされているようで納得がいかない――そうは思っても、運転そのものに対する興味が薄れている。

ちょうど昼なので、食事にしようと思い至った。昔から湊地区には、手軽に食事ができる店は多くなく、昼食は社食か弁当に頼っていたのだが、今はどうなのだろう。漁港を回りこんで国道のバイパスに出て、駅を目指す。漁港の近くも、だいぶ様子が変わった。工場は増えているし、国道も整備し直されて、幅員が広くなっている。

私鉄の駅の近くまで出ると、昔の記憶が一気に蘇《よみがえ》る。何もない、という記憶が……駅舎の他には小さな商店街があるだけで、そこだけ時間が停まっているようだった。看板が古びた薬局、壁にひびと染みが入った居酒屋、何十年前の物か分からないような服を吊《つ》るしている洋品店……多くの店がシャッターを下ろしていたが、日曜日はだいたいこうだった、と思い出す。市民生活は、工場が休みの日曜日は、ほぼ停止してしまうのだ。行き交う車も少ない。

それにしても侘《わび》しい。新幹線新畑井駅の北口に出れば、それなりの繁華街が広がっているのだが……そこまで行くのも面倒臭く、昼飯は抜きか、と諦めかけた瞬間、港の反対側に小さな飲食店がいくつか集まっている場所があるのを思い出した。そこまで車で五分。係留された漁船を見ると、急に漁港の雰囲気が濃く感じられるようになり、さらに工場群、その向こうに浮かぶように見える富士山を見渡せる——この光景も昔とほぼ同じだ、と感服した。東京に住んで働いていると、十年も経たないうちに街の景色が一変することに慣れてしまう。湊地区がここまで変わっていないのは、ある意味凄《すご》いことではないか。

この辺りの名物というと、まずはしらすである。かつては、しらす丼を食べさせる店が何軒かあったはずだが……寿司屋を見つけて、店の前の駐車場に車を停める。シルバーのベンツはひどく場違いな存在だが、そんなことを気にしていても仕方がない。

ふと、大昔に何度も来たことがある店だったと気づく。店の名前が同じ……建物自体は建て替えられているが、間違いない。建て替えたということは、商売自体は儲かっているのだろうと余計なことを考えた。

中は意外に広い造りで、「いらっしゃいませ」の声は、どこか遠くから聞こえてきた。中年の女性従業員に案内されて、奥のカウンター席につく。ガラスケースの中に魚が並んでいるが、日曜日のせいか、中は寂しい。寿司は期待できないなと思いながら、メニューを眺めた。やはり、せっかく海に近い場所に来たのだから寿司は食べておこうと、ランチの握り寿司セットを注文する。あれこれついてお得なようだし、東京の感覚からするとだいぶ安い。それにこの店では、散々美味い寿司を食べた記憶があった――二十代の自分の舌を当てにしていいかどうか分からなかったが。

味の記憶は確かだった。魚は新鮮だし、しゃりの炊き具合も程よい。天ぷらは、メーンのアナゴが長さ二十センチ以上もある大きなもので、非常にお得感が高かった。特有のかすかな泥臭さもなく、上品な味わいである。

食後のコーヒーが煮詰まっていたのは残念だったが、そこまで望むのは無理があるだろう。一息ついてカウンターの奥を見た途端、見知った顔ではないか、とふと思った。昔、下働きをしていた若い板前……自分と同年配だったはずだ。短く刈り上げた髪はすっかり白くなり、顔にも皺《しわ》が目立ったが、愛嬌《あいきょう》のある垂れ目、それに長い鼻は当時のままである。

向こうもこちらに気づいていたようだ。先ほどから、ちらちらと安城の顔を窺《うかが》っていたのを思い出し、声をかける。

「板さん、ずいぶん昔からいましたよね」

「ああ、お客さんも……昔、よく来ていただいてませんでしたか？」

「もう四十年近く前だけど」

「長原製薬の方ですよね？」

「分かります？」

「当時は、忘年会なんかでよく使っていただきました」

「そうでしたね」思い出した。当時の店舗には広い座敷があり、五十人ぐらいの宴会が開けたのだ。若手の自分はよく幹事をやらされて……。「ずいぶん昔の話ですけど」

「私も年取っちゃって」板前が苦笑する。

「お互い様ですよ。ずっとこちらで？」

「オヤジから店を引き継ぎました」

「それで建て替えて……立派な店になりましたね」

「いやいや、なかなか大変でしたよ。この辺もそんなに景気はよくなくて」

「そうですか？　工場はたくさんあるでしょう」

「長原さんがいなくなったのは大きいですね」板前の顔が暗くなる。「この近くで一番大きな工場は、長原さんだったから」

「ああ……そうでしたね」

「長原さんがまだここにいたら、うちの店ももっと大きくなっていたかもしれませんね」

安城は表情を消したままうなずいた。今さらそんなことを言われても、どうしようもない。会社が大きくなれば、東京へ進出していくのは当然ではないか。

「そう言えば、当時の副社長は、まだこっちにいるんですよね……というか、戻って来られたのか」

「ええ。今は会社の業務からは完全に引退しています。故郷に戻られた、ということですね」

役員の安城であっても、先々代社長の姿を見るのは、今では株主総会の時ぐらいだ。既に八十歳超、まだ矍鑠《かくしゃく》としてはいるが、さすがにここ数年は足取りが危うくなってきた感じがする。

「今も時々、うちの前を通りますよ。まだまだお元気で」

「そうですか？」

「ええ。さすがに腰は曲がり始めたけど、すたすた歩いてますから」

「こちらで食事をするようなことは……」

「それはないですね」板前が暗い表情で首を横に振った。「近所とのおつき合いもほとんどないみたいですし」

「そうですか」悠々自適……と言っていいのだろうか。近所づき合いがない、という話は少し気にかかる——元気なのだろうか。

「最近、どうですか」

「いや、ぼちぼちで」あまりにも普遍的な質問に、安城は思わず苦笑した。ぼちぼちどころか、今は極めて緊張感溢《あふ》れる状況に直面している。しかしそんなことは、外部の人間には明かせない。

「景気はよくなってるっていうけど、うちみたいなところでは、あまり実感がないです」

「それはこっちも同じですよ」

「長原さんのように大きな会社でも？」

「そもそも製薬会社は、景気の影響をあまり受けないので」

「そんなものですか？」

「誰でも薬は使うでしょう？」

「ああ、そりゃそうだ」

板前が深くうなずいた。初めて触れる社会の真理に感動したような様子だったが、誰に対してもこういう態度を見せるのだろう。

「今日は、お仕事で？」

「いや、ドライブです」

「息抜きですか？」

「たまには、ね」

本当は別の目的がある。やっていいことかどうかは分からないが……そもそも自分にそんなことをする資格があるとも思えなかったが。そう考えると、急に不安になってきた。

「どうですか、久しぶりに来てみて」

「相変わらずいいところですね」他に答えようもない。

「自然だけはね……ま、こんなところで暮らしていると、ぼけちゃいますけど」

「そんなこともないでしょう」苦笑しながら、安城は財布を取り出した。無意味な会話を延々と続けるのは疲れる。先々代の社長が、今も普通に暮らしているらしいと分かったのは収穫……とも言えないだろう。それが分かったところで、話が上手く進むとも思えない。

勘定を済ませ、店を出る。相変わらず街には、人っ子一人いなかった。店の前の道路を時折車が行き過ぎるぐらいで、死んだような静けさである。風も凪《な》いでおり、陽射しが柔らかい。「ぼけちゃいます」という板前の言葉が実感できるようだった。それも悪くはない……人間は、いつかは引退しなくてはならないのだから。こういう静かで落ち着いた街でぼんやりと老後を過ごすのも、悪くないかもしれない。

しかし自分には、まだやることがある。会社は大きく揺れているわけで、これを安定させ、軌道に乗せるまでは、退くわけにはいかない。それが上手くいけば、トップへの道が開けるかもしれない――合併後の会社の構成がどうなるかは分からないが、少なくとも現社長がいつまでも舵取《かじと》りを続けていくのは難しいだろう。経営不振の責任を問われる可能性もある――しかも合併の相手企業から。もしかしたらそれが、合併の条件として出されるかもしれない。現社長の退任。同族経営の解消。経営陣を一新して、まったく新しい会社を作る。

自分はその波を、上手く乗り切らなくてはいけない。何をやるにしても、まずは足場を固めることが大事だ。不安定な足場の上では、何事も上手くいくわけがない。

長原製薬の歴史は、江戸時代にまで遡《さかのぼ》る。昭和に入って株式会社化した後も、ずっと創業の地・畑井に本社を置いていたのだが、戦後は東京進出を睨み、「東京支社」を「本社」に格上げした。それから後は、東京へ攻め入って全国区の会社になることが最大の目標になり、完全移転後は、創業の地は忘れられた。一部関連会社は残っていたのだが、八〇年代の後半には、全て東京移転を終えている。今やこの街は、長原製薬の中では社史にしか存在しない。

しかしこの街には、中興の祖、というか長い歴史の中で最も大きな役割を果たした元社長が住んでいる。先々代の長原幸喜《こうき》――現社長の父である。

安城が直接言葉を交わしたことは、数度しかない。今でも毎年の株主総会では顔を合わせるのだが、いくら役員だからといって、その都度話をするわけでもないのだ。今は完全に引退し、会社とのかかわりは個人筆頭株主という立場だけなのだが、実は陰で会社をコントロールしているという噂が根強くある。根も葉もないのだが、「本当ではないか」と信じてしまう理由もある。現社長が、会社の電話から頻繁に連絡を取っている記録があるのだ。経営的なアドバイスを求めているだけなのか、それとも重要事で直接指示を受けているのか……現社長に確認することもできないので、噂だけが独り歩きしている。

まあ、大《おお》社長は、昔から少し謎めいたところがある人だったから……副社長に昇格し、東京移転の責任者になった時には、まだ四十歳そこそこ。東京移転後に社長になり、その後二十年以上も経営トップの座にあったのだから、安城にとってもまさに雲の上の存在である。入社一年目にあることで関係ができたのだが、その後、直接接する機会はほとんどなかった――互いの用心のために。しかし、安城がしっかり評価されていたのは間違いない。同期で最後まで生き残ったのは、あの時手を汚した自分なのだから。

実は食事を摂る前に、家のドアをノックしてみるつもりだった。最初に行った公園のすぐ近くだし――しかしどうにも気持ちが定まらず、先送りにしてしまったのだ。何しろ、この家を訪ねたことは一度もない。少し腰が引けているのは今も同じだが、東京から百キロ以上の道のりを飛ばしてきたのだから、このまま帰るのは馬鹿馬鹿しい、と気持ちを固めた。揺れ動き始めた会社を立て直すために、何か参考になる言葉が聞けるかもしれない。今は副社長という立場にある自分なら、アドバイスを求める権利もあるはずだ。

大きな家だった。公園にアプローチする道路の近く、松の木が周囲を囲んでいて、一見して鬱蒼とした森のように見える。近くには他に家はなく、どこか訪問者を拒絶するような雰囲気を醸《かも》し出《だ》している。確かにこの先は公園で、民家はまったくないのだが……わざわざ「最果て」の場所に家を建てたようにしか見えなかった。

車を運転して、一度その場を通り過ぎ、公園の駐車場を利用してUターンしてきた。緊張して、鼓動は高鳴ったままである。どうやって話を切り出すか。そもそも受け入れてもらえるだろうか。向こうが当時のことを覚えていてくれれば何とかなるかもしれないが、なにぶんにも八十歳を超えた老人である。矍鑠としていても、記憶はあやふやになっているのではないか。老人は、最近のことより昔のことをよく覚えているというが、それだって当てにできるものではない。昔、直接言葉を交わした時には、厳しい人、という印象を受けていたが、今はどうだろうか。株主総会では常に、壇上の経営陣に厳しい視線を注ぎ、目つきの鋭さは昔のままなのだが。

公園に近い路上に車を停め、歩き出す。防風林のおかげで海からの冷たい風を直接浴びることはないが、陽射しが弱くなってきたせいで、快適な感じではなかった。

家を囲む松林の中に細いアプローチがあり、玄関へ真っ直ぐ続いている。人の動きはない。ドアをノックする明白な理由を見つけられず、安城は家から離れて公園の方にとぼとぼと歩き始めた。どうにも意気が上がらない。自分が小柄だということは意識していて、それをカバーするために、昔からわざと歩幅を広くして歩くようにしているのだが、今はゆっくりとしか歩けなかった。こんなところで胸を張り、大股で堂々と歩いているのは馬鹿馬鹿しい気がする。

先ほどの寿司屋のコーヒーは不味《まず》かった……美味いコーヒーが飲みたい、と切実に願ったが、こんなところではどうしようもない。そう言えば、昔駅の近くにそこそこ美味いコーヒーを飲ませる喫茶店があったはずだが、あの店はどうしたのだろう。先ほどちらりと見た限りでは見当たらなかったが。工場は増えたのに、街は賑《にぎ》わっていないというのも妙な話ではある。かつてよりも、駅前が賑やかになっていてもおかしくないのだが。

時間が潰せない……結局車に戻り、ラジオを聞いて少し時間を潰した後、安城はまた長原の家の前に戻った。玄関へのアプローチの前に立った瞬間、家から出て来た長原と出くわす。杖《つえ》を頼りにしていたが足取りはしっかりしており、すぐに安城に気づいた。

「安城君じゃないか」

「ご無沙汰しております」安城は、膝につくほど深く頭を下げた。すぐに分かってもらえたのでほっとする。これで第一関門は突破したようなものだ。

「こんなところでどうした」

「少しお話ができないかと思いまして」

「私と、かね」長原の声はしわがれ、少しだけ聞き取りにくかった。

「そうです」

「現役の副社長と引退した年寄りが話すようなことはないと思うが」

「昔の話なんです」

「それだったら、私にも分かるかもしれないな」長原がにやりと笑った。垂れた頬の肉が、少しだけ持ち上がる。「これから日課の散歩なんだが」

「おつき合いします」

「今日は、公園まで行って帰って来るだけだがね」

「はい……いい公園のようですね」

「私にはまだ、本社の姿が見えるよ」

もしかしたら、東京へ移転したくなかったのではないか、と安城は訝《いぶか》った。やはりこが、彼の——長原製薬の生まれ故郷なのだから。

背中が曲がっている割に、長原は歩くのが速かった。ついていくのに苦労するほどではないが、歩きながら話すような雰囲気でもない。

「これが、今の私の精一杯の早歩きだね」長原が皮肉っぽく言った。

「足腰は丈夫でいらっしゃるんですね」

「うちのサプリメントを毎日呑んでる。食事代わりになりそうな量だ」

「私も愛用しています」

「愛社精神の表れかね」

「実際、効きますから」

「元気な日本、だな」

つぶやくように言って、長原が口を閉ざす。歩くのに集中したい様子だったので、安城も何も言わないことにした。ふと、「元気な日本」は四十年前にテレビＣＭで使われていたキャッチフレーズだったと思い出す。あの頃――上り調子の頃は、ＣＭも積極的に打っていた。

長く緩い上り坂を歩き切り、また公園に出る。風は一層激しくなり、太陽がかなり西の方に傾いていた。長原は薄手のコートを羽織っているのだが、裾《すそ》がはためき、いかにも寒そうである。

「寒くないですか」

「この手の風には慣れてるんだよ。子どもの頃から、な」長原が背筋を伸ばす。「その辺に座らないか」

「はい」

屋根とベンチのある一角に向かう。歌碑のすぐ近くで、園内の道路を挟んだ向かい側は枯れた芝生の広場になっていた。腰を下ろしたが、冷たい海風を遮る物もない。時折激しく吹く風が、残り少なくなった長原の髪を吹き上げた。

「それで？　こんな年寄りに何を聞きたいんだね」

「教えていただけるかどうか分かりませんが……四十年前のことです」

「古い話だな」

分かっていて惚けている様子だ、と安城は思った。

「今、会社で、当時のことを知っている社員はほとんどいません。私が新入社員の頃でしたから」

「そんなになるか……」長原が杖を握り直した。「色々な人に迷惑をかけたな——君にも、だ」

「私は新入社員でしたから、当時の事情はあまりよく知らないのですが」そう……自分がやったことについては、しっかり記憶に残っている。だが全体像が分からない。全てをコントロールしていたのは目の前の長原であり、社員は目の前のことしか把握できないようになっていた。それはある意味、リスク分散だったのだろう。

「そうだろうな。あれは、特命で処理したことだ。知っていたのはごく一部の人間だよ」

四十年前と言っただけで話が通じたことに驚く。この老人の記憶力は、安城が想像していたよりもずっと確かなようだ。

「合併話が進んでいるのはご存じかと思いますが」

「外資だな……ユーロ・ヘルスか。骨までしゃぶられないように気をつけろよ」

「我々の力不足で、誠に申し訳ないことです」

「時代は変わる」憮然《ぶぜん》とした口調で長原が言った。「どんな会社も、永遠には続かない。生き残りを模索する時期がくるのも、仕方ないことだ……それと四十年前のことと、何の関係がある？」

安城は状況を説明した。長原は表情を変えなかったが、いつの間にか杖を握る手に力が入っていた。

「当時、表沙汰にはならなかったはずですよね」

「ああ」

「どこかから情報が漏れたんでしょうか」

「何とも言えない」長原が力なく首を振った。「解決済みの問題で、私も長いこと忘れていた」

「そうですよね……社内で、この問題について詳しい人間はいないんでしょうか」

「いない」長原が即座に断言した。「当時処理にかかわった人間は、もう全員退社したはずだ。それぐらい長い年月が経っている」

「そうですか……」

「どうするつもりだ？」

「今のところは、何とも言えません。ただ、相手から攻められた時に、こちらが事情を知らないのはまずいと思います」

「そうだな。自分のことなのに、知らなかったでは済まされない。資料庫を見てみたか？」

「いえ」

「あそこに社長専用のロッカーがあって、一連の事件の資料が全部保管してある。鍵は社長が自分で管理しているから、一般の社員は見られない」

「資料の保管も社長の専権事項、ということですか」

「ああ。まず、資料を完全に頭に入れることから始めたらいいだろう」

ということは、現社長に状況を話さなければならないわけで……気の重いことだった。あの社長は——トップに立つ人間としては、少しばかり線が細過ぎる。それでなくても神経質になっているのに、さらに問題を投げかけたら、とてもまともに処理できるとは思えない。

ここは、自分一人で何とかするしかないだろう。立ち上がろうとした瞬間、長原が「待ちなさい」と声をかけた。有無を言わさぬ感じであり、安城はまた腰を下ろさざるを得なかった。

「この件は、まだ終わっていない」

「……と仰いますと？」

「ずっと生き続けている。いや、今になって息を吹き返したと言うべきかもしれないな」

面倒なことなのだ、と瞬時に分かる。四十年前の事態を把握し、相手の疑問に対して「何の問題もない」と堂々と宣言できれば、話は以前と同じようにスムーズに進むと思っていた。しかし長原は、まるであの問題がまだ解決していないような言い方をする。

「お聞かせ願えますか」

「この件は……誰かに話すタイミングを待っていたのかもしれんな、私は」

「いつからそう思われるようになったんですか」

「最近だ。話すタイミングは……年を取ると、判断に迷うことが増えるな」長原が躊躇《ちゅうちょ》する。「いや……やめておこう。今、君が知るべきことかどうか、私には分からん」

「そう仰らずに」

「やめておこう」繰り返す長原の口調が強張る。「いずれ、君の耳にも入るかもしれん。私は、自分の口からは言いたくない」

6

あの一件は終わったものだと思っていた。札幌、大阪と続いた出張から帰って十日、安城からは声がかからず、野分も何も言わなかったので、自分はもう解放されたのだろうと槙田は勝手に解釈していた。しかし時折、「あれは何だったのか」と嫌な想像が走る。そもそも、問題そのものはまだ解決していないはずだ。真相を探り出すだけでも大変だろうし、補償問題が生じるかもしれない。だがそれに対処するのは、自分の仕事ではない。本来、最初から法務部が対応に当たるべきではなかったのか……。

「槙田」野分に声をかけられ、はっと顔を上げる。野分が何も言わずに廊下へ出て行ったので、すぐに後に続いた。傲慢《ごうまん》な態度に少しむかついたが、それを上回る勢いで、嫌な予感が膨れ上がる。

「今日の午後、空いてるか」廊下に出ると、野分がいきなり低い声で訊ねた。

「プレスリリースを一本、書かないといけないんですが」

「そんなものは誰かに任せろ」

「何かあるんですか？」

「千葉工場に行ってくれ」

「千葉？」千葉工場は、千葉市中央区、内房《うちぼう》線の蘇我《そが》駅の近くにある。お茶の水の本社からだと、電車で一時間以上もかかるだろうか。面倒だ、という意識が先に働く。

「ああ。副社長のお供だ」

「そうなんですか？」また何か状況が変わったのだろうか。

「副社長の車に同乗して行ってもいいぞ」何故かにやにやしながら野分が言った。

「いや、それは……」さすがに二人きりだと緊張するだろう。それが一時間以上も続くと考えただけで、胃が痛くなる。

「だったら、さっさと出るんだな。副社長は二時に工場に入ることになっている。先に行って待ってるのも礼儀だ」

槙田は腕時計を見た。十一時半か……昼食を摂っている時間はなさそうだ。

「しかし、何だ……お前も大変だな」さほど同情する様子ではなく、野分が言った。

「いや……」

「創業者一族につながる人間だと、色々重要な仕事を任せられるんだな」

「つながるって言っても、そんな……直系じゃないですよ」

「同じことだ。うちの会社は、一族の人間を重用《ちょうよう》するから。いや、別にお前がコネだけで仕事をやっていると言うつもりはないけどな」

言っているも同然ではないか。最初から「コネ入社」と陰口を叩かれていることは知っている。実際にはそんなことはなく、普通に試験を受けて普通に入社しただけだし、「一族」と言っても、実際は「遠い親戚」でしかないのだ。槙田の祖父が、先々代社長の従兄弟《いとこ》、というだけである。

槙田が就活をしていたのは、就職不況の最中である。入れる会社ならどこでもいいと、願書を送り続けて引っかかっただけだ。後から家族に話を聞いて自分の縁戚関係を知り、もしかしたら裏で会社側が手を回したのかもしれないと思ったこともあるが、入社後に人事面などで厚遇された記憶はない。嫌なのは、周りの人間がいつの間にかこの事実を知っていることだった。自分から話したことは一度もないのに。

しかし社内には、確かに「長原人脈」と呼ばれる人たちがいる。縁戚関係、学校の先輩後輩……それぞれが頻繁に接触しているわけではないはずだが、重用されている人は確かにいるのだ。

「それ、本当に全然関係ありませんから」一応誤解を正しておこうと、槙田ははっきりと言い切った。

「俺としてはどうでもいいんだよ。しかし、ちょっと変だと思わないか？」野分が一層声をひそめる。

「何がですか？」

「この一件がどう転がるかは分からないが、広報部の仕事じゃないだろう」

「……ええ」それは自分もずっと不思議に思っていた。

「それなのに何故か、お前に白羽の矢が立った。要するに特命だ」

「そう、ですね」

「こういう仕事に向いているのがどういう人間かは分からないが、お前はヘマせずやってるみたいじゃないか。副社長も褒めてたぞ」それを認めるのがいかにも悔しそうだった。

「いや、別に……」

「お前を引き立てるために、わざと難しい仕事を与えたのかもしれないな。これで上手くやれれば、二段飛ばしで出世してもおかしくない。そうするための言い訳になる」

「そんなことはないでしょう」今までの査定は極めて平均的だった。特に広報部の仕事ではプラスの査定もつけにくく、「出世が遅れる」とよく言われている。

「どうだかね」唇を歪《ゆが》めるようにして野分が笑う。「この会社は、結局古臭い体質のままなんだ。いつも内輪の人間を重用する。今時、そういうのは流行《はや》らないよな。そういうことをしているから組織が硬直化して、業績だって悪化するんだ」

「そうかもしれませんけど、俺は関係ないですから」

野分が鼻で笑い、踵を返した。すぐに振り返り、「遅れるなよ」と念押しして広報部の部屋に戻って行った。取り残された槙田は、ひどく侮辱《ぶじょく》された気分になっていた。得したことなど一度もないのに……しかしもしかしたら、野分が言うように、これは「任用試験」なのかもしれない。この危機を乗り越えられれば、一気に出世の道が開けるとか。

難局を乗り切るために頼りにされていると考えれば、誇らしい。だが、自分がやろうとしていることは正しいのか？

一時間も電車に揺られていると、あれこれ考えてしまう。自分と長原一族との関係……自分の祖父は創業者一族の出ではあったのだが、戦前の風習で、生まれてすぐ養子に出されたという。その後戸籍上は関係が切れているが、血縁関係が切れるわけではない。かといって、親戚づきあいがあったわけではなく……そういうこともあった、というだけの感じである。

社内の「長原一族」のことを考える。役員の一人は社長の実弟で、親戚筋の人間が部長に二人、課長にも一人いる。それぞれの年齢を考えると、出世は少し早い。やはり、血縁関係による登用はある、ということなのだろう。サラリーマンなら、どんな伝《つて》でもコネでも利用すべきだろうし、自分にもチャンスが巡ってきたのかもしれないが、どうしても素直に気持ちが沸き立たない。

この仕事に関して、釈然としないからだ。

槙田は一足先に工場に着いた。蘇我駅からは歩いて十分ほど。工場行きのバスがあったはずだが、この工場に来たことは一度か二度しかないので、どこから出るのか覚えておらず、歩くことにした。

午後になって急に気温が下がってきたようで、風は冷たい。ささやかな商店街、それに続いて住宅街の中を歩いて行く間に、無意識のうちに背中が丸まってしまった。暖を取るために、途中のコンビニエンスストアで缶コーヒーを買って、歩きながら飲む。胃の底の方は温まったが、寒風に対抗できるはずもない。今年の冬は寒くなりそうだ、と首をすくめながら考えた。

千葉工場は、国内に三つある工場の中で最大の生産量を誇り、従業員は八百人を超える。受付で確認すると、安城はまだ到着していなかった。風が冷たいので、同情した警備員が「中に入って待っているように」と勧めてくれたが、遠慮する。暖を取っているところを安城に見られでもしたら、冷たい目で睨まれるのは間違いない。あの人は……何を考えているか分からないが、とにかく冷たい感じがする人だ。しかし野心は大きい、という評判である。長原製薬で初めて、創業者一族以外からの社長就任を狙っているという噂もある。しかし、そういう野望は簡単には実らないだろう。何しろ合併という大事が控えている。二つの会社が一つになる——経営陣の顔ぶれがどうなるかなど、今の段階ではまったく予想もできないはずだ。

十五分ほど、寒風が吹きすさぶ中で待つ羽目になった。配送用のトラックが出て行く時には、風に煽《あお》られて思わず顔が強張ってしまう。しまいには、無意識のうちに体を左右に揺らして寒さに耐えるようになった。

見慣れた社有車が入ってくる。運転手が受付のところで一瞬車を停め、警備員と何かやり取りした。槙田は車に駆け寄り、後部座席に安城が乗っているのを確認した。安城が気づき、軽くうなずいて見せる。

車はそのまま、受付の横にある駐車場に回った。槙田は車の後を追って走り、運転手が出て来るより早く、後部座席のドアを開けた。役員に対して当然の礼儀だと思ったが、安城は冷たい言葉を浴びせかけただけだった。

「そういうことは君の仕事じゃない。ドアぐらい、自分でも開けられる」

思わず顔が赤くなる。無言で頭を下げ、ドアから手を放した。安城はさっさと車を降り、自分でドアを閉めて歩き出す。途中、寒さに耐えかねたのか、コートを羽織った。歩くスピードはますます速くなる。

工場に入ると、受付から連絡がいっていたのか、工場長が待ち構えていた。長原製薬において千葉工場長は部長級で、その中でも序列は上の方である。製造部門の責任者の一人であり、役員一歩手前だ。現在の工場長は、今年の春に着任した小暮《こぐれ》。ネクタイに作業服姿で、緊張した面持ちで安城に向かって頭を下げる。樽《たる》を思わせる、でっぷりとしたユーモラスな体形なのだが、今は緊迫した雰囲気を漂わせていた。安城は小暮に向かってちらりと頭を下げただけで、すぐに建物に入って行く。踵を返した小暮が早足で追いつき、何事か囁き始めた。後ろを歩く槙田には内容までは聞き取れなかったが、小暮がひどく真剣な様子なのは分かる。どうやら何か事情を知っているようだ……結局、この場で何も知らないのは自分だけかと、にわかに不安になってくる。

二人は足早に歩き、工場の最奥部にまで回った。時折すれ違う従業員が頭を下げるが、二人とも何の反応も示さない。会話に集中し過ぎて、周りの様子が目に入っていないようだった。

最奥部……何だっただろう。検品所？　そうだ。ここで検品を受けた製品は、一部は別棟にある倉庫に保管され、一部はそのまま出荷される。すぐ外が、トラックが直づけできる出荷口になっているはずだ。

検品所には人影がない。一日中、最終チェックが行われているはずだが、人払いをしたのだろうか。まるで冷房が入っているように、外よりも寒々としている。安城と小暮は迷わず、検品所の一番奥に向かった。槙田の身長の二倍ほどあるラックに、段ボール箱が積み重ねられている。安城は下から二段目の前に屈《かが》みこみ、段ボールを指さした。小暮がその段ボール箱を引っ張り出し、床の上で蓋《ふた》を開ける。蓋の部分に「プレビール」——D07の商品名だ——の文字があるのに槙田は気づいた。問題の薬じゃないか……何か、新しい動きがあったのだろうか。

安城が段ボール箱に手を突っこみ、D07の箱を取り出した。手にした箱を何度もひっくり返し、内容を確認する。背広の胸ポケットに挿《さ》した眼鏡をかけると、さらに入念に凝視した。

「これで全部か？」

「間違いありません」

「残りは——」

「出荷済みですね」

「範囲は」

「北海道から中部地方まで——近畿以西には出回っていません」

厳しい表情でうなずくと、安城が顔を上げて槙田を手招きした。

「カメラは持ってるか？」

「いえ」そんなものを、普段持ち歩いているわけがない。「スマートフォンのカメラなら……」

「ああ、それでいい。今のスマートフォンなら、カメラの性能も問題ないだろう」

訳が分からないまま、槙田は安城の指示のままに段ボール箱の中身を撮影した。見慣れた——素っ気ないD07の箱。これに何の問題があるのか、見当もつかなかった。

撮影が終わると、安城はD07の箱を一つ、コートのポケットに突っこんだ。ぼうっと突っ立っていた槙田に目を向けて、「行くぞ」と告げる。

慌てて「はい」と返事をし、歩き出した安城の後に続く。安城は既に、小暮の存在など目に入っていない様子で、声もかけなかった。先を行く安城に続き、槙田は小暮と並ぶ格好になった。

「広報部の槙田です」遅ればせながら挨拶した。

「あ？　ああ」小暮が、惚《ほう》けたような声で返事をする。

「あの、これはどういう——」

「俺に聞くな」小暮が低い声で言った。いかにも機嫌が悪そうである。

何も事情を知らされていないのだろうか、と驚く。単なる道案内？　いや、そんなことはあるまい。先ほど、D07の出荷状況について、安城と会話を交わしていたではないか。

「でも、ちょっとおかしくないですか」

「いいから黙ってろ」頭から押さえつけるように小暮が言った。

槙田は黙りこんだが、胸の中では小さな嵐が渦巻いていた。いったい何が起きているのか……小柄な安城の歩幅が広くなり、今やほとんど小走りのようになっている。槙田は付いて行くだけで精一杯だった。

さらに打ち合わせをするかと思っていたのだが、安城はそのまま外へ出てしまった。工場での滞在時間、わずかに十分ほど。Ｄ07が必要なら、工場に指示して本社に送らせればいいだけではないか。何故わざわざ、ここまで来たのだろう……。

車のところまでついて来た小暮に、安城が耳打ちする。風に流されそうになる声が、とぎれとぎれに聞こえてきた。

「――厳重保管で」

「承知しています」

「出荷停止……いずれ破棄……」

「……分かりました」

安城が車のドアに手をかける。ちらりと槙田を見て、「どうした」と不思議そうに言った。

「いえ……」何が「どうした」のか分からぬまま、槙田は言葉を濁した。

「早く乗れ」

「はい」言われて、槙田は助手席側の後部ドアに回りこんだ。このまま東京まで、車で一緒に戻るのか……車内の気詰まりな雰囲気を想像しただけで気が重くなってくる。

車が走り出す直前まで、小暮はずっと頭を下げていた。しかし顔を上げた瞬間、怪訝そうな——あるいは不快そうな表情が浮かんでいるのを槙田は目にした。やはり小暮も事情を知らず、はっきりした説明もないままで不審に思っているのかもしれない。

車は国道に出て、スピードを上げて走り始めた。高速に乗るのだろうと思ったが、そちらのルートは取らず、ほどなく海岸沿いにある公園に入った。

駐車場に車が停まると、安城が迷わずにドアを押し開ける。槙田がその場で固まっていると、首を捻ってこちらを向き、「どうした」と声をかけてきた。

「あの……ここは……？」

「ちょっと君に話がある」

運転手にも聞かれたくない話なのだ、と悟って槙田は緊張した。

公園は海岸沿いに細長く広がっているようだ。安城は、松林の中を迷わず歩いて行く。海岸の方へ向かうらしい……まったく迷わないのは、何度もここへ来たことがあるからかもしれない。

ほどなく海岸に出る。海が近い……左手はるか遠くに工業地帯が広がっており、林立した煙突から煙がたなびいていた。砂は固く締まっており、足を取られる心配はない。安城はコートのポケットに両手を突っこんだまま、波打ち際まで歩いて行った。その手はＤ07の箱に触れているのだろうか、と槙田は訝った。

安城が振り返る。ちょうど逆光になって、その顔は黒く塗り潰されていた。

「どういうことか、分かるか」

「いえ」

「少しは頭を働かせろ」

唇を引き結び、槙田は無言で抗議した。こんな回りくどい言い方をされても困る。言いたいことがあるなら、はっきり言えばいいのに。しかし安城は、槙田を厳しく睨みつけるだけだった。

安城がポケットから手を抜く。Ｄ07の箱をきつく握り締めていた。

「これが何だか、分かるな」

「Ｄ07です」何だか馬鹿みたいだと思いながら、槙田は答えた。

「これは、不良品だ」

「だから副作用で事故が……」

「副作用ではない」安城が即座に否定した。

「どういうことですか」槙田は安城に一歩詰め寄ったが、足が止まってしまう。安城は、自分の周りにバリアを張ったようだった。

「それじゃ、分かりません」

思い切って言うと、安城が目を細め、槙田を睨んだ。背筋が寒くなったが、槙田も目を逸らさない。こんな訳の分からないことに巻きこまれて……今は怒りが不安を上回っていた。

「一度しか言わない。よく聞け」

「はい」

「問題は薬じゃない。パッケージだ」

「パッケージ?」

安城が、D07の箱を放って寄越した。低い……槙田は膝の位置で辛うじてキャッチした。

「よく見てみろ。成分表示だ」

薬の成分については、槙田は通り一遍の知識しか持っていない。だが、有効成分が何なのかぐらいは分かる。

「そこに表示されていない成分が、実際には入っている」

「はい?」

「記載漏れだ」

「つまり、この有効成分表示は……間違っているということですか」

「間違っただけだ」

「ああ」

「記載漏れの成分というのは……」

「今回の三件の事故全てに関係している」

槙田は、顔から血の気が引くのを感じた。これは重大ミス……というより、単純なミスではないか。それで三人もの命が奪われたとしたら、馬鹿馬鹿し過ぎる。いや、人の死を「馬鹿馬鹿しい」の一言で片づけてはいけないが。

「特定の条件で、意識混濁などの可能性がある成分が含まれている。それはラボの方で確認した」

「ラボ」は研究開発の一部門で、新薬開発の最終チェックを行っている。副作用などの問題を研究するのも役目だ。何かトラブルが起きた時、原因解明の役割を担わされる部署でもある。

「それが、今回の事故の原因なんですか」

「今のところ、そのように分析している」

「記載されていれば……」

「うちとしては、何の問題もなかった」安城がうなずく。「処方する方も、その条件を考慮するだろう。ただし記載漏れになっていたために、本来服用してはいけない患者が服用してしまったわけだ。他の薬との呑み合わせ、症状の度合い……亡くなった三人は、D07

を服用してはいけなかった」

「それで、どうするんですか」

「出荷は差し止めた。すぐに生産中止にする。それは不自然ではないな——商品力が弱ければやめるだけだからな」

「出回ってしまっている分は——」

「無視する。今のところ、重篤な副作用が出る確率は十万人に一人以下だ。出回っている薬の量を考えると、今後同じような問題が生じる可能性は極めて低い」

まさか……槙田は薄《うっす》らと口を開けた。このような場合、製薬会社に求められるのは迅速な対応——被害の実態の把握と公表、薬の回収だ。

「この件は公表もしない」安城が低い声で告げる。

「え？」

槙田は目を見開いた。安城の表情は相変わらず硬く、険しい心中を覗かせる。

「公表すると、大損害になる」

「いや、しかし——」

「このまま無視する。下手に騒げば大変なことになるのは、君にも分かるだろう」

「それは、法的にも倫理的にも間違っているんじゃないですか」

安城が目を細め、唇を歪めるような笑みを浮かべた。槙田は自分の若さ——未熟さをからかわれたような気分になった。

「うちが今、大事な時期に来ているのは分かるな？」

「合併ですね？」

「そのためには、不安定な要素は全て排除しなければならない」

「でも、隠蔽したことが後からばれたら、正直に公表するよりもダメージは大きくなりますよ。また被害者が出たらどうするつもりなんですか」広報部員として、槙田は他の企業の失敗例をいくつも見てきた。不祥事をどの段階で公表するかは難しい問題だが、これまで同じような問題でイメージダウンした企業は、いずれも「遅きに失した」のは間違いない。

「わずかなりとも、ダメージを受けるわけにはいかない」

「今時、そういう考えは――」

「古いのは分かっている」吐き捨てるように安城が言った。「こういう状況でなかったら、迷わず公表しただろう。しかし今は、そういう場合ではないんだ」

槙田は唇を嚙《か》み締めた。長原製薬が、経営的に追いこまれているのは分かっている。今や外資との合併しか、生き残りの方法がないらしいことも。だがこれは、あまりにも時代に逆行したやり方ではないか？　今は何でも、透明性が重視される時代である。わずかでも問題があったら素早く公表し、実態はともかく「きちんと対応を取っている」という姿勢を見せるのが大事なのだ。それにこの件は、市販薬に問題があった時に比べれば、大したことはないはずだ。ダメージの最大値を百と考えれば、七十程度の騒ぎで済むのではないだろうか。

それでも、会社に大きな損害が出るのは間違いない――もしかしたら、致命的な。

海から風が吹き抜け、安城のコートの裾を揺らす。槙田は一瞬目を細め、風の寒さに耐えた。Ｄ07を握っている左手だけが、妙に熱く感じられる。これは……この薬は爆弾になりかねない。長原製薬の未来を吹き飛ばしてしまう可能性もある。

「合併相手は、色々探りを入れてきている」安城が打ち明けた。「最終的には条件闘争になるかもしれない……そこでＤ07の問題が明るみに出れば、向こうは圧倒的に有利な立場になる。それだけならまだしも、合併話は白紙に戻るかもしれない。そうなったら、うちの将来はお先真っ暗だ」

「……ええ」

「それでいいと思うか？」

「いや、それは……」

「長原製薬は、関連会社やその家族まで含めれば、数万人の生活に責任を負っている。そういう人たちを路頭に迷わせるわけにはいかない」

「でも、Ｄ07で被害を受けた人に関してはどうなるんですか？　三人もの人が亡くなっているんですよ。これからだって、被害が広がる可能性があります」

「その件で、君に一つ、頼みがある」

「何でしょうか」嫌な予感を覚えて、鼓動が速くなってきた。

「一人——一家族だけ、騒ぎ始めている。それを収めて欲しいんだ」

「どういうことですか？」

「金だ」安城がうなずく。「D07のせいではないかと疑っているんだ。こちらとしては、そういう事実はなかったとした上で、見舞金を渡す」

「見舞金を出したら、責任を認めることになるんじゃないですか」

「そこは考えなくてはいけない」安城がうなずく。「向こうが納得するだけの金……目の前に金を積まれて、それでも裁判にすると騒ぐ人間はいないだろう」

「でも、警察も異変に気づくかもしれません」

「君は、北海道と大阪で上手く立ち回ってくれたな」

安城が一歩を踏み出す。数十センチ距離が縮まっただけなのに、槙田は圧力を感じた。

安城が、槙田の顔に太い指を突きつける。

「日本の警察は、都道府県単位で機能している。横の連絡は、案外疎かだそうだ。だから、君がおかしなことを言わなかったなら、連中がそれぞれの事故の関連性を疑うわけがない」

「私は……」

「言ってないな？」

「ええ」

「だったら問題ない。警察が気づけば、厚労省にも連絡が入るし、そうなったら合併どころではなくなるだろう。新薬開発のための出資話も消える」

「それは……分かります」

「今のところの問題は、警察よりもむしろマスコミだ。取り敢えず、気づかれている気配はない。鉄道への飛び込み自殺など日常茶飯事だから、マスコミも一々気にしないだろう。だが、念には念を入れなくてはいけない」

槙田は知らぬうちにうなずいていた。話はここからが本筋であるような予感がする。

「広報部としては、情報漏れも絶対に防いでもらいたい。社内でこの一件を知っているのはごく一部の人間だ。だから、外部に情報が漏れれば、犯人捜しをするのも簡単だ」

「警告ですか？」

「警告だ」安城がうなずく。「そして君には、共犯者になってもらう」

物騒な言葉が胸に沈みこむ。共犯者……一緒に責任を背負えというのか。しかし、どうして自分のような平社員が？　安城が自分に目をつけた理由が分からない。確かに、広報部が一枚嚙む話かもしれないが、自分でなくても構わないはずだ。いや、むしろ自分以外の人間が担当すべきだ。それこそ部長とか、しかるべき立場の者が。

「どうして私なんですか」

「君は、長原一族につながる人間だ」

「いや、しかし……つながると言っても、ごく薄い関係です。私自身、会社に入るまで、知りもしませんでした」人事面での優遇もなかったし、と言おうとして言葉を呑みこむ。何だか不満を訴えるようで、みっともない。

「知っていると思うが、うちには長原閥と言うべき人間が何人もいる。今も実質的に同族経営のようなものだから、当然だが。しかし、合併後にはどうなるか分からない」

「社長が退任する可能性があるんですか？」

「相手は──ユーロ・ヘルスは、同族経営というううちの体質を嫌っている」安城の顔が歪む。「そういう古めかしい体質が、業績の停滞につながっている、という考えなんだろう。そのことについては、私は否定も肯定もしない。元々長原製薬は、こういう会社だと思っているからだ。しかし合併後は、うちの社内体制は大きく変わるだろう」

「それで、社長が……」

安城がうなずく。その表情は今までにも増して真剣で、怒りさえ感じられた。

「長原家が、長原製薬の象徴であることに変わりはない。不思議なことにあの一家は、社員の信望が厚い……もしも社長が退任することになったら、どうなると思う？」

「求心力が失われますね」

「社長だけじゃない。長原専務や、他の部長クラスにまで手が及ぶ可能性もある」

槙田はうなずいた。社長の実弟である専務は長原家直系の人間だが、部長クラスにも、この家系に連なる人間がいる。

「会社には、アイデンティティが必要だ。合併しても、長原製薬側の人間は、自分が長原製薬出身だという誇りを持つべきだと思う。そうでなければ、会社の文化は崩壊するよ。シンボルである長原家の人間が一人もいなくなったら、アイデンティティの危機だ」

「ええ」

「だから君には、残ってもらわなければならない」

「しかし私は、長原家とは――」

「関係が薄いとか、そういうことはどうでもいい。君は、長原の名前をバックにシンボルになれる人間だ。だからこの件を乗り越えて、将来のために生き残るんだ」

戦国時代じゃないんだから――苦笑しそうになったが、安城の真剣な顔つきを見て、槙田は表情を引き締めた。同じようなものかもしれない。守るべきものが「お家」から「会社」に変わっただけ。会社員は所詮、会社がなければ生きていけないものだ。転職も珍しくないご時世にはなったが、実際には、一生を一つの会社で過ごす人間もまだたくさんいる。

「だから君は、私と一緒にこの件の後始末をしなくてはならない。決して表に出ることはないが、君は長原製薬を救った男として、記録に残るんだ」

「そんなことを記録に残したら、証拠を残すようなものだと思いますが」

「私の頭の中の記録に、だ」安城が人差し指で耳の上を突《つ》いた。「合併しても、うちの企業文化を守ろうじゃないか。そのために、君にはシンボルになって欲しいんだ」

7

「それは……」長原社長の顔が、見る間に蒼褪《あおざ》めた。

「結論はこれしかありません」安城ははっきりと言い切った。

長原が腕組みしたまま黙りこむ。血色は戻らず、眼鏡の奥の目は不機嫌そうに細くなっている。

「もちろん、こういうやり方を納得していただけないのは、十分承知しています。私も、決してベストの方法だとは思っていません」安城は畳みかけた。

「東京都と厚労省に報告して、公表すべきではないんですか」

「そうすると、ユーロ・ヘルスの連中に弱みを握られますよ。合併は白紙に戻ってしまいます」

外資は、基本的に損得勘定だけで動く。ユーロ・ヘルスが日本に進出してから三十年以上経っているが、その体質に変わりはないだろう。合併話が進み、抜き差しならぬ関係にまでなっても、こちらがトラブルを抱えこんでいるのが分かったら、間違いなく手を引くはずだ。

「しかし……」長原がソファに深く身を埋《うず》めた。「隠蔽など、そんなに簡単にできるものではないでしょう」

「できます」安城はまたも言い切った。「この件を知っている人間は、それほど多くありません。箝口令《かんこうれい》を敷くことは可能ですし、クレームをつけてきている遺族に対しては、金で解決できます」

「しかし、社会的な責任はどうなりますか」長原が肘かけを摑んで身を乗り出した。「コンプライアンスが厳しく言われる時代なんですよ。後で漏れたら、最悪だ」

「隠蔽は、我が社が得意とするところではないんですか」

「……何の話ですか」長原の顔に戸惑いが浮かぶ。

安城は、自分でまとめたレポートをテーブルに置いた。手に取り、タイトルを見た瞬間、長原の顔がさらに蒼褪める。

「これは……」

「社長がご存じないのも当然かと思います」

「どういうことですか？」

「覚えていらっしゃると思いますが、この前、資料庫の鍵をお借りしました」

長原が顔を上げる。目には当惑の色が浮かんでいた。

「本当に、何もご存じないんですね？」

安城は挑みかかるように念押しした。精神的に少しでも優位に立てるように……長原の目に怯《おび》えが走る。社長の自分でも知らないことがあるのか、と戸惑っているようだった。

「資料庫の一部の鍵は、社長だけが保管する決まりになっていますよね……ということで、鍵をお借りしたんですよ」

「それは……そうです」

「今まで、中身を確認されたことはなかったんですね」

「見る必要はない、と申し送りされましたから」

「見ておくべきでしたね。あの中には、我が社の負の歴史が残っている……ご覧になっていないと思って、私が簡単にレポートにまとめておきました」

「社内でこの件を知っている人は……」

「ごくわずかです。旧本社時代の話ですし、なにぶんにも四十年も前の出来事ですから。それに当時も、処理にかかわったのはごく一部の人間です――私も含めて」

長原が急いでページをめくった。眉間《みけん》に皺が寄り、表情が次第に苦しそうなものに変わっていく。半開きになった口から、荒い息が飛び出した。

「もちろん、薄々知っている人はいたと思います。ただし当時は、大事には至りませんでした。今と違って、被害を受けた人がすぐに声を上げて抗議するような時代ではありませんでしたから」

「わずか四十年前のことですか……」

「社長は高校生で、当時はもう東京に出ていましたよね」恐らく先々代の社長が、近い将来の東京への完全移転を前に、家族を先に東京へ引っ越しさせたのだろう。

「そうです」

「地元で何か起こっても、わざわざ東京にいる高校生には教えないでしょう」

「そうかもしれません」長原の口調は曖昧だった。

「だから、ご存じないのは当然ですし、恥ずべきことでもないんですよ」安城は足を組んだ。次第に、開き直る気持ちが強くなってきている。

「しかし、当時と今とでは状況が違いますよ」

「そうかもしれませんが、隠すことはできます」安城は断言した。「仮にこれが、予期されていない副作用だとしたら、大問題になるでしょう。それこそ我が社の技術力自体が疑われかねない。しかし今回の問題は、そうではないんです。単なるミスです」

「ミスとはいえ、実際に犠牲者が出ているのだから……」

「三人です」安城は指を三本立てた。「この三人と、我が社の社員、それに家族……どちらを優先しますか」

「人の命に替えられるものはないですよ。我々は、製薬会社なんだから」長原も引かなかった。

「それは理想論です」安城はあっさり切り捨てた。組んでいた足を解き、床に両足を踏ん張り、ぐっと身を乗り出す。「単なる有効成分の記載漏れです。印刷ミスです。このことを知っているのは、工場の一部の人間、それに営業や広報部のごく少数だけなんですよ。いくらでも隠し通せます」

「少し……考えさせて下さい」長原が額に手を当てた。

「それは構いませんが、あまり時間はありませんよ」安城は畳みかけた。「合併の下話も進んでいます。早く方針を決めないと、どこから情報が漏れるか分かりません。実際、ユーロ・ヘルスは四十年前のことを既に嗅《か》ぎつけている可能性があります。そんな話を聞きました」

長原がはっと顔を上げる。頬が小刻みに震えていた。

「それは、本当に……」

「向こうも、簡単に手の内を明かしはしませんから、実際のところは分かりません。とにかく、隠して逃げ切りましょう」

「しかし、私の良心は……」

「社長」安城は声を低くして言った。「社長は、全社員、それに株主に対して責任を負うべき存在です。この事実を軽く見てはいけませんよ。本当に守るべきものが何なのか、よく考えて下さい」

安城は立ち上がり、深く一礼した。俺も悪人だな……いや、悪人になったな、とつくづく思う。会社を守るのが第一。そのためには何でも切り捨てる。もしも長原が「イエス」と言わなければ、合併とは関係なく、何らかの方法で社長の椅子から引《ひ》き摺《ず》り下ろすつもりだった。

長原製薬は、百年に一度の大変革の時期を迎えている。そういう時に、公家《くげ》のような社長をトップに戴いていては、いい結果は出ないだろう。自分たちに必要なのは結果。そして未来。そのためにできることは、何でもやるつもりだった。

8

「やはり説得ですか」槙田は思わず声を潜めた。自分の声を聞いてさらに気分が暗くなる。

「そうだ。この件は、最小限の人数で行う」安城が真顔でうなずく。

「例えば?」

「基本的には君と、もう一人」

そんなことが可能なのだろうか……自分がしてきた対外的な仕事と言えば、マスコミの相手だけである。被害者遺族と交渉して、補償金を受け取らせる……無理だ、と本能的に弱気になった。

「相手は……」

「東京――新宿駅で亡くなった安川利久《やすかわとしひさ》さんのご家族だ」

槙田は、記憶をひっくり返した。データは全て破棄するように言われたので、手元にはない。確か、三十五歳。家族は……奥さんだけだったのではないか。

槙田は溜息をつき、水割りを一口呑んだ。二人がいる六本木のバーには他に客がおらず、小声で話す必要もないのに、どうしても声を抑えてしまう。厄介な話が重なって、胃がひっくり返りそうになっていた。

「しかし、私は――」

「何も言うな」安城が低い声で脅しをかけた。

「納得できません」

「だったらどうする？　この話をどこかに持ちこむか？」安城がぐっと身を寄せてきた。

「この件を知っている人間は、社内に十人もいない。もしも情報が漏れたら、誰がやったか、すぐに分かる」

槙田は思わず唾を呑んだ。露骨な脅し……そして槙田は、それに屈した。真相を明かすのは社会的には「正義」なのだろうが、会社としては「悪」である。会社員である前に社会人であるという当たり前の事実を考えれば、こんな話に乗るべきではないのだが、仮に社会的正義を押し通せば、自分は長原製薬での仕事を失うだろう。そうなったら、相当面倒な状況に追いこまれる。独身だから養う家族はいないが、実家の面子《メンツ》は丸潰れになってしまう。しかも、そういうことをした後で、まともな仕事に就ける保証はないのだ。噂が流れて何となく敬遠され、面接に行ってもあっさり断られる——そんな場面さえ脳裏に浮かぶ。就活の苦しさを思い出すと、さらに胃が縮こまるようだった。

「会社にいれば、いろいろなことが起きる。俺だって、綺麗な体じゃない」

槙田は何も言わずにうなずいた。そんなことを強調されても、答えようがない。しかし安城は、追想に入ってしまったようだった。目を閉じ、低い声で続ける。

「いろいろあるんだ……会社を存続させていくためには、泥を啜らなくてはいけないこともある。私は昔から、そういう仕事を担当する機会が多かった」

「だから副社長にまでなれたんですか」

思い切って皮肉をぶつけてみたが、安城は怒るでもなく、返ってきた答えは「そうだろうな」だった。

「そういう汚れ仕事をしないと、出世できないんですか」

「君は、出世したくないのか」

槙田は口をつぐんだ。正義感や倫理観を犠牲にしてまで出世するのが正しいかどうか……結局最初のジレンマに戻ってきてしまうのだった。

「いつまでも同じような仕事をして、これから何十年も定年までだらだらとサラリーマン生活を続けるのは、楽しくはないだろうな」

まだ三十歳を過ぎたばかりで、そんな先のことまでは考えられない。しかし安城は、先を見据えろ、会社の将来を肩に背負えと迫っている。

無理だ。

自分が経営陣に加わることなど、想像の限界をはるかに超えている。

「私は、ずっと昔に汚い仕事に手を染めて、それで出世の糸口を摑んだ。基本的に同族経営のこの会社では、普通の社員には役員の席は少ないんだ」

「それは……分かります」自分が同族の人間だという自負はほとんどなかったが、実際のメンバーを見ればすぐに分かることだ。

「何かやるなら早い方がいい。そうやって会社の仕組みや本当の利益について覚えていくんだ。表面上の利益や社会貢献が会社の全てではない」

槙田は水割りのグラスを両手で摑んだ。ひんやりとした感触が、少しだけ気持ちを落ち着かせてくれるが、酔いが回り始めた頭では考えがまとまらない。

だが、選択肢が少ないであろうことだけは分かっていた――実質、三つだけだ。安城の命令に従うか、それに逆らってこの情報を公表するか、それとも「秘密は明かさないからこの仕事から外してくれ」と懇願するか――三つ目の選択肢はあり得ない。そんな都合のいい頼みを安城が受け入れてくれるとは思えないし、仮に実現しても、社内に居辛くなるのは間違いないだろう。

追いこまれた。詰み、だ。

安城と別れた後、本格的に酒が必要だと思った。かすかに酔いが回っている状態で、あまり知らない街をうろつくのも嫌だったので、地下鉄で自宅のある西新宿五丁目まで戻る。以前入ったことのある居酒屋に入り、ビールを頼んだ。水割りで緩んだ頭が、ビールでさらに混濁してくるのを感じる。駄目だ……酔わないように気をつけないと。軽い愚痴《ぐち》のつもりで、店員にまずいことを話してしまいそうだ。

生を一杯呑んだ後、二杯目を頼もうかと迷い、ジョッキをぶらぶらさせる。やけに重く感じられ、すぐに肘をカウンターについてしまった。

重過ぎる。自分一人で背負うのは無理だ。

しかし、相談できる相手はいない。社内の人間に話せば、噂が一気に広がってしまうだろう。会社の外の知り合い……友人や家族にも当然話せない。

店員に煙草を頼んだ。禁煙は二年ほど成功していたのだが、先日、安城から仕事を回されて以来、すっかり元に戻ってしまった。最初の一服で咳《せ》きこんでしまい、涙が溢れ落ちてくる。何だか情けなくなり、すぐに灰皿に押しつけた。

一つ溜息をついて、会計を済ませる。しょうがない。こんな時はさっさと帰って寝てしまうに限る。

店を出ると、冷たい風に足元をさらわれた。そんなはずはないのに、体が傾《かし》いでしまう感じだった。コートのポケットに両手を突っこみ、背中を丸めてぶらぶらと歩き出す。新宿駅西口の喧噪《けんそう》には比べようもないが、この辺もサラリーマンが多いので、それなりに賑やかな雰囲気になっている。普段なら心が沸き立つような気分になるのだが、今は自分だけが陽気な空気から取り残された感じだった。

少し酔いを覚ましていこうか……コーヒーが欲しい。しかしこの辺には喫茶店やカフェがないので、仕方なくコンビニに入って百円のコーヒーを買った。最近のコンビニのコーヒーは美味いのだが、それでも店の外に一人立って苦い液体を啜っていると、何だか惨《みじ》めな気分になってくる。二本目の煙草の煙は素直に肺に入ったが、気持ちが上向くことはなかった。

突然、話すべき相手の顔が頭に浮かんだ。高藤……いや、それは危険ではないか。企業の顧問弁護士というのは、微妙な立場にいる。基本的には企業のために働くのだが、彼らにも社会正義という概念はあるはずだ――いや、自分たちよりもはるかにそういう気持ちは強いはずだ。これを問題視して、公表しようとしたらどうする……いや、公表すべきなのかもしれないが、そうすると情報源は誰か、と探られるだろう。

構うものか。先のことなど考えていられない。こんなことを一人で胸に抱えていたら、破裂してしまう。

煙草を店の灰皿に投げこみ、電話を取り出す。しばし躊躇《ためら》った後、登録してあった高藤の番号を呼び出した。一瞬目をつぶり、そのまま通話ボタンを押す。呼び出しが始まった……慌てて耳に押し当て、高藤の声を待つ。

「高藤です」明瞭な声。

「夜分にすみません。長原製薬の槙田です」

「ああ、それは分かっているけど……どうかしたかな？」

「いや……特に何が、ということはないんですけど」電話をかけたものの、槙田は結局言葉をなくしてしまった。

「どうした、青年。ずいぶん悩みが深いようだな」高藤が声を上げて笑った。「私に電話をかけてくるということは、社内には相談する相手がいないんだな」

「まあ……そうですね」

「私は、高いよ」高藤が声を上げて笑った。

「ああ、もちろん……分かってます」一気に酔いが引く。すぐに電話を切らなくては、と焦った。気を許している年上の友人だからといって、気軽に電話などかけるべきではなかったのだ。

「冗談だよ」高藤の声が真面目になった。「気になることがあるなら、言ってみればいい」

「いや、それでは申し訳ないですから」

「気にすることはないよ。時間外の仕事だから、金を請求するようなことはしない」

「ええ。でも……」やはり話せない。

「会社のことかな？」

高藤は鋭く切り出してきた。どきりとしたが、「そうです」と認めざるを得ない。せっかく相手をしてくれているのに、話の腰を折るのは失礼だ。

「まあ、会社勤めをしていれば、悩むこともあるだろうね」高藤が鷹揚《おうよう》に言った。「私は、普通の会社に勤めたことがないから分からないが、大変なことがいろいろあるだろう」

「ええ」

「言えることだったら言ってみなさい」高藤の声が柔らかくなる。「無理することはないが」

「ちょっと言いにくいんですが……」

「だったら無理に言わなくてもいいし」

「いや、そうじゃなくて……上手く言えないんですけど、会社の利益を守るって、どういうことなんですかね」

「それは、えらく抽象的な質問だね」

「抽象的にしか言えないんですけど、会社の利益と社会的利益が衝突したら、どうしたらいいんでしょうか」

「それは、その都度の判断だ」高藤が言い切った。

「そうですか……」

「利益が衝突すると言っても、状況はそれぞれ違うはずだ。一概には言えない。だから、どうかな……具体的な話をしてもらわないと、アドバイスしようがないんだがね」

「そうですよね」

「言いにくいなら、別に言う必要はないが」

「言ったら、俺は終わりかもしれません」槙田はコーヒーの入ったカップをきつく握った。柔らかいカップがたわみ、コーヒーが手に零《こぼ》れる。

「それは穏やかじゃないな」

「ええ。穏やかじゃないんです」

「何だったら、私が君の代理人になろうか？」

「え？　だって、それは金が……」

「金の話は後で考えよう。いや、別に金なんかどうでもいいんだけどね」高藤が軽く笑った。「弁護士だからって、金に汚いわけじゃない。今の私は、別に金には困ってないからね。他のところできちんと稼いでいるから、君から金を貰《もら》おうとは思っていないよ」

「失礼しました」

「いや、別にいいんだが……私が君の代理人になれば、君の利益を守らなければならない。具体的にどういうことかと言うと、聞いた秘密を外へ漏らさないということだ。弁護士法二十三条の規定で、守秘義務がある」

「ええ」

「だから、君がどんなことを言っても、私はその秘密を守るよ」

槙田は唇を引き結んだ。彼の言い分はもっともだが、そのまま信頼していいかどうかは分からない。

「ま、そう難しく考えないでくれ」高藤が軽い調子で言った。「人生の先輩としてアドバイスしてもいいし。酒でも呑みながら、愚痴ぐらい聞いてあげるよ」

「ありがとうございます」

「何だったら、これからでもいいぞ」

「いや……今日はもう、結構入ってますので」

「そうだろうと思った」高藤が笑い声を上げた。「声の調子が怪しいからな」

「そうですか？」

顔を擦ろうとして、両手が塞《ふさ》がっていることに気づく。こんなことにも気づかないのだから、やはり呑み過ぎだ。そんなに呑んだ記憶はないのだが、緊張していたので、普段よりも回りが早いのだろう。

「こういうことなら、いつでも電話してもらって構わないから」

「でも、お忙しいですよね」

「私だって、四六時中忙しくしているわけじゃない。基本的に夜は、声がかかればどこへでも馳《は》せ参《さん》じるよ」

馳せ参じる、か。古めかしい大袈裟な言い方に、槙田の頬は少しだけ緩んだ。しかしすぐに、真顔に戻ってしまう。

「でも、どうして俺の相手をしてくれるんですか？」

「電話してきたのは君じゃないか」

「それはそうですが……」

「性分かな。困っている人を見ると放っておけないんだ。それに君は、一緒に呑んでいて楽しい人だから。蕎麦友でもある。俺みたいに五十歳にもなると、年下の友人というのは大事な存在なんだよ」

「……ありがとうございます」

目の前に誰もいないのに、槙田は深々と頭を下げていた。これは相当酔っぱらっている
な、と思いつつ、安堵していた。
今は話せない。これからも話せるかどうかは分からない。他人と分かち合うには危な過
ぎる爆弾なのだ。
それでも、いざという時に話せる相手がいると思うと、心を覆っていた黒い雲が薄れる
ようだった。

9

気が重い……というレベルではなく、押し潰されそうだ。鼓動は激しく、心臓が喉から
飛び出してしまいそうである。インタフォンのボタンを押す人差し指が震える。後ろに控
える同期の濱野《はまの》も同じ様子だった。
ドアが細く開く。蒼白い表情の女性が顔を見せた。中から、赤ん坊の泣き声が聞こえて
くる。子どもがいたのか……槙田は思わず唾を呑んだ。
「長原製薬の槙田と申します。こちらは濱野です」
「ああ、はい……」
「安川利久さんの奥様……典子《のりこ》さんですね」

「突然お訪ねして、申し訳ありません。ちょっとお話しさせていただいてよろしいですか」

「そうです」

「ええ、はい……」

一度ドアが閉まる。チェーンを外す音が聞こえて、槙田は濱野と顔を見合わせた。うなずきかけても、彼の蒼い顔つきに変わりはない。

狭いマンションだった。通されたリビングルームは八畳ほど。隅にベビーベッドが置いてあり、赤ん坊が寝ている。先ほどまでの泣き声は消えていた。槙田はソファを断り、ラグの上で直に正座した。薄いラグで、フローリングの硬さが膝にくる。かすかに漂う線香の匂い……部屋の隅に小さな仏壇が置いてあり、安川の笑顔の写真があった。まだ若い……三十五歳で亡くなったのだから当然だが、少年のような笑顔だった。

「この度は、まことにご愁傷様《しゅうしょうさま》でした」はっきりと言って、槙田は床に額がつくほど深く頭を下げた。濱野もそれに倣《なら》う。

五つ数えて頭を上げる。典子とは、小さなガラステーブルを挟んで座っているだけなので、距離が近い。彼女の焦燥感や悲しみが、じわじわと伝わってくるようだった。生まれたばかりの子どもがいるせいもあるだろうが、ひどく疲れて見える。髪は雑に縛り、化粧っ気はなし。

「弊社の方にご連絡いただきまして……調べさせていただきました」

「はい」

「結論から申し上げますと、弊社の膝痛の薬D07――プレビールとご主人の死には、直接関係はありません。副作用等について再度検証していたために時間がかかってしまいました。申し訳ありません」もう一度頭を下げる。

「そうですか……」典子が溜息をつく。「でも、主人が呑んでいた薬は、あれだけなんです」

「失礼ですが、ずいぶんお若いのに、膝痛で苦しんでおられたんですね？」濱野が話を引き取った。「弊社としては、プレビールは主に高齢者向けの薬として開発したんですが」

「主人は高校の時に野球をやっていて……その時に膝を傷めたんです。このところ、痛みがぶり返すようになって。医者に相談したら、あの薬を勧められました」

「そうだったんですか。スポーツマンだったんですね」

濱野が深くうなずく。営業マンらしく、話も上手いし人当たりもいい。槙田は話を引き取った。嫌なことだが、大事な話は自分がしなくてはいけない。副社長の指名でもあることだし。

「それでですね……弊社としては、この件に関して責任は負わない、負えないものと考えます」

すか」

「そんな……」典子が腰を浮かしかける。「だったらどうして、あんなことになったんで

「それは……警察の方で、結論は出しているはずです」

「自殺なんて、あり得ません」典子が目を剝《む》いた。「子どもが生まれたばかりなんですよ？喜んでました。仕事も上手くいってたんです。自殺する理由がないんですよ」

「ええ、しかし……状況的にそれしかあり得ない、と聞いています。警察が、こういうことで間違いをするとは思えないんですが」

槙田は、責任を警察に押しつけた。警察は権威の代表のようなものである。面と向かって警察の言い分に逆らえる人間は、多くはない。事実、典子も口をつぐんでしまった。

「ただ……いかがでしょう」声を柔らかくして、槙田は続けた。「弊社の薬は関係ないとはいえ、今回の件は残念な事故でした。お子さんのこともありますし、弊社として、お見舞いをさせていただけないでしょうか」

「お見舞い？」典子が首を傾げる。

「見舞金、ということです」濱野が話を引き取った。「慰謝料と言ってもいいです」

「それはやっぱり、そちらの薬のせいでは——」

「そうではないか、と疑われて、苦しまれたんですよね」槙田は典子の話を途中で断ち切った。「その、苦しんだ分の慰謝料と考えていただければ」

「そんなの、あるんですか?」

「私どもは、薬を通じて社会に深くかかわる会社です。ですので、できる限りのことをさせていただきたいと……」

「よく分かりません」

「ぜひ、お見舞いをさせていただきたいんです」濱野が押し切りにかかった。「苦しまれた方がいるなら、何とかお助けしたいんです」

「でも……」

「五百万円、用意しています」槙田は金額を持ち出した。

「五百万円?」典子の眉がくっと上がる。疑っているのは明らかだった。それはそうだろう。自分たちのせいではないというなら、何故五百万円もの金額を用意するのだ……。

「一つだけ、お願いがあります」槙田はつけ加えた。

「何……ですか」典子の戸惑いは収まらなかった。

「この件を、口外しないでいただきたいのです。弊社の調査で、ご主人が亡くなったのと、プレビールが無関係ということははっきりしました。ですから、変な噂が流れると、こちらも困るんです」

「でも、別の人が調べれば、違う結論が出るんじゃないですか」

「調査には金も時間もかかります」脅しだな、と意識しながら槙田は言った。「それで、弊社と同じ結論が出たら、無駄ではないですか」

典子が唇を嚙んだ。揺れている、もうひと押しだ、と槙田は身を乗り出した。しかし彼が口を開くより先に、典子が顔を上げる。

「分かりました」

「――そうですか」槙田はゆっくりと息を吐いた。

「どうせ主人は帰ってこないんですし……子どもを育てるにはお金も必要です」

「そうですね」

「もっともらえないですか」典子がずばりと切り出した。「お金はいくらあっても十分ということはないんです」

槙田は、濱野と顔を見合わせた。これは予想されたことである。実際安城からは、一千万円までは構わない、と言われていた。しかし仮に典子が「値上げ」を持ち出しても、その場で「イエス」と言わないようにしようと、二人は事前に打ち合わせていた。条件闘争のようになってはいけない。驚いた振りをして、後で出直すようにしよう……その方が、誠意を見せた感じになるはずだ、と。

二人は打ち合わせ通りに、「会社と相談します」と告げて辞去した。

「どうよ」マンションを離れた後で、ようやく濱野が口を開いた。

「きつい」槙田は首元に指を突っこみ、ネクタイを緩めた。息が苦しく、鼓動は激しい。

「だけど、何とかなりそうじゃないか？　まだ疑ってるかもしれないけど、金は欲しいんだよ。一千万出せば、絶対黙ってるって」

「そうかな……」

「そうだよ」濱野は強気だった。「ま、こういう問題はさっさと片づけようぜ。いつまでもかかわってたら、本業が疎かになるよ」

これは本業ではないのだろうか、と槙田は思った。会社の仕事、自分の仕事とは、いったい何なのだろう。


安城は役員室で、槙田のレポートに目を通していた。クレームをつけていた安川利久の妻に関しては、一千万円を渡して口をつぐむことを約束させた。しっかり文書にも残しているので、これで何とかなりそうだ。札幌と大阪に関しては、遺族は何の疑いも抱いていないようだから、何とか収束できるだろう。

槙田のレポートをデスクの一番下の引き出しに突っこみ、鍵をかける。早急に、安全な保管場所を作らねばならない。資料庫の空きスペースを確保するか、あるいはまったく別の、普通の社員の目には絶対に触れない場所を探すか。

立ち上がり、伸びをする。窓辺に寄ったが、見えるのは明治大学のリバティタワー、それに隣のビルの薄汚れた屋上ぐらいだった。嫌いな訳ではないが、素っ気ない風景。

部屋からの景観は、出世によって手に入れるものだ。長原製薬で最も眺めがいい部屋は当然社長室であり、神保町《じんぼうちょう》が一望できる。安城はこの街が特に好きでも嫌いでもなかったが、どうせなら街を睥睨《へいげい》できる方がいい、とは思う。神保町にも高層ビルは増えたが、長原製薬のビルは未だに、この街で一番高いビルの一つに入るのだ。ただし位置によって、窓から見える景色は大きく異なる。

今のところ、何とか上手くいっている。隠蔽工作。合併交渉。その後にやってくるはずの、社内の大変革。一連の流れの最後にくるのが社長交代だ。そのために利用できるものは何でも利用するつもりだが、焦るとコントロールを失ってしまう。ひたすらタイミングを計り、いざその時が来たら、一気に攻め入る——。

携帯電話が鳴った。慌ててデスクに戻って確認すると、先々代社長の長原だった。電話だと、一層声が聴き取りにくい。椅子に腰かけ、電話を強く耳に押し当てた。

「どんな具合だね」

「順調に推移しています」

「社長はどこまで知っているんだ」声に不安が滲《にじ》んでいた。

「全体についてはご存じです。しかし、細かい点まではお知らせしていません。社長はお忙しいですからね」

「それでいい」少し安心したように、声がうわずった。「きちんと社長を守ってくれているわけだな？」

「もちろんです」あくまで今のところは、だが。

「結構だ。四十年前のやり方から学んでくれたようだな」

「大変参考になりました」

隠蔽は、この会社の本質的な体質なのか、と安城は思う。しかし、四十年は長い。二度目ではあっても、必ずしも「体質」とは言い切れないのではないか。それに四十年前は、もっと強引な手法が取られていた。そういう時代だったのだろう。ほとんどの人が声を上げる手段を持たず、ひたすら我慢して耐えてしまうことが多かった。もちろんそれで、普通に働いていただけでは手に入らない額の金を得たのだが。

「何か分からないことがあったら、私も相談に乗る」

「はい。お知恵をお借りすることがあるかもしれません。ご迷惑でしょうが」

「とんでもない。私で役に立つことなら、喜んで力を貸すよ」

経営から完全に手を引いているとはいえ、今も「社長」の感覚でいるのかもしれない。確かに長原製薬中興の祖であり、一地方企業を全国どこでも名前が通用する会社に育てた業績は、歴代社長の中でも群を抜いているのだが……気をつけないと、主導権を奪われかねない。しかし、真意を確かめるわけにもいかなかった。

電話を切り、取り敢えずほっと一息ついた。今後はできるだけ距離を置くことにしよう。

一度知恵は借りた――それで十分ではないか。深入りして欲しくなかった。これ以上秘密を知られると、何をしてくるか分からない。年を取ったとはいえ、頭の回転は衰えていないし、会社に対する影響力も未だに大きい。一時的に知恵を借りたとしても、後はできるだけ遠ざけておくのが正しいやり方だ。

10

槙田は、溜息をつくことが多くなった。あの日――安川典子に面会してから、どうも体調が悪い。胃がしくしく痛み、食欲が失せて、体重が二キロ減った。誰にも相談できないのが辛い。最初こそ、野分と一緒に安城の指示を受けていたのだが、安城はどういうわけかその後、野分を切り捨てたようだ。「部長には仕事の内容を話すな」とはっきり釘を刺されている。計画を知っている人間はできるだけ少ない方がいいということか……その理屈は理解できないでもないが、不安でもあった。不安というより、むしろ不快か。

野分は暇を見つけては、「どういうことになってるんだ」としつこく聞いてくる。槙田としては、「副社長の命令で何も言えません」と突っぱねてもよかったのだが、部長を無視するのも後ろめたい気分だった。いつも「まあまあです」「無事に進んでいます」と適当に答えるしかなかった。自分には荷が重過ぎる。何だか犯罪に加担しているような気分になっていた。

　ストレス解消のための愚痴を零す必要がある。槙田がその相手に選んだのは濱野だった。典子に一千万円で手を打たせ、覚え書きに捺印《なついん》させた夜、プライベートで会った。会社の中や近くの飲食店で会うと誰に見られるか分からないから、槙田の自宅で。

「綺麗にしてるじゃないか」靴を脱ぐなり、同期の濱野は言った。

「基本、暇だからな。掃除する時間はたっぷりあるよ」

　それが少しばかり後ろめたい。製薬会社の営業マン――MRには、自分の時間などないに等しい。早朝から病院を訪れるのも普通だし、その後も夕方まではあちこちの病院を飛び回り、医師を摑まえては話をする。定時に終わることは珍しく、夕方以降は接待が待っている。これも相手の都合次第だから、午前様になることも珍しくない。結局、製薬会社は開発と営業で持っているようなものだ、と槙田は実感している。それに比べて広報部は……やはり暇な部署だと言っていいだろう。

「ま、座って」

　槙田は濱野にソファを勧めた。濱野が床に直にバッグを置き、コートを脱いでソファに乱暴に腰を下ろす。両手で顔を擦ると、溜息をついた。

「疲れてるな」

「疲れてるよ」指摘され、濱野が再び溜息をついた。「今日の一件は、参った。普段は判子を押してもらう時は、にやにやしてしまうんだけどね」

「今日の判子は……」

「何って言ったらいいのか」濱野が寂しげな笑みを浮かべる。いつも強気な男なのだが、今日は普段の態度は微塵《みじん》も見えない。「精神的にきつい」

「そうだな……」キッチンの入り口に立ったまま、槙田は濱野を観察した。少し痩《や》せたようだ。顔色もよくない。

「やっぱりこういうのはきちんと公表して、一気に回収すべきじゃないのか?」濱野が切り出した。「今は誤魔化せてるけど、そのうち表沙汰になるかもしれない。安川典子だって、いつ声を上げるか分からないぜ」

「覚え書きには、その辺もきちんと書いてあるじゃないか」

「小さい字でな」濱野が親指と人差し指の間を一ミリほど開けて見せた。「あれはずるいよ。わざと気づかないように書いてある。悪徳金融業者みたいじゃないか」

槙田はうなずかざるを得なかった。法務部が作成した書類なのだが、「注意事項」は他よりも二回り細かい字になっている。気づかれないことだけが狙いのようだった。いわく、「公表しないこと」「公表した場合は、見舞金を全額返還すること」――脅しである。

「俺、しょっちゅうツイッターをチェックしてるんだよ。うちのことが書かれてないかと思ってさ」濱野が打ち明けた。

「それ、俺もやってる」

槙田は言った。今はどこから秘密が漏れるか、分からない時代だ。広報部の業務としても、世論の流れを追うのは大事である。

「製造中止の話も、ちょっと変ではあるんだよ。売れてないわけじゃないし、評判も悪くない。おかしいと思う医者や薬局の人間がいてもおかしくない」濱野がバッグに手を突っこみ、煙草を取り出した。口にくわえた後で、はっと気づく。「悪い、ここ、禁煙だよな」

「別にいいよ。ただ、灰皿はないけど」槙田も時折煙草を吸うようになっていたが、自宅に灰皿を置かないのは、自分なりの抑止のつもりだった。

「ああ、いいよ。携帯灰皿があるから」

それも申し訳なく、槙田はキッチンに置いてあったビールの空き缶に少しだけ水を入れて持っていった。

「こういうの、何だか惨めじゃないか？」濱野が自嘲《じちょう》気味に笑う。「煙草を吸い始めた頃、灰皿なんてなくてさ。こんな風に空き缶を灰皿代わりにしてた」

「そうだな……ビールでいいか？」

「もちろん」

「鍋の準備もしていいな？」飯を食おうという話になった昨夜、買い出ししておいたのだ。

「手伝おうか？」

「いや、やることはほとんどないんだ」

「じゃあ、任せる」

槙田は缶ビールを二本、テーブルに置き、電気鍋をセットした。キッチンに戻り、野菜と肉を切って鍋の準備を進める。水を張った鍋に昆布を一枚入れ、沸騰《ふっとう》する直前で取り出して、すぐに薄い豚ロース肉を投入する。続いて水菜。ほうれん草。

「すぐ食べられるよ」

「ああ……薬味は？」

「ほとんど使わないんだ。その方が美味い気がして」槙田は半分に切ったすだちの入ったガラスのボウルを差し出した。「これを絞って、醤油《しょうゆ》で割ってくれ。それで十分美味いから」

「しかし、お前も案外マメだね」すだちを自分の取り皿に絞りながら濱野が言った。

「鍋だけはよく作るんだ。一人分でも簡単だし、実家から毎年、すだちを大量に送ってくるからな。使わないともったいないし」

「実家、徳島だったよな」

「ああ」

「俺、料理なんか全然しないよ」

「接待で、外で美味いものを食べてるからだろう」言った瞬間、この皮肉はまずかったな、と悔いた。今は、慣れている接待さえ、濱野には大きな負担になっているはずだ。

「いやいや……基本、俺は面倒臭がりなんだ」濱野は気にしていない様子だった。「醤油、どれぐらい足せばいい？」

「少なめに入れて、後は味を見て足して……もう食べられるよ」

「じゃ、遠慮なく」

濱野が豚肉とほうれん草を取り皿に取った。熱いのを我慢しながら頬張る。途端に表情が緩んだ。

「すだち、いいね」

「俺は、鍋物の薬味としてはベストだと思うよ。酸味がきつくないのがいいんだ」槙田も鍋に手をつけた。まず、水菜。水菜は煮過ぎたら駄目だ。一瞬火が通っただけの、しゃきしゃきした食感が全てである。つまり、この鍋はゆっくり味わって食べるのに適していない。豚肉もすぐ火が通るしゃぶしゃぶ用だし、ほうれん草も柔らかくなり過ぎる前に食べなければいけない。

二人はしばらく無言で、鍋を突いた。熱い具材を冷たいビールで流しこむように食べる。濱野も「煮過ぎ」がよくないのは分かっているようで、二人は競争するように食べ続けた。結局、十分ほどで鍋の中は空になってしまう。ビールが入って少し体がだるくなっていたが、槙田は立ち上がり、冷蔵庫からビニール袋入りのうどんを持ってきた。

「お、それも地元のうどんか？」濱野が期待に目を輝かせる。

「いや、普通にスーパーで買った」

「何だ、讃岐《さぬき》うどんじゃないのか」

「讃岐うどんは香川県だから」槙田は思わず苦笑した。

「あ、そうか」言って、濱野が後頭部を叩く。「俺、いつも四国四県は混同するんだよな」

「それぐらい、覚えていてくれよ」

「悪い、悪い。で、これはどうやって食べるんだ？」

「ちょっと温めれば大丈夫だよ。解《ほぐ》れたらもう食べられる」

この豚肉の鍋の後に食べるうどんは、槙田の好物だった。スープに溶け出した豚肉の脂がうどんに絡んで、滑らかな食感になる。だから豚肉は、脂身の多いロースか、バラ肉の薄切りを使うのだ。

「うどんは、醬油をちょっと垂らしただけで食べてみてくれ。すだちの酸味は合わないんだ」

「何だか、いっぱしの料理評論家みたいじゃないか」

「まさか。単なる生活の知恵だよ」

透明度の高い汁の中でうどんが躍る。槙田は菜箸でざっとかき回しただけで、すぐに濱野に勧めた。濱野が新しい取り皿にうどんをたっぷり入れ、醬油をわずかに加えて、音を立てて啜った。

「いいね」

濱野の笑顔を見て、槙田はほっとした。少しでも気持ちが楽になるなら、それでいい。しかし、どうして自分が濱野に対してこんなに気を遣っているのか、よく分からなくなっていた。厄介事に巻きこまれているのは自分も同じなのに。

食事が終わり、本格的な「呑み」になった。槙田はビールを焼酎に切り替え、お湯割りを用意した。つまみは全て乾きもの。きちんとした酒の肴《さかな》を用意するほどの余裕はなかった。濱野は気にする様子もなく、むしろ嬉しそうである。

「悪いな、簡単なものしかなくて」

「いや、こういうのも学生時代みたいで悪くないよ」濱野が屈託のない笑みを浮かべたが、すぐに神妙な表情になった。「あれから十年ぐらいしか経ってないのに……」

彼が呑みこんでしまった言葉は、簡単に想像できた。「俺たちは変わってしまった」。そうかもしれない――いや、間違いなくそうだ。十年前の就職活動では、自分も濱野も散々苦労している。とにかくどこかの会社に滑りこむことが最優先で、「どんな仕事が合っているか」など考えてもいなかった。それから十年が経ち、自分たちは会社に対する忠誠心をテストされたわけだ。そのテストに合格し、今は反社会的な行為に手を染めている。

時々、気持ちが真っ暗になることがある。もしもこれがばれたら、どうなるのだろう。

自分たちが批判の矢面《やおもて》に立たされる可能性もある。それが、十年後、二十年後だったらどうなるか。今回の一件で指揮を執っている安城もとうに会社を去っているわけで、そうなったら説明責任を背負うのは自分たち——もしかしたら自分一人になるかもしれない。

「どうした、暗い顔をして」濱野が声をかけた。

「明るくはなれないよ」

「ああ、まあな……」バツが悪そうに濱野が言った。「この先、どうなるのかね」

「分からない」

「副社長は分かってるのかな」

「どうだろう。あの人だって、全てお見通しってわけじゃないだろうし」

「俺、ちょっと前向きに考えることにしたんだ」濱野が手の中で焼酎のグラスを転がした。

「というと？」

「D07でよかったなって」

「どうして」

「D07の流通量は、それほど多くないんだ。関節痛の薬は、うちのシェアが少ないところだし。これが一般の鎮痛剤なんかだったら、大事だよ」

「ああ……この件、埋もれると思うか？」

「分からないな」濱野がグラスをテーブルに置いた。ガラス製のテーブルなので、かちんと硬い音が響く。「でも、もうちょっと上手い手──丸く納める手があるんじゃないかと思うんだよな……対案がないのに文句ばかり言ってるのはよくないと思うけど」

「ああ」

「でも、しょうがないんだろうな。俺たちは、やれることはやってるよな？」

この男も不安なのだ、と槙田には分かった。しかし、周りの人間には本音を零せない。こうやって自分にぶつけ、承認してもらうことで安心しようとしているのだ。

「やれることはやってる」

槙田が認めると、案の定、濱野の顔が少しだけ明るくなった。だけど、とつけ加えた瞬間、暗い表情に戻ってしまったが。

「正しいことかどうかは分からない」

「……ああ」

「三人が亡くなったのは、間違いない事実なんだ。それは取り返しがつかないことだぜ」

「そうだな」濱野がグラスを取り上げ、中に視線を落とした。「まさに隠蔽だよな」

「そうなんだよ……それを考えると、胃が痛くなることがある」

「そういう時は、A25だな」皮肉っぽい口調で濱野が言った。製品を社内の開発コードで呼ぶのは長原製薬の伝統であり、A25は大ヒットした胃薬「ガスコロン」のそれである。

「あれはよく効くぞ」

「分かってる」槙田はつい声を荒らげた。「分かってるけど、どうしようもない。胃薬で済む問題じゃないんだ」

「……そうだな」濱野が焼酎を一口呑んだ。「いつ終わるんだ、これ?」

「分からない。他から文句が出なければ、こちらとしてはもう、やることはないけど」

「そうか。クレームがないことを祈るよ……なあ、この件、俺たち以外にかかわっている人間はいるのか」

「ごめん、それは言えないんだ」

「そうか……そうだよな」濱野がうなずいたが、表情は不満そうだった。「それにしても、この件、どうなるんだろうな」

「本当なら、現段階で東京都へ報告しないといけないんだけどな」

「俺たちは、法的にやるべきことをまったくやってない」濱野の声は酔いで揺らいでいた。

万が一問題があった場合の回収手順については、製薬会社の人間ならきちんと頭に入っている。まず、回収の必要性を判断。回収を決定したら、納入場所への情報提供と回収処置を行う。同時に管轄の都道府県へ報告し、周知のためにマスコミにも公表する——という流れだ。しかし長原製薬は、全ての手順を無視している。ばれたら大事だ。行政処分だけで済むとは思えない。

「一つ、心配なことがあるんだ」槙田は打ち明けた。

「何だ？」濱野が身を乗り出してきた。焼酎のグラスをきつく摑んでいる。

「俺は、警察に話を聞いてるんだよ」

「マジか？　初耳だ」濱野が心底驚いたような表情を見せた。槙田を見詰めたまま、手探りで煙草を取り出してくわえる。唇の端で煙草が頼りなげに揺れた。

「最初の最初だ。札幌と大阪の件で、地元の警察に直接話を聞きに行ったんだ。それで、D07との関係が分かったんだけど……ヒヤヒヤものだった」

「そりゃそうだろう」濱野が口から煙草を引き抜き、大袈裟に両手を広げた。「もしかしたら、感づかれた？」

「それはないと思う――と信じたいんだけど、不安なんだ。おかしいと思えば、警察だって調べ直すだろうけど」

槙田が一番恐れているのがそれだった。誰か鋭い人間が事態の異常性に気づき、本格的に調べ始めたら。

最近、警察の怠慢《たいまん》がよく非難されている。ストーカー事件の被害者の訴えを取り上げずに、事態をさらに悪化させてしまったり、誤認逮捕を繰り返したり……いずれも、きちんと取り組んでいれば何ということもなく解決できた事件だろう。多分警察は、最初に先入観を持って捜査に当たるはずだ。自分たちのこれまでの経験に当てはめ、なるべく楽に処理しようとするのではないか。そこから外れたものは見ないことにして、一度処理した案件を覆すことは絶対にしたくない――その気持ちはよく分かる。警察にはずっと、怠慢でいて欲しかった。警察が動き出して、自分も調べられたらたまらない……。

「俺は、もっと心配していることがあるんだ」濱野がようやく煙草に火を点けた。

「それは?」

「もしかしたら、他でも同じような事件が起きているかもしれない」

「まさか」

「どうして『まさか』なんて言える?」濱野が鋭い視線を突き刺してきた。「そこまでは調べてないだろう? 調べようがないかもしれない。全国で、年間に自殺する人、何人いるんだろうな。事故死はどれぐらいいるんだろう。それを全部洗い直すのは不可能だ」

「でも、D07を処方された人ということで絞れば……」

「無理だ。今回の三件は偶然分かっただけで、D07の処方を受けた人全員を割り出すには、病院や薬局に直接当たらないといけない。そうしたら、絶対に変に思われるよ」

「そうか……」

「とにかく数が多過ぎるし、あちこちで聞いて回っていたら絶対に疑われる。病院同士の横のネットワークもあるし、話が大きくなってしまう」

「ああ」

「だから取り敢えずは、他に死者が出ていないこと――出ないことを祈るしかないだろうな」

「だけど、関節痛の薬で意識混濁っていうのも……ちょっと考えられないよな」

「考えられないから、事故が起きるんだろう」どこか不貞腐《ふてくさ》れた様子で、濱野が煙草をふかした。

「それはそうだけど……」

「切りがないな。もう、やめようや」火を点けたばかりの煙草を、濱野は自分の携帯灰皿に押しこんだ。ビールの空き缶を灰皿代わりにするのは、やはり気が引けるようだ。「原因や影響について、俺たちがごちゃごちゃ言っても、何にもならない。取り敢えず上から言われたことをきちんとやって、何かまずいことになったら、上に責任を取ってもらえばいいんじゃないか」

「ああ……」

応じたが、槙田はそんなことは期待もしていなかった。安城を信用できないのだ。野心――さらに上を目指そうという気持ちが露骨に透けて見える。会社に対する忠誠心に嘘はなく、何よりも長原製薬を守ろうとしているのは間違いないのだが、ある日突然すべてをひっくり返してしまうような予感がしてならなかった。事あらば誰かに責任を押しつけ、自分は追及が及ばないところへさっさと逃げる、とか。

全てをコントロールしているが故に、そんなことができても不思議ではない。

当然、自分たちは逃げ遅れるだろう。その恐怖は耐え難いが、安城に直接確認するわけにもいかない。

「とにかく、これで終わりになることを祈るよ」濱野が新しい煙草に火を点けた。「普段の仕事もきついと思ってたけど、営業なんて、居眠りしながらでもできるな」

最後は、濱野の愚痴を聞くだけで終わってしまった。それも仕方ないと思う。自分が少しでも不満を受け止めて、濱野の精神状態が上向けばいいではないか――そう考えたものの、槙田のストレスはさらにひどくなっていた。

本当に胃が痛くなってきて、自宅に常備してあるガスコロンを呑んだ。さすがに胃痛の定番の薬だけあって、痛みはすぐに収まったが、気持ちの方はそういうわけにはいかない。濱野は「明日も早いから」と十時前に引き上げていったのだが、泊まってもらった方がよかったと思う。今は、一人になるのが怖いのだ。

濱野は煙草を忘れていった。中を覗いてみると、二本しか残っていない。これを吸っても文句は言われないだろうなと思い、床に寝転がったまま煙草に火を点けた。鍋と酒の残骸がまだテーブルを埋めていたが、今は片づける気になれない。普段の自分なら、絶対にこういうことはしないのだが。食べながら片づけ、テーブルの上は常に綺麗にしておく。

このまま喫煙癖がついたらまずいな、と一瞬だけ心配になる。社内では、喫煙者は肩身が狭いのだから……しかし今は、荒れた気分を慰めてくれるものが必要だった。

しかし、寝転んだままの煙草は危険だし、あまりにもだらしない――肘をついて上体を起こし、少しだけ長くなった灰をビールの缶に落とす。さっさと寝てしまえば、多少は気分が上向くかもしれないが、酔っているのに眠気はまったくなかった。仕方なく、煙草を缶に落としこみ、テーブルの後片づけを始める。普段なら何ということもない、慣れた作業なのだが、今は一つ一つが面倒臭い。取り皿や鍋の材料を入れておいた皿を洗い、余ったポテトチップスの袋などをきちんと丸めて冷蔵庫にしまう。ビールの缶は一々潰して、缶専用のゴミ箱に入れた。次は……その次は……いつもは何も考えず、体が勝手に動いて片づけていくのだが、今夜に限っては手順で戸惑ってしまう。食器を洗おうとして、シンクの三角コーナーにゴミ用のネットを張っていないことに気づき、洗い始めたらスポンジに洗剤をつけ忘れており……何度も、自分に舌打ちすることになった。

終わった頃には、やけに疲れていた。そして、狭い部屋にこもった臭いにうんざりしてしまう。料理と煙草の臭い……それに、妙に暑い。普段一人の部屋に二人いて、エアコンもつけた状態で鍋を突いていたのだから、不快な温度になってもおかしくはない。シャツを脱いで下着一枚になろうかとも思ったが、その前に部屋の空気を入れ替えることにした。

窓を開けると、冷たい空気があっという間に部屋を満たす。煙草の煙でずいぶん曇っていたのだ、と改めて気づいた。

窓の外に顔を突き出す。四階建てのマンションの三階では、大した景色は見えないが、それでも外気はどこか甘く感じられた。東京——それも新宿に間近いこの街にいて、空気に甘いも辛いもないようなものだが、逆に今までどれだけ淀《よど》んだ空気の中にいたかを実感する。

しばらく窓を開け放したまま、風呂の用意をした。こういう時は熱い風呂に入って汗をかき、同時に嫌な気分も洗い流してしまうに限る。それでさっさと早寝だ。

しかし……風呂の用意を終えて部屋に戻ると、やはり不安が一向に萎《しぼ》んでいないのを感じる。今夜、濱野を呼んだのは失敗だった。愚痴を零し合って、多少はストレスが解消できると思っていたのに、かえって膨れ上がってしまったようである。この苦しみを抱えたまま、ちゃんと眠れるだろうか。この件が動き出してから、睡眠時間は極端に減っていた。忙しさのせいではなく、不安による不眠である。誘眠剤を使おうと何度思っただろう。しかし槙田のモットーは、「なるべく薬は呑まない」である。製薬会社のサラリーマンとしては失格かもしれないが。

薬以外に自分を救ってくれそうなものはない……普段は何とも思わないが、こういう時は独り身の辛さが身に染みる。せめて恋人でもいれば、苦しい胸のうちを一方的に打ち明けられるのだが——いや、恋人を「ゴミ箱」扱いしてはいけない。親に話せることでもないし、結局は濱野と愚痴を零し合うぐらいしかないわけか。

たった一人、きちんと話を聞いてくれそうな人がいる——高藤。彼が面倒見のいい人間なのは間違いないし、懐《ふところ》も深い。はっきりと告げることはできないが、曖昧な悩みを打ち明けても、彼なら有効なアドバイスをくれそうな気がする。何だったら、そのために金を払ってもいい、とさえ思った。弁護士に話を聞いてもらうのだから、金を払うのは当然だろう。

いやいや……苦笑しながら、槙田はもう一本煙草を吸った。金のことなど、この際どうでもいいではないか。まずは話を聞いてもらうこと。それで自分の精神状態がどう変わるか、それこそが大事なのだ。

年上の友人を作る機会は少ない。濱野のように外回りの仕事をしていれば、外部に何でも打ち明けられ、相談ができる「先輩」のような知り合いができてもおかしくはないが、槙田は入社以来ずっと、社内で仕事をしてきた。尊敬できる、頼りになる先輩は何人もいるのだが、その中に今回の件にかかわっている人は一人もいない。

高藤を、頼れる年上の友人と考えればいいのではないだろうか。彼も「人生の先輩としてアドバイスしてもいいし」と言ってくれていたし、それに甘えるタイミングがきたのかもしれない。

携帯電話を取り上げ、高藤の番号を呼び出した。慌てて窓を閉め、街の騒音をシャットアウトしてから、呼び出し音に耳を傾ける。高藤が電話に出た。槙田は話した。予《あらかじ》め決めておいたよりも、ずっと具体的な話を。

第二部　外部の敵

1

　湊地区は、昔からごちゃごちゃしていて歩きにくいのが特徴だ。網《あみ》の目のように走る道路は細く、アスファルトが波打っている。そして家が密集しているせいか、ただ歩いているだけでも誰かに見られているような気分になってくる。今の自分が注目を集めるとは思えないが……そう思っても、高藤はついうつむきがちになってしまう。

　港に面した神社は高台の上にあり、周囲をぐるりと回って行くと、結構急な坂を上り続ける感じになる。慢性的に膝の痛みを抱えている高藤は、すぐに息が上がるのを感じた。それでも足は止まらない。

　坂を上り切ったところには、神社の駐車場がある。駐車スペースを示す白線は既に消え、雑草がアスファルトの隙間から伸びていた。鬱蒼とした木立は、明日から十二月だというのに青々と勢いのいい緑の塊《かたまり》だ。常緑樹だから当たり前なのだが……子どもの頃は、ここがいい遊び場になっていた。見上げる木は、当時よりはずっと低い感じがしたが、あの頃は木に登るのは大変な冒険だった。自分は運動神経が鈍く、木登りは苦手だったな……と思い出すと苦笑してしまう。四十年以上も前の、どうでもいい記憶。故郷との縁が完全に切れたはずの今でも、そういうことを覚えているのに驚く。年を取ると、昔のことをよく思い出すと言う——自分はまだ、そういう年ではないと思っていたのだが。

晩秋だが、陽射しは暖かい。太平洋に面した湊地区は、基本的に四季を通じて穏やかな気候で、冬でも身が凍えるような寒さにはあまり縁がないのだ。今、高藤の脇を走り抜けて行った小学生の男の子たちもハーフパンツで……あれは昔と同じだな。自分が子どもの頃は「半ズボン」で、呼び方と丈の長さが変わっただけではないか。

ほどなく、見覚えのある公園に出る。湾から少し引っこんだ場所にあるその公園は、津波の際の避難場所に指定されていた。昔はどうだったか……素っ気ない銀色の避難タワーが、公園の中央にそびえ立っている。下まで行って見上げると、首が痛くなるほどの高さがあるが、東日本大震災を経た今、この程度の高さで十分とは思えない。しかし自分が子どもの頃は、このタワーさえなかったのだ。防災意識も多少は高まったということなのだろう。

約束の時間が近い……タワーに上ってみる。階段は急で、普段運動不足、しかも膝を傷めている身には辛い。折り返して五階分――上り切った時には、完全に息が上がって、ふくらはぎが痙攣《けいれん》しそうに緊張していた。膝もやはり痛い。

それでも――高いところには上がってみるものだ、と素直に感動する。周辺に他に高い建物がないせいか、景色が見事に一望できるのだ。貨物船が係留され、小さな工場が建ち並んだ湾。小さなスーパーの向こうには、私鉄の線路が横たわっている。古びて全体に茶色くなった駅舎は、わずか十駅しかない短い私鉄の始発駅だ。高藤が子どもの頃でさえ、ひどく寂れていて、乗客などいなかった記憶がある。今でも存続しているのはある意味驚きだ。線路の近くに見える暗い穴は、下をくぐる連絡通路だ。大人が一人通れるぐらいの高さと幅しかなく、中には、夏でもひんやりとした空気が流れている。薄暗く、いつも下に水がちろちろと流れていて、ひどく気味の悪い場所だった。夏休みの子ども会での、肝試しの定番。

そして、富士山が全てをまとめあげる。今日はよく晴れているので、駅のはるか向こうにくっきりと見えていた。海に近いこの街から見ると、富士山の裾野は非常に広く、なだらかに頂上まで続いているのがよく分かる。既に上の方は雪に覆われていたが、下の蒼さとのコントラストが美しい。あまりに美し過ぎて、本来の景色をデフォルメした絵葉書のような光景だ。

金属製の手すりに両腕を預け、富士山にじっと見入る。いつまでも見ていられそうな光景だったが、ここへ来た目的は、富士山を見物することではないのだ、と気持ちを入れ直す。視界を九十度西の方へ向けると、湾の最奥部が視界に入った。右手に見えるのが漁協の建物のはずで……見覚えがある。昔は、あそこがこの街の中心だった。長原製薬という大きな柱はあったが、本来の湊は、江戸時代から続く漁業の街である。

そして湾の向こうには——かつて威容を誇っていた長原製薬の本社は見えない。完全撤退した後、土地は市に売り渡され、今は公園になっているそうだ。まだそこへは行っていないが、行ったらどんな気持ちになるだろう。想像すると、少しだけ胸がざわつく。

風の中に、かつかつという金属音が混じる。誰かがタワーを上っているのだ、とすぐに気づいた。誰か——分かっているが故に、高藤は敢えて下を見なかった。約束の時間に遅れるような人間ではないから、確認するまでもない。そして、このタワーは待ち合わせ場所として最適だな、と思った。見逃がすはずもない。

「やあ」

声をかけられ、振り向く。数十年ぶりに再会した友の姿があった。小柄な体に、逆三角形の顔。やけに耳が大きいのも、昔と変わっていなかった。一瞬風が強く吹き抜け、少し長い髪を揺らす。

「久しぶりだ」

「そうだな……電話では何回も話していたから、そんな気はしないが」真島康二《まじまこうじ》がうなずく。それからまじまじと高藤の顔を見た。「年を取ったな――お互いに」

「それはそうだ。俺がこの街を離れてから、三十年以上経ってるんだから」高藤は思わず苦笑した。

「それにお前は、同窓会にも一度も来なかった」

「そういう気になれなかったんだ」

「分かってる。こんな街、逃げ出せるなら逃げ出した方がいい。ここにいても何もないんだから」

「お前は、何もなかったか?」

真島の感傷的な物言いに、高藤は少しだけ驚いていた。こういう言い方をするような、湿った人間ではなかったはずなのに……いや、三十年以上の歳月は、人を容易に変えるのだろう。

「何もなかったな」真島があっさり認めた。

「だったらお前も、東京へ出てくればよかったのに。近いんだぞ」

「俺にとっては遠い――遠かったんだ。大学時代だけで十分だったよ」

「まあ……そうかもしれないな」

この街へは、高速道路を使えば東京から一時間程度しかかからない。鉄道だと、新幹線と私鉄を使って一時間ちょっと。もちろん、真島が言う「遠い」は、そういう意味ではないはずだが。結局、二人の関係は「東京」が分岐点になったようだ。同じ中学から、二人だけが湊地区から少し離れた進学校に進み……その頃は非常に近い関係だったと言える。だが、大学進学で揃って東京へ出てからは、何故かほとんど会う機会がなくなった。同郷の友人というのは、二つのタイプに分かれるらしい。昔の絆をつなぎ止めてくれる大事な存在か、あるいは過去の呪縛になるか。高藤にとって真島は、後者だった。故郷を振り切りたかったが故に、昔の友だちに会いたくない——まったくもって勝手な理屈であり、今考えると失礼この上ない。

「今日は車か？」

「いや、新幹線だ」

「遠かっただろう」

「遠かったな」高藤も認めざるを得ない。「もっと近いと思っていたんだが」

「いや、やっぱり遠いんだよ」この件に関して、真島は譲るつもりはないようだった。街を出た男と残った男。残った男から見れば、「東京」は遠い。

「そうだな」高藤はこの議論を打ち切った。自分たちの「今」を語るためにこうやって会っているわけではない。必要なのは「過去」と向き合うことなのだ。

「で、どうする？」高藤は後ろ手に手すりを撫でた。冷たい感触が、意識を研ぎ澄ませる。

「ここで話をするわけにはいかないだろうな」真島がうなずく。

「俺は別にいいけど」寒さも、耐えられないほどではない。

「いい大人が二人でこんなところにいたら、目立つだろう」

「そうか」

「この時間になると……」

真島が左腕を持ち上げた。腕時計がかなり古びているのを見て、高藤は何となく心が痛むのを感じた。田舎の医者……名士だが金持ちというわけではない、と実感する。

「この公園には、子どもたちがよく遊びに来る。煩《うるさ》くなるよ」

「子どもたちか……湊にも、まだ子どもはいるんだな」

「だいぶ少なくなったけどな。俺たちがガキの頃とは違うんだ」真島がうなずき、左手を引っこめた。もう一度高藤の顔を凝視すると、「体調はどうだ」といきなり訊ねた。

「いい時も悪い時もある」

「今は?」

「普通、かな」

「そうか」

「お前が——医者がいるから心配いらないと思うが」

「いや……この件では俺も困ってる。だから問題にしているんだ」

「そうだったな」高藤は真島に向かってうなずきかけた。「下りるか。少し冷えてきた」

二人はゆっくり階段を下りた。手すりを摑んでいなければならないほど年は取っていないが、何となく足元が危なっかしい。それを意識するようになってから、もうずいぶん歳月が流れた。

真島は無言のまま、高藤を駅前まで案内した。寂れた商店街の中を抜けて行くことになり、高藤は小さな胸の痛みを感じた。自分が子どもの頃は、もう少し賑わっていた。この商店街の中だけで生活が完結するぐらいには……今は、多くの店のシャッターが下り、歩いている人の姿を見かけない。地方都市はどこも似たようなものだろうが、高藤は少しだけ違和感を覚えていた。この街には今でも、東京に本社のある企業の工場が林立し、雇用は確保されている。商店街もその恩恵を受けて、もっと賑わっていてもよさそうなものだ。しかし実態はこの通り……最近の街の様子を聞こうかとも思ったが、何となく質問しにくい雰囲気だった。

駅前には、駐輪場の他に無料で停められる駐車場がある。停まっている車は一台だけ——黒いボルボだ。最近のボルボは、丸みを帯びたデザインを採用するようになっているが、そうなる前、まだ昔ながらの角張ったデザインが色濃く残っているワゴンである。相当古い車だろう。

「いつから乗ってるんだ、これ」

「かれこれ十五年ぐらい……もっとかな」

「物持ちがいいな」

「ボルボは頑丈だから」

「医者なんだから……車ぐらい、三年に一回は買い替えてるのかと思ってたよ。その方が、税金対策にもなるぞ」

真島が寂しそうな笑みを浮かべる。

「お前、昔のイメージで言ってるだろう」

「そうか？」そうかもしれない……何しろこいつの家には、四十年前にベンツがあった。今思い出してみると、初代のSクラスである。東京ならいざ知らず、四十年前のこの街では、ベンツは驚異の存在だった。ハンドルが左についているというだけで珍しく、ゆったりしたボディは、巨大なボートのようにも見えたものだ。まさに金持ちの象徴。医者イコール金持ちというイメージは、その車によって高藤の頭に植えつけられた。

「医者が金持ちだっていうのは、人がたくさん住んでる場所——都会の話だ」

「ああ」

「この辺も、すっかり寂れたよ」ドアハンドルに手をかけたまま、真島が周囲を見回した。

「うちも今は、老人専門病院という感じだな」

寂しい会話を打ち切り、真島がドアロックを解除する。高藤は助手席に腰をおろし、座り直した。たっぷりした革のシートではあるが、だいぶへたっており、長距離のドライブでは腰にダメージがきそうだ。

「それで、どうなんだ」高藤は切り出した。

「確実なのは十八人。疑わしい患者がその他に五人ほどいる。まだ増えるかもしれない」

「今になってまさか、な……」

「お前もそうだろう。いつから調子が悪いんだ？」

「はっきり覚えていないけど、五年ぐらい前からかな。単に年を取っただけだと思って、放っておいたんだが」

「皆、同じだよ。程度の差こそあれ、最初は膝痛から始まるんだ」

膝痛か……皮肉なものだと思う。長原製薬は今、主に膝痛の治療に使われる薬によって、暗路に迷いこむ可能性があるのだから。

「症状は？」

「完全に歩けなくなった人が二人いる。膝が曲がらなくなったんだ。両足とも」

「そうか……」自分もいずれそうなるのだろうかと考えると胸がざわつく。

「患者に共通するのは、手足の痺れだ。それと、膝や肘などの関節の痛み。手よりも足に多く症状が出ているんだが、原因は分からない」

「お前一人では調べられないのか」

「病気の原因特定は、難しいんだ。水俣《みなまた》病と似た症状が認められるから、神経系疾患の可能性が高いけど、確認するためには、大学病院レベルの設備とスタッフが必要だな」

「そうするつもりはない？」

「今のところは。全体の方針が決まってから、どうするか考える。何も決まらないうちに騒いで、中途半端にしたくない」

真島が断言するのを聞いて、高藤は暗い気持ちになった。本当は、すぐにでもこの事実を公表して、専門機関による調査と治療方法の研究を始めるべきだ。そうでないと、いずれ自分も行動の自由を奪われる可能性が高い。

「治療法は？」

「皮肉な話だが、膝痛に関してはプレビールがある程度効果的だ」

「あれは危険だぞ」

「使い方を間違えなければ問題ない。関節痛の薬としては優秀だからな」

「俺もその薬を呑めばいいのか？」膝痛から解放されるならば、多少の副作用には目を瞑《つむ》ってもいい。

「俺が薬を出すよ。それより、そんなにひどいのか？」

「他の人の症状が分からないから何とも言えないが、駅の階段を上り下りする時には怖いな。膝から下の感覚が消えているような感じがする」

「危ないから手すりを使え」

うなずいたが、それも嫌だった。避難タワーを降りる時に手すりを使わなかったのも、高藤なりの意地である。

「とにかく、うちにあるプレビールを少し持っていけ」

「いいのか？」

「いいんだ、俺は医者だから。それより、作戦会議が必要だな。今からうちに来てもらって大丈夫か？」

「もちろん」高藤はうなずいた。「今日はそのつもりで、予定を空けてある。夜までに東京へ戻れればいいよ」

「分かった。昼飯は？」

「まだだ」とはいえこの辺で、食事ができる店などあっただろうか。中学や高校の行き帰り、駅の近くで寄り道して何かを食べた経験もほとんどない。唯一の例外が駅前にあった喫茶店だったが、先ほど見た限りでは、その店はもうなくなっていた。

「じゃあ、うちで食っていけよ。家族にも会わせたいし」

「そうか……お前にも家族がいるのか」

「当たり前だ。お前みたいに、五十歳になっても独身の方が例外なんだよ。何で結婚しなかった？」

「さあ、な」高藤は肩をすくめた。「縁がなかったとしか言いようがない。それに今時、結婚していない人間なんて、珍しくもないだろう」

「東京とこの辺だと、事情も違うだろうけど」

真島の指摘に、黙ってうなずいた。東京にいる限り、私生活では常に匿名でいられる。そのせいか、独身であっても、さほど違和感も不便も感じない。いい例が、夜の定食屋だ。独り者が酒抜きで夕食を済ませたい時、チェーンの定食屋や街場のラーメン屋は貴重な存在なのだが、そういう店には常に、一人で食事をしている中高年の男がいる。しかし決して、違和感を覚えることはない。だがこの街で——死んだようなこの街で男が一人で暮らしていたら、やはり悪目立ちするだろう。

真島がボルボのエンジンをかけた。十五年選手の車にしては、吹け上がりは快調である。足回りもしっかりしていて、「質実剛健」が売り物の車なのに乗り心地もいい。シートに背中を預けながら、高藤は目を閉じた。

ここから先、自分は引き返せない道に足を踏み出す。そのことに関しては後悔はしていない。かすかな不安を感じるだけだった——この道がどこへ続いているか、分からないが故に。

2

「真島康二と申します」

槙田は相手の名刺を、両手で丁寧に受け取った。医師……「湊病院」の住所は、畑井市である。東京移転からずいぶん時間が経ってから入社した槙田にとっては、まったく馴染みのない街だった。

「渉外関係は、こちらでよろしいんですね」真島が念押しした。

「ええ――弊社の場合、特に渉外部というものはありませんので。広報部で応対させていただいて、後は然るべき担当部署に話を通します」

いったい狙いは何なのか。医師なのだから、長原製薬と関係があるのはある意味自然である。もしかしたらD07の関係か、と槙田は警戒した。

真島は小柄な男だった。五十絡み。髪を、耳が隠れるほどの長さに伸ばしている。体の大きさの割に手は大きく、ごつごつしていた。地味なグレーのスーツに、灰褐色と黒のストライプのシャツ。濃紺のコートをきちんと畳んで、ソファの傍らに置いている。少し長い髪以外は四角四面な人物、という印象だった。

「今回、私は、代表として参りました」

「代表、と仰いますと？」面倒な話を予感して、槙田は早くも後悔し始めた。こんなことなら、部長にも同席してもらえばよかった。D07関係の問題は収束に向かっていたが、ややこしい問題を抱えこみたくなかった。

「住民の代表です」

槙田は貰った名刺に視線を落とした。

「この畑井市ですか？　それとも……」住所を確認して、ぎょっとした。長原製薬創業の地ではないか。「湊地区の？」

「湊地区、です」

「はい……分かりました。それで、どういったご用件でしょうか」

「四十年前のことでお話をさせていただきたい」

「四十年前……」何を言い出すのだと、真島の顔をまじまじと見詰めてしまった。入社どころか生まれてもいない――七〇年代の中頃ではないか。

「あなたには分かりませんね」

「ええ」真島は非難したわけではなく、単に事実を指摘したのだろうが、何となく責められているような気分になる。

「できれば、もっと上の人と話をさせていただければと思うんですが。いや、別にあなたでは駄目だと言っているわけではない。自分が生まれてもいない時代の話をされても、困るでしょう」

「ええ……あの、ちょっと待っていただけますか？　上司に相談します」

「その方がいいでしょうね」真島がうなずく。

「それで――もう少し具体的に仰っていただけると助かるんですが」

「四十年前、湊で御社が何をしたか、です。それ以上の詳しい情報は、私たちも知らないので。むしろ教えていただきたいですね」

この人、大丈夫なのだろうか。変な因縁をつけにきたのかもしれない……心の中で首を捻りながら、槙田は一応礼儀正しく頭を下げた。後ずさって応接室を出て、もう一度一礼してからドアを閉める。隣にある広報部に戻ると、野分は忙しそうに書類に目を通していたが、構わず声をかける。D07の処理問題にかかわるようになってから、自分が次第に図々しくなってきたのを意識していた。特に直接の上司に対しては。

「忙しいんだが」

野分は顔を上げようともしない。槙田は、彼が見ている書類の上に真島の名刺を置いた。野分が慌てて槙田の顔を見て、今にも怒鳴り出しそうな表情を浮かべる。

「お前、無礼過ぎるぞ」

「急ぎの用件なんです……事情がよく分からないんですけど」

「医者、だな」

「ええ」

「言ってることはまともなのか？」

「まだろくに話を聞いてませんから、分かりません」性急な野分の反応に、槙田は苛立ちを覚えた。

「俺のところへ持ってくるなら、ちゃんと話を聞いてからにしろよ」野分が名刺を人差し指で叩いた。

「四十年前のこと、と言ってるんですが」

「何だと？」急に野分の顔が真剣になった。心なしか血の気も引いている。

「ですから、四十年前のことだと。うちが、湊で何かしたという話なんですが……」

「まだ応接室にいるのか？」

「ええ。上の人間を呼んでこい、と言われました」あんたが頼りになるかどうかは分からないけどな、皮肉に考えながら答える。

「分かった。すぐ行く」野分が立ち上がる。あまりの勢いに、デスクの書類が床に舞い落ちた。しかし野分はそれを気にする様子もなく、「ちょっと待て」と声をかけた。

「何ですか」上司の慌てぶりが気になった。

「一本電話をかけてからにする。それとお前、ＩＣレコーダーは持ってるな？」

「当たり前じゃないですか」この人は何を言ってるんだ？　記者が取材に来た時、内容を全て録音しておくのも広報部の仕事なのだ。

「今日の話を全部録音しろ」

「言い訳はどうするんですか？　目の前にＩＣレコーダーを置かれたら、緊張して話せなくなるかもしれませんよ」

「説明ぐらい、自分で考えろ」野分が槙田を睨む。左手で受話器を取り上げると、右手で槙田を追い払う真似をした。

この男は……槙田の苛立ちは頂点に達したが、客をいつまでも待たせておくわけにはいかない。自分のデスクの引き出しからＩＣレコーダーを取り出すと、音を立てて広報部のドアを閉めた。その直前、野分が電話に向かって話す声が聞こえてくる。「広報の野分でございます……」。馬鹿丁寧な口調から、上の人間に電話しているのだと分かった。部長のさらに上の立場にいる人間が知っておかなくてはいけないような話なのか？　訝りながら、槙田は隣の応接室のドアを押し開けた。

「お待たせしました……今、広報部長が参りますので」

真島が真顔でうなずく。内心はまったく読めなかった。槙田は彼の向かいに腰を下ろすと、ＩＣレコーダーをそっとテーブルに置いた。

「これは？」真島が訊ねた。

「ＩＣレコーダーです」

「それは、見れば分かりますが」

「こちらに来ていただいた方の話は、基本的に録音させていただくようにしているんですよ。後で間違いがあってはいけませんから」

「そうですか」

真島がさらりと言った。体を屈めると、足元に置いた大きなダレスバッグに手を突っこみ、自分もICレコーダーを取り出す。何の偶然か、槙田の物と同じブランドだった。

「こちらも、録音させていただいてよろしいですね」

「ええ、それは……」槙田は口ごもった。嫌がらせか？　そうとは思えない。普段からICレコーダーを持ち歩いている人など少数派だろう。きちんと録音するつもりで、わざわざ持ってきたに違いない。

「お互いに、間違いがないようにね」真島が笑みを浮かべる。邪気のない表情を見ただけでは、内心は推し量れなかった。

どういうつもりか、もう少し突っこんで聞こうとした瞬間、ドアが開いた。前屈み——前傾姿勢の勢いで野分が入って来る。短い間に何があったのか、額に汗が滲んでいるのが見えた。大慌てで真島と名刺を交換すると、ハンカチで額を拭《ぬぐ》いつつ、槙田の隣に腰を下ろす。

「どうも、お待たせしまして。四十年前の湊の件ですか？」野分が切り出した。

「当然、どういうことかはお分かりですよね」焦る野分に対して、真島にはどこか余裕があった。最初に一気に攻めこみ、こちらを防戦一方にさせている感じ――しかし槙田は、何を責められているのかさえ分からなかった。

「なにぶん古い話ですので……」野分がまた額をハンカチで拭う。節電で建物内の空調は弱めなのに、そんな様子には見えなかった。

「いくら古くても、忘れていい話ではないはずですよ」突然、真島の声が尖《とが》る。

「ええ、それはもちろん――仰る通りです」野分が追従する。

「では、私が何を言っているかは当然お分かりだと考えていいですね」

「いや、それは……」

「分からない？」真島が畳みかけた。「どういうことなんですか？　社内で申し送りがないとでも？」

「当時湊の本社にいた社員は、ほぼ全員いなくなっています」

「ああ、そうでしょうね」納得したように真島がうなずいたが、追及の手は緩まなかった。「しかし、当時の社員がいなくなれば、責任がなくなるわけでもないと思いますが。当然、記録は残してあるはずですよね」

「申し訳ないですが、私は、その記録の存在を存じておりません」

「広報部というのは、そういうことに責任を持たないんですか」真島が視線を槙田に移し替えた。「渉外部署がないので広報部が対応する、と聞きましたよ。この問題も、ある意味渉外的な仕事かと思いますが」

余計なことを言ってしまったのか……何のことか分からず、槙田は顔が強張るのを感じた。真島の喋り方は静かだが、有無を言わさぬ迫力がある。真島が、膝に肘を置く格好で身を乗り出した。

「知らない、で済まされる話ではないと思います。それとも、我々と御社の認識の違いでしょうか？」

「いえ、そんなことは……」

「とうの昔に片づいたこととして、資料を封印したんですか？　申し送りもしていない？」

「その辺につきましても、私には何とも……」

「なるほど」

真島がちらりとデスクに視線を落とす。釣られて槙田もそちらを見た。二つのＩＣレコーダー両方に、録音中を示す赤いランプが灯《とも》っている。

「つまり、御社にとっては完全に過去の話、ということですね」

「それは、何とも……」野分がまた汗を拭う。拭い切れなかった汗がこめかみを伝い、顎にまで達するのを槙田は見た。

「私どもにとっては、決して過去の話ではないんです」

「それはいったい……どういうことでしょうか」野分が慎重に切り出した。

「四十年前に、湊地区では何人もの人間が被害を受けました」真島がすっと背筋を伸ばす。

「当時は金で解決されたんですね。私は子どもでしたから、その頃御社と湊地区の人間の間でどんな交渉が行われたかは、まったく知りません」

「ええ」野分が勢いよくうなずく。

「しかしこの件は、終わっていなかったんです」

「どういう意味ですか」

「今また、同じような症状を訴える人が出てきたんです。膝の関節痛や手足の痺《しび》れ。歩行障害。いずれも、当時はまだ子どもだった人たちです。年齢的には四十代前半から五十代にかけて……因果関係ははっきりしませんが、症状は非常によく似ています」

「しかしそれだと、四十年前と関係あるかどうか、分からないのでは――」

「同様の中毒症状と思われます」真島が野分の話を遮った。「湊地区で、海や河川の簡単な水質検査はしてみました。有害物質は発見されていません。ということは、四十年前に摂取した有害物質が、何らかの原因で、今になって人体に影響を及ぼしているとしか考えられない」

「そんなことがあるんですか？」野分が目を剝く。

「逆に、御社にお聞きしたい。そんなことがあるんですか？」

野分が黙りこんだ。真島も口をつぐむ。重苦しい沈黙が応接室に流れ、槙田は息苦しさを感じた。

「それは、何とも……」野分が沈黙を破ったが、言っても言わなくても状況は変わらない、どうでもいいような一言だった。

「御社は製薬会社でしょう。将来的に影響が出るかどうかぐらいは、当時検討していたのではないですか？」

「しかしあの件は、終わったんです」

「私も終わったと思っていましたよ」真島がうなずいた。「終わっていて欲しかったと思います。私の家は、当時から——その前からずっと湊で医者をやっていました。四十年前は、症状を訴える人たちが、うちに何人も押しかけてきました。あの辺で唯一の病院ですから、当然そうなりますよね。そういう光景を見て、子ども心にも戦慄《せんりつ》したのを覚えています」

「ええ、それは十分に分かりますが——」

真島が野分に厳しい視線を向けた。睨んだわけではないが、野分の唇は一本の線になってしまう。真島の口調は大人しく、事実を並べているだけなのに、野分は着実にダメージを受けているようだった。

「四十年前、御社の対策は十分とは言えなかったようですね。被害者に金を払って解決──口をつぐませた。公害対策として、正しいやり方ではありませんでした。本当は原因をきちんと追究して、治療方法を確立すべきだったんです。しかし補償金を払って被害者を黙らせ、その後御社は東京へ移転して、湊とは関係がなくなった。それで終わりだ、と思っていたのではないですか」

「それは……当時の幹部の考えは、私には分かりかねます」野分は防戦一方だった。

「会社は生き物ですよね」真島が指摘した。「長年続いて、成長していくものです。社員は細胞と言うべきかもしれない。細胞は死んでは生まれ変わり、会社という体そのものを支えていきます。では、会社というのは、ある時期に完全に別物として生まれ変わるのでしょうか？　確かに、会社に勤める人には定年があります。だからといって、昔の会社と今の会社が別物とは言えない。違いますか？」

「いえ、仰る通りで……」野分の声が頼りなく震える。

「こちらから見れば、長原製薬さんは四十年前も今も、同じ会社なんです。だから、どんなに昔のことであっても、今苦しんでいる人間がいれば、責任を取っていただきたい」

「それは……まず、調べてみないと」

「どうぞ、いくらでも調べて下さい」真島が両腕を広げた。「調査には協力します。当然、四十年前の一件との関連が分かると思いますよ。問題は、その後ですね」

「……と仰いますと？」

「我々は当然、補償を求めます。拒否されれば、裁判を起こすことになりますよ。当然、マスコミにも公表する。御社もきちんと世間に対して、説明していただきたい。本当は、裁判などやりたくないんですよ。いたずらに時間が過ぎるだけで、苦しんでいる人は救われませんからね。裁判に持ちこまずに、御社にきちんと責任を取っていただきたい」

「それは、現段階で、私のレベルでは保証できないことです」

「そうでしょうね」真島が小さな溜息をついた。この部屋に入って初めて見せる、多少なりとも弱気な仕草だった。「では、どうしますか？　せめて方針だけでも教えていただけないですかね。私の帰りを待っている人が、湊には何人もいるんです」

「それはもちろん、上と相談して、できるだけ早くお返事差し上げます」

「できるだけ早く、というのは？　いつまでですか？」真島が左腕を突き出し、腕時計を見た。金属のベルトがくすんでいるのを見る限り、それほど高くはない時計を、かなり長い間使っている様子である。

「それは、できるだけ早くとしか申し上げられませんが」

「一週間」真島が人差し指を立てた。「一週間だけ待ちましょう。来週もう一度こちらに伺います。その時に、会社としてどうするつもりなのか、返答をお聞かせ願いたい」

「では、早々に上と相談しまして……」野分の台詞は繰り返しが多くなっていた。

「その方がいいでしょうね」真島がうなずく。すぐに「私は御社を全面的に信頼できない、とはっきり申し上げておきます」とつけ加えた。

「それは——」

「御社は、隠蔽が大好きなようですね。四十年前の一件も、なかったことにした。最近も、同じようなことをされたようですね」

「最近も」。思い当たる節がある——槙田は、横っ面を張り飛ばされたような衝撃を覚えた。

「四十年前の一件って、何なんですか」

真島を送り出し、一階のホールで野分と二人きりになった時、槙田は思わず野分に訊ねた。

「お前が知る必要はない」野分が、言葉を押し潰すように言った。

「だけど、もう聞いてしまったんですよ？　それとも俺は、この件に関与しなくていいんですか？」正直、そうであって欲しい。「お前は関係ない」と断言してもらいたいのだ。D07の件で疲れ切っているから、これ以上ややこしい仕事に巻きこまれたくないのだ。やはり、こんなことは広報部の——俺の仕事ではない。

「お前が関与するかどうかは、これから決める」

「そうなる可能性があるなら、今のうちにどういうことか教えてくれてもいいじゃないですか」

「話が広がると困るんだ」

エレベーターの前で、野分が立ち止まる。上行ボタンを人差し指で連打した。そんなことをしても、エレベーターが早く来るわけではないのに。

「部長――」

「少し黙ってろ」

野分が、肩越しに怒鳴りつける。迫力に欠ける部長にそんなことをされても怖くはないが、気分は悪い。エレベーターの中で二人きりになると、肩を揺さぶってでも事情を吐かせたい、という衝動に襲われる。しかし実際には、野分が先行した。向き直ると、いきなり「D07のことをあの医者に話したか？」と詰め寄る。

「いえ」前置き的な雑談もしないうちに野分を呼びに行ったのだから、そんな話をしている暇はなかった。

「だったらあの医者は、どこであの話を知ったんだ？」

「医者ですから、D07も使っているはずですよね？　それで分かったとか……」

「そういう話があるのか？」

「いえ……仮定の話です」

「だったら、どこから漏れたんだ」

「それは……分かりません」

「情報管理はしっかりしろ」吐き捨て、野分が前を向く。

無茶苦茶言うなよ、と槙田は野分の背中を蹴りたくなった。自分一人でそんなことができるはずもない。だいたい野分は、槙田がD07の一件でどんな仕事をしていたかさえ知らないはずだ。あるいは裏で、安城から詳しく事情を聞かされているとか……いや、それはないだろう。野分は安城を「親分」だと見ているようだが、安城は野分を買っていない。一度だけ、安城に直接確かめたことがあるのだ。こんなに重大な件なら、自分のような平社員ではなく野分部長が担当すべきではないか、と。安城の答えは簡潔そのもの、「あいつは使えない」だった。

階数表示ボタンが、広報部のある十階ではなく、十四階に灯っているのが見えた。役員室のフロア。いきなり安城に報告するつもりだろうか、と槙田は訝った。

「副社長に会うんですか」

「当たり前だ」一瞬だけ振り返り、野分が吐き捨てる。「こんなこと、俺のレベルで判断するわけにはいかないだろう。安城副社長の判断を仰ぐ。さっき、電話で簡単に話はしておいた」

安城もゴミ捨て場のようなものだ、と槙田は皮肉に考えた。社内のトラブルは、全てあの男のところに持ちこまれるのか。

「俺も同席するんですか」

「そうだよ」

「どうしてですか」

「お前は、安城副社長のお気に入りだろうが。さすがに、長原家につながる人間は違うな」

　槙田は反論も肯定もしなかった。余計なことを言えば、また煙たがられるか皮肉をぶつけられる。最近、この上司に対して「怖い」という感情を抱かなくなっていたが、それでも直属の上司であることに変わりはない。嫌がらせを受けるのは考えただけでも不快だった。

　自分は孤立無援状態ではないか、と不安になってくる。

「お前、湊の件は本当に知らないのか」

「知りません」

「それならそれでいい」

「どういう意味ですか」

「当時の機密保持は完璧だった、ということだよ。社内でも極秘に処理が行われたらしいからな……俺も噂で聞いただけだ」

「隠蔽したんですか」槙田は声を潜めた。

「それも含めて、俺には分からない。いずれにせよ、今お前がやっているのと同じようなことを、四十年前にやっていた人間がいたんだよ」

「副社長もそうなんですか？」

「分からん」階数表示を睨みつけたまま、野分が言った。「興味があるなら聞いてみろ。副社長が答えてくれるかどうかは分からないが」

3

どうしてこう、厄介な話というのは続くのだろう。安城は、ともすれば崩れそうになる気持ちを何とか気力だけで支え、二人の――主に野分の報告を聞き続けた。途中から苛立ちばかりが強くなり、集中するのが難しくなってくる。野分は整理して話すのが苦手な男で、話があちこちに寄り道するのだ。これなら、槙田に説明させた方がよほどいい。D07関係の報告書を読んで分かったのだが、槙田は話を簡潔にまとめるのが上手いのだ。それだけでも、自分の近くに置いておきたい人材である。何しろ役員は忙しく、全ての報告に完全に目を通すのは不可能だ。槙田のような人間がクッション役になってくれれば、何とか事態を把握できる。社長室に引き抜いて自分の秘書にするか、と本気で考え始めていた。

「——期限は一週間、と切ってきました」おどおどした口調で野分が言った。

「それは無理だ」即座に安城は言った。「向こうの本当の意図は何なんだ？　金が欲しいだけなのか？」

「その件も言っていましたが、むしろ公表したい気持ちが強いのではないかと思います」

「それだけは駄目だ」即座に却下しながら、安城は顔から血の気が引くのを意識した。せっかくD07の一件が無事に終わりそうなのに、新たな火種を抱えこむことになってしまう。もしかしたら、合併を妨害したい人間がいるのかもしれない。そいつが陰で動いて……いや、そもそもはこんな古い話が再浮上してくることこそが問題なのだ。どんな会社でも、一つや二つはトラブルを抱えているものだが、長原製薬の場合は多過ぎる。これが会社の体質なのかと、安城は皮肉な気分になった。

「事情は分かった」安城は話をまとめにかかった。「こちらとしては、まず事実関係の調査が必要だな。もしも嘘なら、相手にする必要はない。本当なら——」

「補償金、ですか」野分が暗い声で訊ねた。

「補償金を払うことになれば、事実が表沙汰になる可能性がある。そこは私が考えるから、まずは実態の把握を進めないといけない——槙田君」

「はい」槙田が背筋を伸ばした。

「君、湊へ飛んでくれ。向こうで実態調査をするんだ。本当に、四十年前と同じ症状で苦しんでいる人がいるかどうか、確認してくれ」

「私が、ですか？」

槙田が自分の鼻を指差した。いかにも嫌そうにしている。厄介ごとに巻きこまれるのを恐れているのか――それはそうだろう。今回は、D07の一件よりもずっと難しいことになる。D07に関しては、事故や自殺との関連性がある程度はっきりしていたが故に、素早く対策が取れた。しかし、四十年前と現在をつなげるのは、ほぼ不可能ではないか。そうであっても、調べなければならない。向こうの言うがままに、要求を呑むわけにはいかないのだ。

「そう、君だ」安城は平然と言った。「君は、D07の件でもよくやってくれた。こういう言い方は気に食わないかもしれないが、隠密行動の才能があるのかもしれないな」

「いや……」

槙田が言葉を濁した。そんなことを評価されても、何のプラスにもならないとでも思っているのだろう。そう、その通り……「お前は一生、表に出ないで陰で動いていろ」と言われたも同然である。しかし、こういう汚れ仕事を経験していない人間は、人の上に立つ資格はないのだ。依然として安城は、槙田を数十年先の幹部候補、そして四十年前の自分と見ていた。

「この調査に関しては、スピードと同時に慎重さを要する。向こうの気分を害さないよう、当たりを柔らかくしていかないと……君にはそれができるだろう」

「自信はありませんが……そもそも、四十年前に何が起きたのか、私は知りません」

「知らないのが当然だ。社内でも、具体的に詳細を知っている人間はほとんどいない」

「副社長はご存じなんですか」

槙田の横に座る野分が目を見開いたが、安城はその存在を頭から消した。こんな男のことを気にしていたら、何もできない。安城は何も言わずにソファから立ち上がった。立つ度に一々そんなことをする必要はないのだが、背広のボタンをとめ、自分のデスクの背後に回りこむ。屈みこみ、鍵をかけた一番下の引き出しを開けた。すぐにバインダーを取り出し、慎重に槙田の前に置く。このバインダーが、四十年の歳月の証《あかし》だ、と安城は思う。元は濃紺だったのが色褪《いろあ》せ、全体的に水色っぽくなって、縁の方にわずかに元の濃紺が残っているだけだった。

「これは……」

「三時間だけ、君に貸しておく」ちらりと左腕の時計に視線を落とした。「午後五時に、ここへ直接持ってきてくれ。社長室を通す必要はない——いや、誰にも見せるな。今から会社を出て、どこか目立たない場所で読め。メモは絶対に取るな。重要なポイントは頭に叩きこめ」

矢継ぎ早の指示に、槙田は明らかに混乱しているようだった。助けを求めるように野分を見たが、直属の上司であっても頼ってはいけない。これは極秘文書で、自分と槙田以外の人間が見てはいけないのだ。野分もちらりと槙田の顔を見た。事の重大性に怯えているのか、自分の頭ごなしに部下に命令を下されたのが気にくわないのか、苦虫を噛み潰したような表情である。

「野分君」

「あ、はい」野分の体が、ソファの上で少しだけ跳ねたようだった。

「この件は他言無用だ。今日、真島という男が訪ねて来たことも、極秘にしておく」

「受付には記録が残っていますが」

安城は思わず舌打ちをした。瞬時に、野分の顔が蒼褪める。

「話の内容を外に漏らすな、ということだ。真島は広報部を訪ねて来た、しかし用件は別のことだった――それぐらいの嘘は、君の方で考えてくれ」これほど気が利かない男だったとは。こういう人間を、対外的な「顔」である広報部の責任者に置いておくのはまずい。そろそろ更迭《こうてつ》を考えないと、と安城は真剣に思った。

二人を追い出すと、思わずソファに身を埋めてしまう。目を閉じ、額に手をやって、ゆっくりと揉《も》んだ。どうして、短い期間にこうもトラブルばかりが起きるのか。やはり誰かの陰謀ではないか、と一瞬考える。ビジネスは権謀術数の世界だ。法に違反しなければ、どんな手を使っても相手を蹴落とす――いや、違反してもばれなければいい。

そうやって、長原製薬もこれまでの危機を乗り越えてきたのだし。

槙田は上手くやってくれるだろうか。とにかく現状を把握しなければ対策の立てようがないわけで、彼の責任は重い。だが、ここは何とか頑張ってもらわないと。四十年前の自分は、今の槙田より若かったにもかかわらず、仕事の一部を任された。無我夢中で、仕事の全体像は見えず、取り敢えず目の前の問題を片づけるだけで必死だったが、何とかやり遂《と》げた。今考えても、あれは入社間もない人間にはハード過ぎる仕事だったと思う。しかし、できたのだ。自分にできたことが、槙田にできないはずはない。

ゆっくりと目を開き、立ち上がる。急に体が重くなったような感じがした。こんなところでへばっている場合ではない。やることは山積しているのだから、これぐらいのトラブルで立ち停まるわけにはいかないのだ、と自分を叱咤した。

同時に、突然糸がつながり始める。一見関係なさそうな素材の間に、点線のようなものが見えてきた。もしかしたら……デスクについて受話器を取り上げ、番号をプッシュしようとして迷う。

またも、陰謀論が頭に入りこんできた。

馬鹿馬鹿しいと思いつつ、誰かの「陰謀」という考えには妙な説得力がある、と思った。その「誰か」が問題なのだが……受話器を戻そうとしてもう一度考え直し、番号を一気に叩いた。

もしや黒幕は大社長――今まさに自分が電話をかけようとしている相手ではないか？今の段階では積極的に疑う材料も否定する材料もない。

ただ一つ、安城が摑んでいる「感覚的な証拠」は、大社長がユーロ・ヘルスとの合併に難色を示していることだ。先日畑井で会った時にもその話になったのだが、長原の濁った目に不満気な色が滲んでいるのに安城は気づいていた。それはそうだろう。自分が大きく育てた会社が、実質的に外資に吸収されて消えてしまうかもしれないのだ。まるで、我が子を生きたまま火に炙《あぶ》られるような痛みを感じていてもおかしくない。だからこちらが不利になる情報を流し、合併をご破算にしようとしている？

あり得ない話ではないが、長原はそんなに浅薄で感情的な思考の持ち主ではないはずだ、と信じたかった。この合併話が潰れれば、長原製薬は本格的に経営危機を迎える。他の会社に援助を頼もうにも、二つのスキャンダルが障害になって無視される可能性が高い。会社を愛する長原が、そんな道筋をつけるとは思えない。

――以上の推論から、大社長は陰謀の黒幕ではない、と一応の判断を下す。そんなことを考えるより、湊の様子を本人から聞く方が重要だ。そもそも長原は、この件を既に知っていた可能性がある。この前畑井で話した時に、「ずっと生き続けている」と言っていたではないか。いかにも、四十年間ずっと同じ症状に苦しみ続けた人がいたような話しぶりだった。詳細は語らなかったが、彼の予想通り、安城の耳に入ってきた。

しかし電話に出た長原は最初、事情を呑みこめない様子だった。四十年前のことを聞かれているると思っているようで、しきりに安城が知らない名前を出した。何度か説明して、ようやく今の時代の話だと分かってもらえたのだが、今度は黙りこんでしまう。まさか、ボケがきているわけではないだろうな……不安になり、安城は受話器をきつく握り締めた。

「社長？」今でも本人に向かってつい「社長」と呼んでしまうのは、習い性なので仕方がない。向こうもそれで気にする様子もない。

「ああ、いや――何でもない」

何でもないわけがないが、追及はできない。先月、初めて長い時間直接話してみて、突っこまれるのが嫌いな人だということは分かっていた。

「現在、湊でそういう話があるんですか？　四十年前と同じような症状に苦しんでいる人がいるんですか？」

「聞いたこともないな」苦しそうな声で長原が否定した。ほとんど打ち明けそうになっていた前回とは様子が違う。「まあ……私ももう、あまり外を出歩かなくなっているから、知らないだけかもしれないが」

「可能性はあるんですか？」

「何とも言えない」

「当時のまとめは読みましたが、将来において影響が出るというような予測はありませんでした」

「そこまでは調べなかった」

「どうしてですか？」つい追及する口調になってしまった——慌ててつけ加える。「長原製薬の技術力なら、当時でも原因と治療法について調べるぐらいはできたと思いますが」

「研究部門に正式に話が通れば、外部に漏れる可能性が高くなる」

「ああ……」合点がいった。研究者というのは、自分たち文系の人間とは異なった考え方をするものだ。しばしば大人の事情を無視して、真実を知るためだけに突っ走ってしまう。

「事情がよく分からないが、とにかく何十年も経って症状が出るというような予想は、当時はまったくなかった。なかったからと言って、『ない』と言い切れるものではないが。それは別問題だ」

「ええ」

「改めてラボに調べさせることはできるかもしれないが……」

「それだと、また騒ぎが大きくなります」

「そうだな」長原の声は深く沈みこんでいた。

「真島という医者はご存じですか？」

「知っている」長原があっさり認めた。「戦前から、湊地区で病院を運営しているはずだ。今は三代目だと思う。湊病院、君は利用したことはないか？」

「ありません」湊にいたのは、体の心配などまったくなかった若い時期だ。「地元の名士、ということなんですね」

「……そうとも言えないが」

歯切れの悪い台詞に、安城はぴんとくるものがあった。今日、会社を訪ねて来た真島医師は五十歳ぐらい。四十年前に問題が起きた時には、当然先代の時代だっただろう。

「父親が、当時の病院長ですか」

「そうだ」

「あれだけ大きな問題になって、何も言わなかったんですか？　診察や治療もしていたはずですよね」

「ああ」

「普通は、もっと大きな病院を紹介するとか、大学病院に相談するとか、手を打っていたはずです。地元だけで対応しきれるわけもない」

「そうだな」

「何故、そうしなかったんでしょう」

長原が黙りこむ。言いたくない様子だった。その沈黙の中に、安城は素早く答えを見出《みいだ》した。

「その医師も黙らせたんですね」

「君は知っているかどうか……湊地区は、畑井市の中でも特殊なところでね。終戦後に畑井市と合併したんだが、それ以前は港町らしい、荒っぽい雰囲気の街だったんだ。しかも合併の時には、反対派が少なくなかった。それ故、合併後も独立心が強いというか……畑井市の他の地域とは違う、という意識が強かったんだ」

「だから、他に情報が流れなかったんですか」

「そうだと判断している」

　四十年近く前に暮らした街だが、そういう雰囲気はあまり感じ取れなかった。自分は本社採用組であり、湊地区に対する「地元意識」が低かったせいもあるのだろうが……あの街は、長原製薬の存在でだいぶ潤っていたはずだが、本当はどう思われていたかは分からない。

「それは幸いでした……と言うべきなんでしょうか」

「それについては判断しない。しかし、息子が今になって言い出してきた意味が分からないな」

「ええ……先代の病院長はどうしたんでしょう」

「何年か前に亡くなったと聞いている」

「真島医師は、当時まだ子どもだったはずですよね？　何が起きていたか、理解していたんでしょうか」

「そうだと思う。医者の息子だ、知らないわけがあるまい」

「それにしても、四十年も経って蒸し返すものですかね……」

「実際に病人が出ているとしたら、そういう気持ちになってもおかしくないだろう。医者だからな……目の前に患者がいれば、助けようという気持ちになるのが自然だ」

「取り敢えず、現在の状況を調査してみようと思います」

「結構だ。あくまで慎重に、な」

「ええ」

的確なアドバイスだ……というより、これしか言いようがないだろう。まさに隠密行動を要求されているわけだが、ここは槙田の力に賭けるしかない。

今日の夕方、槙田と会って細かく指示しよう。全てはそこからだ。

4

この街へ来るのは初めてだった。畑井は長原製薬創業の地なのに、名残を感じさせる物は何もない。先々代のトップで、現在も個人筆頭株主の「大社長」が住んでいることだけが、現在ではつながりと言えるかもしれない。
それにしても——不思議な街だ。東京から新幹線で一時間ほど。槙田はＪＲ新畑井駅でレンタカーを借りて湊地区にやって来たのだが、意外に賑わっている、というのが第一印象だった。港沿いに工場が建ち並び、工業地帯の印象が強い。一方で、港には漁船が多数係留されているので、漁村のイメージもあった。ただし……人がいない。この地区に住む人の多くは、今の時間は工場で働いているのだろうか。市の中心は、新幹線の駅の北側であり、湊地区に関しては栄えているのか寂れているのか、判断がつかなかった。

小さな私鉄の駅前に車を停める。港がすぐ近くにある割に、潮の香りは感じられなかった。伸びをして、背中の張りを解してやったが、同時に嫌な緊張感を意識する。どこから手をつけたらいいものか……安城の指示を思い出す。まず、街を観察しろ。飯を食って、街の人たちと話せ。その中でさりげなく、病気のことを聞き出す。その後は、真島が院長を務める「湊病院」での張り込みだ。足の不自由そうな人が出入りしていたら、尾行して話を聴け。

滅茶苦茶だ。自分は警察官でも探偵でもないのに、どうしてこんなことをしなければいけないのだろう。憤《いきどお》りと戸惑いが体に満ちていた。

それでも腹は減る。どんなに厳しい問題で悩んでいても、胃袋には関係がないようだ。だったらとにかく、その辺の店に入って食事をしながら、街の人たちと話をしてみようか。

そうは言っても、そもそも食事ができる店を探すだけで大変そうだった。駅前には小さな商店街があるのだが、開いている店にも人気《ひとけ》がない。とにかく歩き回ってみようと、槙田は道路を渡った。店の前に自動販売機がずらりと並んだ雑貨屋、その横にはスーパー――というか八百屋が大きくなったような店。駅前で目立つのはその二軒ぐらいである。雑貨屋の横の通りを入ってみると、「飲み食い処」の看板が見えたが、昼間は営業していない様子である。隣の「スナック&喫茶」は、既に潰れて看板だけが残っているようだ。小さな交差点を渡った先は薬局。薬局か……足を引きずった人が、関節痛の薬を買いに来ていないだろうかと思ったが、客の姿はない。そもそもD07は市販薬ではないのだ、と思い直す。

その隣が、旅館が無理矢理スタイルを変えたようなビジネスホテルで、一階に食堂がある。ここにしてみるか……もう少し街を歩き回ってみてもいいが、そうしていると、昼食を食べそびれてしまうような予感がする。外に掲示されたメニューを見ると、さすがに港町らしく、魚の定食が豊富だった。

店に入ってみると、背広姿のサラリーマンの二人組、それに背中の曲がった老女が二人でテーブルを囲んでいるだけだった。サラリーマンの方は出張組ではないか、と槙田は読んだ。何となく、地元の人ではない感じがする。話を聞くなら老女二人組の方がいいだろう。しかし、漏れ聞こえてくる会話が素直に頭に入ってこない。結構訛《なま》りがきつい。

とにかく飯にしよう……この出張のために、午前中、会社で仕事を必死にこなさなくてはならず、しかも朝飯抜きだったので腹は減っている。畑井はしらすが名物という話だったな……と思いながらメニューを眺め渡すと、「しらす丼と天ぷら」の定食がある。これにしようと決めて手を挙げると、中年の女性店員が面倒臭そうに近づいて来た。注文すると、「しらす丼と天ぷらの定食ですね」とさらにだるそうに繰り返す。訛りがないので、この人に話を聞いてもいいな、と考える。店の人相手なら、世間話をしても怪しまれないだろう。少し突っこんだ内容になったとしても。

槙田の料理が出てくる前に、老女二人は食べ終え、無駄話もせずに会計を済ませて店を出て行った。二人とも足取りはしっかりしており、膝を傷めている様子はない。続いてサラリーマンの二人組も店を後にする。近くにある工場の話をしている様子なので、東京からの出張組だろうと見当をつけた。

料理が運ばれてきた。しらす丼はそれだけで十分腹が膨れそうな代物で、それに加えて天ぷらが大きい。これで千円というのは大変お値打ちで、観光客向けの店でないことが分かった。もっとも、この辺に観光に来る人もいないだろうが。客は出張のサラリーマンか、地元の人中心ということだろう。

しらすはふっくらとしていて塩加減もよく、さっぱりと食べられた。天ぷらは少し衣が厚いものの、野菜も魚も上手く揚がっている。これはいい店を見つけたな、と内心にやりとした。これからしばらくこの街にいなければならないのだから、飯ぐらいは美味いものにありつきたい。

食事を終え、ゆっくりお茶を飲んでいると、先ほどの女性店員が食器を下げに来た。槙田は軽く一礼してから話を切り出す。

「昔、ここに長原製薬ってありましたよね」

「ああ、ずいぶん昔ですよ」

「私、そこの社員なんですよ」

「そうなんですか」

乗ってこない。ほとんど関心がない様子だった。もしかしたら彼女自身、長原製薬が撤退した後に生まれたのかもしれない。

「昔、いろいろ大変だったそうですね」

「何がですか？」

「いや……」槙田は口を閉ざした。惚けている感じではなく、本当に知らない様子である。

「口止めした」――当時の記録には明確にそう書いてあったが、噂が流れるのまで止めることはできなかったはずだ。街の人は誰でも知っているのでは、と思っていたのだが、違うのかもしれない。「何か、病気とか」一歩踏みこんでみた。

女性は無言で、お盆を下げた。厨房へ戻る途中、こちらを一度だけちらりと見る。疑われているように感じて、槙田は早々に財布を取り出した。何となく視線を感じながら店を出る。

失敗だったな……四十年前の話は、この街では今でもタブーになっているのだろうか。車に取って返す途中、このまま聞き込みを続けていても絶対に上手くいかない、と確信する。何か、もっといい手を考えないと。湊病院へ行ってみよう、とすぐに決めた。患者に会えるとしたら、間違いなくあそこだ。

ただし、細心の注意を払わなければならない。真島は槇田の顔を覚えているはずで、見つかったら怪しまれる。こちらが動いていることは、絶対に秘密にしなければならないのだ。

カーナビを頼りに、東へ走らせる。真島が院長を務める湊病院は、私鉄の線路の向こう、つまり海岸とは反対側の小高い丘の上にあった。駅前付近よりも大きな家が目立つ、閑静な住宅街の中である。隣は小学校。まだ授業中で、校庭では子どもたちが走り回っていた。東京の学校に比べれば、ずいぶん伸び伸びした空気が流れている。子どもたちの表情も明るかった。

病院は、一際小高い丘の上にあった。周囲は松林になっているが、木立の隙間から港が一望できる。三階建ての建物は、だいぶ古びていた。看板には「内科　婦人科　小児科」とあるが、医師は何人いるのだろう。この規模だと、二人か三人——家族だけで経営している、というパターンもよくある。裏手にくっついた控え目な建物が真島の自宅だろうか。病院の建物の前には駐車場。車が二台、自転車が三台停まっていた。それを確認して、槇田は一旦病院の前を走り去り、松林の中を走る道路に車を停めた。この辺なら、通行の邪魔にはならないだろう。

松林が防風林の役目を果たしているためか、冷たい風は直接吹きつけてはこない。ただし陽射しが遮られているせいで、体感温度はかなり低かった。コートのボタンを首のところまでとめ、ポケットに両手を突っこんで歩き出す。右手が煙草とライターに触れた。D07騒動以来、煙草がすっかり手放せなくなってしまったな、と苦笑する。少しだけ気持ちを緩めてやろうと、車の陰に隠れて煙草をゆっくりと吸った。冷たい空気に煙が溶け、苛立っていた気分が鎮まってくる。

病院の隣に二階建ての建物があるのに気づいた。看板に「まちづくりセンター」の文字が見える。たいそうな名前だが、要するに公民館の類《たぐ》いだろう。何だか……港付近よりもこの辺りの方が明らかに一軒一軒の家が大きいが、それでも貧しさの気配は濃厚に漂っている。

煙草を携帯灰皿に押しこんで揉み消す。一つ息を吐いて気合いを入れ直し、病院の前まで歩いた。人の出入りはない。しばらく待つか……少し戻って、まちづくりセンターの前に佇《たたず》む。人通りがないので怪しまれることはなさそうだが、取り敢えずスマートフォンに視線を落とし、何かを調べている振りをした。

ほどなく、病院から一人の老人が出て来る——老人と思ったのは間違いだとすぐに分かった。案外若い……五十歳ぐらいだろうか。杖をついて足を引きずっているせいで、年取って見えたのだ。腰まであるグレーのコートに、だぶだぶの茶色のズボン。足元は安っぽいスニーカーという格好だった。すぐに、足を引きずっているというより、ごく狭い歩幅でしか歩けないのだと気づく。これなら十分追いつけそうだ。槙田は、スマートフォンで呼び出していたこの辺の地図にもう一度視線を落とし、ちょっとした発見をした。よし、この作戦でいこう。

ゆっくりと男に近づく。後ろから追いかけ——普通に歩いているのにあっという間に追いついてしまった——二メートルほどの距離に迫ったところで声をかけた。

「あの、すみません」

普通なら、歩きながら振り返るところだ。しかし男は、一度立ち止まり、その場で足踏みするようにしながら体の向きを変えた。どうやら膝だけでなく、他の部分も調子が悪いらしい。

「お忙しいところ申し訳ありません。愛宕《あたご》デイサービスセンターを探しているんですが」

「ああ」声はしわがれていて、ひどく聞き取りにくい。「それならすぐ近くだけど。ここから百メートルぐらいかね」

「あ、そんなに近いんですか」

「ここを真っ直ぐ行って、二つ目の角を右に曲がってね……」男は道順を説明してくれた。

「どうもありがとうございます」

「いやいや」

男が溜息をつき、またその場で小刻みに足踏みするようにして体の向きを変えた。その都度、杖の先端がアスファルトをこつこつと叩き、甲高い音を立てる。

「あの……膝ですか？」

「あ？　ああ」男がうなだれるようにして、自分の膝を見下ろした。「ちょっとねえ、これも困ったもんで」

「膝は大変ですよね。私も色々見ていますので」

「あんた、医者かい？」

「いえ、介護関係です」

「ああ、それでデイサービスか」

「そうなんです」

何とか話が転がり始めた。男が、デイサービスセンターの施設があるのと同じ方向へ歩き始めたので、槙田も横に並ぶ。その歩調に合わせると、ひどく歩きにくかった。

「リハビリはされてるんですか？」

「いや。そういうことじゃないんだ」

「歩く他にも、きちんとリハビリすれば効果的ですよ。今は、優秀な療法士も多いですから」

「それは、無理じゃないかな」

「治療中なんですか？」

「治療ってほどの治療もしてないけどね。薬は貰ってるけど、それもあんまり効かねえんだ。先生も頑張ってくれてるんだけど、なにぶん、訳が分からない病気でね」

「それは大変ですね」槙田は大袈裟にうなずいた。

「ま、しょうがねえんだが」

「訳が分からない病気って、どういうことなんですか」

「原因不明ってやつでね。膝だけじゃない、手も痺れてる」男が、空いた左手をゆっくり上げて、頬を掻《か》いた。無精髭《ぶしょうひげ》が目立つ……というより、剃《そ》り残しか。髭剃りにも苦労するぐらい悪化しているのかもしれない。

「そんな病気、今時あるんですか？」

「だから困ってるんだよ。痛いだけじゃなくて、手も足も言うことを聞かねえんだ」

「大変ですねえ……」

「何でまた、こんな目に遭わなくちゃいけないのかね」

「おいくつなんですか？」

「五十二」男は吐き捨てるように言った。「まるでジイサンだよ。情けないったらないね」

「でも、心配ですねえ。いったいどういう病気なんですかね」

「どうかね」

男のもみあげが汗で薄く濡れているのに槙田は気づいた。ほんの短い距離を歩くだけでも、彼にとっては大変な運動なのだ。

「そう言えば、昔も同じような病気があったって聞きましたけど」

「あんた、この辺の人じゃないだろう」男がいきなり鋭い視線を向けてきた。

「ええ」

「だったらどうして、そんなことを知ってる」

「いや、介護関係なので……そういう話も耳に入ってくるんですよ」

「そうかね」露骨に疑う口調だった。

「ええ。実際、どうだったんですか」

「そんなこと、外の人に言う必要はないだろう」

「そうなんですか？　何か、公害病のようなものじゃなかったんですか」

「俺は知らないね」

「そうですか」

「ああ。変なこと、言わないで欲しいね」言い捨て、男がいきなり左に折れた。それまでの遅い動きが嘘のような素早さだったが、その瞬間に苦痛のうめき声を上げたのを、槙田は聞き逃さなかった。

男は振り返らず、二階建ての家に消えていった。結構大きな家だな、と思いながら表札を確認する。「小林義雄《こばやしよしお》」が筆頭で、他の三人は女性である。ということは、今の男がまさに小林義雄だ。

よし、患者を一人確認できた。隠密行動も、やってみれば何ということはない——しかし槙田はすぐに、かすかに誇らしい気持ちを押し潰した。こんなことで喜んでいる場合ではない。

自分たちはやはり、間違ったことをしているのではないか？

槙田は午後遅くまで、病院の前で張り続けた。同じように足を引きずっている男を小林以外に三人見かけたが、二人は車に乗って帰ってしまい、名前は割り出せなかった。車のナンバーを控えたので、ここから調べられるかもしれない。

一人だけ、小林と同じように尾行して名前を割り出すことができた。ただし今度は、用心して声はかけなかった。名前を二人割り出せたのが成果と言えるかどうか……よく分からない。ホテルに戻って、槙田はすぐにベッドに寝転がった。重い疲労感が体に蓄積しているのを意識する。目を閉じると一気に眠りに引きこまれそうになるが、何とか目を開け、上体を起こす。溜息を漏らし、ワイシャツの胸ポケットから煙草を引き抜き、火を点けた。

火が散り、慌てて右手を振って払う。

午後六時。安城に連絡を入れなくてはいけないのだが、気が重い。ホテルの部屋に備えつけの内線ではなく、私用のスマートフォンを使うこと、と厳命されている。使用履歴を辿られないようにするためなのだろうが、用心し過ぎだろう。しかし安城が神経質になっていると、そのぶんこちらも緊張を強いられる。

あれこれ考えても仕方がない。面倒なことは先に済ませてしまおうと、槙田はデスクについてスマートフォンを取り出した。煙草を深く二度吸ってから、安城の携帯の番号を呼び出す。狭い部屋は、既に煙草の煙で白くなり始めていた。窓を開けられればいいのだが、今時窓が開くホテルなどない。

「安城だ」副社長の声は不機嫌で、まるで槙田が邪魔な存在のようだった。

「患者らしき人の名前を、二人、割り出しました」槙田は、今日の調査結果を報告した。そのやり方も。張り込みと尾行は大変だったのだ、と強調したが、安城は感心してくれる様子もない。経過よりも結果ということなのだろう。

「全員を割り出す手はないか?」

「それは、何とも……何日か続けて張っていれば、湊病院で治療を受けている人の名前は割り出せるかもしれませんが、同じ場所にあまり長くいると怪しまれると思います」

「そうか……」安城は何か考えこんでいる様子だった。

もしかしたら交代要員を出してくれる気だろうか。別の人間が張り込めば、目くらましにもなるだろうし……しかし安城の口から出てきた言葉は、槙田をがっくりさせた。

「もう少し頑張れ。できるだけ多く、患者の名前を割り出すんだ」

「……分かりました」スマートフォンを耳から離し、溜息をつく。こんなことをする必要はない――溜息を聞かれても構わなかったのだと悔いる。「名前を割り出して、それからどうするんですか」

「先制攻撃をしかける」

「攻撃？」物騒な言い方に、槙田は思わず目を細めた。

「接触して、交渉するという意味だ」安城が苛立たしげに言った。

「交渉って……何の交渉ですか」

「どうすれば黙っていてくれるか、聞き出すに決まってるだろう」

槙田は、重い物を呑みこんだ気分になった。要するに金を握らせて、これ以上文句を言わせないようにする――四十年前と同じやり方をしろ、ということだ。あの時ほど規模が大きいわけではないが、基本は同じだろう。この会社には結局、厄介なことは隠蔽しようとする体質があるのか。

その交渉役を自分には押しつけないで欲しい、と槙田は切に願った。こんなことで誰かに頭を下げるのは気が進まなかったし、これはある意味「脅し」でもある。金は出すから口をつぐめ——恐喝以外の何物でもない。

「明日も同じ時間に報告してくれ」

「分かりました」

槙田が全て言い終える前に、安城は電話を切ってしまった。一瞬、頭に血が昇る。この人、よく副社長にまでなれたな……後輩や部下に対して、常にこんなぞんざいな態度で接してきたであろうことは容易に想像できる。いくら上の受けがよくても、これでは駄目なはずだ。管理職「A」の上司は、「A」の部下「B」からよく「A」の評判を聞く。「A」がさらに上に立つべき人間かどうか、適性を見極めるためだ。部下に嫌われる人間には、出世の限界がある。平社員の槙田は、安城の評判をよくは知らないのだが……あるいは、一種の恐怖政治で部下を支配してきたのかもしれない。ある程度の立場になってしまえば、それもできないことではないだろう。

とにかく、もう少し頑張らないと……槙田は手帳を広げ、今日割り出した二人の名前を確認した。メモするのにパソコンやスマートフォンを使うな、というのも安城の指示である。どこかで漏れる可能性があるから——それを言うなら、手書きのメモだって同じではないか。落として拾われたら、一巻の終わりである。

明日も同じようにやっていくしかないだろう。しかし、一瞬でも真島に見られたらそこで終了だ。その場合、逃げ出すのがいいのか、何か適当な言い訳を考えておくべきか……

考えたが結論は出ない。

今日はもう、一日分のエネルギーを使い果たしたよな……少し自分を甘やかしてもいいだろう。槙田は立ち上がったが、その際変な声が漏れてしまったのに驚く。足を引きずる男たちを何人か見たせいか、自分も膝がおかしくなっているような気がした。まさか……この街の空気に汚染物質が含まれているわけでもないだろうに。


夕食を摂るために街に出たが、途端に失望させられることになった。駅前のロータリーから続く道の両側には何軒か店が並んでいるが、既にシャッターを下ろしてしまっている。仕方なく、駅の構内を通って北口に出た。こちらもそれほど賑わってはいない……上から見ると、アーケード街の屋根は色褪せ、道行く人の姿も目立たない。ネオンの類いが目についたので、酒を呑むにも飯を食べるにも困らないだろうとほっとしたが、よく見るとチェーン店ばかりなので、またがっかりしてしまう。畑井らしい食べ物はないのだろうか。デッキを降りて、ゆっくりと歩き出す。上から見ていると分からなかったが、ささやかな繁華街にはそれなりに人が溢れていた。北口に、製紙会社の巨大な工場があるせいだろう。これだよな……とほっとする。やはり繁華街は、人がいてこそ存在意義がある。多くの店でシャッターが下りているような繁華街は、緩慢な死の途中にあるのだ。

しかし、どの店に入っていいか分からない。居酒屋で一人宴会をするのも気が進まなかった。それに、昼にたっぷり食べたはずなのに、やけに腹が減っている。まず、この空腹を満たしてやらないと……細く路地が入り組んだ繁華街を歩いているうちに、一軒の洋食屋を見つけた。こんなところで珍しいなと思いながら、店内を覗いてみる。客は少なく、カウンターの向こうで白いコック帽の店主が暇そうにしているのが見えたが、直感的に「悪い店ではない」と判断する。外にメニューが出ていたが、高いのだ。ビーフシチュー二千円、サーロインステーキ二千五百円。この値段で不味かったら、店はあっという間に潰れてしまうだろう。

よし、ここにしよう。どうせ領収書は会社に回すのだから……ドアを押し開けると、ラードのいい香りがぷんと鼻を刺激する。暇を持て余していたのか、五十絡みの店主がほっとしたような表情を浮かべる。

カウンターについて取り敢えずビールを注文し、槙田はメニューを精査した。全体的にはフライが多い。揚げ物が得意なのだろうと判断し、フライの盛り合わせを頼んだ。昼も揚げ物——天ぷらを食べたと思い出したが、訂正はしない。今日は、しっかりエネルギー補給をしなければならない気分だった。

まず、ビールを一口。喉を刺激する味わいに、ほっとする。アルコールが入るとすぐに煙草が吸いたくなる……カウンターの隅の方にガラス製の灰皿があるのを見つけ、店主に煙草を吸ってもいいか、と訊ねる。許可を得て、煙草に火を点けて一服した瞬間、背後でドアが開く音がして振り向く。

高藤。

何故ここに？　一瞬頭が混乱するのを感じた。向こうも同じようで、怪訝そうに表情を歪めている。しかし高藤は店主と目を合わせると、急に相好《そうごう》を崩した。どうやら知り合いらしい。

「こんなところで何してるんだ？」高藤が槙田の隣に腰を下ろす。

「あ、出張で」信頼できる相手だし、いろいろ相談もしてきたが、やはり警戒してしまう。今回の件は……まだ高藤には話せない。訴訟沙汰になれば、もちろん顧問弁護士の出番なのだが、今はまだ機密だ。

「そうか」高藤もビールを頼む。

「高藤さんは？」槙田は逆に質問した。

「俺？　ちょっと里帰りしにきただけだよ」

「ここのご出身なんですか？」

「そうだよ。言わなかったかな」

聞いたこともない。しかし、そういうことなら不自然ではないか……一瞬、ここで高藤にすべてを打ち明けてしまおうかと思った。そうでなくても、四十年前の事情を聞いてみるとか。高藤はその頃小学生だったはずだが、何か知っているかもしれない。

「初耳です」慎重にいかないとな、と思いながら槙田は話を合わせた。

「そうか……最近、いろいろあってね。たまにこっちに帰って来るんだ」

「ずっとご無沙汰だったのにねえ」店主がいきなり割って入ってきた。

「そうだね」

「こいつは薄情な男なんだよ」店主が槙田の顔を見た。「大学で東京へ出て行ったきり、ほとんどこっちに顔を見せなかったんだから。戻って来たのは、ご両親の葬式の時ぐらいだよな」

「お前とは、連絡を取り合ってたじゃないか」

「連絡って……たまに電話がかかってくるぐらいで連絡って言うかね」店主が皮肉っぽく言った。「電話なんて、三十年間で十回ぐらいだったかな」

「まあ、忙しいんだよ。貧乏暇なしでね」高藤が言い訳した。

「何言ってる。貧乏なわけ、ないだろう。浜の人間としては出世頭じゃないか」

「別に、出世したわけじゃない。単なる自由業だ」

「そんなことないよ」店主が首を振った。「浜ではお前、山では真島が一番出世したな」

真島？　真島医師か？　そうとしか考えられない。疑念に捕らわれた槙田は、背筋を汗が流れたように感じた。しかしここで、確かめるわけにもいかない。適当に話を合わせながら、情報を手に入れるしかないだろう。

「そういうお前も頑張ってるじゃないか」

「何が」店主が吐き捨てる。「しがない食堂のオヤジだよ」

「しがない、はやめろよな。そんな店だったら、俺は畑井に帰って来る度に来ない」

「まあな……今日はどうする？」

「サーロイン。ミディアムレアで」

「いい年してそんなものばかり食ってると、体を壊すぞ」

「体に悪いようなものを、店で出すなよ」

テニスのラリーのようなリズミカルなやり取りを聞きながら、槙田は次第に居心地の悪さを感じてきた。常連ばかりの店にたまたま迷いこんでしまった時に感じる不快感……二人の関係、高藤とこの街の関係など、聞きたいことはいくらでもあったが、迂闊なことは口にできない雰囲気だった。

先に槙田のフライ盛り合わせができ上がってきたので、取り敢えず食事に専念することで、余計な話はせずに済んだ。

「それはいいチョイスだな」高藤が槙田の皿を見て言った。

「そうですか？」

「こいつは、揚げ物が得意だからね」店主に向かって顎をしゃくる。「その割に、本人が太らないのが不公平だけど」

「俺は作ってるだけで、始終こんな物を食ってるわけじゃないから」店主が苦笑した。

「しかし、お前がレストランをやってるってのも、驚きだよな」と高藤。「そんな感じ、全然なかったけど」

「まあ、何となくだな」

「家も、こういう仕事とは関係なかっただろう？」

「そうだよ。オヤジはずっと漁協で働いてたからな」

「てっきり、そっちの仕事をするもんだと思ってたけど」

「何言ってるんだ。漁協の仕事なんか継いでも、何にもならないだろう。だいたい、湊で漁業関係の仕事なんて、とっくに尻すぼみなんだから」

「まあ、そうだな」高藤が煙草を取り出し、吸っていいか、と目線で槙田に訊ねる。槙田がうなずくと、素早く火を点けて、煙を天井に向かって吹き上げた。「あの頃、漁業は鬼門だったよな。今はどうなんだ？」

「ぽつぽつ、だな。好きでやってる人はいないだろう。皆、仕方なくだよ」

「働く場所はいくらでもあるだろう」

「工場が性に合わない人だっている」

「工場なら、安定して金が入るのにな」

「やっぱり、漁師の気性ってのもあるんじゃないか？　漁をしてなくても、港町独特の雰雰囲気はあるんだよ。人に使われるのをよしとしないんだな」

「そうだな。昔は自分で漁船を持って、一国一城の主になるのが普通だったよな」

「今は、そんな具合にはいかないだろうけど」

二人の会話は、どこか抽象的な内容のまま漂っていた。二人には十分理解できるのだろうが、槙田には分からないことも多い。黙って食事に専念しているつもりが、つい訊ねてしまった。

「あの、『浜』と『山』って何ですか」

「ああ」高藤が薄い笑みを浮かべる。「俺たちが育った街は、二つの地区からできていてね。町名はどっちも同じ『湊』なんだけど、浜の方と山の方、二つに分かれていた。浜は漁師町で、俺たちが住んでたのはそっちだ。山の方には、地元の工場に勤めていた人とか、普通のサラリーマンが多かったかな」

「山の方が、金持ちの印象が強くてね」店主が話を補足する。「浜に住んでた俺たちは、何となく見下ろされてるような感じがしたんだよ。小学生の頃は、浜と山に分かれてよく喧嘩《けんか》してたな」

「そうなんですか？」

「そうそう」高藤が懐かしそうに言った。「今考えると根拠のない話なんだけど、浜に住んでいた身としては、山の連中に馬鹿にされてるような感じがしてね。そういうのは、中学校に行くと自然に消滅したんだけど」

「下町と山の手みたいなものですか？」

「近いけど、ちょっと違うかな……今は、東京なんかだと下町も山の手もないけど、当時の湊では、やっぱり差があるように感じたよ。金があるとかないとかじゃなくて、子どもの感じ方だから、根拠はないんだけどね。実際、浜に住んでた俺たちの方が気性が荒くて、喧嘩ばかりしてた。山の連中は、お上品な感じだったな」

「でも、山の方にもいい奴はいたな。それこそ、真島とか」店主が合いの手を入れた。

「ああ」高藤が、店主に視線を戻した。「あいつは別格だった」

「お前、仲よかったもんな」

「高校も一緒だったのは、あいつだけだし」

「お前ら二人だけ、な。頭が良過ぎたんだ」

高藤が苦笑して首を横に振ると、店主は何故かむきになってさらに言った。

「医者に弁護士――こんな田舎じゃ、成り上がりのトップだろう」

「成り上がりはやめてくれよ。感じが悪い」

「いや、でも本当に……俺らの同期じゃ、やっぱり出世頭だよ。お前、本格的にこっちへ帰って来る気はないか？　畑井の市長選にでも出ろよ。応援するぜ」

「あり得ない」高藤が顔の前で手を振った。蠅《はえ》を叩き落とそうとするぐらい激しく。「今まで畑井で、湊出身の市長は一人もいなかっただろう？　あそこはやっぱり、独立区みたいなものなんだ」

「そうかねえ」

喋りながらも店主は手を動かし続け、高藤のステーキが焼き上がった。それを見た瞬間、槙田は値段に腰が引けてステーキを頼もうとしなかったのを悔いた。綺麗なグリルの焼き目がついた肉は、皿からはみ出しそうだ。そこに大き目の胡椒《こしょう》の粒が張りついて、いかにも美味そうである。つけ合わせも、フレンチフライではなくベイクドポテト。丸ごとのジャガイモがついているだけで、何だか料理そのものが豪華に見える。

高藤は旺盛《おうせい》な食欲を発揮して、ステーキをあっという間に平らげた。食べている時にはあまり話をしたくないのか、沈黙の時間が続く。槙田はできるだけゆっくりと食べて、高藤と食べ終わりを合わせた。

高藤が吐息を漏らし、煙草に火を点ける。残ったビールを一気に呑み干し、「コーヒーが欲しいな」とぽつりと言った。

「贅沢な客だな」

「コーヒーぐらい、用意しておけよ」

「今から淹《い》れるけど、いいか？」

「ああ」

「そちらさんは？」店主が槙田に話を振ってきた。

「よかったら、お願いします」居心地の悪さは変わらなかったが、我慢しようと決めた。もしかしたら、二人の会話を聞いているだけでも、何か情報が手に入るかもしれない。

「しかし、今年の台風は大変だっただろう」高藤が話を振った。

「それこそ、湊の方はえらい目に遭ったよ」店主が応じる。「四十年ぶりらしいな。あの時以来だ」

「ああ」高藤が低い声で言い、煙草を灰皿に押しつけた。「大変だったろうな」

「そうだな。畑井でもこっちの方は、それほど被害がなかったけど。新幹線が停まって、高速が通行止めになったぐらいだ」

思い出した。九月に大型台風が上陸し、この地域でも大きな被害が出たはずだ。いや、この地域が一番被害が大きかったかもしれない。ちょうど最大勢力を保ったまま、上陸したのだ。しかも動きが遅かった。確か、死者も何人か出ているはずである。

「富永《とみなが》、覚えてるか？」

「覚えてるよ」

「あいつのオヤジさん、船を見に行って波にさらわれたんだ」

「そうなのか？」高藤の顔が暗くなる。

「漁師はな……やっぱり船が命だから。行っちゃいけないって分かっていても、見に行きたくなったんじゃないか」

「オヤジさん、まだ現役だったのか？　もう八十近かったんじゃないのか」

「少し耳が遠くなってたけど、富永よりもよほど元気だったらしいぜ。残念だよな」

「そうだな……」高藤が槙田に顔を向けて説明した。「同級生のオヤジさんだ。浜の人間だったんだよ」

「ひどい台風でしたからね」槙田は相槌《あいづち》を打った。

「でも、四十年前はもっとひどかった。防災対策だって、今とは比べ物にならないぐらい貧弱だったからね。浜の、本当に海岸に近い方は、高波で結構家が壊されたんだよな」店主が渋い表情で言った。

「そうだった。あれで、同級生が一人、死んでるからな」高藤がうなずく。

「そうなんですか？」槙田は思わず目を見開いた。

「そう。確か、湊全体で十人ぐらい、亡くなったんじゃないかな」

「十一人だ」店主が即座に訂正した。「それぐらい、ひどい台風だった。瞬間最大風速七十メートルって、あり得ないよねえ」

七十メートル——想像もつかない暴風だ。首を振ると、店主が説明をつけ加えた。

「風速で三十メートル以上、瞬間最大風速が五十メートルぐらいになると、いわゆる『猛烈な風』になるんだよ。木や家が倒れるぐらいのすごい風だ」

「そんなにひどい台風があったんですね」

「ああ。それで、長原製薬の工場も壊れたんだから」

「そうなんですか?」その事実は知っている。知っているが、知らない振りをした。話がどこへ転がって行くか分からないのだから、無知な振りをして情報だけを手に入れたい。

「知らないのか?」高藤が驚いたように言った。

「ええ……こっちの時代の話は、あまり知らないんです」

「長原製薬の社員として、会社の歴史を知らないのはどうかと思うね」

揶揄《やゆ》するような高藤の声に、槙田は思わず「すみません」と謝ってしまった。

「あなた、長原製薬の人なの?」店主が驚いたように言った。

「はい」否定するわけにもいかず、槙田は低い声で答えた。

「あ、そう」

店主が急に不機嫌な口調になり、嫌な空気が流れる。高藤は特にフォローする気もないようで、新しい煙草を吸い始めた。

「あれだけの大惨事だから、当然知っていると思ったけど」

「すみません」高藤の指摘に、槙田はまた謝るしかなかった。

「とにかくひどかったんだよ」店主が話を継いだ。「強風で、湾に面した場所にあった廃液タンクが壊れて、中身が全部流れ出てね。しばらく、湾の周囲では嫌な臭いがしてたからな」

「そうだったんですか？」

「臭いっていうのは、公害の中でも最悪かもしれないね。どこへ行ってもついてくるんだから。だけど臭いで引っ越すわけにもいかないし。あの時……どうだった？　一週間ぐらい、凄い臭いがしてなかったか？」店主が高藤に話を振った。

「そうだな。頭が痛かった」

「街中にシンナーの臭いが充満してる感じだったもんな」店主がうなずく。「廃液タンクの強度不足だったんだろうね。今だったら、もっと大問題になっていたはずだ」

知ってはいたが、地元の人から改めて聞かされると、やはり居心地が悪い。廃液タンクの問題は、それだけでは終わらなかったのだから……。「あくまで自然災害」。四十年前の記録は、この一件をそう位置づけていたが、それでも会社の罪が消えるわけではないだろう。「自然災害のせい」というのは、当時の長原製薬の幹部が、自分たちを安心させるために作った言い訳にしか思えない。

「元々日本は、災害があって当たり前の国なんだからさ。その辺を計算に入れて、もっとしっかりしてくれないと」

店主の非難に、槙田はうつむくだけだった。そこで高藤が助けに入ってくれた。

「でも、今年の台風では、そういう被害はなかったんだろう？」

「ああ」

「だったら、企業もいろいろ研究して対策を取っているということだよ」

「大手企業の顧問弁護士をやってる人間は、やっぱり会社側の肩を持つようになるのかね」店主が鼻を鳴らす。

「そういうわけじゃないけどな」高藤がぽつりと言った。

「ま、お前は違うだろうな。浜の人間だから」

「結局、人間は故郷から離れられないんだろうな」高藤がちらりと槙田を見て、微笑《ほほえ》んだ。

5

四十年近い歳月を経ても褪せない記憶もあれば、あっさり薄れてしまう想い出もある。この部屋は……高藤の記憶にはなかった。

真島の家に、何度遊びに来ただろう。初めて訪れたのは、中学生になってからである。最初は真島から誘われたのだ。それに食いついたのは、この男に興味があったからである。同じ小学校から同じ中学校に進み、常に成績一、二位を争うライバル関係。どんな家だろうと思って緊張したが、建物自体は案外普通なのでほっとしたことを覚えている。ただ、高藤の家よりもテレビがずっと大きく、ステレオのセットがあったぐらいが違いだっただろうか……あとは真島の部屋に、高藤が当時持っていなかったラジカセがあるのが羨ましかった。二人で何をしていたのか……特に何かした記憶もない。二人とも洋楽が好きだったので、ラジオから流れる曲を聴きながら、だらだらと話していたぐらいだ。しかし、当時聴いた曲はしっかり記憶に残っている。ロッド・スチュワートの『今夜きめよう』だったり、イーグルスの『ホテル・カリフォルニア』だったり、ELOの『テレフォン・ライン』だったり。あとは、二人とも別に好きではなかった、ビージーズなどディスコ系の曲。好きでもないのに記憶に残るのがヒット曲というものなのだろう。

「家、建て替えたのか？」先日訪れた時には、そんなことを気にしている暇もなかった。改めて訊ねてみる。

「二十年前に。結婚した時だ」

「それでか……昔は、こんな感じじゃなかったよな」

「そうだな」真島が苦笑した。「でも今時、応接室のある家なんかないだろう？　客なんかほとんど来ないのに、この部屋を作ったのは失敗だった」

「病院には、人がたくさん来るんじゃないのか」

「それは患者さんだ。個人的な客なんか、滅多に来ないよ」

「そうか……今、病院のスタッフは何人いるんだ？」

「医者が俺の他に二人、看護師が七人いる。昔はスタッフがもっとたくさんいて、入院もできたんだけど、今は診察だけだ」

高藤は手の中でグラスを揺らした。酒はシーバス・リーガル。さすが医者だ、と感心したのだが、今はシーバスもそれほど高くないのだとすぐに気づいた。高藤が学生の頃には、とても手を出せる値段ではなく、その存在を知っている、という程度だったが。

向き合った椅子に座って話すのは、何となく落ち着かない。素っ気ない雰囲気だ。暖炉でも似合いそうな洋間なのだが、実際には家具の類いはほとんどなく、素っ気ない雰囲気だ。本当に、ここで人をもてなすことなどほとんどないのだろう。昔からそうだったようだが……自分以外の友だちを家に呼んだことがあったのだろうか、と高藤は訝った。

俺が友だちだったかどうかは分からないが——というより、彼がそう思っていたかどうかが分からない。なかなか本音を晒《さら》さない男なのだ。だからこそ今、違和感を覚えている。これほど怒りを露《あら》わにし、正義感溢れる直情径行的な行動を取る男だったとは。

「長原製薬が動き出した」

「そうか」真島はそれを既に予想していたように、動じなかった。「具体的には？」

「広報部の人間がこっちに入っている。今日、偶然会った」

「大丈夫なのか？」真島が眉をくっと上げた。

「大丈夫じゃないと思う」高藤は認めた。「落ち着かない様子だったからな。何かあったと疑ってるんじゃないか？」

「お前と俺の関係は知ってるのか？」

「それは知らないはずだ。ただ……」

「ただ？」真島が身を乗り出した。

「益井《ますい》の野郎があれこれ喋っちまってね。たまたま、あいつの店で一緒になったんだ」

「あいつは……」真島が苦笑する。「相変わらずのお喋りだな」

「基本、馬鹿だから」

「おっちょこちょいは変わらないわけだ」真島がグラスを傾けた。舐《な》めるようにウイスキーを呑むと、小さく吐息を漏らす。「しかし、その広報部の人間は、俺とお前の関係を怪しいと思ったんじゃないか？」

「そうかもしれない。ま、いずれ分かることだ」それに、ばれてまずいということもない。自分は直接かかわらなければいいだけだ。それなら利害が衝突することはなく、弁護士としての職業倫理も守られる。ずっと隠しておいて、最後に種明かしをして槙田の驚く顔を見たいとも思った——我ながら趣味が悪いが。

「ところで、その広報部の人間の名前は？」

「槙田」

「ああ、この前本社で会ったよ」真島がうなずく。「気の小さそうな若者だな……どうする？　気にしなくていいのか？」

「構わない。今はこっちが圧倒的に有利な立場にあるんだから、余計なことはしない方がいい。いずれにせよ俺は、表に出るつもりはないし」

「顧問弁護士が、この件の裏で糸を引いていると分かったら、色々都合が悪いだろうな」

「悪いどころか、賠償問題になりかねないよ」高藤は腕時計に視線を落とした。この応接間には時計が——昔の家でも見たことのある壁掛け時計だ——あるのだが、少し遅れているようだ。今時、手で巻かなければならない掛け時計は骨董《こっとう》的価値だけはあると思うが、時間を知る役には立たない。

「遅いな」

「そうだな」真島も自分の腕時計を見た。「遅れるような人なのか?」

「いや、そんなことはないと思う」

「そうか。ま、こっちは焦ることはないからな……どうせ今日は泊まりなんだろう?」

「そのつもりだ。新幹線の駅前にホテルを取っている」

「もったいないな。うちに泊まればいいのに」

「本当は、あまりここには来たくないんだ。誰かに見られたらまずいだろう?」

「ああ……それはそうだな」

「俺はあくまで陰の存在でいなくちゃいけない」高藤は立ち上がった。ワイシャツの胸ポケットから煙草を取り出す。「ちょっと吸ってくる」

「ここで吸ってもいいんだけど」

「喫煙者が一人もいない家で煙草を吸う気にはなれないよ」

駐車場に出て、煙草に火を点ける。ひんやりした空気が全身を包みこみ、アルコールで籠《こも》った熱を吹き飛ばした。額を手で擦ると、ざらざらした指の肌触りが感じられた。自分も年を取った……しかも厄介な問題を抱えている。それを意識した時、自分でも予期していなかった行動に出ていた。だから人生は面白いとも言えるのだが、時々立ち止まって不安に震える時もある。

俺は、人生の総仕上げをしたいだけではないのか？　手遅れになる前に、自分が生きた証をしっかり残しておきたいのではないか？　あるいは純粋な正義感。弁護士としては楽で儲かる仕事――企業の顧問弁護士をずっとやってきたが、自分の中にもまだ、正義を思う気持ちはある。それを燃やして、誰かの役に立ちたい。

ヘッドライトが見えた。目を細め、こちらに向かってくる車を見極めようとする。ほどなく駐車場に停まった車は、間違いなく地元の弁護士・宮本《みやもと》佳織《かおり》の物だった。何度も事故に遭ったのに、一切修理していないように見えるぼろぼろのランドクルーザー。この車も弁護士、しかも女性らしくない感じだ。この辺の人間は――古いボルボに乗っている真島も含めて――車を長く乗り続ける習慣でもあるのだろうか。それにしても、佳織はまだ三十二歳である。この車はいかにも似合わない。

「遅くなってすみません」ブラウス一枚という軽装で飛び出してきた佳織が、慌てて頭を下げる。自分で走って来たわけでもないのに、額には汗が浮いていた。

高藤は唇に人差し指を当てた。若くて元気がいいのは結構なのだが、彼女は少しばかり声が大き過ぎる。

「少し静かに喋ってくれ。この辺の人は、もう寝る時間だぞ」

「まさか」大きな目を更に大きく見開き、佳織が腕時計を凝視した。「まだ九時前ですよ」

「湊の時間では夜中だ」

「失礼しました」謝る声まで大きいのは、もはやジョークとしか思えない。佳織は運転席に首を突っこみ、黒いジャケットとコートを引っ張り出した。どういう脱ぎ方をしたのか、同時に着てしまう。

「何かあったのか?」

「いえ、前の仕事がちょっと押しただけです」

「だったらいい。始めようか。真島がお待ちかねだ」高藤は煙草を携帯灰皿に押しこんだ。既に膨れて一杯になってしまっている。どこかで捨てないと……しかし真島の家のゴミ箱を借りるのは申し訳なかった。

家に戻ると、外が寒かったことを逆に意識させられる。しかし佳織は、コートを脱いでもまだ、化粧っ気のない額に汗を浮かべたままだった。エアコンが効いているわけでもなく、応接間は三人の人間の体温で暖められているだけなのだが。

「どうも、遅れてすみません」佳織が、座る前に頭を下げる。

「いやいや、お忙しいでしょうから……座って下さい」真島が愛想よく言った。

丸いテーブルを囲み、金華山織張りの椅子に三人で腰かけると、高藤はタイムスリップしたような気分になった。こういう椅子は、明治や大正時代の物ではないだろうか。真島も、いったいどういう趣味でこんな椅子にしたのか……ふと手すり部分を見ると、張られた布がかなり磨り減っているのに気づく。もしかしたら、家を建て替える前から使っている物かもしれない。だとしたら、明治とは言わないが、昭和前期のものであってもおかしくはない。

「まず、現在の状況をお話ししましょう」

真島が切り出した。佳織がノートを広げ、ボールペンを構える。それを確認してから、真島がこれまでの動きを順を追って説明していく。佳織は相槌も打たず、ほとんど下を向いたままで、ボールペンをノートに走らせていた。高藤が見た限り、本人でさえ後で解明に困るような悪筆だった。しかし、集中力は凄まじい。

「——では、訴訟のタイミングも考えないといけないですね」真島が言葉を切ったタイミングで、佳織が顔を上げて発言する。垂れた前髪が目を覆い隠した。

「そうですね。具体的には向こうの対応次第ですが、年明けぐらいを考えておけばいいでしょう。遅くならない方がいい。向こうに準備の時間を与えてはいけないんです」言って高藤はスマートフォンを取り出し、テーブルに置いた。カレンダーを呼び出して日付を確認する。あと一か月——長原製薬にとってはとんだお年玉だ、と皮肉に考えた。

「その前に、金の話が出てきたらどうしますか?」佳織が訊ねる。

「それは十分予想されます。金を払うように、脅しておきましたしね」

真島が高藤の顔を見た。高藤はうなずき、「昔のこともあるからな」と同意した。

「その話なんですけど、本当なんですか?」佳織が首を傾げる。「立派な公害事件じゃないですか。それなのに、裁判にもならなかったのは、ちょっと考えられないんですけど」

「それが長原製薬の体質なんだ——何でも隠蔽するというのが」高藤は吐き捨てた。

「結局、金で解決したわけですね?」佳織が念押しする。

「ああ」その事実を指摘されると、何だか自分たちの愚かさを思い知らされるような気分になる。確かに……自分の親たちは金で転んだ。だがやはりそれは、責められるべきことではない。「長原製薬は地元の会社だった。明治の頃からずっと、湊の人たちを雇用して、税金も落としてきた。湊は明治の初めまでは貧しい漁村だったのだが、雇用が確保されたことで、そこそこ豊かな街になったんだよ」

「それは分かりますけど、人命にかかわることじゃないですか」佳織が、ボールペンの尻でノートを叩いた。「許されませんよ」

「すべての出来事は、単純な正義感で判断できるわけじゃない。自分たちの雇用主で、金を与えてくれる存在――しかも長年の縁がある。そんな会社を相手にして、簡単に訴訟は起こせなかったんだよ。それに長原製薬は、おそらく裁判の結果支払うことになる賠償金よりもずっと高い補償金をばらまいた」

「だったら、裁判で戦った方がよかったんじゃないですか」

「いや」高藤は即座に否定した。「裁判費用、それに将来にわたって不評が続くことを考えれば、金で解決するのはベストの作戦だったかもしれない」

「だけど口止めっていうのは……今だったら、コンプライアンス的に大問題ですよね」

「ああ」高藤は認めた。

「だからこそ、戦おうとしているんですよ」真島が言った。「四十年前にできなかったことを、今回はやるんです」

「お二人とも、それは純粋な正義感によってですか？」

遠慮のない佳織の質問に、二人とも黙らざるを得なかった。素早く視線を交わし、佳織をどう納得させるか、無言で相談する。正直に言うしかない――相手は弁護士なのだ。嘘の前提で仕事はできない。

真島が先に口を開いた。

「当時、長原製薬がばらまいた金は、相当な額になります。死者数は少なかった――私が把握している限りでは五人で、これはいずれも急性の中毒症状と見られます。今となっては証明が難しいですけどね」

「はい」佳織がノートを閉じた。既に知っていることなのだろう。

「公害で五人亡くなったのが多かったかどうか……それは何とも言えません。しかし長原製薬にとっては大問題だった。東京への全面移転計画を進めていた時期ですから、裁判などの負担を背負いたくなかったんでしょう。情報が外へ漏れないように、関係者の口を金で封じたんです。その中に……」

「まさか、先代の院長もいらっしゃったんですか？」

佳織の発言には、やはり遠慮がなかった。真島が口を閉ざしてしまったので、代わりに高藤が口を開く。

「仕方なかったんだ。先代の院長だって、長原製薬のおかげでやってこられた一面はあるんだから。大きな工場があれば、それだけで患者は増える。そういう恩義で揺さぶられて、金を積まれれば、黙ってしまうのも仕方ないと思う」

「いや、でも……人が五人も亡くなったんですよ？」佳織の追及はしつこかった。

「簡単に言うな。君だったらどうしていた？」高藤は佳織を攻めた。「そういう状態で、絶対に金を受け取らないと言い切れるか？」

「それは——」佳織が急に黙りこむ。

「金は、分かりやすい特効薬だよな」高藤は攻撃の手を緩めた。「今は、弁護士だって儲からない。そういう金を受け取ったとしても、誰も責めないよ」

「金がばらまかれた先は、それだけではないんですよ」真島が指摘した。「市役所、漁協、地元のマスコミ関係者……少しでも影響力がありそうな相手には、積極的に金を配ったそうです。それで沈黙が買えるなら、安いものだったでしょう」

「先代院長は、いくら貰ったんですか」佳織が訊ねる。

「当時の金で百万」真島が低い声で答える。

「今の感覚だと、いくらぐらいでしょうね」佳織が首を捻る。金額にピンとこない様子だった。

「どうだろう。一九七〇年代前半だったら、新車ぐらいは買えたんじゃないかな」高藤は指摘した。

「少なくないですね」佳織が言った。

「当時なら大金ですよ」真島がうつむいたまま認める。

「真島先生の場合は、その……罪滅ぼしのようなものですか」

「宮本先生、それは言い過ぎだ」高藤は割って入った。真島の耳が赤くなっているので心配になる。

「高藤先生はどうなんですか?」佳織がめげずに、逆に質問をぶつけてくる。「どうしてかかわろうとしたんですか？　弁護士の良心で？　それとも、自分が顧問を務めている会社の犯罪が許せないんですか」

「その通りだ。それに俺には、個人的な理由もある」高藤は膝を叩いた。「この件では俺も被害者だから」

「なるほど……分かりました。いずれにせよ、お二人とも純粋な気持ちなんですね」佳織が念押しをする。

「当たり前だ」

「それでは最初のお約束通り、全面的に協力させていただきます」佳織が頭を下げる。

「生意気言ってすみません……ちょっとお二人の本気度が知りたかっただけです。悪気はありませんでした」

高藤は思わず苦笑したが、真島は真顔でうなずいた。この若い弁護士は……高藤自身が矢面に立つわけにはいかないので、地元の若い弁護士を抜擢《ばってき》したのだが、最初に想像していたよりも骨がありそうだ。彼女なら大企業を相手にしても、一歩も引かずに戦うのではないだろうか。

「とにかくご心配なく」佳織が、自分に言い聞かせるように言った。「長原製薬を丸裸にして、事実関係を全て公表しましょう。金もできるだけ分捕ります」

若いのに頼もしい限りだ――しかし佳織の目論見《もくろみ》はまだ甘い。高藤としては、会社を完全に追いこみ、潰してやるつもりでいた。まったく別の材料もあるから、揺さぶりをかけるのは難しくない。蟻《あり》が巨象に噛みつくようなものかもしれないが、象を倒すのは不可能ではない。この巨象は、自分たちが戦いを挑む前から機能不全を起こしており、別の象に助けを求めていた。別の象が見捨てれば——遅かれ早かれ倒れ、死ぬ。自分はそれをしっかりと見届けよう。

佳織が急に態度を変え、実務的な話に入った。特に力を入れたのが、被害者の対応についてだった。

「今後、長原製薬側が、見舞いの名目などで被害者に直接接触してくる可能性があります。でも、絶対に直接話をさせてはいけません。真島先生、それは周知徹底できますか？」

「そうしましょう。できると思います」真島がうなずく。

「前科のある会社ですからね。中途半端な金額をちらつかせて、訴訟から脱落させようとするかもしれない。それだけは避けましょう」

もっともだ、と高藤は皮肉に思った。あの会社は、プレビールの問題で、つい最近も同じようなことをしたばかりなのだから。二度あることは三度ある。もはや「隠蔽」は、見えないインクで社訓に書いてあるとしか思えなかった。

6

安城は、また槙田と二人きりで会っていた。場所は会社から少し離れた、外神田《そとかんだ》のバー。槙田が手書きでまとめた名簿を手にして、少しだけほっとできた。完全ではないが、槙田は今回の一件の「被害者」と見られる人間を七人割り出していたのだ。

「こちらの正体は、向こうにはばれていないな？」

「そう思います」

「よし」名簿を折り畳んで背広の内ポケットに入れる。急に懐が重くなった感じがした。

「もう一通あるな？」

「はい、私がコピーを持っています」槙田が左胸を押さえた。そこのポケットに入っているという意味なのだろうが、胸の痛みをこらえているようにしか見えない。

「厳重に保管しておいてくれ。すぐに次の作戦にかかる」

「……どうするんですか？」

「この人たちに直接接触するんだ。もう一人、誰かつける」

槙田の喉仏が上下する。どうもこの男は、少しばかり神経が細いようだ。このまま上に引き上げても、きちんと仕事をこなせるかどうか分からない。立場が人を変えるとは言うが、立場に負けてしまう人間もいる。

「誰がいい？　人選は君に任せるが」

「それなら、濱野でお願いします」

「ああ、彼は同期だったな」

「Ｄ07の件でも一緒でしたから」

「泥を啜るなら、よく知った相手が一緒の方がいいだろう」

槙田が無言でうなずき、煙草に火を点ける。いつの間にか煙草が手放せなくなっている……ストレスか、と安城は思った。分からないでもない。入社当時は煙草を吸わなかった俺が一時ヘビースモーカーになったのも、あの件を押しつけられたのがきっかけだった。

「気にするな。淡々と仕事をしろ」

「無理です」

「こういう経験をするのとしないのとでは、サラリーマンとしての厚みが変わってくるぞ」

「そういう厚みに、意味はあるんでしょうか」

これは精神的に相当ダメージを受けている、と安城は心配になった。本当は一時的に外して様子を見るべきだろうが、そうもいかない。事態は流動的なのだ。動きを止められない以上、さらに激しく突き進むしかない。

「この医者……真島は、D07の件をほのめかしていたんだな」

「ええ」

「どこまで知っていると思う？」

「何とも言えません」

「問題は、どこから情報が漏れたかだが……」安城は槙田の目を真っ直ぐ見た。槙田はこちらを見ようともしない。「君はどう思う？」

槙田が顔を上げる。死んだ魚のような目だった。ゆっくりと口を開くと、「私ではないです」と低い声で否定する。「でも本来、こんなことは隠しておけないはずです。真島医師も、D07を使っているんじゃないですか？ それで気づいたとか」

「その可能性もある」ダムに空いた小さな穴が次第に広がり、やがてはダム自体が崩壊する――そんなイメージに、安城は戦慄を覚えた。D07の件についても、まだ安心できない。

「とにかく、犯人捜しをする意味はないと思います」

「どうして」

「仮に犯人が分かったらどうするんですか？ 外の人なら対処しようがない。内部の人間だったら処分するんですか？ そんなことをしたら、今以上にややこしいことになります」

「……その通りだな」案外冷静なのだ、と感心した。これならまだ、仕事を任せても大丈夫だろう。さて、そろそろ人参を見せておくか。「ところで君、海外での仕事に興味はないか？」

「支社の仕事、という意味ですよね」

「ああ。今空きがあるのは、サンフランシスコかロンドンだ。どっちがいい？」

槙田の目に、少しだけ光が戻った。いい餌《えさ》になったな、と安城は確信した。

「馴染みがあるのはアメリカの方です。プライベートで旅行したことがありますから」

「そうか。カリフォルニアはいいところだぞ」

「副社長も、海外駐在経験がおありでしたよね」

「俺の頃は、アメリカ支社はシカゴにあった。冬が寒くて、きつかったな。毎日突風が吹いていたような記憶がある。それに比べてサンフランシスコは暖かいし、住みやすい。日本人も多いしな」

「ええ」

「この件が一段落したら、しばらくアメリカへ行かないか？　海外勤務は出世への大きなステップだぞ」

「そう、ですね」

「考えておいてくれ」

「海外へ行くのは、口封じですか」

唐突な問いかけに、安城は唖然《あぜん》として槙田の顔を凝視した。この男は、まだ俺を信用していないのか……泥沼に一緒に足を踏み入れているのに。

「俺は君を信じる」

「……はい」槙田の顔が赤らんだ。

「だから君も、俺を裏切らないでくれ。海外赴任はご褒美だ。出世の糸口にしろ」

槙田が口をつぐむ。やはりこいつの本音は簡単には読めないな、と安城は不安になった。今のところは粛々《しゅくしゅく》と役割をこなしているが、ストレスが高じていつ爆発するかは分からない。何とか上手くコントロールしないと……取り敢えず、同期の濱野をつけよう。同期同士、俺の悪口でも言っていれば、少しはストレス発散になるだろう。

「濱野と連絡を取ってくれ。営業の方には俺が話を通しておくから、明日から一緒に動いてくれて構わない」

「それで……被害者の方たちと接触して、どうするんですか」

「もちろん見舞いだよ。丁重に」

「見舞い？」

「うちのせいで体調を崩している人がいたら、見舞いに行くのは当然だろう。二人で回って、きちんと挨拶してくれ。その際……きちんと包む物を包んでな」

「……金ですか」

「こちらで用意しておく。心配するな。あちらへ向かう準備ができたら、俺に直接連絡してくれ」

「分かりました」槙田が煙草を灰皿に押しつけ、水割りのグラスを手にして呷《あお》る。酔いが回った様子はなく、相変わらず目が暗い。

ここを乗り越えろ、と安城は思った。乗り越えれば、一回り図太くなって、この会社の中で確実に出世の階段を上がれる。乗り越えられなければ……終わりへの第一歩だ。

「一つ、気になることがあるんです。湊地区で噂を聞いたんですが」槙田が声を潜める。

「何だ？」

槙田の話は、にわかには信じられなかった。安城が摑んでいる情報とも食い違いがある。どうしたものか……確かめる術《すべ》はあるな、とある男の顔を思い出した。

翌日、安城は「長原文化財団」を訪ねた。長原製薬の企業文化活動――いわゆるメセナを担うこの財団の今の理事長は、同期入社の菊池《きくち》だ。役員レースからは零れ落ちて、サラリーマン人生の最後をここで送っている。

財団の最大の仕事は、毎年一回開催する「東京クラシックス」コンサートだが、その他にも様々なイベントを主催、あるいは援助している。音楽関係が多いのは、先々代社長のクラシック趣味を反映してだろう。実際先々代の長原は、社長を退任した後に、財団の初代理事長に就いている。「メセナ」という言葉が世間に定着し始めた時代だった。

しかしその実態は、長原家の財産管理団体である。もちろん隠れてやっているわけではなく、定款《ていかん》にはきちんと記されているのだが、社外にはその事実を知っている人間はほとんどいない。

本社ビルの七階——関連会社はこのフロアに集中している——にある文化財団のオフィスは、しかし決して文化的な香りがする場所ではない。コンサートのポスターなどが多少の彩りを添えているだけで、基本的には他の部署と同じ、白い什器《じゅうき》を中心にした無個性なインテリアである。専用の理事長室も用意されているが、本体の役員室に比べればささやかなものだ。

「やあ、どうも」

デスクについていた菊池が立ち上がる。顔には屈託のない笑みが浮かんでいたが、安城は一瞬ぎょっとした。この前会ったのは確か三月《みつき》ほど前だが、その時に比べて明らかに痩せており、スーツのサイズが合わなくなっているぐらいだ。何か病気ではないかと懸念したが、声には張りがあり、目の光も失われていないので、判断は先送りにした。

しばらく無言で、二人はコーヒーを味わった。その間も、安城は菊池の姿を観察し続ける。この年——六十歳を過ぎて急に痩せると、やはり病気を想像してしまう。だが血色がいいので、闘病生活を送っているわけではないと判断した。仮にそうなら、とうに噂が流れているはずである。

「少し痩せたか？」

「ジョギングを始めたんだ」

「本気かね」安城は目を剝いた。菊池は、通勤以上に労力を使う行為を、徹底して馬鹿にしていたのに。酒は誰よりも多く呑むのが目標、煙草も一時は一日に二箱以上吸っていた。製薬会社の社員にあるまじきタイプだ、というのはほんの十年ほど前の本人の言である。

「いったいどうしたんだ？」

「ま、気まぐれだな」菊池が足を組んだ。楽々という感じで、体の柔軟性を感じさせる。

「実際に走ってみると、なかなか楽しいよ。週に二回は必ず走るようにしてる」

「よく時間が取れるな」

「何とか確保してるよ」

嘘つけ。安城は心の中で舌を出した。今のポジションなら、その気になれば毎日でも走れるぐらい暇なはずである。

「それで、と……俺に何の用だ？」用心した口調で菊池が切り出す。

「ちょっと教えて欲しいことがある」

「本社の副社長が、俺に聞くことなんかあるのかね」菊池が言葉に皮肉をまぶした。

「ある。財団でないと分からないことだ」

「お前が、音楽関係に興味があるとは思えないけどな」

「それはお互い様だろう……そっちじゃなくて、先々代のことだ」

「大社長?」

不思議な呼び方だと思いながら安城はうなずいた。長く社長を務め、今も矍鑠としている長原を「大社長」と呼ぶ社員は多いが、何となく一族の長に敬意を払っているような感じがして、安城はかすかな違和感を抱いている。同族経営の会社というのは、そもそもそういうものかもしれないが。

「大社長の湊の家には、今誰が住んでるんだ」

槙田が聞きつけた噂――大社長の家には、車椅子を使う人が住んでいる。だが街の人は誰もその正体を知らない。

「何だよ、それ」菊池の顔が不審気に歪む。

「いや、ちょっとね……理由は聞かないでくれ」嘘をつく訳にもいかず、安城は誤魔化しにかかった。

「業務上の秘密ってやつか」

「そう思ってもらって結構だ」安城はうなずいた。「で、どうなんだ?」

「大社長と奥さんだけだよ」

「夫婦二人?」少し声が高くなっているな、と自分でも気づいた。

「人の出入りは多いはずだ。息子さん夫婦が近くに住んでるし、手伝いの人間も毎日来ている」

「息子さん――三男夫婦だな？」長原には四人の息子がいるが、長原製薬本社に在籍しているのは長男である現社長、それに専務を務める次男だけである。三男は、若い頃から芸術志向が強く、美大を出て画家を志したがその夢は叶わず、高校の美術教諭になった。しかし、四十歳を過ぎて突然教師を辞めてしまい、その後は悠々自適で自分の創作活動に没頭する日々を送っている。ただしそれだけでは生活できるはずもなく、地元の美大予備校で講師をしている――この話は有名で、「不肖の息子」の話題は社内の笑い話だ。ただしこの三男は心根は優しく、昔から何くれとなく親の面倒を見ている。年を取ってからは、ますます頼りになる存在になっているだろう。もう一人、最年少の四男はアメリカで仕事をしていると聞いたことがある。だったら、車椅子の人物は誰なのだ？

「基本的に、今は三男夫婦が面倒を見ているようだな」

「四男は？」

「それが何か？」菊池が急に警戒感を露わにした。「そんなことを知ってどうするんだ」

「それは業務上の秘密だ。そっちこそ、言えない事情でもあるのか」安城は突っこんだ。

「いや」菊池が唇を舐める。

「四男は、アメリカにいると聞いているが」

「何でそんなことを知りたいのか、もう少し具体的に話して欲しいね」

菊池の声が粘っこくなった。こいつは昔からそうだ。少しでも疑問を感じると、しつこく食いついてくる。どこまで話していいものか、安城は迷った。既に出世のルートからは外れ、傍流を歩いている菊池だが、社内にまだ情報網を持っているかもしれない。おかしな具合に話が漏れてしまうと、後々面倒臭い。

「合併話、もう知ってるだろう」

「まあな」気のない返事をしながら、菊池は身を乗り出してきた。こういう話が嫌いなサラリーマンはいない。

「ここも、どうなるかね」安城は理事長室の中をぐるりと見回した。「合併交渉の相手がどこかも知ってるよな?」

「ユーロ・ヘルスだろう?」菊池の顔に、にわかに不安な表情が浮かぶ。「ここもどうなるかって、どういう意味だ? うちの財団に関係あるのか」

「かなりのコストカットを要求されている。合併の時に、不採算部門を切り捨てるつもりなんだろう」

「それは合併というか、うちが向こうに呑まれることになるんじゃないか?」菊池が心配そうな表情で頬を擦る。

「実質的にはそんな感じになるだろうな。表面上はともかく……しかしうちとしては、できるだけ向こうの条件を呑まなくてはいけない」

「そんなに不利な状況なのか？」

「うちが、あれこれ条件を出せるような立場だと思うか？　決算、見てるだろう？」

菊池が腕組みをして、ソファに背中を預ける。安城は、今の言葉が彼の頭に染みるのを待った。コーヒーを一口飲み、この沈黙が菊池の弱点だな、と考える。議論をしている最中に、一瞬考えこんでしまうことがあるのだ。そうすると、相手につけ入る隙を与えてしまう。もちろん今の安城の仕事は、彼を論破することではないのだが。

「不採算部門の切り捨てということになれば、ここも必ず俎上《そじょう》に載せられるぞ」安城は人差し指を床に向けた。

「それは……まずいな」菊池の顔が歪む。

「ユーロ・ヘルスは、長原一族のように、芸術に理解がある会社じゃない」安城はうなずいた。「それにこの財団のもう一つの役割についても、いろいろ手を出してくる可能性がある」

「それも……まずい」繰り返し言って、菊池が顎を撫でた。焦っている時の、昔からの癖である。

「創業者一族の財産管理のための組織というのも、向こうにすれば無駄でしかないだろうな。会社とは切り離すべきだと考えるかもしれない」

「だから、お前が色々調べているのか？」

「ああ。長原家の面倒を見るのも俺の仕事だから……まず、一族の内実を把握しておかないといけない」

「いずれ、面倒な相続問題も出てくるだろうな」

「仮に、だよ」安城は両手を握り合わせ、体を前に倒した。少しだけ声を低める。「合併と同時にこの財団が解散、ということになったらどうなる？　金銭面で長原家を守る組織はなくなる。そうなったら、莫大な資産をどう守り、どう運用していくかを長原家の方で考えてもらわないといけない。外部に頼むにしても、信頼できる人間を予め確保しておく必要がある。だから早めに、長原家の人間関係と財務状況を把握しておくべきなんだ」

「そうか」

　菊池が腕組みを解き、両手をだらりと脇に垂らした。身を屈めてコーヒーカップを取り上げ、一口飲む。既にぬるくなってしまっていたのか、顔をしかめた。カップを慎重にソーサーに戻すと、指先で唇を拭う。

「そういう事情で、この話はあくまで極秘なんだが……」

「分かる」菊池がうなずいた。

「それで、四男は？」

「あまり話したくないな」菊池は依然として答えを渋った。

「そんなにひどい話なのか？」

「ひどいというか、可哀相な話だ」

「教えてくれ」安城は押し切った。ここで遠慮していても仕方がない。

結局、菊池は話してくれた。そういうことか、と全てに合点がいく。しかしこんな風に秘密保持ができないのもこの男の弱点なんだよな、と改めて思った。会社で信頼されるのは、口の堅い人間なのだ。だからこそ自分は、ここまでくることができた——四十年前のことに関して、口をつぐんでいたから。おそらく菊池も、詳しくは知るまい。

情報は確認できた。

しかし、その実態が何なのかは、よく分からない。菊池が適当に誤魔化しているだけではないかと思ったが、そういう様子でもなさそうだった。それにこの件の性質上、長原本人に聞けることでもない。

また厄介な問題を抱えこんだかもしれない……後悔しながら、安城は理事長室を後にした。


その夜、安城はユーロ・ヘルスの杉村との会談をキャンセルせざるを得なかった。槙田と濱野に金を渡して細かい指示を与える作業は、夜でなければならなかったからだ。

「それは残念ですね。今回は、フレンチのいい店を予約しておいたのですが」電話の向こうの杉村は、さほど残念そうではなかった。

「まことに申し訳ありません。社内がばたついておりまして」

「年末ですから、いろいろありますよね」

「まったくです」安城は受話器を右手から左手に持ち替えた。「あれやこれやで……」

「しかし、よほどのことなんでしょうね。二回続けてキャンセルということは」

「ええ、まあ……それもまことに申し訳なく思っています」かすかに冷汗をかくのを安城は意識した。

「そろそろ、実務者会議に入るタイミングなんですが、先日、長原社長も弊社の社長との会見をキャンセルされましたね」

「申し訳ありません。急な、どうしても外せない打ち合わせが入りまして」

「ああ、そう聞いています」杉村の声は冷ややかで、官僚答弁のような素っ気ない口調だった。「弊社としては、合併に関しては慎重さと同時にスピード感も必要だと考えています。うかうかしていると、横やりが入ることもありますからね」

「仰る通りです」

「弊社でも色々と情報を収集しておりますが……」

「何か問題でも？」

「いや」

短い否定の言葉は、彼の「嘘」を証明しているようだった。何か摑んだのか？　そうかもしれない。「スピードも大事」というのは分かるが、合併において実際にもっと大事なのは慎重さだ。トラブルを抱えた相手と手を組むような愚かな真似をするはずもない。長原製薬がどこかを呑みこむとしたら、徹底して相手の弱点を調べるだろう。表に出ない借金、スキャンダル、訴訟沙汰……。

「では、後日改めて、ということで」杉村がさらりと言った。

「はい、申し訳ありませんが……こちらからまた連絡させていただきますので」

「お待ちしております」

電話を切り、もしかしたら杉村と話すのはこれが最後になるかもしれない、と思った。しかし、この件を懸念している暇もなく、電話が鳴る。社長室からの内線だった。

「高藤弁護士がお出でです」

「ああ、通して下さい。それとコーヒーを」

安城は立ち上がり、デスクの後ろの壁にかけた小さな鏡を見た。ネクタイを直し、頰を膨らませて思いきり息を吐く。高藤を迎える時には、コーヒーが大事だ。あの男は無類のコーヒー好きで、しかも味に煩い。あまりにも薀蓄《うんちく》を垂れ流すので、一度テストのつもりで、本社ビルの一階に入っているチェーン店のブレンドコーヒーを出したところ、「下のコーヒーですね」とずばり言い当てたことがある。

ノックの音が聞こえ、入って来た高藤が一礼した。

「どうも、お忙しいところ、申し訳ありません」安城はソファを勧め、高藤を観察した。いつもと変わった様子はない。いつも飄々《ひょうひょう》とした感じで、どんなにややこしい問題を持ちかけても、感情を高ぶらせることがない男だ。

今日は分からないが……何しろ問題が問題である。

「実は、面倒な事案がありまして」安城はさっそく切り出した。高藤が前置きを嫌いなのはよく知っている。

「伺いましょう」

「弊社を——」

言いかけたところで、またノックの音。コーヒーだと分かっていたし、話を円滑に進めるためには絶対に必要なのだが、話の腰を折られるのは苛立つ。もちろん高藤は、平然としていたが。コーヒーを運んできた社員が消えると、安城はさっそく話を再開した。

「弊社を訴えようという動きがあります」

「どういうことですか」

「今までお話しししていなかったのですが、弊社は四十年前に公害騒ぎを起こしています」

「初耳です」高藤の瞼《まぶた》がぴくりと動く。

「決着がついたことでしたので」安城はすっと息を呑んだ。一気に話してしまわなければ。

「四十年前、まだ本社が畑井にあった時ですが、大型台風の影響で、湾岸にあった工場の廃液タンクが倒壊する事故が起きました。湾内に廃液が流れこみ、それで汚染された魚を食べた近隣の人たちが五人、亡くなっています。いずれも台風から一年以内です」

「ええ」極めて深刻な表情で高藤がうなずく。

「その時には十分な補償をして、患者の家族の皆さんには納得していただいたんです。ところが今になって、その時の後遺症に苦しんでいる、という人たちが出てきまして——」

「ちょっと待って下さい」高藤が遠慮がちに、安城の説明に割りこんだ。「四十年も経ってから後遺症が出るようなことがあるんですか？　ちょっと信じられませんね」

「それは、弊社としても調査中です。後遺症というか、初めて症状が出たのかもしれませんが」

「そういうことがあるんですか？」

「そうだ、という主張です。弊社としてはまだ、確認が取れていません」

「そうですか」

高藤がコーヒーに口をつける。美味いのか不味いのか、表情からは読み取れなかった。膝の上に置いたソーサーに、ゆっくりとカップを戻す。

「訴訟を起こす、という話も出ているんですが」

「決まったんですか？」高藤が真っ直ぐ安城の目を覗きこむ。

「いや、まだ仮定の話です。それで今日は、先生に法的なアドバイスをいただきたいと思いまして」

「これはまだ、表沙汰になっていないことですね?」

「ええ。私が窓口になって対応しましたので……現段階では社内でも非公表です」

「そうですか」高藤がうなずく。「いずれ、全社的に問題にするんでしょうね?」

「それは相手次第ですが……今のところ、本当かどうかも分からないので、どのような対応をすべきか、判断できないんです」

「それはつまり——」

「虚言かもしれません」安城は低い声で言った。「ある種の業務妨害とか……」

「最近は、いろいろなことをする人がいますからね」高藤がうなずく。

「そうなんです。それに弊社は今、大変微妙な問題を抱えています」

「合併、ですね」高藤がぽつりと言った。

「ええ。この合併は、業界に与える影響も大きいんです」

「そうなんでしょうね。業界再編にもなり得るような話だと聞いていますよ——私は詳細は知りませんが」

「まだ表に出ていない話ですから」安城はうなずいた。

「合併に関しては、具体的に法的な問題が出てこない限り、私がどうこう言うのは筋違いですね。現段階では、むしろ経営コンサルタントの仕事でしょう……それとも今回の一件が、合併に関係しているとでも？」

「今回の合併が成立すれば、うちは国内で業界三位になります。要するに、業界再編になるわけですよ。その影響を懸念する人間は、当然いるはずです」

「それを嫌って妨害していると？　いわゆるためにする情報収集、ということですか？」

高藤が眉を吊り上げた。

「その可能性もゼロではない、ということです」

一笑に付すかと思ったが、高藤は無言でうなずくだけだった。本気で心配しているのか？　戯言《たわごと》だと思ってはいない？　逆に安城は心配になった。弁護士という商売柄なのだろうか、高藤は早耳である。今回の件についても、既にどこかで聞き及んでいるのかもしれない。

「まずは、できるだけ慎重に相手の話を聞くべきですね」高藤が無難なアドバイスをした。

「ええ、それはもちろんです」安城はうなずいた。

「もしも私の同席が必要だと判断されたら、いつでもご連絡下さい。私が出られなくても、事務所の信頼できる人間を行かせます。いずれにせよ、相手に言質《げんち》は取られないように気をつけた方がいいでしょうね」

「分かりました」

「念のため、相手——抗議してきた相手を教えていただけますか」

高藤が背広の内ポケットから手帳を取り出し、広げる。安城は真島の名前を告げたが、必要最低限の情報を伝えるだけにした。こちらは既に、真島の周辺調査にも入っているが、顧問弁護士だからと言って詳細を伝える必要はない。

高藤がメモを終え、ボールペンの先をメモ帳に叩きつけた。何か不満そうな様子……ではない。表情に変化はなく、相変わらず淡々としている。

「では、この件は頭に入れておきます。何か変化があったら教えていただければ」

「分かりました」

高藤がメモ帳を閉じる。またコーヒーを一口。安城は彼の顔色を窺ったが、長原製薬が大きな危機を迎えつつある状況を認識してくれたかどうかは分からなかった。まあ、こちらも曖昧なことしか言わなかったから、返事のしようがないだろうが。

「ところで」

「はい」いきなり声をかけられ、安城は口元まで持って行ったコーヒーカップを下ろした。

「その後遺症——新しい症状ですか？　どんな感じなんですか」

「四肢の痺れや関節の痛み、ということです。歩行困難な状況になることもあるそうですが、これもまだはっきりしません」

「筋肉の病気なんですか？」

「筋肉というより、神経障害ではないかと思われます――もしも向こうの言い分が本当ならば」

「四十年前はどうだったんですか？　同じような症状だったんですか」

「似てはいますが、四十年前の方が大変でした」

「亡くなった方がいたわけですからね」

「残念ながら……」

「しかし、それでよく裁判になりませんでしたね」高藤が首を傾げる。「地元の弁護士は何をやっていたんでしょう」

「十分な補償をしましたから」安城は少しだけ口調を強めた。「公害企業が責任を認めず頬かむりするのは、昔からあったことです。それで被害者を怒らせ、法廷で争われる――それも一つの形ですが、弊社としてはきちんと補償をして責任を取ったんです」

「それで収まったんですか？」高藤の表情がわずかに変わった。眉が少しだけ吊り上がっている――当惑。

「当時は無事に収束したんです」

「社内では、その件に対する反省等はないんですか？　一度トラブルを起こすと、教訓――マニュアルとして残すと思いますが」

「仰る通りですね」

「当時の記録や対処方法のマニュアル等は、きちんと残されているんですか？」

「お恥ずかしいことですが、それは……」

「でしたら、今回の一件はきちんと記録に残しておくべきですね」高藤が言った。忠告というほど強い口調ではなく、単なるアドバイスといった感じである。

「承知しました。四十年前のことに関しては、なにぶん……私もまだ新入社員でしたから、詳細は分からないんですが」個人的な事情まで明かすことはあるまい、と安城は判断した。まさに当事者だったのだが。

「そうでしょうね」高藤がうなずく。「古い話です」

「ええ」

高藤がコーヒーカップをテーブルに置いた。珍しく、まだ半分ほどしか飲んでいない。

「では、今日のところはこの辺で……何かあったら、またご連絡下さい」高藤が立ち上がり、背広のボタンをとめて、傍らに置いたコートを取り上げる。

「お手数をおかけしまして」安城も続いて立ち上がり、頭を下げた。

「いえいえ……これが顧問弁護士の仕事ですから」

高藤を送り出し、安城は何故かもやもやした気分を抱えていることに気づいた。この原因は何だろう……高藤が、あまりにも変わらなかったことだとすぐに気づく。訴訟沙汰になりそうな問題を抱えていると分かれば、もう少し激しい反応を示すのではないだろうか。

それこそ弁護士の出番なのだし。

まるでこの件には、一切関心がないようだった。本来高藤は、こういう人間ではない。どっしり構えて、どんな難問にもきっちりアドバイスをくれる……しかし今は、話しぶりも曖昧だった。とはいえ、「もっと的確なアドバイスを下さい」と頼むべき感じでもなかった。かすかな違和感を覚えながら、安城は自席に戻った。やらなければならないことはいくらでもある。今は、一つの問題に拘泥《こうでい》しているわけにはいかないのだ。

7

「しかし、ひどい話を押しつけるよなあ」濱野が両手で顔を擦った。新幹線からレンタカーの中まで、ずっと不機嫌な表情を浮かべたままである。

「悪いな」槙田は謝ったが、これで何回目になるだろう、とうんざりしていた。ややこしい仕事を一緒にするなら気心の知れた同期、と思っていたのだが、遠慮がない間柄だけに、濱野は露骨に不満を吐きまくる。しかし頼んだ立場として、槙田は文句を言えなかった。

「何で俺を指名したんだよ」

「お前なら信頼できるから」

「そう思ってくれるのはありがたいけど、この件はちょっときついな。だいたい、営業の仕事じゃないぜ」

「分かってる」槙田はハンドルを握る手に力を入れた。「あくまで俺がやるから。やばい状態になったらフォローしてくれればいい」

「そっちの方がきつくないか？」

濱野が助手席で座り直す。いかにもだるそうに足を投げ出していたのだが、シートにぴたりと背中をくっつける格好になった。背広の内ポケットから手帳を取り出し、無言でページを繰る。

「それで、どうやって攻める？」手帳に視線を落としたまま、濱野が訊ねた。

「攻めるんじゃなくて、謝りに行くんだ」

「その材料として十万ね……ちょっと少なくないか？　前の時……あのがめつい女には一千万円だぜ」

「あの時は、人が死んでる。それに予算の関係もあるんだろう」

「副社長が自由に使える金って、どれぐらいあるんだろうな。そもそもこの金って何なんだ？　役員交際費？　機密費？」

「そんなこと、俺は知らないよ」さすがに槙田も、不機嫌を抑えるのが難しくなってきた。こっちだって、言われた通りにやってるだけなんだから。

「今回、五人分預かってるよな」

「ああ」

「五十万か。それを持ってとんずらしないか？」

「逃げてもすぐに見つけられるよ。それに、五十万なんてすぐになくなる」

「だけどさ、これって帳簿には載せられない金だろう？　だったら、俺たちが使っちまっても、副社長は何も言えないんじゃないか？」

「面倒臭いこと、するなよ」槙田は低い声で忠告した。

「冗談だよ、冗談」捨て鉢な声で濱野が言った。音を立てて手帳を閉じると、スーツの内ポケットに滑りこませる。「とにかく、さっさと済ませようぜ。こんなこと、いつまでも続けていられない。ストレスで死ぬよ」

いつまでも続くかもしれないけどな、と槙田は思った。こういう件は、長く尾を引きかねない。そう簡単に――金を払ってすぐに解決できる問題とは思えなかった。

湊地区への行き方もすっかり覚えてしまった。新幹線の新畑井駅南口から国道のバイパスに出て、東へ数キロ、東京方面へ戻る。新幹線の高架とぶつかる直前で右折し、すぐまた右折するとかつての本社跡地へ、左折すると漁港に出る。いつ来ても人が少ない。車は、この辺に林立している工場に出入りするトラックばかりが目立つ。生活の臭いがほとんど感じられない街だった。あれだけたくさん係留してある漁船は、昼間は操業していないのだろうか。

「ずいぶんしけた街だな」濱野が遠慮なしに感想を零す。「うちが移転してから、こんな具合になったのかな」

「他にも工場はたくさんあるんだけどな」

「昼間は皆、工場に籠って出てこないのか」

「そうなんじゃないかな」

「しかし……悪くない場所かもな」

濱野の言葉に釣られて、槙田もちらりと外を見る。綺麗に整備された真っ直ぐな道路。視界から工場を隠す背の高い並木。所々で湾がちらちらと見える。空は抜けるような青で、北の方に視線を転じると、どこにいても富士山がごく間近に見える。槙田は車のウインドウを下ろした。十二月にしては暖かな風が車内に吹きこんでくる。しかし会話は途切れたままで、車内にはぴりぴりした空気が流れた。互いに緊張し過ぎていて、当たり障りのない会話を続けていただけなのだと、槙田には分かっている。言葉が消えれば、剝き出しの緊張感が二人を覆う。

港を迂回するように走り、私鉄の小さな駅前へ。旧国道を抜けると、ほどなく道路は緩い上り坂になる。「山」の地域だ。

「この辺なのか？」濱野が身を乗り出すように前を見る。シートベルトが引っ張られてぐっと伸びた。

「ああ」

「港の方と違って、この辺は結構いい街だな」

「昔は、下の方とかなり格差があったらしい」

「なるほどね。金持ちは丘の上に住むもんだからな」妙に納得した様子で濱野が言った。

「そうなのか？」

「ダウンタウンとアップタウンの語源って、そういうことじゃないのか？　それに、上に住んでれば下を見下ろす格好になって、優越感に浸れる」

「そんなもんかな……」

「下より上の方が気分がいいだろう？」

濱野の言葉を無視して、槙田はまちづくりセンターの近くに車を停めた。路上駐車しても文句を言われなさそうな場所だし、人通りも少ないので目立たないだろう。車から降り立つと、濱野が二度、三度と肩を上下させた。

「緊張するよなあ」消え入りそうな声だった。

「俺もだよ」同意して、槙田は歩きだした。丸二日、ここで待ち伏せと尾行をしていたので、付近の様子はよく分かっている。これから訪ねて行く人たちの家も覚えていた。

一歩遅れて濱野がついて来る。気乗りしないのは分かるが、何とか上手くフォローして欲しかった。面倒な仕事を押しつけたのは悪いと思うが、こちらは頼りにしているのだから……。

「平井《ひらい》」の表札を確認し、槙田は小さく溜息をついた。それで気合いを入れたつもりなのだが、逆に体から力が抜けてしまう。しかし、ここまで来て引き返す訳にはいかない。

平井の自宅は古い木造の二階建てで、建物の前にはそこそこ広い庭がある。十二月なので、緑は少ない。隣の家との境になる生垣は、低く石を積み上げた上に作られていたが、いかにも手作りらしく、石の大きさや形が揃っていない。生垣と家の間が細い駐車場になっていて、軽自動車が前後に二台、停まっていた。槙田たちが立っている道路と庭を隔《へだ》てるのは、これも背の低い生垣だけ。

インタフォンの類いはないので、直接ドアをノックしてみる。うつろな音が響いたが、返事はなかった。振り返ってみると、濱野が肩をすくめている。

「ドア、開けてみろよ」濱野が淡々と指示する。

「いや、それはまずいだろう」

「田舎の家だったら平気だよ」

そうだった……自分も四国の田舎の出なのに、東京に十数年住んで、気楽な人間関係の感覚を失ってしまった。何だかんだ言って、東京は用心に用心を重ねないと住めない街なのだ。

「遠慮するなよ」

「ああ、まあ……」

「面倒な奴だな」濱野が前に進み出て、ドアを開ける。隙間から首を突っこんで、「ごめん下さい」と怒鳴った。

こいつはやっぱり営業の人間だな、と槙田は感心した。飛びこみ営業――製薬会社のMRにはあまり縁がないが――にも度胸と図々しさは必要だろう。自分にはとても真似できない行為だ。あれだけ嫌がって腰が引けていたのに、いざ現場となると態度が違う。

「いないんじゃないかな」濱野が振り向いて言った。「外出してるなら、さすがに鍵ぐらいかけると思うけど」

「どうかな……」

「出直すか？　他に回る家もあるだろう」

「そうだな……あ、すみません」玄関に続く廊下の奥から人が出て来たのに気づき、槙田はすぐに頭を下げた。濱野もそれに倣う。

槙田は先日、平井も尾行していた。気づかれていないと思ってはいたが、直接話をしてみるまで、はっきりしたことは分からない。胃をぎゅっと摑まれたように感じた。

平井は、ひどく年取って見えた。五十歳ぐらいのはずなのに、短く刈り上げた髪はほとんど真っ白で、動きもぎこちない。自由が利かなくなった膝が主な原因なのだろうが……今も平井は、玄関まで歩いて出て来るだけなのに、壁に右手をついていた。特に左膝が悪いようで、右足に体重を乗せて体を傾けざるを得ない。左膝はほとんど曲がらず、真っ直ぐ立つのも難しいようだ。この前尾行した時も、杖を持つ手が終始ぷるぷる震えていたのを槙田は目撃している。腕だけで体重のかなりの部分を支えなければならないのだ。

濱野がちらりと槙田の顔を見た。槙田は前に出て、深く頭を下げる。濱野の応援を貰うにしても、宣言した通り、自分が先陣を切らなければ。

「私、長原製薬の槙田と申します」

名刺を差し出す。平井は立ったまま見下ろすだけで、名刺を受け取ろうとはしなかった。いきなり気まずい雰囲気になり、槙田は顔を上げて、名刺を持ったまま手を体の脇に垂らした。古い家のせいか「バリアフリー」という考え方もないようで、玄関の段差が結構ある。そのため二人は、平井に見下ろされる格好になっていた。頭を押さえつけられたような……平井はまだ一言も発していないが、怒りのオーラははっきりと感じられた。

「長原製薬の人間が、何の用だ」ドスの利いた低い声だった。

「今回、足を悪くされたと聞きまして……お見舞いに伺いました」

「ということは、自分たちが悪いと認めるわけだな?」平井の声は低く、脅しつけるような調子だった。

「それについては、いろいろ調査してみないと分からないのですが……」

「だったらどうして見舞いに来た」

「それは、礼儀として……」

「金か」平井が鼻を鳴らす。

「お見舞金を用意しています」

「そういうものを受け取るわけにはいかないいな」

ぴりぴりした雰囲気が流れ、槙田は背中を汗が伝うのを感じた。ノックする前にコートを脱いだ時には、寒さに震えたのに。

「あの……お座りになりませんか？　立っているのがきついなら……」

「座るのが一番きついんだよ」平井が無理に体を折り曲げ、左膝を叩いた。「こいつがもう、言うことを聞かないんだ。膝が曲がらないと、座るのも難儀するんだぞ」

「……そうですか」槙田は一瞬目を逸らしてしまった。平井の声は次第に高くなり、爆発寸前という感じである。

「話をする時には、人の目を見ろ！」

怒鳴りつけられ、思わずびくりとしてしまう。慎重に目を上げると、平井の顔が真っ赤になっているのが見えた。

「お前、どういうことか分かってるのか？」

「はい、あの……」

「手も痺れてるんだ。仕事を辞めなくちゃいけなかったんだぞ」

「はい、その件については……」

「いくら包んできたのか知らないが、そんなはした金でどうするつもりだ」

「いえ、それは……」

「俺たちは裁判を起こす。お前らの会社が潰れるまで金を分捕ってやるからな」

やはりこの話か……安城が一番懸念しているのが裁判である。提訴されれば、全てが明るみに出てしまい、合併にも間違いなく悪影響が出る。

「その件については、調査の上で十分な補償金を……」

「そんな言い草は信じられないな。お前らは、昔からそうだ。自分らの評判しか考えていないんだろう。都合が悪くなれば隠蔽で、俺たちのことなんか、どうでもいいと思ってる」

「そんなことはありません」

「お前みたいな若造は、そういう風に言うしかないだろうな」平井が鼻で笑った。「会社の中のことなんか、何も知らないんだろう。単なる使いっ走りか？」

「会社の命は受けていますが……」

「こういう時は、責任者が出てくるのが普通だろうが。お前らみたいな若造に何ができる。この場で何か約束できるのか？」

「いえ、それは……」

「だろうな。それが、長原製薬の悪いところだよ。若い連中に泥を呑ませて、偉い連中は平然としてる。お前も、そういうことにいい加減気づけ。会社に利用されてるだけなんだぞ」

平井が一歩前に進み出る。それだけでバランスを崩してしまい、体が崩れ落ちた。無事な右膝が廊下を打ち、鈍い音が響く。平井は左足を伸ばしたまま、右膝を抱えこんだ。助けようとして一歩を踏み出すと、睨みつけられる。

「クソ、ちょっと動いただけでこれだ。仕事だって、もう終わりだよ。俺はこれから、どうやって暮らしていったらいいんだ？」

「ですから、その補償に関してもお話を……」

「金じゃない！」平井が叫んだ。「仕事ができなくなったら人間は終わるんだよ。お前らは、俺の時間を返してくれるのか！」

口を開きかけ、槙田は袖を引かれるのを感じた。振り向くと、濱野が素早く首を横に振る。撤収か……仕方ない。ここで濱野が口添えしてくれても、事態は悪化するだけだろう。

「では……今回は失礼します。またお伺いしますので」

「無駄だね」

「そう仰らずに」

「長原製薬とは話をしないように、弁護士の先生からも言われてるんでね。あんたらはすぐに、人を丸めこもうとするから。もしも今度あんたと会うことがあったら、裁判所で、だな」

名前を割り出した七人のうち三人には会えたが、まともな会話は一切成立しなかった。全員が「長原製薬の人間とは話すな」と明確に指示を受けていることを明かし、罵詈雑言《ばりぞうごん》を浴びせてきた。とても見舞金を手渡せる雰囲気ではなく、三軒めの家を出た時には、槙田は脈打つような頭痛を抱えていた。

三人とも「長原病」と言っていたのが頭にこびりついていた。公害病は、普通は地名で呼ばれるものではないか……それなのに、会社の名前がついてしまうとは。公式なものではないが、ひどく侮辱された気分である。槙田は心の中で「湊病」と呼ぶことにした。

濱野はそのまま海の方へ歩いて行った。気分転換したいのだろう――槙田も同じ気分だった。しかし海岸へ通じる階段は、上の方がフェンスで覆われており、海辺へは下りられないようになっている。二人はそこまで行って引き返し、テニスコートが設けられている小さな公園に入った。人気はなく、テニスコートも長いこと使われていないようで、でこぼこしている上に砂が積もっている。

濱野が金属製の柵に腰かけ、煙草に火を点ける。煙と一緒に、盛大に溜息を吐いた。

「あーあ。こんなにひどい拒絶反応に遭うとは思わなかったよ」

濱野の愚痴に、槙田は無言でうなずいた。煙草は……吸う気になれない。だいたい、濱野が腰かけた柵の後ろにある看板には、公園の注意事項として「禁煙」が赤い文字で書いてある。色が薄れ、かすれてはいるが、禁煙のルール自体がなくなったわけではあるまい。

「これからどうするんだよ」

「副社長の指示を仰ぐ」

「撤収だと思うね、俺は」

「どうして」

「これ以上この街で動き回ってたら、目立つ——今でも十分目立ってるかもしれないけどな。もう、連絡が回ってるんじゃないか？」

「そうかもしれない」

「それがまた、悪い評判につながるだろうし。こんなところで俺たちがうろうろしてたら、事態は悪化するだけだよ」

「そうだな」長原製薬が揉み消しに来た——平井たちが電話で悪口を言い合っている様子が簡単に想像できる。

「穏便に収めるつもりが、逆に火に油を注いでないか？」濱野が皮肉っぽく言った。

「確かに……」

「お前、副社長に進言しろよ。こんなやり方、絶対に上手くいかないから」

「だったら、どうしたらいい？」

「それを考えるのは、上の人間の仕事じゃないか。俺たちは単なる下っ端なんだぜ」

うなずき、槙田も煙草をくわえた。ルールなんかどうでもいい、という気になっている。どうせこの会社自体が、ルールからはみ出したことばかりしているのだから。

「とにかく、今日はもう撤収しようぜ。副社長への報告は、お前、やってくれるんだよな」

「ああ」考えてみれば、それが一番気の重い仕事かもしれない。安城は声を荒らげて叱責するタイプではないが、あの冷たい視線で見詰められると背筋が凍る。

「手土産なしはやばいかもしれないけどな」

「だったら、真島さんに会ってみるか？」ふいに思いついて槙田は言った。

「あの医者か？　そんなことして大丈夫なのかよ」濱野が目を細める。

「真島さんが、患者のとりまとめ役なんだ。弁護士に接触するとまずいことになるかもしれないけど、真島さんなら話ができるんじゃないかな。この前会った時も、一応は冷静だったし」

「面会を拒否されるんじゃないかね」

「そうだとしても、何もしないで帰るわけにはいかないだろう」自分の——自分たちの立場が悪化するのは目に見えている。

「分かった」濱野が煙草を地面に投げ捨て、乱暴に踏みつけた。「だけど、お前が話せよ。俺はあくまでオブザーバーだから」

こんなことなら連れてこなければよかった、と槙田は心底後悔した。濱野は、これほど愚痴っぽい男だっただろうか？

「あんたら、ここは禁煙だよ」

背後から声をかけられ、慌てて振り向く。初老の小柄な女性が立って、こちらを睨みつけていた。槙田は慌てて、携帯灰皿に煙草を突っこむ。濱野がバツが悪そうな表情を浮かべ、慌てて吸殻を拾い上げた。彼は灰皿を持っていないので、受け取ってやる。

「上の車も、あんたらが停めたんじゃないのか。邪魔だよ」女性が顎をしゃくった。

「すみません、すぐに動かします」

「あんたら、長原製薬の人だね」

槙田は思わず濱野と顔を見合わせた。この女性の顔に見覚えはない。やはり、噂が回っているのだ。田舎ならではの、口コミネットワークのスピードを意識する。

「そうなんだろう？」

「……ええ」槙田は認めざるを得なかった。

「余計なことしてないで、さっさと帰りなさい。姑息《こそく》なことをするんじゃないよ。四十年前とまったく同じだ」

女性が、唾を飛ばしそうな勢いでまくしたてる。槙田は口をつぐんだまま、反論できなくなってしまった。ちらりと濱野の方を見ると、怪訝そうな表情を浮かべている。まずいな……濱野は、四十年前の出来事を詳しくは知らないはずだ。そして安城からは、「はっきり説明するな」と釘を刺されている。

「あんたらは、自分に都合の悪いことが起きると、金で解決しようとする。そんなやり方がいつまでも通用すると思ってたら、大きな間違いだ。さっさと東京へ帰れ！」

激しい言葉を浴びせかけられ、二人は退散した。車へ戻る途中に小走りになってしまったが、背中に彼女の強い視線を感じる。

「おい、四十年前のことって何なんだ」走りながら濱野が訊ねる。

「ああ……」槙田は口を濁した。濱野も知らない——社内の多くの人間が知らない秘密。それが、綻《ほころ》びから漏れ出ようとしている。

「お前は知ってるのか？」

「知ってる」

「さすが、副社長の秘書役は詳しいな」

「秘書じゃない」

話すべきかどうか……迷った。今日もわざわざ、普段の業務を放り出してつき合ってくれている同期の男には、知る権利があるのではないかと思う。しかし話せば、彼の気持ちはこの仕事から一気に離れてしまうような予感がした。

　車に乗りこみ、深く溜息をつく。槙田はハンドルを握ったまま、しばらくうなだれていた。濱野も急《せ》かすつもりはないようで、助手席で固まっている。ほどなく槙田は顔を上げ、前を見据えた。何十年も変わっていないような街……ここが過去と現代をつなぐ架け橋なのか。長原製薬は、湊というこの街と離れられない運命なのか。

「四十年前に、この街で公害被害があった。原因はうちの会社だ」意を決して槙田は打ち明けた。

「さっきのオバサンの話か？　初耳だぞ」濱野の声はかすれていた。

「社内でも、ごく一部の人が処理に当たっただけだ」

「副社長もその一人か」

「そう聞いてる」

「四十年前の俺たちってことだな」

「そうだな」槙田は車のエンジンをかけた。バックミラーに、先ほどの女性が映っているのが見えたからだ。腰がわずかに曲がり、よたよたとした歩き方……この人も膝を傷めているのかもしれない。追いつかれるとは思えなかったが、彼女の視線から逃れたかった。

　思いきりアクセルを踏んでしまい、タイヤが泣き声を上げる。

「ちゃんと説明してくれよ」濱野が低い声で言った。

「ああ」槙田は顎に手を当てた。その気になれば、十秒で全容を話せる。それぐらい、整理されて頭の中に入っているのだ。ここまで話して後は口をつぐんで、というわけにもいかないだろう。病院へ向かいながら、槙田は事情を話した。どんな反応が戻ってくるか心配だったが、彼が口を開く前に湊病院に着いてしまい、話題はひとまず棚上げになった。

田舎の病院というと、老人たちの社交場のようになっているのが常だが、今日は待合室に誰もいなかった。こんなことがあるのだろうかと訝りながら、槙田は真島医師への面会を申しこんだ。

「今日は……この後、予定があるんですが」まだ若い女性職員が難色を示す。二人が長原製薬の人間だということに抵抗感はないようだった——患者たちに比べれば。

「お出かけですか？」

「そうではないですが」

「ちょっとだけ……十分だけでいいんです」槙田は人差し指を立てた。「すぐに帰りますから」

「でも……」まだ若い事務職員は、どうしても真島を守るつもりのようだった。

「聞くだけ聞いていただけませんか？」槙田は食い下がった。「お願いします」

頭を下げると、職員がむっつりした表情で事務室に戻って行った。

「お前、営業になれるよ。なかなか強引だ」

濱野がぽつりとつぶやく。こんなことを言えるなら、それほど怒っていないだろうと考え、ほっとする。しかし、ちらりと顔を見ると、まったくの無表情だった。まずい……この男は怒りを露わにするタイプではなく、沈黙と無表情で表現するのだ。

職員が戻って来た。顔色は暗い。これは駄目だったかと思ったが、「先生がお会いします」とあっさり言った。ほっとして、彼女の後に続いて診察室に入る。

濱野は病院に慣れているのだろうが、槙田はどことなく落ち着かない気分になった。子どもの頃から体だけは丈夫で、医者の世話になったことはほとんどない。それ故、今でも病院に入ると緊張する。製薬会社の人間としては失格だな、と思った。

先日はスーツ姿だった真島が、今日は白衣を着ているせいもあって、緊張が加速される。白衣という衣装が、「医者」のイメージを増幅させるのは間違いない。

真島は淡々とした調子だった。二人に椅子を勧めたが、これが患者用の小さな丸椅子なので、ますます落ち着かなくなる。今回も、槙田が主導権を取って話し始めた。

「先生、先日の件の真意を聞かせていただけませんか」槙田は遠慮なく切り出した。お互いに手の内を探り合っていても、話は進まない。

「真意とは？」真島が低い声で聞き返した。

「本当に、裁判を起こされるつもりなんですか」

「そうなるでしょうね」

「補償は、会社としても十分考えて——」

「そうやって、また封印するつもりなんですね？　四十年前と同じように」真島が指摘したが、声はまだ冷静だった。「あの当時、この街は長原製薬で持っているようなものだった。雇用を提供し、そのお陰で豊かになった人もたくさんいた。言ってみれば、湊地区にとって長原製薬は恩人です。私も、そこまでは否定しない」

槙田は素早くうなずいた。真島は話す気になっているようで、その行方はともかく、彼の話を聞いておいて損はない。

「そういう会社が問題を起こした時、抗議の声は上げ辛いものです」

「ええ」

「黙って耐えるしかないんですよ。家族を亡くした人も、結局は金を受け取って口をつぐんだ。その金は、当時細々と漁業をしていた人にすれば、数年分の年収に当たる額でした。だから金に目がくらんだ、ということもあるんでしょうね。当時は、それでよかったのかもしれない……いや、よくはないですね。あの頃のこの街の雰囲気を、あなたは知らないでしょう」

「はい……まだ生まれてもいませんでした」

「この辺は『山』と呼ばれていました。被害者が出たのは、港に近い『浜』の方です。廃液タンクが倒壊して中身が海に流れこみ、その廃液を摂取した魚を食べる……毒をそのまま口にするようなものですね」

槙田は無言でうなずいた。淡々と話している分、当時の恐怖や混乱が染みてくる。

「今回の一件は、どういうことなのか、まだ分かりません。いずれ、大きな病院や大学の医学部と協力して、解明しなければいけないでしょうね。だいたい、最近症状が出ている人たちの多くは、当時十歳前後だったんですよ。子どもの頃摂取した毒性物質が、当時何の影響も及ぼさず、四十年も経ってから症状として出てくる——少なくとも私が知る範囲で、こういうことはないですね」

「はい」それは、槙田も不思議に思っていたことだ。

「私一人ではどうしようもないことです。専門家に協力を求めるということは、当然公表するということですからね。それは覚悟しておいて下さい」

「しかし……できたら公表は避けていただければ……こちらとしては、十分な補償を考えますので」

「四十年前とは時代が違うんです」真島がゆっくりと首を振った。「考えてみて下さい。もしかしたら今後も、似たような症状の患者さんが出てくるかもしれない。きちんと研究して、対策と治療法を考えておかないと、この影響が何世代にも亘って続く可能性があるんですよ。遺伝子レベルの損傷を受けているかもしれない」

槙田は唾を呑んだ。遺伝性の症状である可能性は極めて低いと思っているが、原因が分からない以上、迂闊なことは言いたくない。

「ですから、あなたたちは余計なことはしないのが肝心です。今日、この辺を回って、患者さんの家を訪ねていましたね？　ああいうことは、二度としないで下さい。彼らにとって、あなたたちは敵なんです。しかも四十年前のことも知っているから、警戒しています。何も喋るわけがないですよ。無駄なことはしない方がいい」

槙田は、真島の顔を真っ直ぐ覗きこんだ。表情に変化はないが、目つきは極めて真剣だった。思わず唾を呑む。

「私たちも、四十年前とは違うんです。当時は声を上げられなかった。でも今は、長原製薬はこの街を離れてしまい、直接の関係はなくなりました。遠慮する気持ちなんかありませんよ。当時、会社を恐れて何も言えなかった自分の親世代に対する、弔《とむら》い合戦の意味もあります」

真島がさっと右手を振った。これで終わり、のジェスチャー。結局この面会は、彼のやる気に火をつけるだけで終わってしまったわけだ。しかし、何とか一太刀浴びせたい……会社がどうこういう話とは関係なく、彼の無表情な仮面に傷をつけてやりたかった。

「先生、弁護士の高藤さんとはお知り合いですよね？　お知り合いというか、昔の同級生ですか」

「ああ、高藤ね。高校まで一緒でしたよ。優秀な男だ」

「今も連絡は取っているんですか？」

「いや」真島が少しだけ目を細めた。「彼は大学から東京に出て、ずっと向こうにいるから。仕事も忙しいんでしょう。地元の同窓会にも、一度も顔を出したことがない」

「最近は、こちらへよく戻って来ているようですけど」

「聞いてませんね」

「先日も、新幹線の駅前の店で偶然お会いしました」

「そうですか」またも、真島が完全な無表情に戻った。「少なくとも私のところには、顔を出していませんよ」

「仲は良かったんですよね」

「そんな昔のことを言われても」

真島が苦笑する。ようやく表情が崩れた、と槙田はほっとした。うなずいて真島が続ける。

「何十年も前の話ですから。今では湊と東京に離れているし、お互いに忙しいですからね。まあ、そういうどうでもいい話は……」

真島が腕時計を見下ろす。それと同時に、診察室のドアが乱暴に開いた。

「先生、困ります」

女性の声だ。振り向くと、槙田と同年配に見える小柄な女性が、顔を真っ赤にして立っていた。

「いや、これは失礼」真島が、きまり悪そうに言った。

「長原製薬の方ですよね」

女性が詰め寄って来る。槙田と濱野は、その勢いに気圧されるように立ち上がってしまった。

「弁護士の宮本と申します。今回の一件を担当させていただきます」

「はい、長原製薬の――」

槙田は名刺を取り出そうとしたが、宮本と名乗った女性弁護士は、首を激しく横に振ってそれを拒絶した。

「この場で名刺をいただくつもりはありません。改めて、正式な場でご挨拶させていただきますから」

棘《とげ》のある口調に、槙田は思わず手を引っこめた。同年代とはいえ、弁護士は戦い慣れているだろう。喧嘩になったら、まず敵わないはずだ。弁護士が真島に顔を向ける。味方のはずなのに、好戦的な視線に変わりはなかった。

「先生、困りますよ」繰り返す口調は、先ほどよりも厳しかった。「裁判が始まる前に、余計なことは言わないで下さい」

「申し訳ない」真島が頭を下げた。「何も言っていませんから」

「私がいないところで関係者と接触するのは、これを最後にして下さい」

真島が無言で、もう一度頭を下げる。この力関係は……宮本という弁護士が主導権を握っているのだろうか。だとしたら、実際に裁判になるのもそんなに先ではないだろう。

「とにかく、お帰り下さい」

「はい……失礼しました」思わず怯《ひる》んでしまう。小柄だが、目つきが非常に鋭い女性だと槙田は気づいた。

「今日、患者さんたちに会っていましたね？　そういうことは、これを最後にして下さい。要は、買収は効かないということです」

「買収だなんて……」

「言葉はともかく、はした金では解決できないということですよ。私たちは戦います。あなたたちも、次の職場を探しておいた方がいいですよ。会社というのは、案外簡単に壊れますから」

「次の職場、ね」濱野がぽつりとつぶやいた。

「え？」

「転職、考えた方がいいかもしれないな」

「マジで言ってるのか？」槙田は思わずハンドルをきつく握りしめた。

「だってさ、ヤバいじゃないか」濱野が頭の後ろで両手を組んだ。狭い車内では窮屈《きゅうくつ》な仕草なのだが。「こんな裏の仕事をして、何か見返りがあるのか?」

「それは、出世できるかもしれないし……」

「こんなクソみたいな会社で出世して何になるんだよ?」挑みかかるような口調で濱野が言った。「だいたい、会社がいつまで続くかも分からないじゃないか」

「ユーロ・ヘルスと合併すれば……」

「合併じゃないだろう。実際には吸収されるだけだ。長原製薬は消えるんだよ」

濱野が煙草に火を点ける。乱暴に煙を吐き出すと、車内が一気に白くなった。槙田は少しだけウインドウを下げ、煙を外へ逃がした。代わりに、冷たくなった風が吹きこんでくる。

「お前、ユーロ・ヘルスとの合併について、何か聞いてるのか」

「具体的には聞いてないけど、向こうとの規模の違いを考えろよ」濱野が白けた口調で答えた。「資本金も従業員数も、うちとは桁違《けたちが》いなんだ。それに、やっぱり外資だからな。自分が有利な立場に立てそうなら、一気に攻めてくるんじゃないか。そうなった時、俺たちに居場所があると思うか?」

「こんなに苦労してるのに、追い出されたらたまらないよ」言いながら、槙田は鼓動が速くなってくるのを感じた。「だって――」

「このスキャンダルがばれたら、俺たちは戦犯扱いだぞ」低い声で、濱野が槙田の台詞を遮った。「仮に、合併交渉の途中でこの話が表沙汰になったらどうなる？　Ｄ07の時もやらかしてるんだから、俺たちには前科もあるわけだよ。一種の不良分子として、処分されるかもしれない」

「だけど、副社長が――」

「安城さんは、戦犯の代表みたいなものだろうが。あの人、逃げ切れると思うか？」

槙田は口をつぐんだ。濱野の言うことには一理ある。このままだと、自分たちはトカゲの尻尾《しっぽ》にされてしまうかもしれない。それでもしがみつくべきなのか？　どの方向へ行くか分からない計画を進めるべきなのか？

「ＭＲは、転職もしやすいからいいよな」つい、濱野に対して皮肉を言ってしまった。

「そんなに簡単じゃない」濱野が硬い口調で反論した。「今やってることがばれたら、俺を採用してくれる会社なんかないよ。俺たち、犯罪みたいなことをやってるんだぜ」

「犯罪じゃない」反射的に言ってみたものの、自分の言葉にはまったく説得力がないと内心認めざるを得なかった。

「転職はともかく、俺はこの件から抜けるぜ」濱野が宣言した。

「どうやって」

「副社長に直訴する」

「そんなこと、できると思ってるのか？」

「できる、できないじゃなくて、やるしかないんだ」

「副社長が簡単に放してくれるとは思えない」たぶん、様々な手を使って圧力をかけてくるだろう。脅し、あるいは甘言を弄して……向こうはサラリーマンの超ベテランだ。部下を自在にコントロールする術など、両手に余るほど知っているだろう。

「こっちから脅すんだよ」

「まさか……」

「この件をばらすって言えば、効果的だと思う。今、それをやられて一番困るのは副社長じゃないかな。対外的にも問題があるし、俺たちを動かすのに使っている金だって……あれ、使途不明金になるぞ」

「そんなに大した金じゃないだろう」

「いや、結構な額になるぜ。D07の時にいくら払ったか、お前も知ってるだろう？」濱野が運転席の方に身を乗り出した。「それに今回使った金を真面目に精算してみろよ。びっくりするぞ」

「……そうか」

「とにかく俺はもう、この仕事から抜ける。かかわっていた記録も消してもらう。代わりに、情報は墓場まで持っていくことにする。何だったら、念書を書いてもいいよ。それでお互いに、イーブンじゃないか」

「そうかもしれない」

「お前も抜けた方がいいんじゃないか？　どれだけ傷が残るかは分からないけど、抜けるならこのタイミングしかないと思うんだ。さすがに裁判沙汰になれば、法務が対応することになるだろうしさ。俺たちにできることなんか、なにもない」

「そうかな」

「何だよ、お前、副社長に義理でも感じてるのか？」濱野が疑わしげに言った。「いくら偉くても、ただの役員じゃないか。自分の適当な都合で俺たちを集めただけだぞ。それともお前には、何か特別な事情でもあるのか」

「ない」

「やっぱり、長原の家の関係なのか？」探るように濱野が訊ねた。

「そんなもの、関係ない」声を荒らげ、思いきり否定した。長原家につながる立場が、今ではむしろマイナスに働く可能性がある。訴えられるのが会社であっても、創業者一族の責任は重い……。

新畑井駅でレンタカーを返した途端、濱野がさっさと歩き出した。もう槙田とは話したくもない様子だった。それぞれ勝手に帰るしかないか……この仕事をやっていると、大事な物を次々となくしてしまう。良心とか、友人とか。

8

東京は違いますね、と言って佳織が笑う。そう言えば彼女は畑井市内の高校を出た後、関西の大学を卒業したのだ、と高藤は思い出した。ここまでは東京に縁のない人生だったわけだ。

「やっぱり弁護士は、一国一城の主が夢ですよね。それも東京なら最高です」

「そうは言うけど、これからの時代はなかなか厳しいだろうね」

「そうでしょうねえ。弁護士がこんなに儲からないなんて、司法試験に合格するまでは知りませんでした」佳織が溜息をついた。

高藤は椅子に背中を預けた。たっぷりした革張りの椅子は、何時間ぶっ続けで座っていても、腰に疲れがこない。自分の城……所長を務める事務所の自室は、まさにその本丸だ。居心地がよくなるように手をかけてきて、今ではここの空気が第二の皮膚のように感じられる。

佳織はデスクの前の椅子に座り、ぴしりと背筋を伸ばしていた。見る物すべてが珍しいのか、視線はあちこちに彷徨《さまよ》っている。

「やっぱり、こういう部屋が欲しいですね。うちの事務所なんか、ぼろぼろで……」

「一生懸命働けば、何とかなるよ」

「でも、畑井じゃ……東京じゃないと意味がないですよ。それか、大阪や博多とか。企業の顧問弁護士が、一番儲かりますよね？」

「だろうね」

「だったらやっぱり、都会に出ないと」

露骨な佳織の物言いに、高藤は思わず苦笑した。世間の人がイメージする「弁護士＝金持ち」というのは、単なる誤解である。自分のように、基本的に企業の仕事のみを請け負い、金を儲けることだけを考えていれば、それなりの「城」を構えることもできるが、多くの弁護士は、儲からない汚い仕事を歯を食いしばってしている。

しかし高藤は、彼女の率直な言い方が気にいっていた。「金持ちになりたい」という世俗的な欲望も、仕事の質を上げる動機にはなるのだから。

「最終的に、原告団の人数はどれぐらいになりますか」高藤は丁寧な口調に切り替えた。ここからは完全に仕事モードだ。

「まだ確定していないんですが、二十人前後になると思います。二十人、プラスマイナス三人程度」佳織の表情が引き締まる。切り替えは早い方らしい。

「確定していないのは、真島先生の診断がはっきりしていないからですか」

「それが二人います。もう一人は、裁判に参加するかどうかで迷っているんですよ」

「誰？」

高藤は、手元の紙に目をやった。真島が作った患者のリスト。

「山口《やまぐち》さんですね」

「ああ、山口のバアサンか」

患者の中で最年長、六十五歳である。四十年前の台風を、大人として経験した一人だ。

「やっぱり、四十年前のことが引っかかっているようです」

「ああ……それは分かる」記憶の底から昔の出来事が蘇ってきた。山口登喜子《ときこ》は、四十年前の汚染騒ぎで、夫を亡くしている——亡くなった五人のうちの一人だ。しかし長原製薬から金を受け取り、沈黙を選んだ。それが四十年後、自分も同じような症状に襲われている。提訴を迷っているのは、当時金を受け取ったことが足かせになっているからに違いない。

「どうしますか？　説得はできると思いますが」

「無理することはないでしょう」高藤は首を横に振った。「本人が傷つくことがあってはいけません。そうなったら本末転倒です」

「分かりました。でも取り敢えず、もう一度だけ会ってみます。それで反応が鈍いようでしたら、今回は見送りということで」

「そうですね……いや、一度私が話してみましょう。まずは、電話ででも。話が通じるかもしれない」

「お知り合いなんですか？」佳織がすっと眉を上げる。

「向こうが覚えているかどうかは分かりませんが、家が近所だったんですよ。『浜』の方は、全員が知り合いみたいなものでしたから」かつては、小さな漁村ならではの強固な結びつきがあった。少し荒っぽく、がさつな雰囲気……「山」の連中はそれを嫌っていた。

「ところで先生、体調の方はいかがですか」佳織がさらに真剣な表情になって訊ねた。

「まあ……ぼちぼちですね。すぐに死ぬようなことはないでしょう」

「そんな……」佳織の顔が暗くなる。

「四十年前とは、症状が微妙に違うようです。あの頃、症状がひどい人は、ほとんど苦しむ間もなく亡くなっていました。それが良かったのか悪かったのか」

高藤は目を瞑った。近所の知り合いが、短い間に次々と亡くなった衝撃……いや、衝撃というか気味が悪かった。子ども心にも、湾が汚染されたことは理解していたのだが、自分もいつか——という恐怖に薄らと心を染められたものである。

両親は何も言わなかった。言わないのが賢い生き方だと思っていたのだろう。それは「浜」の人間の総意と言ってよかった。湊地区が豊かになったのは、長原製薬のお陰である。仮にあの会社のせいで人が死んでも、文句を言うべきではない。ひたすら耐えなければ——今だったらあり得ない話だ。しかし四十年前の日本人は、今ほど簡単に声を上げる術も覚悟も持っていなかったのではないだろうか。

「怖い症状ですよね」

「そうですね。最初は関節の痛みや手足の痺れ……それが歩行困難につながって、寝たきりになる。最後は自発呼吸もできなくなる。亡くなった五人の方は、いずれも寝ている間に自然に呼吸が停まってしまった感じだと聞いています。そういう意味では楽な死に方だったかな」

「でも、自分がいつ死ぬか分からない——そういう状態で、しかも治療法が見つからないとしたら、地獄じゃないですか」

「でしょうね。状況は今も変わっていません」高藤は、常時痛みが襲う膝を撫でた。これを意識したのは、数年前のゴルフの最中だ。当然スコアはぼろぼろで……その時は、単に加齢によるものだろうと思っていた。四十代も後半になれば、体のあちこちにガタがきてもおかしくない。ずっと独り身で、食生活にも気を遣わず、体のメンテもしてこなかったのだから、その報いがきたのだろう、と。

しかし痛みは引かず、去年ついに意を決して診察を受けてみたのだが、「原因不明」と判断されただけだった。自信なさげな医者は「加齢によるものでしょうね」と言ったが、それで逆に高藤は、過去を思い出したのだった。四十年前、杖をつきながら港を見守っていた大人たちの姿……彼らは現在の自分よりも若く、まだ加齢の影響で膝が悪くなるような年ではなかったはずだ。しかもそういう人が何人もいて……ある時を境に増えたとすれば……。

「この病気のこと、何と呼ぶべきですかね」佳織が言った。

「長原病、ですね。発生地の名前をつけるのが一般的でしょうが」

「そうですね」佳織が手帳に書きつけ、すぐに顔を上げた。「訴訟を起こして公表すれば、もっと知恵が集まりますよ。原因究明や治療法の確立にも役立つはずです」

「そうですね。真島はあくまで町医者です。原因を研究しているような暇はないでしょう」

「先生と真島さんの関係、ちょっと不思議ですよね」佳織が唐突に言った。

「そうですか？」

「お互いに遠慮があるような」

「そんなこともないですよ。あるとしたら、数十年ぶりに会ったからじゃないですか……それより、コーヒーでも飲みませんか？　エスプレッソ、大丈夫ですか」

「ええ」

「じゃあ、今美味しいコーヒーを淹れましょう」

　コーヒー好きの高藤は、いつでも好きな時に飲めるように、自分の部屋にもコーヒーマシンを入れている。頼めば事務の人間がコーヒーぐらいは淹れてくれるのだが、一日に四杯、五杯と飲む高藤にすれば、一々誰かに頼むのは申し訳ない。

高藤は、砂糖を加えるよう、佳織に勧めた。強烈な苦みと甘みが衝突するところにエスプレッソの美味さがあるのだ、と。素直に従って飲んだ佳織は、顔を綻ばせた。

「美味しいですね」

「これぐらい濃い味だと、料理の後にいいんですよ」

「そうですね。イタリアンを食べる機会なんて、あまりないですけど」

「東京に出てくれば、いくらでも食べられますよ」東京ほど食が充実した街は、世界中どこにもない。世界各国の味が楽しめ、しかもそれぞれレベルが高いのだ。高藤は十数年前、顧問をしていたある企業がアメリカで訴訟沙汰に巻きこまれた時に、一か月ほどニューヨークに滞在していたことがあるのだが、あの時は料理の不味さに閉口した。東京と同じような国際都市のニューヨークには、当然各国の料理を食べさせるレストランがあるのだが、大抵大味だった。

「この訴訟が上手くいったら、それも考えたいと思います。今、先生の事務所に空きはないんですか？」

あまりにも積極的、というか前のめりな佳織の姿勢に、高藤は思わず苦笑いした。まあ、最近の若い弁護士は覇気《はき》がないから、これぐらいでちょうどいい。弁護士の仕事は、人を押しのけて前へ進んでいくようなものなのだ。

「その時に考えましょう。うちに空きがなくても、他の事務所を紹介できると思いますよ」

「その際はよろしくお願いします」佳織が深く頭を下げる。ぱらりと垂れた髪を右手でかき上げて、続ける。「でも先生、やっぱりすごいですよね。六本木に自分の事務所を構えて、何人もの弁護士が所属して……湊の出世頭ですよね」

「いやいや」高藤は苦笑した。「そんなこともないですよ。今でも、真島には敵わないと思っているし」

「そうなんですか？」

実際、成績ではなかなか勝てなかったのだし。それに「山」に佇んでいたせいか、真島には高藤にはない独特の「気品」があった。家が病院、という事情もあったかもしれない。田舎において、病院というのは一種のシンボル的存在である。街の人たちの救世主的な……子どもの頃からあまり病気には縁のなかった高藤だが、湊病院の存在自体に圧倒されたのをよく覚えている。高校までは一緒だったが、大学で別れたら人生は二度と交わらないのでは、と考えていた。距離が再び縮まったのは、今回の件がきっかけだ。真島からの、突然の一本の電話。「長原製薬を訴えたい」という話に、最初は驚いた。自分がこの会社の顧問弁護士を務めていることを知っていて言っているのか、と疑念を抱いたものである。真島のやり方は、いわば敵に先に情報を与えるようなものではないか。だが真島が、突然高藤の膝のことを言い出して……どうやら、ほぼ唯一関係がつながっていた益井に零したのを、聞きつけたらしい。最初は警戒したが、真島が「かつての症状と似ている。他にも何人も患者がいる」と打ち明けたことで、真剣に話を聞く気になった。

それが一年ほど前。患者——知り合いも含まれていた——と面会したり、四十年前の状況を調べるなどして準備を進めていくうちに、降ってわいたプレビール騒動で、高藤の決心は固まった。

この会社は駄目だ。隠蔽体質は、昔から変わっていない。

顧問弁護士を務めながら訴訟の準備を進める——それは明らかに職業倫理に反した行為だが、高藤は半ば開き直っていた。長原製薬は、反社会的な会社である。それに対抗するには、あらゆる手段を使わなければならない。自分はいわば、トロイの木馬になればいい。この場合の「木馬」は、顧問弁護士という肩書きだ。

訴訟の準備を進めていくうちに、多少は真島との距離も縮まったと思う。そもそも自分を頼ってきてくれたことが嬉しかったし、真島の覚悟にも心を打たれた。湊地区で病院を続けていくのは、難しかったに違いない。四十年前の一件、それに長原製薬が撤退してしまったことで、湊地区は緩やかに衰退の坂道を転げ始めた。かつては長原製薬に就職する若者が多かったのだが、今は地元の高校を卒業すると同時に外へ出て行くようになり、人口流出が止まらない。高齢者ばかりが残った街で病院を続けていても、前向きにはなれなかったはずだ。

　しかし真島は、地元の人たちに尽くしてきた。

　その背景にあった事情——彼の父親が長原製薬から金を受け取っていた——を知ったのは、つい最近のことである。親の行為に対する贖罪《しょくざい》。そんなことを何十年も続けてきたのかと想像すると、胸が痛む。

「この件、どうなるんでしょうね」

「どうなる、とは？」佳織の質問で現実に引き戻される。

「裁判を起こして……判決までには何年もかかるでしょう？」

「それは間違いない」

「最終的に勝てるとお考えですか？」

「勝てますよ。あなたが一生懸命やってくれれば」

「そうですね。頑張ります」佳織の笑顔が引《ひ》き攣《つ》った。「長原製薬には大ダメージでしょうね」

「もちろんです」心配なのは、その裁判は会社に致命傷を与えるかもしれないことだ。合併話は潰れ、経営状態は悪化したまま、一気に倒産に至る可能性もある。そうなったら金が取れない。そこに高藤のジレンマがあった。

「一つ、伺っていいですか」遠慮がちに佳織が切り出す。

「どうぞ」高藤は右手を前に差し出した。

「先生は、四十年前に長原製薬が何をしたか、目の前でご覧になっていたわけですよね」

「いや、子どもでしたから……事情が十分分かっていたとは思えません」

「でも、長原製薬の裏の顔はご存じだった……それなのに、どうして顧問弁護士を引き受けたんですか？」

「それは、いろいろ事情があったんです」

答えにくいことだ、と思わず苦笑した。十数年前にこの依頼があった時、高藤は当然、過去の企業犯罪を考えた。自分の故郷を殺した相手……しかしあの頃は、それ以上に金の問題が大事だった。事務所を立ち上げたばかりで、どうしても金払いのいいクライアントを摑まえる必要があったのである。ただしそこに、かすかな復讐心がなかったかと問われれば、ノーとは言えない。そう、あの頃から俺はもう、無意識のうちにトロイの木馬になろうとしていたのではないだろうか。敵の中に入って弱点を探る——結果的にこの十数年間、大きなトラブルはなかったのだが、ここにきて一気に長原製薬の隠蔽体質を思い知ることになった。プレビールに関しても、とんでもない社会的な問題なのだ。人が三人も死んでいる。

プレビールについては、自分は知らないままだったかもしれない。槙田が会社に不満を持ち、事情を打ち明けていなければ……そして今あの男は、またも会社の先兵役として湊地区に入りこんでいる。本人が進んでやっているわけではないだろうが、それが哀れだった。会社員は、会社の命令に従わなければ飯が食えない。しかしそれが理不尽な命令だと、次第に神経を蝕《むしば》まれてしまう。

一度、きちんと話してみる必要がある。彼は正直だ。プレビールの件で分かったが、会社のあり方に対して疑問も持っている。まだやり直せる年齢だし、会社全体が崩壊する前に、泥沼から引っ張り出してやる必要があるのではないか。

そのタイミングを失ってはいけない。多くの企業と一緒に仕事をしてきた高藤は、ある日を境に、急速に会社が崩壊に向かう場面にも何度か立ち会っている。中にいる人間でさえ、その瞬間がいつなのか読めないし、その時になってさえぴんとこないものだ。後で振り返って分かることだが、その時はもう、手遅れになっている。

「山」を歩く時は、今でも緊張する。かつて、湊病院を訪れるために、息を弾ませながら急坂を自転車で登り切った時に感じた思い——自分はここには場違いな人間だという感触は今も健在である。

もちろん、今の「山」は昔の「山」とは違う。

かつては、小綺麗な一戸建てが並んでいる光景に、歩くだけでどきどきしたものだ。自分のような「浜」の人間が歩いていいのか……。「浜」の方は古い平屋の家が多く、いつも潮と魚の臭いが漂っていて、それが嫌でならなかったのに、まったく無臭の「山」にいると、港の臭いが急に懐かしく思い出されたのを覚えている。

今の「山」は、「浜」と同じぐらい寂れている。当時眩しく見えた家は皆古びて、全体にくたびれた雰囲気が漂っている。それでも何故か、高藤に緊張を強いるのだ。子どもの頃に染みついた感覚は、いつまでも消えないのかもしれない。

電話で済む話だったのに、わざわざ訪れたのは何故か……自分でも説明できない。もはやこの街には、長原病の他に縁はないのだ。両親はとうになくなり、実家も処分してしまった。それで完全に縁が切れたと思っていたのに、今は時間を作って積極的に足を運んでいる。失った——自分から縁を切ったと思っていたのに、故郷というのはいつまでも強烈な吸引力を持っているのかもしれない。

緩い坂を上り切り、山口登喜子の家に向かう。かなり古くなった木造の二階建て。四十年前に夫を亡くしてから、ずっとこの家を守ってきたわけか……娘が二人いたが、とうに嫁《とつ》いで、今は一人暮らしのはずだ。次第に体の自由が利かなくなってくる中、不便なことも多いだろう。

それでも訴訟に参加しないと言い張るのは、やはり後ろめたさがあるからに違いない。だいたいこの家は、長原製薬から受け取った補償金で建てたものだと聞いている。「浜」の嫌な記憶から逃れたかったのかもしれないが、ここへ越してきてからは、窮屈な思いをしていたのではないだろうか。「浜」に暮らしていた頃は、漁師の大を支える大雑把で威勢のいい妻、という印象しかなかったのだが……大した悪さもしていないのに、怒鳴られた記憶もある。周りの子どもたちには、「バアサン」と呼ばれていた。当時はまだ二十代だったにもかかわらず。

久しぶりに会った登喜子からは、昔の威勢のいいイメージがすっかり消えていた。玄関に出て来るだけでも一苦労していたので、見ていて胸が痛む。向こうはすぐにこちらが誰だか気づいたようだが、高藤は「本当にこの人なのか」と疑ってしまった。四十年前はかなり背が高く、太っているというよりがっしりしたイメージだったのだが、今は体もすっかり萎み、顔は皺の中に埋もれている。声もしわがれ……それは昔と同じか。当時、ひっきりなしに煙草を吸っていたはずだ。

「何、いきなり」

不機嫌な喋り方は昔通りだった。それでむしろほっとして、高藤は上がりかまちに腰かけた。

「裁判のことですよ」

「私はやらないよ」登喜子が苦労して、玄関先で腰を下ろした。悪いのは右足の方か……正座しようとしたが上手くいかず、右足だけを投げ出す格好になってしまう。

「膝、きついですか」

「膝だけじゃないよ」登喜子が顔をしかめ、右手を持ち上げた。小刻みに震えている。

「最近、手もおかしくなってきた。包丁を握るのも難儀だよ」

「私も、近々そんな感じになるでしょうね」

「あんたもなのかい?」登喜子が目を見開く。

「昔は皆同じようなものを食べてたんだから、同じ症状が出てもおかしくないですよ」

「だけど不思議だよね。やっぱり同じようなものを食べてて、すぐに死んだ人間もいれば、私らみたいに何十年も経ってから苦しむ人間もいる。何ともない人もいる。どういうことなんだろう」

「それを明らかにするために、裁判をするんですよ。原告は多ければ多い方が、長原製薬にプレッシャーをかけられるんです」

「それは、あの女弁護士さんからも散々聞かされたけどね」

「宮本です。宮本佳織。女弁護士なんて言ったら、今は差別ですよ」

「あら、失礼」さほど失礼とは思っていない様子で登喜子が言った。「私らの時代は、女で弁護士なんて、想像もできなかったからね。それを言えば、あんたもそうだ。湊から弁護士なんか出るとはねえ。さすがに優秀な人間は違うって、皆で話してたんだよ」

「ただの悪ガキでしたよ」高藤は苦笑した。

「それにしたって立派なもんだ」登喜子は自説を譲らない。

「立派かどうかは分かりませんが、体の自由が利かなくなったら、誰でも同じ病人ですよ」

「ああ……」登喜子の顔が暗くなった。

「長原製薬から金を貰ったことを、後悔してるんじゃないですか？　後悔というか、後ろめたく思っている」

「こんな家、建てなければよかったんだ」登喜子が吐き捨てる。

「浜で暮らしている方がよかったですか？」

「それは……」登喜子が薄い唇を舐めた。「あそこで暮らすのは無理だった」

「そうですよね。ちょっとでも離れた方が、気は楽だったでしょう」

「でも、今思うと馬鹿なことをしたもんだね」登喜子がポツリと言った。「補償金は、家一軒を買えるほどの額じゃなかったからね。結局ローンが残って、必死で働くしかなかったんだよ」

「膝の痛みも大変でしたよね」

「ああ、これは……五年ぐらい前からだから。もう仕事は辞めてたから、それだけは救いだったね」

高藤はうなずいた。長原病は、人によって発症時期に違いがあり過ぎるのが謎だ。ここ数年に集中しているのは間違いなく、だからこそ真島も異変に気づいたのだが、実際にはこの四十年のうちに、何人かは長原病が原因で亡くなっていたのではないだろうか。本当の被害者は何人ぐらいになるのだろう……掘り起こすのは大変だが、いずれは解明しなければならない。

「だけど今苦しんでるのは、働き盛りの人が多いからね。結構大変だよ」

高藤は無言でうなずいた。自分もその一人。今は膝に痛みを抱えるだけで済んでいるが、いずれ麻痺《まひ》が始まったらどうすればいいのだろう。歩けなくても弁護士業務はできるかもしれないが、手を動かせなくなったら致命的だ。しかも自分には、心配してくれる家族もいない。動けなくなるまでに、精々稼いでおくか……しかしそれも、貧しい考えのような気がする。

「分かります。これを解決するためには、裁判で勝たなくてはいけない」

「あんた、私らは間違っていたと思うかい？」

「——いえ」否定するしかなかった。「時代が違ったんですよ。あの頃は誰も、積極的に文句は言わなかった——言えなかった」

「そうだね。だいたい、黙って我慢が浜の人間の流儀だったから。魚は捕れる日も捕れない日もある。それで一々文句を言ってたら、神経が参るからね」

「そういう我慢強い人は、他のことに対しても文句は言わないものでしょう？」

「そうだろうね」

「でも、今は違う。間違ったことをする相手がいれば、堂々と文句を言ってやっていい。それで相手の責任を追及するんです。長原製薬を許してはいけないんですよ。我々の追及が甘ければ、長原製薬は同じことを繰り返すかもしれない。それでまた被害が出たら、どうするんですか？　我々は、ずっと後悔するでしょうね」

「じゃあ、四十年前の判断はやっぱり間違っていたって言うのかい？」鋭い口調で登喜子が追及した。

「あの時は、間違っていたとは言えません。四十年前に、この街で長原製薬に逆らおうとするのは、無謀でしたよ」

「湊は、あの会社で持っていたようなものだから」登喜子が溜息をついた。「だけどねえ……もうちょっと上手いやり方がなかったかと思うよ、今になってみれば」

「それが、後悔なんですよ」高藤は指摘した。「これから何年も経って、また後悔するのは嫌じゃないですか？　そうならないためには、まず喧嘩しないと駄目ですよ。できる限りのことはやりますから……これは私にとって、自分のためでもあるんです」

「長原製薬は……許しちゃいけないんだろうね」

「そうですよ」

「ちょっと前にも、若い連中がここに入って来ててね。また、金で解決しようとしたんだ。それもはした金で」

「……その話は聞いてます」槙田もひどい目に遭っていると同情はしたが、地元の人の辛さに比べれば大したことはない。

「何十年経っても、やることは同じなんだね。怒鳴って、追い返してやったけど」

「それは正しい対処法でした」高藤はにやりと笑った。「あの連中は、ケツを蹴飛ばしてやるのが一番ですよ。顔を合わせるのは裁判所で、にしたいですね」

「よく納得させたな」真島が目を見開いた。「誰が言っても、首を縦に振らなかったのに」

「伊達《だて》に弁護士をやってるわけじゃない」少し皮肉をまぶして高藤は言った。「交渉で金を稼いでいるようなものだから」

「それにしても、大したものだ」真島が真顔でうなずく。「俺には真似できないな」

「お前は医者だろう。仕事が違うよ」

「町医者は、そうじゃないんだ」真島が居心地悪そうに、ソファの上で体を動かした。

「田舎の病院なんて、コミュニケーション広場みたいなものだから」

「床屋とかも」

「そう」真島がうなずく。「そういう場所の中心にいるんだから、もっと人の心を摑めないとな。バアサン一人説得できなかったんだから、情けない話だよ」

「そう言うな」高藤はグラスのウイスキーを舐めた。今日は呑むつもりではなかったのだが、真島の家に来てしまうと、呑まずにはいられない。今日は東京へ戻るつもりでいるから、早目に切り上げないといけないが。

「とにかく、よかった。これで、今把握できている患者は全員、原告団に参加することになると思う」

「これで本当に全部なのか？」高藤は背広の内ポケットから、リストを取り出した。

「俺が把握している分は、ということだ」真島が正確に言い直した。「他の地区の病院に通っている人もいるかもしれないが、そこまでは摑み切れていない」

「裁判になれば、原告団に新しく参加する人もいると思う。自分一人では声を上げられなくても、大勢いれば勇気が出る、ということもあるからな」

「原告団は多い方がいい。圧力をかけやすくなる」うなずき、真島もウイスキーを吞んだ。

「一つ、ずっと気になっていたことがあるんだ」高藤は訊ねた。

「何だ？」

「お前、長原――先々代の社長と面識はないか？」

「いや」

「長原製薬が東京へ全面移転したのは、先々代の社長にとっては渡りに船だったはずだ」

「ああ」真島の顔が皮肉に歪む。「ここと縁が切れれば、余計な心配はしなくていいからな」

「それがどうして、わざわざ戻って来たんだろう？　もちろん創業の地で、先々代がここの生まれだということは分かるけど、何も戻って来なくても……普通に近所づきあいはあるのかな」

「ないと思う。隠居生活で、ほとんど外にも出て来ないはずだ」

「何なんだろうな」高藤は顎を撫でた。「ちょっと普通の感覚じゃないと思うんだ」

「そうだな……だけど、どうする？　そもそも先々代の社長は被告になり得るのか？」

「それは難しいところだ。四十年前の一件については、責任者だったのは間違いない。だけど今回、俺たちはあくまで、現在の会社を相手に訴訟を起こすことになる。経営に参加していない先々代の社長を攻撃するのは無理があるな。もちろん、裁判の展開次第では、個人が槍玉《やりだま》に上がることもあるとは思うが……少なくとも、証人としては呼べるだろう」

「そうか」真島がうなずいた。「世捨て人みたいな生活を送っているそうだが……」

「世間とのかかわりは切れているわけか」

「そうらしい。原則的には、この件の全ての責任を負わせるべき人物だとは思うけど、最初の段階では無理しない方がいいかもしれないな」

「無傷では終わらせないよ。裁判戦術は、こちらに任せてくれ」

「もちろんだ。相談できる相手がいるのはいいことだな」真島が安堵の笑みを浮かべる。

「お前、俺のことが嫌いなのかと思ってた」高藤は思い切って言ってみた。四十年近く前に感じていたわだかまりを、今ここで解消できないか、と思いながら。

「何で？　友だちだろう」真島が目を見開いた。「ここにもよく遊びに来ていたじゃないか」

「いや……山の人間は、浜の人間を馬鹿にしてたんじゃないのか？」

真島が突然、声を上げて笑った。グラスを口に運んだところで、また笑いがこみあげてきて、ウイスキーでむせてしまう。

「そんなの、お前らの勝手な思いこみだよ。それはもちろん、小学生ぐらいならそんな風に感じるかもしれないけど、中学生になって物の道理が分かるようになれば、どうでもいいことだって気づくさ。俺はむしろ、お前が羨ましかったな」

「どうして」

「自由だったから」真島が真顔でうなずく。「俺は、この病院を継ぐ人生しかなかったから。最初からそのルートが決まっていたんだよ。でもお前は、そうじゃなかった」

「実家の商売を継いでも仕方なかったからな。親も、そんなことは望んでなかったし」高藤の実家は鮮魚店だった。間口二間ほどの小さな店……将来の展望もなかったし、物心ついた頃には、魚を売って暮らしていくなどまっぴらごめんだと思っていた。だから湊を離れる計画は、子どもの頃からあった。幸い高藤は、成績がよかった。頭がいい子どもならば、親も自分と同じ道を歩ませようと無理強いはしないものである。親が医者のような専門職の場合は別だろうが。

「自由だったよな。自分の人生を自分で選べるって、大事なことだよ」

「じゃあ、お前は本当は何になりたかったんだ?」

「変な話だけど、やっぱり医者だったかな」こともなげに真島が言った。「ここじゃなくて別のところで、だけど。あるいは大学の医学部か企業で研究生活とか」

「真面目だからな、お前は」

「それしか取り得がないというか」

苦笑する真島を、高藤はじっと見つめた。そう、この男は真面目だった。本人は否定しているが、やはり「山」の人間ならではの上品さもあったということか……。自分は「浜」で育ち、どうしても雑なところが抜けなかったと思う。周りの友人たちも悪ガキばかりで、小学生ぐらいまでは相当な悪さもした。かすかな悪の根っこのようなものは、今でも自分の中で生きているかもしれない。だから、法律にかかわる仕事の中でも弁護士を選んだのかもしれない。弁護士は絶対的な「正義」の存在ではないのだ。弁護士の拠《よ》り所は「法」なのだが、その法自体が、社会正義と合致しているとは限らない。ましてや企業の顧問弁護士をやっていると、利益のために少しぐらい法の解釈を捻《ね》じ曲げることすら何とも思わなくなってしまう。

「お陰で今は、貧乏暮らしだよ」真島が自嘲気味に言った。「こういうのにも慣れるもんだけどな。お前はどうなんだ？」

「何が」

「金持ちの生活は」

「そういう実感はないな」仕事に追いまくられているからだ。一人暮らしということもあり、贅沢に金を使うこともない。家族でもいれば、まったく違う人生を送っていたのだろうが……一時は、それが空《むな》しかった。稼いだ金は、全て老後の生活のため。まるで、自分が死ぬ時に備えて働いているようなものではないか。

「金を使う暇もないからか」高藤の気持ちをすっかり読んだ様子で、真島が指摘した。

「一日十五時間働いてたら、暇なんてなくなるよ」高藤は肩をすくめた。「俺の夕飯、何が一番多いと思う？」

「さあ」

「コンビニの弁当だ」言いながら、高藤は苦笑した。馬鹿馬鹿しい限りだが、実際そうなのだ。月の賃料百四十万円のオフィスで、三十五万円の椅子に腰かけながら、五百円のコンビニ弁当。同じ事務所の三十歳の若手弁護士の方が、よほどまともなものを食べている。浜での生活で身に染みついたこの貧乏性は、生涯抜けないのだろう、と思うこともある。パテック・フィリップの時計をはめ、靴は全てジョン・ロブで統一し、スーツは誂《あつら》えたものしか着ない。それでも、飾りたてた中身は空っぽのような気がしてならないのだ。田舎者が、無理して金を使っているような……しかし今、無駄に貯まっていた金を使う理由ができた。この裁判に私費を投じる——それはまさに、自分のルーツを見直すことにもなるだろう。

「ところで、体の方はどうだ?」

「まあ、何とか」高藤は膝を叩いた。「夜眠れないほど痛むわけじゃないしな」

「無理するなよ。俺も、いろいろ薬を試している。プレビールの他にもいい薬があったら、すぐに紹介するから」

「ああ」

「手の痺れはどうだ? 眩暈《めまい》は?」

「それは今のところ、ない」

「人によって、進行状況がまったく違うんだな」

「いずれは寝たきりになるかもしれない」高藤は溜息をついた。時々、怖くなる。この裁判の途中で、体が言うことを聞かなくなったらどうするか。結果を見届けることもなく死んだら、それこそ死にきれない。

「そうなったら、俺が面倒を見てやるよ。いつでもこっちへ戻って来い」

「そうだな……」

「結局、故郷は捨て切れないいんじゃないか」

「捨てたわけじゃない」反射的に言ってしまったが……実際は、捨てた。田舎町特有の閉塞的な雰囲気が嫌で嫌で、大学進学のために東京に出た時に、どんなに辛い思いをしても二度と戻らない、と決心したのである。両親の死で、ますます気持ちは故郷から離れた。だがそれから、二十年以上の歳月が流れている。五十歳を超え、身も心も変化しつつあるということか……そして今は、それが「嫌だ」とも感じられない。

「だったらお前には、いつでも帰れる場所があるわけだ。安心しろ」

「ああ」高藤はうなずいた。少し酔いが回ったか……自分が社会正義と個人的な恨み、不安、そして故郷への複雑な思いの中で揺れているのを高藤は意識していた。

9

手詰まりか……深夜の役員室。安城はボールペンをデスクに放り投げ、頭の後ろで手を組んだ。カップの底にわずかに残ったコーヒーは、既に冷め切っている。新しいコーヒーは……もう、いい。そんな物では荒《すさ》んだ気持ちは癒されない。代わりに一番下の引き出しを開け、ウイスキーの小さなボトルを取り出す。いざという時のために用意してあるのだが、滅多に口にすることはない。今日がまさに「いざという時」なのだろうかと思いながら、小さなグラスにワンショット分注いだ。ほんの一口舐め、口中がアルコールの甘さで麻痺したのを確認してから残りを放りこむ。胃の中がかっと熱くなり、目が潤んでくる。基本的に安城はあまり酔わないのだが、今日は悪酔いしそうな予感がしていた。キャップを閉め、ボトルを引き出しに戻す。

もう一度ボールペンを握り、メモに意識を集中した。

今回の一件に関する問題点を箇条書きにしてある。ほとんどの問題が未解決のままだ。D07に関しては、今のところトラブルは起きていないが、まだ安心はできない。問題は訴訟騒ぎの方……槙田は、今回の指令では失敗した。それどころか、泣きついてきた。金で解決するのは不可能です、誰も言うことを聞きません、と。

根性のない男だ、と腹が立ってくる。四十年前の自分はきちんとやった――やれた。何十キロもの重石《おもし》を背負ってフルマラソンを走るような仕事だったが、それでも自分ができたのだから、槙田にできないはずがないと信じている。四十年ぐらいでは、人間の本性はそれほど変わらないはずだ。金は、あらゆる事態に対する特効薬になる――そうではない、と槙田は言い訳するように言った。あの怒りは金では解決できない。四十年前の怒りが蘇った分、むしろ難しくなっている。

あの男は、四十年前に自分たちがやったことを否定しようとしているのか？　だとしたら、ふざけた話だ。会社に忠誠を誓うということは、イコール全肯定だ。わずかでも疑問が生じれば、会社にいる意味はなくなる。

それに、濱野。あの男は本当にふざけている。まさか、俺に脅しをかけてくるとは。「このまま外してくれれば、何も言いません」だと？　外さなければ誰かにタレこむという意味か？　「俺は悪人じゃない」と笑って放免してやったが、このまま済ませるわけにはいかない。どうやら濱野は、この会社そのものに見切りをつけたようだ。おそらく、転職を狙っているに違いない。ＭＲは一種の専門職だから、常に需要はある。だが、人の評判は……この業界に、「濱野は要注意だ」という警告を流すのは難しくない。会社の金を使いこんだとか、不倫相手が自殺を図ったとか、あることないこと噂を流せば、濱野を雇おうとする人間などいなくなる。あいつには、静かに滅びてもらおう。会社に牙を剝いたらどうなるか、思い知らせてやる。

携帯電話が鳴った。こんな時間に誰だ……「長原社長」の文字が浮かんでいるのを見て、うんざりした気分になった。最近、この線の細い社長はすっかり弱気になっている。裁判の話が持ち上がって以来、自分が「被告」と呼ばれることを想像しては怯えているのだ。

「どうですか」長原が遠慮がちに切り出した。

「はい。順調です」どうですかもクソもない、と思いながら安城は言った。白けた気分になったが、社長を安心させるのも自分の仕事だとは心得ている。

「訴訟の方は……」

「まだ具体的な動きはありません。しかし、時間の問題でしょうね。専属の弁護士が決まったらしい、という情報が入ってきました」

「誰ですか？」

「地元の、若い女性弁護士のようです」これは安城にとっては意外だった。企業を相手に裁判を起こすとすれば、原告団を束ねるのはもっと人望のあるベテランで、かつこういう案件に詳しい弁護士だろうと思っていたから。

「それだけですか？」

「もちろん、実際には何人も参加してくるでしょう。弁護士にすれば、名前を売るチャンスですからね」

「現段階でそういう話なら、まだ準備はあまり進んでいないのでは？」

「そうかもしれません」応じながら、安城は唐突に悪魔の囁きを聞いた。弁護士も丸めこんでしまえ——長原製薬として一番困るのは、この一件が明るみに出ることだ。もちろん、四十年前の一件と今回の一件がつながっている直接的な証拠はない。原告団は裁判を通じて明らかにするつもりだろうが、もしかしたら裁判所は、「長原製薬は関係ない」と判断するかもしれない。しかし世間は、有罪か無罪かなど気にしないものだ。提訴された段階で、訴えられた人間を「悪」と断定してしまう。訴訟を避けるためには、こちらの責任云々《うんぬん》を棚上げして金を摑ませるのが一番なのだが、患者たちがそれに応じない以上、彼らを束ねる弁護士を落とすのが一番効果的かもしれない。

その計画を長原に話したが、イエスとは言わなかった。あらゆることに慎重に——臆《おく》病《びょう》になっているようで、簡単には話に乗ってこない。

「失敗したら、ダメージが大き過ぎますね」

「ああ、それは……」安城も認めざるを得なかった。弁護士に対する買収工作は、確かにリスクが大きい。頭の中で、「却下」の判を押した。

「手詰まり状態ですか」

「そんなことはありません」先ほど自分でも手詰まりだと考えていたのに、安城は否定した。社長を不安にさせてはいけない。「社長は、この件についてはあまり気になさらないようにして下さい。合併という大きな仕事が控えているんですから」

「それなんですが」長原の声が暗くなった。「ユーロ・ヘルスの社長から嫌なことを言われましてね」

「と仰いますと？」

「D07の件も摑んでいる様子なんです」

「まさか」安城は声を荒らげた。「あの件は、完全に隠蔽しています。外に漏れるはずがない……」

強い口調で断言したものの、語尾がすぼんでしまう。濱野の顔が頭に浮かんでいた。あの男はもう、会社を裏切ることに決めたのではないか？　転職先もとうに決まっていて、最後っ屁のように長原製薬にダメージを与えるつもりだとか——可能性はないでもない。疑心暗鬼になったが、楽天的でいるよりはましだ、と自分を納得させた。油断せず、あらゆることを警戒しなくては。

「漏れたかもしれませんね」長原が暗い口調で言った。

「可能性は否定できませんね。でも今は、それを考えても仕方ないでしょう。犯人捜しは時間の無駄です。ユーロ・ヘルスに対しては、ひたすら否定を貫いていただくしかないですよ」

「それは分かっていますが、私はそれほど強くはない……」

思わず舌打ちしそうになって、安城は必死に我慢した。トップがこれでは……何とか辞任させる手はないだろうか、と本気で考え始める。自分から「辞める」と言えば問題にはならないわけで、後を自分が継げば、様々な計画を強引に進めていける。

「ここは踏ん張りどころです。頑張りましょう」

「ええ……」

「会社が生き残れるかどうかの瀬戸際なんです。我々が強くならなければ、どうにもならないんですよ」

「それは分かりますけどね」

電話を口元から離して溜息をつく。これだからお坊ちゃん社長は……いずれにせよ、この男の命運は長くないだろう。最終的には俺が引導を渡して引きずりおろす。そうしないと、会社に迷惑がかかるばかりだ。平時なら、こういう呑気《のんき》な人間でも社長は務まるが、今は非常時なのだ。長原製薬の歴史が大きく変わるタイミングがきているのだ。もっと強力なリーダーシップが必要である。

「いずれにせよ、もう少しお待ち下さい。万事解決しますから」

「訴訟を避ける手段はないんでしょうか」

「下から切り崩すのが一番いいでしょうね。そのためには、かなりの費用が必要になりますが……おそらく億単位です。それをどこから捻出するかは、大きな問題になりますよ」

「億単位ですか……」長原が溜息をついた。「密かに捻出できる金額ではないですね」

「少し会計をいじらないといけないでしょうが、それぐらいのリスクは負う必要があります」

「分かりました。こちらも覚悟を決めます。何かあったら、順次報告して下さい」

「もちろんです」

電話を切り、安城はまたウイスキーのボトルを取り出した。一杯でやめるつもりだったが、先ほどのアルコールの影響はもう消えてしまっている。呑まなくてはやっていられない……という気分だった。

腕時計を見る。八時半。何も食べないで酒ばかり呑んでいると胃をやられる。しかしまだ帰宅する気にはなれなかったし、どこかへ食べに行くつもりにもなれない。気にかかることが多過ぎて、それで腹が一杯という感じだった。

ここはやはり、槙田を動かすしかないだろう。今は少しばかり腰が引けているが、安城は依然としてあの男に期待していた。やればできる男だ。もう少し餌を高価な物にしてやってもいい。

槙田はすぐに電話に出た。会話まで拒否するわけではないのだ、と安心して切り出す。

「大変なことだとは思うが、もう一度患者に接触してくれ」

「完全に拒絶されましたが」槙田の声は暗かった。

「そこは粘り強くいくんだ。何度も顔を出せば、向こうも拒否し辛くなる」

「あの雰囲気は……会話も成立しない感じでしたけどね」

「君だったらどう思う？　何度も頭を下げに来れば、ほだされるんじゃないか？　一度拒絶されたぐらいで諦めたら駄目だ。それに、まだ具体的な金の話をしていないだろう？　それを出せば、大抵の人間は心を動かされる」

「いくら出されるつもりなんですか」

「一人当たり、補償金に一千万円。治療費も全額負担する」

電話の向こうで、槙田が息を呑む気配が感じられた。

「それだと、どれぐらい予算がかかるか、分からないじゃないですか。今年の決算で穴が空きますよ」

「それはこちらで考える」安城は憮然として言った。金のことを心配するのは、槙田には早過ぎる。

「……そうですか」

返事は「分かりました」ではないのかと安城は驚いた。これまでは、不安や不平を滲ませながらも、こちらの言うことを素直に聞いてきたのに——ここは少しペースを変えるか。

「濱野が会いに来たぞ」

「そうですか」

「この件から下りたいと言ってきた」

「ええ……私にもそう言ってました」

「あいつも意外と神経が細いな。これぐらいのことでへばっていたら、どこの業界へ行ってもやっていけない」

「そうでもないと思います。大変なことです。それにあいつは、しんどいから下りたんじゃないですよ」

「だったら何なんだ」

「……耐えられなかったんだと思います。この仕事は、あいつの倫理観から大きくはみ出していますから」

「あいつの倫理観は何なんだ？　内部告発でもするつもりなのか？　そうしたら、何万人もの会社関係者を路頭に迷わすことになるんだぞ。それに対して、今回の一件の患者は何人だ。単純な比較だろうが」

「D07では、死んだ人もいます」

「数の論理に変わりはない」

「……そうですか」槙田が露骨に溜息をついた。

「君も不満なのか」

「不満というより、不安なんです。こんなことを続けていて大丈夫なのか、分かりません」

「続けていかないと、俺たちに待っているのは破滅だぞ。合併が失敗したら、数年後には会社は解散して、社員全員が路頭に迷っているかもしれない」

「それも、会社の滅亡の仕方としてはありなんじゃないですか」

「何だと」どこか諦めたような槙田の言葉に、安城は気色《けしき》ばんで言った。「このまま長原製薬が消えてしまってもいいのか」

「そうは思っていません」

「だったら、君がやるべきことは分かってるな？」

「分かっていても、その通りに体が動くとは限りません」

「体を動かすのは頭だ。きちんと理解していれば、体は動く……とにかく、濱野の代わりに誰かをつけるから、もう一度畑井に入ってくれ。何度も足を運んで、相手の懐に飛びこむんだ」

「これは営業じゃありませんよ」

「君はいったい、どうしたいんだ？」安城は声を荒らげた。

「分かりません」槙田が静かに答える。「会社は残したいと思います。仲間を助けたいとも思います。でも、こんなやり方が正しいとは思えません。もっと別の方法があるんじゃないかと……誰も傷つけない、いや、傷つけるにしても、最低限で解決する方法はないんですか」

「それが分かっていれば、とうにやっている」

「思い切って謝罪したらどうなんですか？　謝り方を間違えなければ、世間の印象は悪くならないと思います」

「我々は、世間を相手にしているんじゃない。今の相手は、合併相手のユーロ・ヘルスだ」

「……そうですか」槙田が低い声で言った。「私の考えが間違っているんでしょうか」

「それは、何十年も経ってみないと分からないことだ」

「副社長は、後悔していないんですか？　四十年前の処置は正しかったと、今でも思っていますか?」

「こうやって無事に会社が存続していることが、何よりの証明じゃないか」

「そこまでして残さなければならないものなんですか、会社は」

安城は思わず言葉に詰まった。

第三部　対決の果て

1

　またずいぶんとでかい家だ。これが彼の人生の成果——象徴なのだろうかと高藤は訝った。家の広さはステータスにならないと考えている高藤から見れば、無駄でしかない。家を囲む松林は、防風林の役割を果たすのだろう。家そのものは風に直接晒されることがないせいで、綺麗なままだった。それをちらりと横目で見て通り過ぎる。

　土曜日の昼過ぎ……数年前までの自分なら、寸暇を惜しんでゴルフに行っていた時間帯だ。今は、すっかり芝にも縁遠くなってしまっている。膝が言うことをきかないので、ショットの安定感が消え、クラブを握る気も失せてしまった。車の運転をやめたのも同様の理由による。税金対策で何台も乗り継いだベンツを手放し、最近の足はもっぱらタクシーだ。しかしマイカーがなくなっても、まったく不便はなかった。東京では、公共交通機関とタクシーで、日常の用事は事足りる。

今回レンタカーを借りてきたのは、湊地区ではなかなかタクシーが摑まらないからだ。それに、自分の右膝がどれぐらい動くのか、試してみたいという気持ちもあった。最近、真島に勧められてきついストレッチを始めてみたのだ。それで多少、関節の可動域が広くなった気がしている……しかしやはり、車の運転は難しかった。膝の曲げ伸ばしが上手くいかないので、体全体を使ってアクセルを踏み、戻しという感じにしなければならない。シートの上で下半身が常に動いているような状態なので、腰が疲れてきた。左足で踏むことにしたブレーキ操作には、すぐに慣れたのだが。

ようやく車を停めた時にはほっとした。外に出て、体を解してやる。真島から教わったストレッチは座らないとできないのだが、ゆっくりと膝を曲げ伸ばししてやると、多少は楽になった。

長原――先々代社長の家を覗いた後、海岸の方へ行ってみる。元々長原製薬の本社があった場所は、今では広大な公園になっていた。あの頃、この辺に来ることは滅多になかったな、と思い出す。自宅とは湾を挟んで反対側にあり、どこか近寄りがたい存在だったのだ。工場から吐き出される煙、行き交うトラック、湾に向かってずらりと並んだ廃液タンク――威容、という感じだった。友だちの親が何人もそこで働いていたのだが、何となく怖かった。

公園から続く緩やかな道路を下っていくと、松林の隙間から長原の自宅を観察することができた。やはり大きな家だ。今何人住んでいるかは分からないが、老夫婦二人では持て余すだろう。実際高藤は、今一人で住んでいる渋谷の２ＬＤＫのマンションでさえ、広過ぎると感じている。

大型のワンボックスカーが一台……庭は綺麗に整備されており、春には花が咲き誇る様が容易に想像できる。ずいぶんと余裕たっぷりだ、と考えると腹が立ってきた。先々代の社長は、四十年前の一件を揉み消した張本人である。それが引退した後に故郷に戻って、悠々自適の暮らしをしているとは。

四十年前の一件がなければ、素晴らしい老後だったはずだ。地元の尊敬を一身に集めた社長が、故郷で余生を送る——穏やかな毎日が約束されていたはずである。何故ならあの一件を起こす前の長原製薬は、湊地区を潤す善なる存在だったから。雇用や税金、他にも学校への多額の寄付があり、湊地区の小中学校は、市内の他の学校に比べて備品が豪華だ、という話もあったぐらいである。事実、あの頃小学校の野球チームは、毎年ユニフォームを新調していた。

しかし公害、それに東京移転が、長原製薬を一気に貶《おとし》めた。言葉にならない怒りを、長原が感じていなかったはずがない。それなのに何故、この街に戻って来たのか。真島も事情は知らないようだし……近所の人たちに話を聞いてみよう、と思った。本当は本人に直当たりするつもりだったのだが、もう少し外堀を埋めてからでもいい。週末の二日間は東京での仕事を入れていないから、時間はある。

背中から冷たい風が吹きつけてくる。基本的に冬の太平洋は穏やかなのだが、この辺では稀に、体を凍りつかせそうな海風が吹き抜けることもある。今日がたまたまそういう日なのか……冷えると、膝がますます痛くなる。何も自分の体を追いこむ必要はないと、高藤は車に戻ることにした。

運転席に座ると、ほっと一息ついた。足元から寒さが立ち上がってくるので、エンジンをかけてエアコンの設定温度を上げる。じわじわと膝が温まり、痛みがゆっくりと引いていった。

スマートフォンを取り出し、ニュースを確認する振りをしながら家の様子を見守る。誰かいるのかいないのか、人の動きはまったく見えなかった。二階の窓がこちらを向いているのだが、人影が映ることもない。

ふいに、自分の体の異変に気づいた。頭がぐらぐらする。眩暈？　こんなことは初めてだった。本当に体が——首から上だけが揺れている感じがする。バックミラーに視線を向けると、決してそんなことはないと確認できたのだが……おかしい。頭の中で、脳が前後左右に揺れて頭蓋骨にぶつかっている感じだ。軽い吐き気もする。唾を呑みこんで何とか抑えたが、もう一度吐き気が襲ってきたら吐いてしまうかもしれない。まさか車の中で吐くわけにもいかない。ドアを開けないと……しかし右手を伸ばしてみたものの、ドアハンドルが握れない。指先が小刻みに震えているのだった。

「何だ……」不安になって声を出してみたが、その声が自分のものとは思えない頼りなさだった。

脳梗塞《のうこうそく》？　冗談じゃない。確かに自堕落《じだらく》な暮らしを送っていた時期もあるが、膝の痛み以外に、特に問題なかったはずだ。こんなところで……高藤は必死の思いで、スマートフォンを持った左手を持ち上げた。真島……今、頼りになるのはあいつだけだ。電話番号を呼び出そうとするが、右手が震えて上手くタッチできない。唾を呑み、気持ちを集中させて、何とか電話をかけた。しかし今度は、左手を耳のところまで持っていくのが一苦労だった。呼び出し音がかすかに聞こえ始めるが、まだ耳に押しつけられない。焦る……やがて「はい」という声が遠くから聞こえてきた。小さいが頼りになる、真島の声。

普通に話せない。高藤は辛うじて声を振り絞った。

「助けてくれ！」

気づくと、ベージュ色の天井が目に入った。これは……病院か。助かったのだ、とほっとしたが眩暈はまだ消えない。先ほどよりは多少ましになっているが、それでも首を動かして周囲を見ようとした瞬間、頭がぐらぐらと揺れる感覚が戻ってくる。慌てて目を瞑り、眩暈が去るのをひたすら待った。喉が渇いて、息をするのも辛い。

「大丈夫か？」

真島の声が聞こえてきて、安堵感が全身を包みこんだ。助けてくれたのか……体を起こそうとしたが、動けない。

「そのままでいろ。眩暈が治まらないんだろう？」

「ああ」

声を出してみたが、しわがれていて、真島の耳に届いているかどうか分からなかった。目を開けると、真上に真島が覆い被さっているのが見える。焦点が合わない……真島が高藤の瞼を開き、目を覗きこんだ。

「思ったより症状が進行しているようだ」

「長原病か……クソだな」

「残念ながら、な……お前みたいに、眩暈がひどくて立ち上がれなくなる人もいる。でも、すぐに治るよ」

「そうなのか？」

「この眩暈は一時的なものだ。ただ、繰り返す。そのうち間隔が短くなってくるはずだ」

「そうか……」溜息をつく。それだけで、また眩暈が襲ってくるのだった。

「こっちに来るなら連絡しろ。どこにいるかと思ったよ」真島の声にはかすかな怒りが感じられた。

「申し訳ない」真島が自分の目元から手を放したので、また目を閉じる。暗闇の中にいると、少しだけ気分が和らいだ。「どうしてあそこにいると分かった？」

「お前が自分で言ったんだ。覚えてないのか？」

「……覚えてない」曖昧な記憶――それがまた不安を加速させる。

「まあ、よかったよ。あそこにいるのが分からなければ、あちこち探し回って大騒ぎになるところだったからな」

「そうだな……迂闊だった」

「居場所を常に知っておく必要はないけど、一応は一緒に仕事してるんだから、心配させないでくれ。今のお前は、いつ何があってもおかしくない体なんだぞ」

これでは死刑宣告じゃないか、と高藤は不安になった。唾を呑みこもうとしたが、喉が上手く動かない。ふいに、このまま食べる機能が失われたらどうなるだろう、と考えた。様々な方法で栄養を摂ることはできるだろうが、自分はそんな状態に満足できるだろうか。生きてはいける……現代医学の力は恐るべきものだが、しかし仕事ができなければどうなる？　ただベッドに横たわったまま、裁判の行方を見守らざるを得ないとすれば、あまりにも悲しい。

「それで、俺はどうなるんだろう」

「残念ながら分からない。症例が少な過ぎるんだ。今のところ俺の手元にあるのは、数少ない患者さんのデータと、父親が四十年前に残した記録だけだ」

「それでも、何となく分かるだろう」

「いずれ、呼吸障害に陥る。最終的には自発呼吸ができなくなる可能性が極めて高い。四十年前に亡くなった人の死因は、それが全てだ」淡々としているが故に、真島の説明は残酷に聞こえる。

「……俺もそうなるのか」

「それがいつになるかは分からない。さっきも言ったけど、眩暈が出てきたら、症状は手足の痺れから一歩進んだことになる。いずれ眩暈の発作がより頻繁になるようだが、そこから先は……」真島が口を閉ざした。

高藤はゆっくりと目を閉じた。あまりにもデータが少なくて、症状の行く末が分からないのだろう。それなら、今心配しても仕方ないではないか、と高藤は自分を慰めた。もしかしたら、劇的に回復するかもしれない。

「まあ、少し休め。だいたい最近のお前は、働き過ぎなんだよ」

「言われるほど働いてないよ」

「東京とこっちの往復だけでも、結構重労働だろう……もう若くないんだから、昔と同じだと思って仕事してると、てきめんにダメージがくるぞ」

「どれぐらい休んでいればいい？」

「眩暈が治まったら動いてもいいけど、二、三日は大人しくしていた方がいい。どうせベッドは空いてるんだから、気にするな。誰か、連絡しておくべき相手はいるか？」

東京の事務所がまず頭に浮かぶ。しかし今日は土曜日で、誰も出勤していないはずだ。「所長が行方不明」と騒ぎ始めるのは、月曜日になってからだろう。今は事務所のスタッフよりも、自分の動向を知らせておくべき相手がいる。

「取り敢えず、宮本先生かな」

「分かった。電話しておく」

「悪いな……適当に事情を話してくれればいい。この土日は、急ぎの仕事はないから」

「分かった」

真島が立ち去りかける気配がした。しかしすぐに足音が大きくなり、こちらへ戻って来たのが分かった。

「ところでお前、どうしてあんなところにいたんだ？」

「社長に――先々代の社長に会ってみようかと思ったんだ」

「何でまた」

「いろいろ考えてね……あの人は今も、長原製薬の個人筆頭株主で、会社に対して大きな影響力を持っている。昔の話を聞くとか、上手く丸めこんで会社を説得させるとか、そんなことを考えていた」

「それは……どうなんだろうな」真島の声に懸念が混じった。「俺も、あの人のことはよく分からないんだ。外部とのつき合いはほとんど絶ってるようだし」

「こんな田舎で、本当にそんなことが可能なのかね」一歩でも外へ出れば、必ず誰か知り合いと出くわすような小さな街である。

「別に監視してるわけじゃないから、本当にそうかどうかは分からないけど」

「そうか……」

「そんなに気になるのか」

「なる」裁判の行方に、本当に大きな影響を与えるかどうかは分からないが。ただ、気になったら真相を知りたくなるのは性分としかいいようがない。昔からそうだった。「お前はしつこい」と友人たちから何度言われたことか。「なあ、俺、しつこいか?」

「しつこいよ」笑いながら真島が言った。「しつこいという言葉が悪ければ、粘り強い。そんなに簡単に諦めないだろう」

「ああ」

「だったら、生きることも諦めるなよ」

その言葉は、胸に重く響いた。

次に意識が戻った時には、眩暈は消えていた。恐る恐る、用心しながら上体を起こす。しばらくじっとしていて、異常はないと確信できたので、周囲を見回してみた。喉が渇いた……誰が置いてくれたのか分からないが、サイドテーブルにペットボトルのミネラルウォーターがある。ありがたい……三分の一ほどをぐっと飲むと、急に空腹を意識した。そういえばもう午後も半ばである。こんな時でも腹が減るんだと苦笑しながら、水をもう一口飲んだ。

周囲を見回すと、部屋が薄汚れているのが分かった。昔は病室だったのだろう。今は、入院患者は受け入れていないという話だから、普段は使っていないはずだ。

何か食べても大丈夫だろうかと考えていると、ドアがいきなり開いた。ノックもしない無礼な人間は——佳織だった。額に汗を浮かべ、突進するような勢いで病室に入って来る。

「大丈夫なんですか？」

「ご覧の通りで」高藤は両手を広げてみせた。何ともないのでほっとする。「一時的なものだと思う」

「よかった」佳織が肩を上下させた。「真島先生から連絡を受けて、慌てて飛んで来たんですよ」

「悪かった。うちの事務所の人間に言えるような話じゃなかったから」

「それは構いませんけど……でも、本当に大丈夫なんですか？」

「貧血だそうだ」高藤は嘘をついた。佳織はこの年齢にしてはしっかりしているが、自分という後ろ盾を失ったら、今後厳しい状況に追いこまれるだろう。その辺もしっかりしておかなくては……事務所の信頼できる若手を佳織のサポートにつけよう、と思った。「それより、何か動きは？」

「今日は特にありません。さっきまで、聞き取り調査をしていたんです」

「そうか……じゃあ、近くにいたんだな」

「平井さんのところですよ」

「ああ」病院から歩いて五分ほどだろう。ということは……高藤は頭の中で時計を回してみた。「真島から連絡を受けたのは、何時頃だった？」

「何時って、十分前ですよ。平井さんも心配してました」

「そうか」ということは、二度目の眠りはほんの短い時間だったのだ――それに気づいてほっとする。急激な回復は、まだ症状がそれほど悪化していない証拠ではないだろうか。

「大したことはないみたいだけど、今度会うことがあったら平井さんにちゃんと言っておいてくれ。あの人は心配性だからな」

「私もそうですよ」佳織が頰を膨らませる。

「いや、申し訳ない……」苦笑して、高藤はまた水を一口飲んだ。「ちょっと大袈裟になっただけだ」

「そうですか？」佳織が疑わしげに高藤を見る。「膝の方と……何か関係はないんですか」

「さあ、どうかな」

「言ってくれないと、真島先生に直接聞きますよ」

「分かった、分かった」高藤はペットボトルを両手で握り締めた。「症状は進行しているらしい。でも、なにぶん症例が少ないから、真島もはっきりしたことは言えないんだ」

「大丈夫なんでしょうね」真剣な表情で佳織が念押しをする。

「大丈夫かどうかは分からない」高藤は正直に答えた。「でもこれで、今後俺が倒れても、原因は長原病だとはっきりするだろう？　余計な心配はしないで済む」

「それが心配なんです」佳織は唇を尖らせた。「高藤先生に万が一のことがあったら、私、どうしたらいいんですか」

「バックアップの弁護士をつけるよ。うちの事務所の独身連中の中から、好きな奴を選んでいい。皆仕事ができる連中だぞ」

「そういう問題じゃないんです」佳織の表情はあくまで真剣だった。「熱意が……この件は、高藤先生だからできているんですよ？　こういうことは言いたくないですけど、先生の事務所の他の先生たちは、直接関係ないじゃないですか。どこまで本気でやってくれるか、分かりません」

「だったら、地元の弁護士を探しておくか」いずれにせよ、原告団の弁護士は増強しなければならないと思っていたのだ。二人では対応しきれない。

「その方がいいです。私も当たってみますけど……若い人の方がいいですよね」

「そうだな」高藤はうなずいた。眩暈がしないのでほっとする。「こういう件は、エネルギーを使う。俺みたいな年寄りじゃなくて、できるだけ若い人中心でやった方がいい」

「高藤先生を年寄りなんて言ったら、バチが当たりますよ」

高藤は思わず苦笑した。年寄りじゃないにしても、半病人だ。この訴訟でどれだけ役に立つかは分からない。そもそも、表に出ることはできないのだし。

「先生、どうしたんだい」またいきなりドアが開く。ガラガラ声で、登喜子だとすぐに分かった。湊の人たちは遠慮がない。鍵がかかっていなければ、その中はプライベートスペースとは見なされないのだ。

「いやいや、面目ないですね」

登喜子が佳織にうなずきかけ、空いていた椅子に座った。ベッドに杖を立てかけ、古びたトートバッグから袋を取り出す。

「ちゃんと食べてないからでしょ。これ、食べなよ」

「何ですか？」

「ようかんドーナツ」

何だ？　怪訝そうな表情を浮かべていると、登喜子が「最近、畑井の名物なんだよ。町おこしとかで、あちこちで売ってる……幟《のぼり》まで立ててさ。あんた、見たことない？」と一気にまくしたてた。

そういえば記憶にあるようなないような……普段菓子に興味がないので、視界に入っても記憶に残らないのかもしれない。

「ま、食べてよ。疲れてる時には、甘いものがいいんだから」

「じゃ、遠慮なく」実際腹は減っているし、糖分補給は体にもいいはずだ。見た目は、チョコレートがコーティングされたドーナツ。しかし袋を破ってかぶりつくと、そのチョコレート部分がようかんだと分かった。何とも甘い……ドーナツ自体にも相当甘みを利かせているので、歯が溶けるようだった。苦笑しながら何とか飲み下し、後から水を飲む。これは、かなり濃いコーヒーがないと、一個食べ切るのは難しいだろう。しかし、少しずつ齧《かじ》り取《と》って食べているうちに、体に力が戻ってくるのを意識する。

「どう？　いけるでしょ」登喜子が身を乗り出してくる。歩いている時は苦しそうだが、こうやって椅子に座っている状態だと膝も気にならないようだ。

「まあ……ちょっと甘過ぎますけどね」

「慣れれば美味しいよ」

登喜子の強引な理屈に、また苦笑してしまう。「山」に住んで長くなる登喜子だが、まだ「浜」の人間の性癖を色濃く残しているのだと意識する。

何とか全部食べ終えたところで、水もなくなった。腹も膨れている。真島は止めるかもしれないが、臨戦態勢は整った、という感じだ。袋を丸めてベッドの傍らのゴミ箱に放りこんだ時、長原のことなら登喜子に聞く手もある、と思い出した。

「長原製薬の先々代社長のことですけどね」

「それが何か?」急に登喜子の声が素っ気なくなる。

「何でこっちに帰って来たんでしょう」

「知らないよ。聞いたこともないね」

「誰か、近所で親しい人はいないんですか?」

「いないんじゃないかな。街中でも見ないし」

「完全につき合いを絶ってるっていうことですか」

「そういうつもりかどうかは知らないけど、実際、近所づき合いはないはずだよ。それにしたって、いい根性してるわ。無神経と言うべきかもしれないけどね」

「あんなことを起こしておいて、こっちに戻って来たからですか?」

「だって、そうだろう」登喜子がむきになって身を乗り出す。「普通の神経じゃないよね。袋叩きにされると思わなかったのかね」

「でも登喜子さん、別に袋叩きにしてないじゃないですか」

「それは……」

登喜子がすっと身を引いた。渋い表情を浮かべており、それを見た高藤は、彼女の複雑な本音を読み切った。湊の人たちにとって、長原家はまだ「王様」なのだろう。受けた恩と被った被害を天秤《てんびん》にかけ、さらに補償金を受け取った事実を上乗せして、どういう態度を取るか考えれば……腰が引けるのではないだろうか。暴君でも王様は王様だから。憎むべきだと理屈では分かっているのに憎めない、善悪を越えた存在と言えるかもしれない。ただそこにいるだけ。罵詈雑言を浴びせかけるどころか、話をしてもいけないとでも思っているのではないか。

馬鹿馬鹿しい。

これから俺が、その仮面を剝がしてやる。公式の場での謝罪を引き出すまでは、病気などに負けるわけにはいかない。

――そうは思ったが、体の不調は心に弱気を送りこむ。こうやってベッドに横たわったままでは、何もできないだろう。佳織はやる気はあるが、まだ経験に乏しい。

だったらどうするべきか――自分にはもう一枚、使えるカードがあるではないか。「手」としては弱いかもしれないが、カードが敵の懐の中にいるという事情は重要だ。上手く味方につけることができれば、一気に強力なカードになる可能性もある。

やってみる手はある。いや、やらなければならない。これは喧嘩なのだ。裁判では、法律に違反しない範囲でならどんな手を使ってもいい。問題は、このカードの未来だが……

それぐらいは何とかしよう。若い人間一人の面倒ぐらいみられなくてどうするのだ、と高藤は自分を鼓舞した。

「宮本先生」

呼びかけると、うつむいていた佳織がはっと顔を上げる。

「長原製薬から、こっちへ人が入って来ていますね」

「ええ。見舞金を押しつけていこうとしたんですが、断ってもらっています」

「金はもらってもいいんだけどね……向こうの懐にダメージを与えるためなら、何をやってもいい」

「それは、ちょっと」佳織の顔が曇る。

「まあ、その件はいい」

高藤は次の手を考えた。槙田……湊へ派遣されて、辛い思いをしているはずだ。本人がそれに納得しているとは思えない。

そこに、自分たちが攻め入る隙がある。

2

「抗議します」

宮本佳織にいきなり突っこまれ、槙田は言葉を失った。たまたま一人、という状況もよくない。新しい相棒を湊地区に連れて来ていたのだが、二人で訪ねると患者に無駄なプレッシャーをかけてしまうだろうと考え、別々に行動していた。それが裏目に出た格好である。

「何の抗議ですか」おどおどしたまま、槙田は訊ねた。どうもこの弁護士の前では、我を失ってしまう。

「この件を、金で解決しようとしても無駄ですよ」

「どういう意味か分かりませんが」

槙田は恍けた。彼女と法廷で対決することになったら面倒だ。それを避けるために、こうやって屈辱的な思いを味わいながら湊地区を歩き回っているのに、本人と出くわすとはついていない。

「恍けないで下さい」

佳織が詰め寄って来る。背は低いのにかなりの迫力で、槙田は思わず一歩下がってしまった。反射的に後ろを向くと、先ほど出て来たばかりの家の玄関から、小林義雄がこちらを睨んでいるのに気づく。最初に割り出した患者の一人。まさか、彼が弁護士に連絡したのだろうか。

これは致命的な窮地か？　いや、何とかなるはずだと自分に言い聞かせる。自分たちが患者の家を回って謝罪して、何の問題があるだろう。見舞金も、社会人の常識のうちだ——たとえその額が、五十万円と高額であっても。

五十万円、と考えた途端に震えがきた。今回、二人で合わせて三百万円の現金を持って来ている。重さはそれほどでもないのに、百五十万円が入ったバッグが、ずしりと肩に食いこむ感じがした。肩から提《さ》げていたのを、思わず胸に抱えこむ。

「ちょっと来ていただけますか」

「どこへ？」

「湊病院へ。どういうつもりなのか、きちんと説明して下さい」

「拒否します」槙田は何とか言い切った。

「それは困りますね」佳織がさらに前に詰めてくる。二人の間には、もう五十センチほどしか隙間がない。「とにかく、病院に来て下さい。そこで話し合いましょう」

「何を話し合うんですか」

「今後のことに決まってるじゃないですか。あなたたちが、こういういい加減なことをやっていて、裁判でいい結果がもたらされると思いますか？　全部録画してるんですよ」

ぎょっとなって、思わず佳織の顔を見返した。冗談を言っているようには見えない。たぶん患者の家に、監視カメラでもしかけたのだろう。前回と同じように、すごすごと引き下がらざるを得なかった場面も録画されているのか……情けないと同時に、恐怖が湧き上がる。言い抜けできそうな気がしていたのだが、それも危うくなってきた。ルール違反ではないが、「金で解決しようとした」という事実を明かされたら、裁判での印象は悪くなるだろう。

ここは時間をかけて、じっくりと相手を納得させるしかない――納得してもらえるかどうかは分からなかったが、懐に飛びこむのも手だ。

「分かりました。ご一緒します」

佳織は厳しい表情でうなずくだけで、すぐには歩き出そうとしない。病院は彼女の背後にあるのだが、背を向けた瞬間に逃げ出すとでも思っているのかもしれない。仕方なく、槙田は歩き出した。監視するように、佳織が素早く脇に並んで歩く。溜息をつきそうになって、必死に堪《こら》えた。少しでも弱みを見せたら負ける。

湊病院は、昔からある田舎の小さな診療所、という感じである。三階建ての建物は、すっかり古びて清潔感も感じられない。土曜日の夕方近く、待合室は無人だった。完全に静かで、消毒薬の臭いだけが漂っているのが不気味な感じである。

「来ました」

佳織が怒鳴るように呼びかけると、診察室のドアが開き、真島医師が姿を現した。この人は激するようなタイプではないから、扱いに困ることはないだろう。

しかし、彼の後ろから高藤が出て来たのを見て、槙田の鼓動は一気に跳ね上がった。ネクタイを外したワイシャツ姿で、髪は乱れている。どこかやつれた感じもあった——と思った瞬間、混乱の中に叩き落とされる。どうして彼がここにいる？

彼の地元だから。レストランでばったり顔を合わせたぐらいだから、ここで会ってもおかしくはない。真島とは高校まで同級生で——必死に自分を納得させようとしたが、心は乱れるばかりだった。高藤の冷ややかな、それでいてどこか同情しているような目つきも気になる。だいたい真島は、高藤とは会っていないと言っていたではないか。あれは嘘だったのか？

「高藤先生……」思わず言葉が漏れてしまう。

高藤は無言で軽くうなずくだけだった。それを見た瞬間、嫌な予感が頭の中に溢れ出る。自分は……裏切られたのか？

「槙田君」

「はい」呼びかけに対する返事の声がかすれてしまい、槙田は思わず咳払《せきばら》いした。

「君もそろそろ、目を覚ましたらどうだ。こっちへ来ないか？」

奇妙な会合になった。病院の待合室に四人。槙田と高藤、真島が並んでベンチに座り、前に佳織が立っている。予め決められていたのかどうか、佳織がまた一方的にまくしたてた。提訴前のデリケートな段階で患者に接触するのはルール違反だ、金をいくら出しても患者は納得しない、会社の隠蔽体質に変わりはない……槙田は聞き流していたが、最後の「隠蔽体質」の話だけは胸に刺さった。

Ｄ07問題。あれを高藤に話してしまったのは、本当に迂闊だった。悩みに悩み、自分だけで抱えているのは無理だと諦めて……自分の周りにいて、頼りになる人間は彼ぐらいだと思ったのだ。裏切られた、という気持ちは強い。まさか会社の顧問弁護士が、敵対する勢力と関係していたとは。

佳織のクレームが終わり、槙田は高藤の顔を窺った。表情に変化はない。顔色が悪いのが気になったが……。

「先生、いつからこの人たちとかかわっているんですか」

「最初から、だ」高藤が事も無げに言った。

「最初って……」啞然として、槙田は言葉を失った。「先生は、長原製薬の顧問弁護士じゃないですか。それなのに、会社を裏切るような真似をしたんですか」

「人間には、様々な価値観――優先事項がある。私にとっては、御社の利益を追求することよりも、社会正義の方が大事だった。それだけの話だよ」

「それだけって……弁護士の職業倫理に反するんじゃないですか」だいたい高藤は、金に執着するタイプだと思っていた。実際彼も、自分でそう認めていたことがある。酒の席でだったが、「本当に弱者のために働く弁護士は貧乏なものだ」「私はそういう弁護士ではない」と何度も繰り返していた。多少、自分を貶めるような口調で。

「そうかもしれない。だから、顧問弁護士を辞める覚悟はある」

「辞めてどうするんですか」

「どうしようかね」高藤が薄く笑う。

「そんな、無責任な……そもそも先生はどうして、こんな訴訟にかかわろうとしたんですか」

「かかわるというか、訴訟を起こすべきだと私が考えた」

「先生が裏で糸を引いていたんですか」思わぬ告白に、もやもやとした気分が広がる。

「まるで私が悪いことをしたように聞こえるな」高藤が苦笑した。「しかし、それは事実だ。もちろん現段階で、私が訴訟にかかわることはできない。それをやるとしたら、顧問弁護士を正式に辞任してからだな」

槙田はゆっくりと首を横に振った。高藤の考えが理解できない。どうしてこんな、危ない橋を渡ろうとしているのか。彼が、顧問を務める長原製薬を裏切っているのは明白である。そういう情報はあっという間に広まり、今後、彼に顧問を頼もうとする企業はなくなるだろう。裏切り者に全てを任せるほど度量が広い経営者など、いない。

それとも彼は、もう一生遊んで暮らせるだけの金を稼いだのだろうか。それで、正義感という曖昧な——金にならないことに賭ける気になった？

それ以上に、気になることがあった。

「先生、田舎を嫌ってましたよね」

「まあ、君にはそういう風に言ったこともあったね」渋い表情で高藤が認める。

「それがどうして……嫌っていた田舎の人たちを助けようとするんですか。無視していればいいじゃないですか」

「君は、田舎は嫌いか」

「嫌いも何も……」槙田は口をつぐんだ。故郷の徳島市に帰ることは、今は年に一回もない。帰らないことで、ますます故郷は遠のいていく気がした。しかし今も、十八歳まで過ごした徳島市の光景はありありと思い出せる。徳島城址の豊かな緑。市街地のすぐ西側に広がる、眉山《びざん》を中心にした高台。新町川の穏やかな流れ。河口近くの川幅の広い吉野川――そう、徳島市は川の街なのだ。大小複数の川が市内を縦横に走り、紀伊水道に流れこむ。市内には、常に水の匂いが漂っていた……。

「嫌いかどうかはともかく、今は縁遠い。違うか？」

「そうかもしれませんけど、それが何か関係あるんですか」

「年を取ると、嫌でも故郷を意識するようになるんだ。私のように独身で、東京でも根なし草の人間であってもね」

「先生が根なし草なんて言ったら……」反射的に言ってしまってから、槙田は言葉を失った。確かにその通りだろう。やはり酒の席で聞いた話を思い出す。家は買わない。いろいろ面倒だし、税金対策のためにも借りている方が何かと便利だ——日本人にとって、不動産は最大の財産である。それを持たないことによって得られる身軽さを、高藤は選んだということなのだろう。

「東京には、ただ住んでいるだけだよ。年を取るに連れて、それを意識するようになった……それに、四十年前、長原製薬がこの街に何をしたか、忘れることはできない。私はまだ子どもだったが、周りで知り合いが何人も死んだ」

槙田は思わず唾を呑んだ。高藤は表情を変えず、少し前屈みになって両手を組み合わせる。

「これは、放置しておいていい問題じゃないんだ。それに今も苦しんでいる人がいる。どうして四十年も経ってこんな問題が出てきたかは分からないが、解明しなくてはいけないだろう？　これ以上、人が死ぬのは耐えられない」

「先生が、そういう人権派の弁護士だとは思ってもいませんでした」

槙田にすれば、最大級の皮肉だった。実際、佳織は敏感に反応して、槙田に鋭い視線をぶつけてくる。しかし高藤は穏やかな表情を崩さなかった。

「弁護士という職業とは関係ない」

「だったら——」

「人として、何とかしなくてはいけないと思う」高藤がうなずいた。

「もしかしたら、ずっと計画を立てていたんですか？　内情を探るために、うちの顧問弁護士になったんですか」

「そうかもしれない」

「そうかもしれないって……分からないんですか？　ご自分のことじゃないですか」

「最初に顧問弁護士の話を聞いた時には、迷った。長原製薬は、この街を殺したに等しいんだから。しかし私は受けた。その時に、もしかしたら、長原製薬という会社を詳しく知ることが大事だと考えていたのかもしれないな……無意識のうちに」

「裏切り行為ですよね」

「そう言われても仕方がないな」高藤がうなずく。「これは、悪に対抗するための悪だと思ってくれないだろうか」

「長原製薬が悪、ですか」指摘されると、全身の力が抜けるようだった。会社だけではなく、自分自身がとんでもない悪人であるように思えてくる。悪に所属する者は悪――自明の理ではないか。

「だから私も、この件については悪になるべきだと思った。弁護士倫理もクソ食らえ、だな」

「それは……あんまりです」

「長原製薬は何人も人を殺している。四十年前のことにせよ、プレビールの件にせよ」

それを聞いて、槙田は顔が蒼褪めるのを意識した。真島は、最初に会社に来た時に、D07の件を知っているようにほのめかしていた。その情報の出どころは……俺だ。一人で抱えているのが苦しくなり、つい高藤に話してしまった情報が、真島たちに流れたのは間違いあるまい。

自爆だ……もちろん、その話をした時には、こんな複雑な事情が背後にあるとは分かろうはずもなかったのだが、それは言い訳にならない。

会社を窮地に追いこんだのは自分だ。

高藤が立ち上がる。ゆっくりと——膝を庇《かば》いながら槙田の前に立ち、少しだけ身を屈めた。子どもと目線の高さを合わせて話をするように。

「湊の人たちも立ち上がろうとしている。裁判の前に会社にプレッシャーをかけるために、嘆願書も集め始めたんだ」

その言葉が合図になったように、佳織が大きなトートバッグから紙の束を取り出し、槙田に手渡す。恐る恐る受け取って確認すると、署名簿だった。名前と判子。一枚には二十人の署名があるが、それが何枚ぐらいになるだろう……。

「もう五百人分集めました。まだまだ集まりますよ」佳織が自信ありげに言った。

「住民は、四十年前と違って一丸となっているんだ……君も、我々と一緒にやらないか」

「まさか」槙田は唾を呑んだ。会社を裏切れと？　あり得ない。いや……もちろん、長原製薬の方針が正しいとは思えない。憤りもあるし、それに唯々諾々《いいだくだく》と従うしかない自分に対しては、吐き気さえ感じる。しかし、実際に会社を裏切るとなると話はまた別だ。

「まさか、じゃない」高藤が首を横に振った。ひどく真剣な眼差しで、槙田の顔を見据える。「君は、自分がやっていることが正しいと思うか？」

槙田は唇を引き結んだ。正しくない——そんなことは自明の理だ。しかし会社を裏切れば、自分が依って立つ場所がなくなる。高藤は俺に、「自爆しろ」と誘っているのだ。

「正しいはずがない。こんなことをいつまでも続けていたら、君の精神状態もおかしくなるぞ。私はそれを、みすみす見逃すつもりはない」

「会社を裏切ったら、それはそれでまともな精神状態ではいられませんよ」

「君はいったい、何がしたいんだ」高藤は少しだけ口調に怒りを滲ませた。「どうなりたい？　あの会社で出世したいのか？　もちろん汚れ仕事をやれば、社内での評価は上がるだろう。だけど、こういう仕事をした人は絶対にトップには立てない。トップに立つ人は、手を汚してはいけないんだ。後から誰かに後ろ指を指される可能性があってはいけないから」

槙田は思わず背筋を伸ばした。俺は……長原製薬の社長になりたいのか？　安城の言い分を聞いて、そんな風に夢想したのは間違いない。長原家につながる人間でもあるのだし。

しかし今、それはマイナス要素になりかねない——いや、間違いなくマイナスになる。会社が訴えられれば、同族経営のこの会社における「長原家」の名前は、悪の象徴として扱われるだろう。自分は……同じ穴のムジナだ。顔から血の気が引くのを感じる。要するに安城も、自分を利用しただけではないのか。使いやすい若造を適当におだて上げて、自分の手足のように動かした。

胃が痛い。急な怒りと、前々から募っていたプレッシャーが、胃を痛めつける。

「顔色が悪いぞ」高藤が指摘した。

「いえ」短く否定する。自分でも、顔が冷たくなっているのは分かっていたが。

「我々に協力してくれ。この裁判では絶対に勝たなくてはいけない。四十年前の事実も明らかにするんだ」

「それで、俺はどうなるんですか」

「悪いようにはしない」

「皆、同じようなことを言いますね。所詮、俺は上手く使われているだけですか」

皮肉は、高藤にはまったく通じていなかった。真顔でうなずくと、「私は、やると言ったらやる」と断言する。

「やるって……何をですか」

「仮に君が馘《くび》になっても、心配することはない。正直、君一人の面倒を見るぐらいは何でもないんだ。仕事のことなら私が何とかする」

「……そうですか」ずいぶん軽いものだな、と嫌になってしまう。たかが若造一人、というニュアンスが透けて見えた。

「考えて欲しいのは、正義だ。君は長原製薬にとってはいい社員かもしれないが、素直に従っているから、上の方に重宝がられているだけなんだぞ。会社員である前に、普通の正義感を持った一人の社会人であるべきじゃないのか」

高藤の言葉が胸に染みこむ。会社の倫理と社会の倫理は、必ずしもイコールではない。そんなことは分かっていたが、まさか自分がその狭間《はざま》に落ちて苦しむことになるとは。

「よく考えてくれ。君は今、人生の岐路に立っている。このまま会社のために働いていれば、絶対に後悔する日がくるんだ。安城副社長のように」

「……安城さんは、四十年前に事後処理をしたんですね」

「そうだ。湊地区には、彼のことをよく覚えている人が――憎んでいる人が今もいる。もちろん、彼も苦しかったとは思う。泣きながら、患者さんに頭を下げていたそうだ。そういう苦しい時期を経て、今は副社長にまでなったが、彼は絶対にトップには立てない。ここまでで終わる」

「何でそんなことが分かるんですか」

「合併だよ」そんなことも分からないのか、と呆《あき》れたように高藤が言った。「今回の件が合併ではなく、実質的に長原製薬がユーロ・ヘルスに呑みこまれるだけだということは、君も分かっているだろう？　長原製薬ブランドの製品は残るだろうが、経営陣は一新されるはずだから、安城さんがトップに立てる可能性はゼロだ」

「それは、四十年前のこととは関係ないんじゃないですか」会社など、いくらでも変わり得る。倒産、身売り、合併――槇田の世代では、そういうのはごく当たり前のことだった。会社が永続するなどと考えている人間はいない。

「槇田さん」

呼びかけられて横を向くと、真島が優しそうな目でこちらを見ていた。しかし、この優しげな態度は要注意だぞ、と槇田は気持ちを引き締めた。いい警官、悪い警官ではないが、片方が厳しく攻めて、片方が慰めるという手で、自分を籠絡《ろうらく》しようとしているのかもしれない。

「高藤の気持ちも分かってやって下さい」

「気持ちって……」

「高藤には時間がないかもしれない。医者としてそれは認めたくないですが……。申し訳ないな、高藤」

「いや」蒼い顔で高藤がうなずく。

「あなたは」真島が、また槇田の顔を真っ直ぐ見詰めた。「死にゆく人の願いを無下《むげ》にできますか？」

そんな馬鹿な話があるものか。

槙田はぼうっとしたまま、道路に停めた車のところまで戻った。途中でスマートフォンを取り出してみると、今日一緒に来た後輩の森本《もりもと》から何回も着信があったのが分かる。溜息を一つついて、電話をかける。

「あ、どうも。森本です」森本はまだ事態の深刻さが分かっていない様子で、軽い口調だった。「こっちは全滅ですけど、どうしましょうか」

「分かった。撤収しよう」

撤収というより、一人になりたかった。こいつと別れる手はないか……ふと思いつき、提案してみる。

「君、会社に戻ってくれないか？」

「ああ、金は会社に置いておかないとまずいですよね」森本は槙田の言葉を疑ってもいないようだった。

「それで、こっちの駅で解散にしないか？　俺は喫煙車輌《しゃりょう》に乗りたいんだ」

「いいっすよ」森本が相変わらず軽い口調で言った。「じゃあ、取り敢えず車に戻りますから」

「悪いな」

「とんでもないっす」

やはり事態を把握していない……しかしそれは彼の問題で、自分には関係ない。今は、混乱する自分の気持ちをどうするかが重要だった。

東京へ戻る道半ばで途中下車。この駅で降りたことがあっただろうか……ここは俗っぽい温泉観光地で、自分には縁のない街だと思っていた。実際、駅前には土産物店が並び、旅館やホテルの送迎バスが停まっていて、何となく居心地が悪い。夕闇が迫りくる中、槙田はうつむきがちに歩き出した。高齢者ばかりが目立つ街中を抜け、海を目指す。十分ほど歩いて、湾沿いに細長く広がる公園に着いた。いかにも人工的に、綺麗に整備された公園で、人気はない。海風は冷たく、思わず首をすくめてコートのボタンを留めた。

高藤は重い宿題を投げかけた。

こんなことが正しいはずがない。このまま安城の方針に従ってやっていたら、会社での立場が危うくなるのは間違いないし、良心の痛みを抱えたまま、何十年も生きていくことになるだろう。俺は安城のように図太く――無神経ではないのだ。とてもこんな状況には耐えられない。

「無理だ」つぶやいてみる。その言葉が頭に染みこみ、すとんと胸の奥に落ち着いた。そう、これ以上会社の犯罪に手を貸し続けたら、自分も腐ってしまう。刑事訴追されることがあるかどうかは分からないが、自分が獄につながれる可能性を考えると、恐怖に襲われる。煙草に火を点けようとしたが、手が震えて上手くいかない。

自分が罪に問われるのは怖い。それ以上に、湊の人たちを見捨てていいのか、という疑問もあった。会社は本来、社会全体の利益のために存在しているはずである。特に長原製薬のような会社は、人々の健康と長寿のためにあると言っていい。しかし今自分たちがやっているのは、それとはまったく関係ない隠蔽工作だ。

こんなことを続けていたら、会社の——そしてそこに属する自分の存在価値がなくなる。

このまま逃げてしまおうか、とも考えた。会社を辞め、田舎に引っこんで、首をすくめて嵐が収まるのを待つ。しかしいつか誰かが——会社の人間か司法関係者か高藤か——実家のドアをノックすることを考えると、心臓が縮み上がる。

逃げるわけにはいかないのだ。

逃げずにこの局面を打開するにはどうしたらいいか——答えは一つしかない。会社と患者たち。間違っているのがどちらなのかは、明らかなのだから。

答えは見えない。しかし、自分が対決すべき相手が安城なのは間違いないようだ。

3

日曜日。安城は再び畑井市を訪れた。思い切って大社長に会う気になったのは、解決できない疑問がいくつもあったからだ。それをクリアしておきたい。大社長なら知恵も貸してくれるだろう、という期待もあった。何より彼には、責任があると思っている。四十年前、全ての後始末を指示したのはこの男なのだから。何か然るべきアドバイスをするぐらいは当然だろう。

玄関に立ち、肩を上下させる。思わずネクタイに手を伸ばし、結び目を締め直した。ネクタイは必要なかったかもしれないな、と思う。堅苦しい感じでは、向こうも話し辛いのではないか。だが、インタフォンに応じてドアを開けた長原も、何故かネクタイをしていた。暖かそうなツイードのジャケットにグレーのパンツという格好。背中は曲がり始めているが、矍鑠《かくしゃく》としたイメージに変わりはない。

「ちょっと外へ出ようか」しわがれた声で言った。

本気か？　安城は眉をひそめた。雲が低く垂れこめる寒い一日で、経験上、午後から風が強くなるのは分かっている。太平洋から吹き抜ける海風は、時に身を切るような冷たさになるのだ。

　しかし長原は、構わず歩き出した。無言のまま、海の方へ向かった。公園へのアプローチである長い上り坂をゆっくりと歩き、ほどなく公園に出る。寒いせいか、人の姿はなかった。それにしても吹きさらしで……今は髪を軽く揺らすぐらいの風だが、これが時折、立っていられないほどの強風になるはずだ。海辺の風は気まぐれである。

　長原は、公園の入り口に近いベンチに腰かけた。東屋《あずまや》風の屋根があり、陽射しが遮られる分、寒さはいや増す。六角形のテーブルを挟んで安城が向かいに腰を下ろすと、長原が持参していたポットのお茶を注いだ。温かな湯気、香ばしい香り……勧められて飲むと、長原非常に上等なほうじ茶だとすぐに分かった。長原は自分のカップを両手で包みこんだまま、海を見ている。口を開く気配はなかった。まあ……自分の方から会いに来たわけだし、こちらから切り出すのが筋だろう、と安城は覚悟を決めた。しかし、聞くべきことがたくさんあり過ぎて、どこから始めたらいいのか分からない。

「裁判の方はどうだね」長原が先に口を開いた。

「思わしくないですね」安城はカップをテーブルに置いた。「何とか口止めしようとしているんですが、上手くいっていません」

「四十年前、君らは上手くやったな」

　安城は無言でうなずいた。言葉にしてしまうと、自分のエゴが滲み出る感じがする。あれは……決して正しい行為ではない。常に胸の中にしまいこみ、思い出した時には痛みを感じることであるべきだ。

「時代も変わったんだろう」

「そうかもしれません」

「四十年前の私たちは、ここを支配していた」長原がさらりと言った。自慢しているわけではなく、淡々と事実を指摘するような口調だった。「雇用を創出し、金を落とし、地元の人たちとも上手くやっていた。そういう会社を相手に喧嘩するのは、難しかっただろうな。それに我々は、悪意を持って有害物質を垂れ流していたわけではない」

「仰る通りです」

「あれは……台風は、避けられない災害だった。もちろん、もっと廃液タンクの強度を上げて設計しておくべきだったかもしれんが、そんなことは今さら言っても後の祭りだ。地震と同じだよ。誰も、自分の家が地震で倒れるとは思っていない。それに、これだけ地震も台風も襲ってくる国なのに、過ぎてしまえばすぐに忘れる。それが日本人というものだろう」

「ええ」

「だから――」長原が言葉を切った。ちらりと顔を見ると、困ったような笑みを浮かべている。「今さらそんなことを言っても、何にもならないな」

「そうですね」

「実際に、裁判になりそうなのか」

「そうなると思います。若い連中が頑張って、患者を説得しようとしていますが……不調です。それこそ時代が違うんでしょうね。昔と違って、少しでも被害を被ったと思えば、誰でも声を上げる時代なんです」

「ああ……だったら、甘んじて裁判に臨むしかないわけか。四十年前のことも蒸し返されるだろうな」

「それは避けられないと思います」

「うちは、長い間事実を隠蔽していた、とんでもない会社と評価されるわけだ」

安城は答えなかった。「イエス」としか言いようがないのだが、そう言ってしまえば、自分をも全否定することになる。会社に依存し、会社とともに生きてきた自分にすれば、会社に対する攻撃はイコール、自分が叩かれることである。そもそも、四十年前の「実行犯」でもあるのだし。

「どうしようもないのか？」

「まだ諦めてはいませんが」

「そうか……」

長原が海の方に視線を転じる。釣られて安城もそちらを見た。少し波が出ているようで、深い色の海を、白い波頭が彩っている。懐かしい光景ではあった……当時、海岸沿いにあった本社の建物からは、この海がよく見えた。春など、穏やかな陽射しに照らされて輝く海を見ているうちに、いつの間にか時間が経ってしまい、「ぼうっとするな」と上司に怒られたものである。夏には屋上で日光浴もできた。昼休みに、上半身裸になって強烈な陽光に身を晒すのは、長原製薬の社員だけに許された特権だった。

疑問——関係ないかもしれないが、聞かざるを得ない疑問がある。

「社長、一つお聞きしてよろしいですか」

「ああ」

「引退された後、どうしてこちらに戻って来られたんですか？　東京にも家がありましたよね」

「ここが私の故郷だから、だ」事も無げに、長原が言った。

「しかし……暮らしにくいのではないですか？　湊には、長原製薬を憎んでいる人も多いはずです。そういう人たちの近くで暮らすのは、辛くなかったですか」

「家に生卵を投げられるとか？　町内会の知らせが回ってこないとか？　そんなことはなかったな」

長原が喉の奥から絞り出すようにして笑った。確かに……そんなことがあれば、自分の耳にも入っていたはずだ。

「結局、この辺の人たちは臆病なんだろう。臆病というか、遠慮がちなのかね。そういう直接行動に出る人は一人もいなかった。それに私も、もう滅多に外に出ないから、街の人たちと顔を合わせることもない」

「それでは息が詰まりませんか」

「多少は、な。本音を言えば、今でも怖い。殴りこまれるかもしれないと考えると、夜も眠れなくなることがある。うちの警備システムは大袈裟なんだ。家を出る時にも鍵をかける人がいないような田舎では、まったく必要がないぐらいだ」

「そんな思いをしてまで、どうしてここで暮らしていらっしゃるんですか」

「墓だ」

墓……先祖代々の墓ということだろうか。確かに、長原家の墓地は湊地区にある。創業以来ずっとこの地にいたのだから、それは当然だろう。しかし、墓守がそれほど大事なことなのだろうか。盆と彼岸に墓掃除をして参れば、祖先への義理は果たせるはずだ。だいたい彼が、それほど義理堅い人間とは思えない。創業の地・湊を捨てて東京へ進出を決めたのは長原本人である。もっとドライなタイプだと思っていた。

「確かに長原家のお墓は大事かもしれませんが……」

「違う。四十年前に亡くなった人たちの墓だ」

「まさか、そこへ墓参を……」

「そうだ」体を捻り、長原が安城の顔を真っ直ぐ見た。「亡くなった人の鎮魂を祈る。おかしいか？」

「おかしくはないですが」長原の意外な一面に触れ、安城は軽く動揺していた。彼も、四十年前の出来事から解放されていないのだろうか。もしかしたら自分も……むしろこれから、長く悩まされることになるのか？　人生の後半に重い荷物を背負わされるのは辛い。

「ここへ戻って来たのは、そのためだけではないが、大きな理由の一つでもある」

「それが、社長としての義務だとでも仰るんですか？」

「自分でもよく分からん」長原が首を振った。「墓参りされても、亡くなった人が喜んでくれるとは思えないし……単なる自己満足かもしれないな」

「それは、私には何とも言えません」

「どうしても気になっていた」長原が自分を納得させるようにうなずく。「引退するまでずっと、こういう風にしなくてはいけないと考えていたんだよ。もちろん、それだけじゃない」

「まだ何かあるんですか？」今日の長原はやけにもったいぶっているな、と思った。社長時代は余計なことを言わず、いきなり本題を切り出して部下にも結果を求めるタイプだったのだが。それは、四十年前の一件で、安城にもはっきりと分かっていた。

「私の家族のことは知っているか？」

「ええ、あの……」

安城は言葉に詰まった。財団に確認したのがばれているのか？　にわかに不安になったが、長原はその件には触れなかった。

「私には四人の息子がいる」

「はい」

「一人だけ、今も一緒に暮らしている」

相槌も打てなくなり、安城は無言でうなずいた。菊池から聞いて知っている話なのに、ひどく居心地が悪い。

「彼は――足が動かない」

安城は思わず立ち上がった。四男の体調不良は菊池から聞き出したが、そこまでひどい状況だとは知らなかったのだ。テーブルの上に身を乗り出して、少しでも長原に近づこうとする。「どういうことなんですか」

「どうもこうも、そういうことだ」

長原が杖に体重をかけて前屈みになった。安城は体から力が抜け、硬い木のベンチに尻から落ちた。

「それはつまり……同じ症状ということですか」

「それは分からない。湊の人たちの面倒は、基本的に真島医師が見ている――知ってるな？　あの湊病院の真島医師の息子だ」

「ええ。会社にも来ました。裁判を起こすと言っている張本人ですよ」

「私は、息子を湊病院に連れていかなかった。理由は分かるな？　湊病院は、四十年前に患者の面倒を見て、今も苦しむ人たちを診察している。その原因はうちの会社だ。私、と言ってもいい。息子をそんな病院に預けられないのは分かるだろう」

「ええ」

「だから大学病院に連れて行った。原因不明、と言われているよ。しかし君には、原因は分かっているな？」

安城は唇を引き結んだ。分かっていても認められないこともある。

「あの時、息子はまだ六歳だった。魚が好きで、よく食べる子でね……しかしずっと、症状はなかったんだ。翌年の春、東京の小学校へ入るために、私より一足先に向こうへ行って、その後はずっと東京だ。大学を出てからアメリカに留学したんだが、知っているか？」

「はい」

「それがもう、二十年以上前のことだ。一番下の子だから、自由にやらせてやろうと思っていたら、突然向こうで弁護士になると言い出してな。何が弁護士だ、と思ったんだが……本当に、ニューヨークで弁護士の資格を取ったんだよ。私には理解できない世界だが、本人は生き生きしてたから、それでよかったんだろう。三十歳を過ぎてからアメリカ人女性と結婚して、しばらくして子どもも生まれた。その子は今、十歳ぐらいになるんだろうな」

「会っていないんですか？」

「離婚したからね」長原がさらりと言った。「アメリカに行って十五年ほどして、膝に症状が出始めた。最初は単なる痺れだったのが、間もなく痛みが出るようになって、車の運転にも難儀し始めた。アメリカでは車が運転できないと仕事にならない。向こうでもあちこちの病院にかかったんだが、とうとう原因は分からなかったそうだ。それで息子は、それまで呑めなかった酒を呑み始めて、仕事も辞めてしまった。向こうの女は強いそうだぞ……」長原が皮肉な笑みを浮かべる。「体のことはともかく、酒浸りになったのが許せなかったようだな。あっという間に三行半《みくだりはん》を突きつけられて、あいつは日本に帰ってくるしかなかった。最初はひどかったよ。肝臓もぼろぼろで、半年ぐらい入院した」

「今はどうなんですか？」

「回復したとは言い難い。知ってるか？　元々日本人は、アルコールの分解能力が低いんだ。だから、アルコール依存症になる前に、肝臓が壊れてしまう……とにかく今も、まともに働ける状態ではない。それにそもそも、膝がな……今は、両膝ともほとんど動かない状態なんだ。移動するには車椅子が必須だよ。それに、上半身にも痺れがきている。最近では、コップを持つにも難儀しているぐらいだから、先は長くないだろうな」

安城は、顔から血の気が引くのを感じた。車椅子に縛りつけられ、死を待つだけの人生である。

……しかも患者は長原製薬の関係者——もしかしたら会社を継いでいたかもしれない人物

「君は、財団に話を聞いたな?」

「申し訳ありません」安城はテーブルにくっつきそうなほど深く頭を下げた。菊池の奴、余計な情報を大社長に吹きこんだのか。「どうしても、その、色々と……」

「それが君の長所でも短所でもある」長原がうなずいた。「疑問を感じると、突っこまずにはいられない。謎のままにはしたくないんだな。それはサラリーマンとしてというより、社会人として大事なことだ。ただ、周りの影響を無視し過ぎる」

「申し訳ありません」安城はもう一度頭を下げた。「ご気分を害されたなら……」

「いや、問題ない」長原がゆっくりと首を横に振った。残り少なくなった髪がふわふわと揺れる。「私はもう、そういうことで気持ちが揺れたりしない」

「そうですか……」

「この件は、周りにも話していない。息子には自由にさせていたし、症状が出た時には、私はもう第一線を退いていたからな」

お見事な引き際でした、と言いかけて安城は言葉を呑みこんだ。いくら何でも、提灯《ちょうちん》持《も》ちが露骨過ぎる。安城の哲学とは反するのだが、長原の引き際は、全ての経営者が模範とすべきものだと思う。長く社長を務めた長原は、六十五歳で社長から退き、弟である先代社長に会社を引き継いで、代表権のない会長職、そして長原文化財団の理事長に就任した。それも七十歳までで、その後は全ての役職を辞任して田舎に引っこんでしまったのだ。今では、東京に出て来るのは株主総会の時だけである。

田舎に引っこまざるを得なかった二つの理由——鎮魂、後には息子の看病。どちらも感傷的とも言える理由であり、安城には理解し難かった。特に、四十年前の隠蔽工作を思い出すと……あの時長原は「表に出さないためなら何をしてもいい」とまで言い切った。非情とも言える指令であり、安城は背中が凍りつくような思いを抱いたものだ。

今の長原は、あの頃の長原とは違う。まったく別人と言っていい感じだった。

「馬鹿馬鹿しいと思うか」

「いえ」反射的に否定の答えを返す。

「息子は、いずれ死ぬ。まだ四十六歳だが、間違いなく数年後には死ぬだろう。症状の進行が緩やかな分、残酷だとは思わないか」

安城は唾を呑んだ。四十年前、最初に関節の痛みや手足の痺れを訴えた人たちは、数か月後にばたばたと死んでいった。最後は自発呼吸ができなくなり、呼吸困難で眠るように亡くなっていったと聞いている。あまりにも進行が早く、それ故湊地区の人たちはパニックに襲われたのだが、四十年後に発症した人たちの進行は遅いようだ。

「そういう可能性があるかどうか……まったく別の要因は考えられないんですか」

「ない」長原が即座に否定した。

「当時とは、症状の進行具合が違い過ぎます。例えば、別の企業による公害とか」

「基本的な症状が似ている。似過ぎている。もちろん私は医者ではないから、専門的なことは言えないが、どうしても四十年前のことを思い出してしまう」

「そう、ですか」

専門家が集中的に調査しないと、原因も治療法も分からないだろう。そうこうしているうちに、手遅れになる――安城が一番恐れているのが、患者の増加だった。四十年前は、亡くなった五人以外に症状を訴える人は少なかった。しかし今は、訴訟に参加しようとする人だけで二十人近くになるらしい。まだ名乗り出ていないだけで苦しんでいる人はさらにいるかもしれないし、これから発症する人が出る可能性もある。何故、こんな違いが出たのか……四十年前の、汚染された魚の摂取量の違い？　そんな単純なことではない気がするが、あくまで想像の域を出ない。

「いずれにせよ、裁判で明らかにされるべき問題ではない」

「ちょっとお待ち下さい」安城は、長原の淡々とした言い方に引っかかった。「息子さんのことは、どうされるんですか」

「どう、とは」長原の喋り方には、感情が感じられなかった。

「このまま治療法が見つからなければ、どうなりますか？」

「いずれは死ぬだろうな」長原があっさり言った。

「そんな簡単に仰っていいんですか」安城はさらに追及した。

「これは事実だ。事実は隠しようもない。もちろん、この件を外部に明らかにするつもりはないが」

「もしもこの件が公表されれば、情報も知恵も集まると思います。神経系の病気の専門家もたくさんいますから、そういう人たちの知恵を借りれば、原因と有効な治療法が見つかる可能性がありますよ」

「そして、長原製薬の犯した罪が明らかになるわけか」

静かに責められている気になり、安城は息を呑んだ。何故自分が責められているのか分からないが……長原の息子に同情して言っただけではないか。

「訴訟はあくまで阻止しなさい」

「いいんですか」

「守るべきは会社だ。私の家族ではない」

「しかし……」

「それでいい」

長原が、ゆっくりと視線を海に転じた。この人は……安城は長原の横顔を凝視し続けた。何という強い人なのだろう。どんな人間でも、最後は家族のために生きる——死ぬ時に一番近くにいるのは、自分が属した組織の人間ではなく、家族であるケースの方が多いからだろう。会社と家族を天秤にかけた時、会社を取る人などほとんどいないはずだ。そもそも働くのは家族のためである。家族を助けるために、会社を裏切る必要があるなら、躊躇わない人がほとんどのはずだ。

だが長原は、一切の躊躇なく、「守るべきは会社だ」と言い切った。それは強がりにも、芝居にも思えない。ここまでの覚悟があるか、と安城は自分に問うた。

答えは出てこない。

冷たい海風が顔を叩き、安城は思わず目を細めた。もしかしたら自分は、決して答えの出ない問題を解き続けているのか？

答えが欲しかった——その答えは得られたのだ。長原は訴訟潰しを続行すべき、と明確に言い切った。しかし安城の中には、割り切れない気持ちが残っている。あなたはそれで、本当に後悔しないんですか？　大事な子どもを見殺しにして、残りの人生を悔いなく生きることができるんですか？　決して長原にはぶつけられない質問だ。もしかしたら長原は、自分の死期を予感しているのかもしれない。もう八十歳をとうに過ぎ、死を意識することもあるだろう。仮に自分より先に息子が死んでも、長く苦しむことはない、とでも判断しているのだろうか。

苦行だ。

この男は自分に苦行を課しているのだ。

「この件から下ろして下さい」槙田がいきなり切り出した。

月曜日。出勤して、「槙田が面会を求めている」と社長室から連絡を受けた瞬間、こういうことは予想していた。情報秘匿のために、社内では会わないよう徹底していたのに、槙田の方からいきなり、その無言のルールを破ったのだから。

「待ちなさい」

安城は立ち上がり、槙田と正面から対峙した。槙田が、封筒を胸の高さに上げて突き出してくる。

「何だ」

「補償金です。受け取る人は誰もいません。今後も受け取ってもらえるとは思えません」

「君の押しが足りないんじゃないか」

「そうかもしれませんが、私には無理です」

槙田が、封筒を掲げたまま、一歩を踏み出した。封筒が安城の胸に触れそうになる。安城は完全に無視して、槙田の顔を睨み続けた。

「無理なら、どうするつもりだ」

「どうもしません。ただ、私はこの仕事はしない、それだけです」

「それで無事に済むと思っているのか」

槙田が手を下ろした。後ろに下がると、ソファの前のテーブルに封筒を置き、距離を置いたまま安城との会話を再開した。

「脅すんですか」

「脅したつもりはないが」

「四十年前も、こんな風に患者さんを脅したんじゃないんですか」

「覚えていないな……古い話だ」

こいつは何か知っているのか。安城は胸を突かれたように感じた。そう……俺は確かに、患者を脅したことがある。「補償金は絶対受け取らない」と強情に言い張った男——名前も覚えている。永江保《ながえたもつ》だ。当時五十五歳の漁師だったが、息子は跡を継がず、長原製薬の工場で働いていた。結婚して、子どもが生まれたばかり。東京移転に伴い、引っ越しが決まっていたはずである。

その男に対して安城は、「息子さんが仕事を失ってもいいんですか」と脅しをかけた。もちろん、父親が補償金を受け取らなかったからと言って息子を馘にはできないが、この脅しは永江を怯えさせた。永江の年代の湊の人たちにとって、子どもたちが長原製薬の工場で働くことは、一種の「勝ち」だったのである。安定した賃金に、豊かな福利厚生。何より、「息子は長原製薬で働いている」と言えば、周囲から一目置かれた。工業地帯となった今と違い、当時の湊地区では長原製薬は唯一の「大企業」だったから。

だからこそ、息子が会社に居辛くなることだけは避けたかったのだろう。永江も漁師の仕事には誇りを持っていたはずだが、やはり安定した仕事とは言い難い。天候や潮の流れに左右され、金銭面でも散々苦労してきたはずである。一方息子は、長原製薬にいる限り、安心して暮らしていける——そして経済的に安定している以上、病を患った自分の老後の面倒も見てもらえるかもしれない。そんな風に考えてもおかしくなかっただろう。

結局、永江は折れた。嫌な気分は残ったが、安城としては一つの仕事を成し遂げた、という満足感の方が大きかった——当時は。しかし満足感はその後、決して消えない薄い悪夢に変わった。

「この仕事を降りれば、君は会社に居辛くなるぞ」

「何だったら、今ここで馘にしてもらっても構いません」

何なんだ、こいつは……週末に何かあったのか、と安城は訝った。湊で、よほど衝撃的な経験でもしたのか。

「……何かあったのか?」

「いえ」槙田の返事は早過ぎ、軽過ぎた。

「言いたいことがあるなら、はっきり言ったらどうなんだ」

「この仕事は間違っている。そう思っただけです」

「どうして」

槙田が口をつぐむ。それまですらすらと喋っていたのだが、急に言葉を忘れてしまったようだった。そう……「動機」の面に大きな問題があると安城は確信した。

「誰か、向こうの……訴訟を企てている側の人間と接触したのか？」

「患者さんたちとは会いました」槙田が強張った口調で答える。

「その患者たちは、君に大きな影響を与えることはないだろう。門前払いを食っているんだし、そんな力もないはずだ……真島医師か？　それとも弁護士か？　向こうには女性弁護士がついているそうじゃないか。まさか、たぶらかされたんじゃないだろうな？」

「誰と会ったか、申し上げる必要はないと思います」

槙田の口調が硬くなる。もしや本当に、向こうの弁護士——女性弁護士と何かあったのでは、と疑念を抱いた。男と女のことだ、何があってもおかしくはないし、それ故情にほだされるのも不自然ではないだろう。

「本気で言ってるのか」安城は脅しにかかった。

「本気です」槙田は引かなかった。

「やめてどうするつもりなんだ」

「広報部の仕事に戻ります。それが、本来の私の仕事ですので」

「そんなことができると思ってるのか？　飛ばすぞ」

「どうぞ、ご自由に」

槙田が肩をすくめる。それがひどく自分を馬鹿にした態度に見えて、安城は耳が熱くなるのを感じた。こいつはどうして開き直っている？　何か、後ろ盾でもできたのか？

「馘にする、と言ったらどうする」

「別に構いませんが、理由は何ですか？　私は何かヘマしましたか？　何もないのに馘にしたら、今度は隠蔽ではなくでっち上げですよね」

「理屈は何とでもなる」

「でも、私の口は閉ざせません」

「……公表するつもりか」

「まだ決めていませんが」

実はもう腹をくくっているのでは、と安城は疑った。この男は一気に自分たちを裏切り、会社を破滅に追いこむ気になったのではないか？　それほどの心変わりをさせるきっかけは何だったのだろう。

「いったい、何なんだ」安城は左手をぴしりと腿の横に叩きつけた。「今までは、私の言う通りにきちんと仕事をしてきたじゃないか。どうして今になって急に態度を変える？　きっかけは何なんだ」

槙田は何も言わなかった。あくまでしらを切り通すつもりか……手はある。槙田のパートナーにつけた若い営業部員、森本に事情聴取すれば何か分かるはずだ。しかしできれば、この男の口から直接言わせたい。

「きちんと理由を言ってもらえば、考えないでもない」

「それはつまり、もう解放してもらえるということですか？」

「内容次第だな」安城は鷹揚にうなずいた。まだ、何とかできると思っている。三十を過ぎたばかりの社員一人を押さえこめなくて、この難局を乗り越えられるわけがない。問題は、この男は知り過ぎているということだ。よほどの材料を提示しないと、納得しないだろう。

「金か」安城は一番最初に頭に浮かんだことを口にした。「金が欲しいなら、その金を持っていけ」テーブルに載った封筒に目をやる。「少ない額じゃないぞ。臨時ボーナスだ」

「そのまま使途不明金になりますよ」

「君が金のことを心配する必要はない」

「そうやって、会社にとって都合の悪いことがどんどん増えて、この先大丈夫なんですか」

「君は経営者のつもりか？」

皮肉を飛ばしてみたが、槙田はまったく動じる気配がない。こんな時に言うのも変だが、一皮剝けた感じだ。背筋をぴしりと伸ばし、体に一本芯が通ったようにさえ見える。こういう状況でなければ、褒めてやってもいい場面だ。社員が急に伸びる瞬間に、安城は何度も立ち会っている。それこそサラリーマンの醍醐味なのだが……今、この男は会社に牙を剝こうとしている。やはり看過できない。

脅しが駄目なら、同情に訴えるだけだ。

「君は、この件で家族を犠牲にしている人がいることを知っているのか」

「いえ」槇田の顔に、今日初めて不安の表情が過った。「どういうことでしょう」

「大社長――先々代の社長のことは知ってるな？　今も湊に住んでおられる」

「ええ」

「大社長の息子さんは、同じような症状を発症している。それで、アメリカでの弁護士としてのキャリアを諦めた」

「まさか」

槇田がぽつりとつぶやく。その虚《うつ》ろな表情を見て、作戦は当たった、と安城は確信した。この男は、情緒的にやや弱い。人情話で揺さぶれば落ちる、と踏んだ。

「息子さんは、大学卒業後にアメリカに渡って、向こうで弁護士をしていた。結婚して子どもも生まれて、幸せに暮らしていたようだが、発症したんだ。やはり最初は、手足の痺れからだった。結局それで仕事もできなくなり、離婚して日本に戻って来た。以来、症状は悪化するばかりだそうだ。今は、大社長が自ら面倒を見ておられる」

「加害者が被害者、ですか」

加害者という言葉には引っかかったが、安城はうなずいた。

「今のところは治療方法もないことは、君も知っているな？　大社長は、既に諦めている」

「諦めた……」

「裁判になって、この事態が世間に知れれば、専門家が調査を始めるだろう。それで原因と治療方法が分かるかもしれない。息子さんは助かるかもしれない。しかしそれは必要ない、と判断したんだ。あくまで訴訟は起こさせない。家族よりも会社を守ることを選ばれた」

「そんなこと、あり得ません」

「あり得ないとは？」槙田の動揺を見て、安城は話が自分のペースになっていることを意識した。ここからさらに引き寄せないと。

「家族を犠牲にしてまで会社を守るなんて……あり得ない」

「大社長は、この会社の屋台骨だった。いや、今でもそうかもしれない。大社長にとっては、会社が――そして私たちが全てなんだ。多くの社員の命運を握っていると理解されているからこそ、自分のご家族を犠牲にすることも厭《いと》わない」

「そんなことは間違っています」

「尊い犠牲の精神だ。私は大社長から直接、今回の計画を進めるように言われた」

「しかし、大社長には何の権限もないはずじゃないですか」槙田が食い下がった。「個人筆頭株主なのは間違いないでしょうけど、こういう問題に口を出すような権限はないはずだ。そんなことをしたら、経営への不当な干渉になります」

「考えてみろ」安城は声を押し殺した。「社長は、大社長の長男だぞ。行動も考えも直接つながっている」

「そう、ですか」

槙田が唇を噛む。これでよく分かっただろう、と安城はほっとした。結局、一度噛んでしまったら、そこから逃げるわけにはいかないのだ。逃げ出しても、この事実は一生ついて回る。自分がそうであったように……あとは、会社を信じて心中するぐらいのつもりでいないと駄目なのだ。

「どうする？　まだ無理を言うか？」

「いえ」

「分かってくれたか」安城は笑みを浮かべた。

「分かりません」

何なんだ……安城はすぐに真顔に戻った。先ほどから話が堂々巡りしている。しかし槙田の顔には、わずかに赤みが射していた。どうして急に元気を取り戻した？　自分の言葉が、何か刺激を与えてしまったのだろうか。だとしたら失敗だが……感情の赴《おもむ》くままに吐き出した言葉の数々を思い出してみたが、何がきっかけだったのか分からない。

「会社は辞めません」

「そうか」

「少し時間を下さい」

「どういう意味だ？」安城は目を細めた。

「考える時間が欲しいんです」

「これからどうするか、考えたいのか？」無駄だ、と安城は白けた。

「そうですけど……どうやって解決するか、です」

「君が、そういう大枠を考える必要はない」にわかに腹が立ってきた。弱気に見えて、この男にはひどく傲慢なところがある。自分が、このプロジェクトの中心だとでもいうつもりだろうか。「君の仕事は、私の命令を忠実に実行することだ」

「その命令が常に正しいとは限らないでしょう」槙田が胸を膨らませた。「事実、副社長の指示で動いて、今までは上手くいっていません。こんなやり方は無理なんです」

「貴様……」

「考える時間を下さい」槙田が頭を下げた。「どうするべきか、もう少しだけ考えたいんです」

「それは君の仕事じゃない！」安城は思わず叫んでしまった。

「考える時間もいただけないなら、この件をマスコミに公表します。もちろんD07の件も含めて、です。会社はそれで終わりますよ」

「私を脅すつもりか？　それに、そんなことをしたら君も破滅するぞ」

「私一人が破滅するぐらいなら、大したことはありません」槙田が頭を下げる。再度顔を上げた時には、その目は澄み切っていた——全てを振り切ったように。「二日……三日だけ、私に下さい。また報告します」

「おい——」

安城の引き留めを無視して、槙田が部屋を出て行った。一人取り残された安城は、力なく椅子に腰かけた。一番下の引き出しを開けてウイスキーを取り出す。午前十時。だからどうした？　呑まねばやっていられない時もある。しかし胃は温かくなっても、心は冷えたままだろう。

こいつも薬にはならないか……ボトルを引き出しに戻そうとすると、手がフォトフレームに触れた。硬い感触が、唐突に意識を鮮明にさせる。ゆっくりと引っ張り出し、デスクに立ててみた。家族写真……そう言えば、自分もこんなものを持っていたのだ、と思い出す。海外なら、オフィスに堂々と家族の写真を飾るものだろうが、ここは日本である。安城は、そんな光景をついぞ見たことがなかった。

それにしても古い写真だ。デスクは何十回となく変わったが、ずっと持ち歩いてきた写真。一度もデスクに飾られることはなかったが、必ず引き出しには入っていた。自分と妻……まだ三十代の頃だ。息子二人は、確か中学二年生と小学五年生。長男はいかにも中学生らしく、むっつりと不機嫌そうである。対して丸顔の次男は、満面の笑みを浮かべている。その二人も、もう大学を出て社会人。既に結婚し、長男の方には子どももいる。この俺がジイサンか……初孫誕生の話を聞いた時には、嬉しいというより、自分の年齢を意識して嫌悪感が走ったものだ。

俺は、そもそも家族を大事にしてこなかったのかもしれない。常に考えていたのは、自分の出世のことだ。高度成長期の終わりにサラリーマンになった自分は、「頑張れば報われる」と実感できた最後の世代かもしれない。

その後、色々な時代を駆け抜けてきた。オイルショックの余波があった入社直後の時代。交際費を天井知らずで使えたバブルの時代と、その崩壊。長引いた不況。激しく揺らぐ経済の中で、しかし自分は必死に駆け上がってきた。出世することで給料がよくなり、家族もいい暮らしができるようになるはずだ、と信じてきた。

家族か。しかし、全員で撮った写真はこれが最後である。息子たちはいつの間にか父親を避けるようになり、家族にとって、自分が家にいないのが当たり前の状態になって、居場所を失った……そうなると、ますます家に帰りにくくなる。家族が寝静まった時間にようやくドアを開け、土日は接待のゴルフで家を空ける、というのが何十年間も普通の生活だった。

俺は、家族より会社を選んでいたのではないか――目的と手段がひっくり返った。

この状況は退社するまで変わらないだろう。

それが間違っていたのかどうか……間違っていたとは思いたくなかった。

4

薄い眩暈、とでも言うべきだろうか。頭に靄《もや》がかかったような感じである。普通に座っている分には何ともないが、歩くと体が左右に揺れてしまう。次第に治まってきてはいるが、どうにもすっきりしない。真島は「しばらく入院していればいい」と言ってくれたのだが、それは勘弁してもらった。病院はどうにも苦手で、ベッドに横になっているだけで、むしろ具合が悪くなってくるようだったから。

日曜の夕方に病院を抜け出して東京に戻ったのだが、自宅に帰っても体調は上向かない。「絶対に無理しないこと」という真島のアドバイスに従って、月曜日は休むことにした。今日一日ぐらい事務所を留守にしても、業務に支障がでることはあるまい。他に十人も弁護士がいるのだ。もしも緊急の用件があっても、十分対処できる。

月曜は昼前にようやくベッドから抜け出し、パジャマ姿のままソファに落ち着いた。ミネラルウォーターをちびちびと飲みながら、何とか体を日常生活に馴らそうと試みる。食欲はない。何か食べておかなくてはいけないと思ったが、そもそも冷蔵庫は空っぽだ。仕方ない、非常用食料に手をつけるか……ただ、乾パンを齧ることを考えると、気が滅入る。

テーブルに置いた携帯が鳴った。槙田の名前がディスプレイに浮かんでいる。そうか、今日は月曜日なんだ、と改めて思う。槙田は普通に出社したはずだ。そこで安城に戦いを挑んだかどうか……撃退されて、自分に泣きついてきたのかもしれない。それを受け止められるような体調ではないのだが、話を聞くのは義務だ。彼を巻きこんでしまったのは、自分なのだから。

「高藤です」

「槙田です。今、お話しして大丈夫ですか?」槙田の声は慎重だった。

「ああ、何とか……昨夜、東京に戻って来たんだ」

「大丈夫なんですか? 無理しないでも……」

槙田が眉をひそめる様が目に浮かぶ。彼は非常に複雑な人間で、一言で性格を言い表すのは難しいが、敢えて言えば「神経質」だ。物事を常に深刻にとらえ過ぎる。

「家で休んでいるから。心配いらないよ」

「そうですか……」

「ちょっと思いついたことがあるので、お話ししようと思ったんですが……明日にします」

「何かあるのか?」

「いや、大丈夫だ」高藤は慌てて言った。今は何より時間を――それに槙田の気持ちを大切にしなければならない。「君の方で都合がつくなら、うちへ来ないか?」

「いいんですか?」遠慮がちに槙田が言った。

「ああ。できるだけ早い方がいいんだろう? そう思ったから、君も電話してきたんじゃないのか」

「……そうです」

「だったら、家まで来てくれ。住所は分かってるか?」

「いえ」

高藤は自宅の住所を教えた。ついでに、少し図々しいと思いながら、昼食を買いこんでくるように頼む。

「コンビニで蕎麦でも買っていきましょうか?」

「まさか」高藤は即座に否定した。蕎麦好きとしては、コンビニの蕎麦を食べたら恥になる、と思っている。「軽くパンか何かでいいよ。まだそんなに食べられないんだ」

「じゃあ、私もご一緒します。食事がまだなんですよ。三十分ぐらいで伺います」

槙田の声が途中から明るくなったのが気になった。湊で別れた時、彼は病人のような顔をしていたではないか。事実の重みによるショック、そして自分がトロイの木馬のように長原製薬の中に潜りこんでいたせいか、こちらの顔を直視しなかった。彼にとって自分は裏切り者で、許せないと思っていたのだろう。しかし今の彼は、以前と同じように気安く自分と話している。

「君は……私を許したのか」

「はい？」槙田が不審気な声で訊き返した。

「君にとって私は、裏切り者ではないのか」

「……そうだと思います。いや、違いますね。会社にとっては裏切り者かもしれませんけど、私の気持ちは……会社を離れていますから」

「辞めるつもりなのか？」

「今は辞めません」槙田の口調が平静に戻った。「将来のことは分かりませんけど、今は会社の中にいて、何がどうなるか、見届けたいんです。そのためには、先生と一緒にいる必要があるし……それに先生、蕎麦友じゃないですか」

「そうだな」

槙田も、少しだけ余裕が出てきたのだろうと判断する。一瞬だけ、依然として会社に忠誠を誓っていて、こちらの動きをスパイしようとしている可能性があるかもしれないと疑ったが、すぐに打ち消した。今は彼を信じたい。駄目なら……その時に考えればいい。

急に元気が出てきた。電話を切って試しに立ち上がってみると、眩暈は消えている。元気一杯というわけにはいかないが、これなら普通に食事も話もできそうだ。取り敢えずシャワーを浴びよう。熱いシャワーは、意識をはっきりさせるのに何より効果的なはずだ。熱い湯が体を叩く感触を思い出すと、今度はコーヒーが飲みたくなってくる。どうやら回復は順調なようだ。客が来るので気が張っているのかもしれないが。

自宅には、エスプレッソ専用のものと、普通のコーヒーが淹れられるのと、二つのマシンを用意してある。今日は普通の、そして濃いコーヒーが飲みたい気分だった。粉を多めに入れてマシンをセットし、シャワーを浴びる。途中でまた眩暈がしてきたので慌てて切り上げ、体調回復の役目はコーヒーに託した。やはり自分にとって、コーヒーは完全なる特効薬のようで、ブラックで一杯飲むと早くも元気が出てきた。濡れた髪をタオルで拭いながら、ゆっくりと二杯目のコーヒーを飲む。髪が半ば乾いたところで、インタフォンが鳴った。慎重にカップをテーブルに置いて立ち上がったが、幸いなことに眩暈はない。

モニターに槙田の顔が大写しになっている。ロックを解除してから、ゆっくりと玄関に向かった。急がず、体に余計な負荷をかけず……しかしこうやってすり足で歩いていると、以前より膝の痛みが増している気がする。眩暈で倒れてからは、ほとんど足が上がらなかった。この部屋の廊下にも、いずれ手すりをつけなければいけないのだろうか……いや、賃貸でそんなことはできない。そろそろ、小さくてもいいから都心部に自分名義の部屋を買っておくべきかもしれない。

最期に備えて。

ぞっとする想像である。独り身の自分には、最期を看取ってくれる人がいない。事務所のスタッフに、プライベートな面倒まで見てもらうわけにはいかない。ふいに、湊へ帰ることを考えた。あそこには頼りになる真島がいるし、何かあれば隣近所の人が助けてくれるだろう。

玄関にたどり着いた時、ちょうどまたインタフォンが鳴った。相手を確認もせずにロックを外し、ドアを押し開けると、紙袋を持った槙田が立っている。

「すごいマンションですね」心底驚いている様子だった。

「大したことはない」実際、渋谷のタワーマンションに住む意味は、急速に薄れている。今の自分には、小さなワンルームで十分ではないだろうか。

「本当にサンドウィッチを買ってきましたけど」

槙田が袋を掲げてみせた。マンションのすぐ側にある、よく通っているパン屋のものだったので、顔が綻ぶ。お気に入りなのだ。

「よく見つけたな。あそこ、美味いんだ」

「たまたま通り道だったんですよ」

「とにかく飯にしようか……ああ、金は払うよ」

「ご心配なく」槙田が複雑な笑みを浮かべる。「会社につけておきますから」

「そんなことして、大丈夫なのか？」

「今まで散々、裏金を使ってきたんですよ？　これぐらい、大したことはないです」

それとこれとは話が別なのだがと思いながら、高藤は槙田を部屋の中へ誘《いざな》った。

「散らかってて申し訳ないけど」

「全然綺麗じゃないですか。うちとは大違いですよ」きょろきょろしながら、槙田がリビングルームに入って来る。

高藤は、槙田をダイニングテーブルにつかせた。このテーブルも、もう十年も使っているものだ。昔は家に人を招くことも多く、宴会には便利な大型テーブルだったのだが、最近はここで食事をすることもない。家で食べる時は、ソファに座ってだらしなく、というパターンがほとんどだった。それ故、テーブルにはウエットティッシュの箱しか載っていない。

「コーヒーがはいっている」

「用意します」

「カップは、その辺にあるのを適当に使ってくれ……ああ、俺のはそこに」先ほどまで座っていたソファの方を指差した。

男二人での静かな食事が始まった。何を選んでいいか分からなかったのだろう、槙田はあれこれ取り合わせて大量に買ってきていた。高藤はまず、小さなバゲット半分を使ったサンドウィッチを手にとった。中はチーズとハム。自分でもよく買うものだ。少し癖のあるチーズが好みに合っている。慎重に齧り取り、いつもより時間をかけてゆっくりと咀《そ》嚼《しゃく》する。飲み下しても、胃がひっくり返るような感覚はなかった。

ほっとすると同時に、涙が一粒流れ落ちる。

「どうしたんですか？」目ざとく気づいた槙田が、動転して上ずった口調で訊ねた。

「いや……土曜日から固形物をほとんど食べてなかったんで、胃が驚いたんだ」

「そうなんですか？　こんなもの、いきなり食べて大丈夫ですかね」

「そうだな。ちょっと心配だ」真島のところにいる間に食べたのは、彼の妻が作ってくれたお粥やスープだけだった。味を楽しむ余裕もなく、ただ義務的に……。「でも、美味いよ。ちゃんと食べられる」

「それならいいですけど、無理しないで下さい」

「君に心配されるようになったらおしまいだな」

サンドウィッチを半分食べたところで立ち上がり、もう一度冷蔵庫の中を確認する。パック入りのオレンジジュースが一本、手つかずで入っていた。いつどうしてこれを買ったのか、まったく記憶になかったが……二つのコップに注ぎ、テーブルに持っていく。やはりバゲットのサンドウィッチを食いちぎるのに悪戦苦闘している槙田が、パンをくわえたまま頭を下げた。

二人はしばらく、無言で食事を続けた。最初のサンドウィッチで、高藤はほぼ満腹になってしまったのだが、それでももう少し食べておかないと、と自分を励まし、続けてミートパイに手をつける。冷えたミートパイほど味気ないものもないのだが、温める気力が湧かない。だいたいオーブンレンジなど、もう何か月も使っていない。

槙田は、吹っ切れたように旺盛な食欲を見せていた。土曜日に脅しをかけた時には、終始真っ青な顔をして、この世の終わりがきたような様子だったのだが……一日間をおいただけで、元気を回復するとは思えない。どこで吹っ切って方針を変えたのだろうか。

「新しいコーヒーは？　もう一杯飲まないか？」高藤は既に三杯飲んでいたのだが、もう少し飲んでもいいような気になっていた。

「私がやります」槙田が両手を叩き合わせ、パン屑《くず》をテーブルに落としながら言った。

「やり方、分かるか？」

「何とか……コーヒーはどこですか？」

「冷蔵庫に粉が入っている」

本当は、飲む度に豆を粉に挽《ひ》くのが正しいやり方なのだが、残念ながら高藤にはそこまでの時間的余裕がない。一杯のコーヒーの準備に十分な時間をかけるのは、老後の楽しみにとっておこう、とずっと思っていた——今は考えられない。自分に老後があるかどうかも分からないのだから。

ほどなく、新しいコーヒーの香りが流れ始める。それにほっとしながら、高藤は何とかミートパイを食べ終えた。後で胸焼けに苦しめられそうだが、今は、取り敢えず食べられただけでもよしとしよう。

「お待たせしました」

槙田がコーヒーを運んでくる。器械がやることだから常に同じ味になりそうなものだが、何故か毎回違う味わいになる。今回は少し薄かったが、あまり濃い味の料理を食べたわけではないから、食後の一杯としては十分だった。

「安城副社長が、パニック寸前です」槙田が真剣な表情で報告する。

「だろうな」高藤は逆に、表情が緩むのを感じた。「あの人は、大物ではない」

「ええ」槙田の顔つきもわずかながら崩れた。

「サラリーマンとしては、行けるところまで行った人だ。ただし、経営者の器じゃない。何というか……参謀役とかナンバーツーが似合う人だと思う」

「自分もそう思います」槙田がうなずく。

「で？　まさか安城さんの悪口を言いに来たんじゃないだろうな」

「違います……いや、それもありますけど」槙田の喋り方には余裕があった。土曜日には、ぎりぎりに巻かれたねじのようだったのだが。

「悪口だったらいくらでも聞くぞ。人の悪口が嫌いな人間はいない」

槙田が、唇の端に薄い笑みを浮かべた。どこか開き直ったような、それでいて妙に自信がありそうな態度だった。

「安城さんにとっては、会社が全てなんだと思います。会社を守ることが、人生の全てだと思っているんでしょう」

「あの世代の人間には、そういう人が多いよ」

「先生はどうですか？」

「どうかな……」高藤が顎を撫でた。二日分の髭が、顎を汚く染めている。「世代が違うし、弁護士事務所と会社の違いもある。事務所全体でやる仕事もあるけど、それぞれの弁護士の仕事は基本的に独立しているからな。私は金の計算をしているだけだ」

「仮に、今の事務所が解散、ということになったら……」

「大した感慨はないと思う」自分でも意外な言葉が出てきた。城、だと思っていたのに。若い頃から苦労して、がむしゃらに仕事をして手に入れた、自分だけの牙城《がじょう》。弁護士としてのステータスの証明。しかし今や、そんなことはどうでもよくなった。生きていることと自体が、はるかに大事に思える。

「そんなものですか？」

「事務所は、ただ雑務をスムーズに進めるための存在に過ぎないんだ。うちの事務所の若い連中も、契約上は私の部下というわけではないし」

「会社で偉くなりたい人って……やりたい仕事を自由にやれるようになりたいから出世を目指す人もいるでしょうけど、部下を持つ快感を求めて上を目指す人もいるでしょうね」

「誰かを支配したいというのは、人間の本能だからね」

しかし安城はそういうタイプではない、と高藤は想像していた。彼とのつき合いも数年になるし、折に触れて言葉を交わしてきて、仕事に対する基本的な姿勢は理解できているつもりだ。支配欲、仕事欲ではなく……全てを長原製薬に捧げた人間、というイメージだった。会社に対する忠誠心は、ほとんど宗教的熱狂のようにも感じられたものである。高藤が顧問弁護士として長原製薬にかかわるようになった頃には、もう経営状態はそれほどよくなかった。赤字が出る期も少なくなく、ゆっくりと沈みかけている巨船、という感じがしたものだった。そんな中で、安城は必死に手桶で水をくみ出している感じなのだ。傍目には、ほとんど無駄な努力に見える。しかし本人は、まだ何とかなると信じているようだった。信じることをやめれば、途端に船は沈没してしまう、とでもいうように。

「とにかく安城さんは、会社のことしか考えていません。まず会社を守ること……全てはその後です。会社の正義が社会的正義に優先するんです。でも、おかしいですよね？　うちは製薬会社です。人の命を守る仕事です。それが、死者が出て……あり得ません」槙田が顔を伏せる。

「君は、会社が間違っているという結論に達したんだな」

「ええ」

槙田が顔を上げる。目は渇いていた。やはり開き直ったようだ、と高藤は判断した。

「それで、どうするつもりなんだ？」

「一つ、考えたことがあります」

「聞かせてくれ」高藤はうなずいた。自分のやっていることが正しいかどうか悩み、どこかふらふらしていた槙田だが、今はそういう風には見えない。一本芯が通った感じだった。

「その前に、確認させて下さい。うちの先々代の社長……今は畑井に住んでいる大社長のことはご存じですか」

「ああ」

「あの人が、加害者と同時に被害者であることも？」

「どういうことだ？」高藤は目を細めた。コーヒーカップを握る手に力が入る。

「息子さんが、やはり同じ症状を発症しているそうです」

「まさか……」

「一番下の――四番目の息子さんですけど、高藤先生より少し年下じゃないですか？」

「それは分からない。接点がないからな」

「そうですか……とにかく、そういう情報があります。直接確認したわけではないので、絶対に間違いないとは言えませんが。大社長はこの事実を外へ漏らすつもりはないようです。あくまで隠すことが最優先で、会社を守るんじゃないですか」

「会社のために家族を犠牲にするのか？」

ある意味、鉄の精神の持ち主だ。倫理的には間違っているが、首尾一貫していることは認めざるを得ない。

「安城副社長も、そういう考えに毒されているんだと思います。大社長の場合は……自分が大きく育てた会社ですから、家族よりも大事に思う気持ちは理解できなくもありません。たぶん、自分と会社が同化してしまっているんだと思います。安城副社長は、それに変な影響を受けているだけかもしれません」

「それで？」高藤は先を促した。

「今、会社を実質的に仕切っているのは安城副社長です。社長は……先生も、現状はよくご存じですよね」

「分かる」

先々代……大社長の長男である現社長は、どうにも弱々しい。偉大な社長、その跡を継いだ弟のさらに後を、大社長の息子として引き継いだだけで、経営者の資質があるとは思えなかった。重大な決断が必要な場面では、常に生え抜きの「家老」である安城の意見に頼っている節がある。いや、実際には安城が指示を飛ばし、社長はそれに従っているだけではないか。情けない話だが、そういう会社も少なくない。肩書きと実力の乖離《かいり》だ。

「実際に会社を仕切っているのは、安城さんだね」

「ええ」槙田がうなずく。「もしかしたら、その安城さんに唯一影響を与えることができるのが、大社長かもしれません」

「しかし、もう経営にはタッチしていないだろう」

「しかし、個人筆頭株主であることに変わりはありませんし、安城さんも今回の件では相談している様子です。四十年前の一件は、大社長が直接指揮して処理に当たらせたのですが、その時先頭に立って動いたのが安城副社長なんです。急先鋒《きゅうせんぽう》というか……そういう感じですね」

「君はどうして、そんなことを知ってるんだ？」槙田は、会社の中で探りを入れていたのだろうか。まだ若い彼に、トップの昔話を掘り起こす能力があるとは思えなかったが。

「一緒に呑んだ時に、漏らしてました。自分は、あの仕事をやり遂げたことで出世の糸口を摑んだ、と……安城さんは、私にも同じことを期待しているんです」

「つまり、会社に忠実な戦士を作りたい――餌は出世だね」

「ええ。実は私、長原家につながる人間なんです」

「初耳だ」どうして黙っていたのか……裏切られたと思ったが、それは自分の被害妄想だと思い直す。この一件があって、槙田とは濃厚につき合うようになったが、それまではこれほどではなかったのだ。何となく気が合う年下の友人、という感じであった。

「大した血縁関係ではないんです」

彼の説明を信じるとすれば、確かにその通りだ。本家の遠い親戚筋、という感じでしかなく、「血縁」というには無理がある。

「合併が実現すれば、現在の社長は経営陣から追われるかもしれません」

「その可能性は高いな」高藤は認めた。「外資系にとっては、ウエットな人間関係は邪魔なだけだろう。実際、長原製薬では、これが最大の問題だと思う。残念ながら、現社長はトップの器ではない。経営的なことを考えれば、新しい会社には不要な人物だ」

槙田がうなずく。会社に見切りをつけたか、と高藤は想像した。会社に属している以上は、社内の人間の悪口を言われれば、多少なりとも反論するものだ。しかし今の槙田は、会社をどうでもいいと思っている節がある。

「社長が排除された後、長原製薬としてのアイデンティティをどう保つか——安城副社長が心を砕いているのはそれです」

「伝統が消える可能性もあるわけだ……そうなったら、現在長原製薬で働いている人たちのプライドが失われる。そのせいで生産効率が落ちたら、合併は失敗だ」

「ええ……それで、長原家のＤＮＡを象徴する存在として、私を使いたいんだと思います」

「将来の社長としてか？」ずいぶん気の長い話だ、と高藤は訝った。

「そういうことなんでしょうが、そんなことを言われても私も困ります」槙田が顔をしかめた。

「だろうな」話が関係ない方へ流れてしまったので、高藤は立て直しにかかった。「で、君は何を企んでいるんだ？」

「この件をどう解決するか、何となく頭の中に設計図があるんです。高藤先生たちが納得してくれるかどうかは分かりませんが……先生は、長原製薬を憎んでいますよね」

「もちろんだ」認めざるを得ない。

「潰れてもいい――潰したいと思うほどですか？」

「君に言うべきではないかもしれないが、むしろそれが狙いだと言っていい。こんなことをして逃げ切られたら、この世に倫理観など存在しないことになる」

「その件は……少し引いて考えていただけませんか？　会社は生き残らなくてはいけないんです」

「そんなことを言うために、わざわざここへ来たのか？」無意識のうちに声が高くなり、また眩暈が襲ってきた。立ち上がりかけて、思わず椅子にへたりこんでしまう。

「大丈夫ですか？」

「ああ……続けてくれ」高藤は額を揉んだ。

「現在苦しんでいる患者さんを助けることができるのは、結局長原製薬じゃないんですか?」

「いったいどういうことだ」

槙田が計画を話した。まだ詰めが甘く、あまりにも会社寄りの考え方ではあったが、一考には値する。だいたい自分は、頑《かたく》なになり過ぎているのかもしれない。自分の体調のこともあって、弁護士としての業務というより、私怨《しえん》で動いていた部分もある。私怨は、冷静さを奪う。この仕事では、冷静さがもっとも大事なことなのに。

「……その件については、少し考えさせてくれ」

「ええ。でも、まずは少し休んで下さい。元気になれば、大抵のことは解決するんじゃないですか」

槙田の言葉は胸に染みた。確かに……急に体調が悪化してきて、高藤は本物の恐怖と焦りを感じていた。死を間近に感じ、そのせいで冷静な判断力を失っていたのも間違いない。もしもこの眩暈が消え、膝の痛みに別れを告げることができれば……そこから新しい人生をやり直すことができるだろう。

「この計画を進めるためには、準備が必要です」

「――話してくれ」

「大社長を巻きこむんです。いくら会社が大事と言っても、家族を助けられる可能性があると分かれば、それにすがるんじゃないでしょうか。我々は、そこを突けばいいんです」

「我々、か」高藤は槙田の言葉尻を摑まえた。「つまり君は、我々に全面的に協力してくれる気になったんだな？」

「だから今日、ここに来たんですが」何を今さら、という感じで、槙田が口を尖らせた。

「一々そういう風に宣言しないといけないんでしょうか」

「いや、そんなことはないが……それで？　先々代の社長を巻きこんでどうするつもりだ？」

「安城副社長に影響力を持っていますから、説得してもらうんです」

「そんな簡単にいくと思うか？」

「分かりません。でも、やってみて損はないと思うんです。大社長は、安城副社長に対する影響力を持っている、唯一の人だと思いますから」

「そうか……」高藤は腕を組んだ。確かに槙田の言う通りだ。それでどうなるかは分からないが、もしも上手くいかなければ、やり直せばいいだけの話である。本格的な訴訟の準備を進め、長原製薬を破滅させる——その方針に従って進めばいい。しかし裁判にも難点はあるのだ。時間がかかる。自分たち原告団が、判決も出ないうちに全滅——死んでしまったら、どうなるのだろう。利益享受者不在の中で出る判決に、どんな意味があるのか。

「先生、直接大社長に会っていただけませんか？　そこで説得していただくのが、一番早い方法だと思います」

「そうだろうな」自分にそれができるか、と高藤は訝った。憎しみの源泉。冷静に対処できるかどうかは分からない。「……分かった。ただし、少し準備をしよう」

「と言いますと？」

「外堀を埋める。先々代の社長を追いこむために、まず会っておかなければいけない人がいる——ただし、会うのは難しいだろうな。君は、手助けしてくれるか？」

「もちろんです。そのためにここへ来たんですから」

槙田の言葉は、非常に力強く感じられた。うなずいて、高藤は悪への一歩を踏み出す覚悟を決めた。

「もう一つ、私の方でも作戦がある」

「何ですか？」

話す。槙田の顔から血の気が引いた。

「それは……倫理的に問題があるんじゃないですか」

「長原製薬に倫理観はない。そういう相手に対しては、こちらもずるい手を使わなければいけないんだ」

5

安城は呆然《ぼうぜん》として言葉を失った。

「もしもし?」

「ああ……いや、失礼しました」相手――ユーロ・ヘルス専務の杉村の声がやけに冷静なのが気に障る。

「今申し上げたこと、了解していただけましたか」

「しかしそれは、あまりにも急な……」

「五千万ユーロは、弊社にとっても小さい額ではありません。新薬開発への投資は大事ですが、条件が揃わなければ、再検討せざるを得ませんね」

再検討とは言うが、実質的に投資を取りやめるという意味だ、と安城は判断した。ということは、その先にある合併話も潰れる……眩暈がしてきた。

「……条件をお聞きしてもいいですか」

「先ほども申し上げましたが、御社は畑井で大きなトラブルを抱えていますね。四十年前のことは……終わったことですから、弊社としては何とも申し上げられません。しかし、現在進行形のトラブルは大きな問題です。弊社としては、ビジネスパートナーにはトラブルを抱えて欲しくはないんです」

「つまり……」どうしてこの件がばれた、と考えるので精一杯だった。誰が漏らしたのか……様々な人間、特に社内の人間の顔が脳裏を過る。

「裁判にでもなれば、全てが明るみに出ますね。そうなったら、投資についても合併についても、ご破算にせざるを得ません。年内中には、何とか収拾してもらえませんか」

「年内と言われましても……」時間がない。安城は額に滲む汗を掌で拭った。新薬開発への投資は、いわば合併までの「つなぎ融資」の意味合いも持つ。この計画が立ち消えになれば、最終四半期で資金がショートしかねない。

「ビジネスと倫理の問題は、切り離せないんです。世間の目も厳しい。そこを十分ご理解いただきたいんですが」

「……分かりました」

電話を切り、目を閉じる。小僧が……自分より若い人間に脅しをかけられ、面子は丸潰れだった。それよりもやはり気になるのは、誰がこの情報をユーロ・ヘルスに流したかだ。社内に裏切り者がいる？

それを考えると、目の前が真っ暗になるようだった。

また隠密行動なんだな、と槙田は苦笑せざるを得なかった。しかし、やるしかないのだ。

自分で言い出したことだし、高藤が表に出るのは最後の最後でいい。それまでに地均《じなら》ししておくのが自分の役目だ。

ただし、普通の会社員が、勝手に仕事を放棄して隠密行動を取るのは難しい。槙田は伝家の宝刀を抜くことにした。

「有給休暇？」野分が眉を吊り上げた。「年末のこのクソ忙しい時期に、何のつもりだ」

「取らせていただきます」槙田は引く気はなかった。「これはサラリーマンの権利ですから」

「お前」野分が立ち上がり、デスクを挟んだまま、槙田に顔を近づけてきた。「副社長に可愛がられているからって、こういう勝手なやり方は許されないぞ」

「別に可愛がられてませんよ。何だったら、副社長に直接確認してみたらどうですか？」

野分が睨みつけてきたが、何とも思わない。この男は、会社という組織の中で、然るべき影響力を行使できるほど上にはいないのだ。

「とにかく、明日から休みます」

「いつまで」

「そこにちゃんと書きました」槙田は、野分が手にした「有給届け願い」を指差した。

「今週一杯です」

「ふざけるな！　そんなに休みをやれるわけがないだろう」

「別に、忙しいとは思えませんけど」槙田は広報部の中を見回した。席にいる部員は半分ほどで、のんびりした雰囲気が漂っている。製造部門や営業部門はともかく、年末が近いからといって広報部が忙しくなることはない。

「お前は……好き勝手にやってて、只《ただ》で済むと思ってるのか」

「処分したいなら、どうぞご自由に」槙田は肩をすくめた。会社内での脅し合いや駆け引き……そんなものは、今はもうどうでもいい。「それでは、失礼します」

「失礼しますって、お前」野分が顔をしかめる。「有給は明日からじゃないのか」

「もう五時ですよ」槙田は壁の時計を指差した。「うちの会社の勤務時間は、九時五時ですよね」

一礼して、さっさと踵を返す。野分はまだ何か言ってくるだろうと思っていたが、何もなかった。言葉すら失っているのかもしれない。ありがたいことだ、と皮肉に思う。会話が成立しない人とは、無理に話さなくてもいいのだから。

火曜日、午前七時。槙田はしばしばする目を何とか復活させようと目薬をさした。もちろん自社製品である。何だか変な感じだな、とも思う。こうやって長原製薬とつながりを持ち続けているのは、自分にとっていいことなのか悪いことなのか。

しかし、目も頭もすっきりした。この目薬のきつい冷たさ加減が、自分には合っている。

いい製品だと思う――だいたい、長原製薬の技術力は業界屈指と言われているのだ。ところが宣伝下手のせいで、市販薬については製品の質が売り上げに結びつかない。この目薬だって、耳に残るキャッチコピーと印象的なＣＭで勝負すれば、主力商品になったかもしれないのに。

それにしても、遅い。左腕を持ち上げて腕時計を確認すると、二十分経っていた。別に一人でも何とかなると思うが、「二人でやった方が間違いがない」というのが、高藤のアドバイスだった。確かにそうだ。患者を訪ねた時も、一人より二人の方がプレッシャーは少なかった。しかし自分は、あの女性弁護士が苦手である。

助手席のドアが叩かれた。ちらりとそちらを見ると、佳織が立っている。コンビニエンスストアのビニール袋を掲げて見せたので、ほっとした。やっと腹に何か入れられる――六時起きでホテルを抜け出してきたので、朝食を摂っている暇がなかったのだ。かといって、今朝は食事を抜く気にはならない。この張り込みがいつまで続くか、分からなかったからだ。

佳織が乱暴にドアを開け、助手席に滑りこんできた。

「何で私が買い出ししなくちゃいけないんですか。しかも歩いて」

「すみません」思わず弱気に謝ってしまった。

袋を受け取り、自分の分を取り出す。サンドウィッチを口に押しこみ、コーヒーで流しこんで一息ついた。これで、少なくとも午前中一杯は頑張れるだろう。あとは……昼になったらまた考えればいい。話しかけるとまた機嫌を悪くしそうだが、前から気になっていたことを佳織に確認したくなった。

「宮本さんは、どうしてこの件に肩入れするんですか？」

「もともとは、高藤先生から回ってきた話です」佳織がコーヒーに蓋をした。後でゆっくり飲むつもりらしい。「地元のことだし、弁護士なら、こういう大きい事件はやってみたいって思うもんですよ」

「名誉欲、みたいなものですか」

「それもあるけど、弁護士らしさを発揮できる機会ですから。苦しんでいる人と一緒になって、泣いて笑って、裁判で戦う……それが弁護士という仕事の醍醐味だって、先輩たちからは聞かされてます。その最たる物が、公害訴訟なんですよ」

「でも最近は、公害関係の裁判も聞かないですね」

「高度成長期が多かったんです。水俣病、新潟水俣病、四日市ぜんそく、イタイイタイ病——四大公害病は知ってるでしょう？」

「ああ」学校で教わった記憶がある。まさか自分が、その当事者の一人——長原病に関係してしまうとは思わなかったが。

「イタイイタイ病は少し歴史が古いけど、あとは高度成長期に問題になったものばかりですよね。生産性ばかりを優先した企業による、一種の犯罪だと思っています」

「ええ……」

反応しにくい話だ。以前ほど長原製薬に対する思いは強くないとはいえ、やはり自分の責任を問われているような気分になる。そんな気持ちを知ってか知らずか、佳織は変わらぬペースでまくしたてる。

「こういうことはもうないだろうっていうのは、弁護士にとっては常識でした。企業側も反省したはずだし、隠しても無駄だということは学んだはずですからね。そもそも隠してもいつかはばれるし、ばれた時にはもっと騒ぎが大きくなるでしょう?」

「そうですね」

「でも、長原製薬は何も学んでいなかったんですね」

「そう言われてもしかたないです」槙田は肩をすくめた。「四十年前の一件は、高度成長期の終わり頃……公害訴訟がたくさん起こされた時期と重なるんじゃないですか」

「まあ、そうですね」

「もしかしたら、他にも埋もれた事件があるかもしれない。隠し続けたのはうちだけじゃない、ということも考えられるんじゃないんですか?」

「可能性としては、ありますね。でも今、そんな話をしても仕方ないですけど」

槙田は無言でうなずいた。会話は気詰まりになりつつあり、居心地が悪い。やはり、彼女は苦手だ……。

「ちょっと出てきます」槇田は車のドアに手をかけた。

「どこへ行くんですか」佳織が鋭い声で追及した。

「煙草です。ついでに家の裏手に回ってみますよ。そちらからも家の中が覗けるって、高藤先生が言ってましたから」

佳織がそれ以上何も言わなかったので許可を得たと思い、槇田はドアを押し開けた。レンタカーは、長原家の人の出入りが確認できる位置に停めてある。少しぐらい離れた場所にいても大丈夫だろう。

それにしても今日は一際冷える……十二月にしては大袈裟かもしれないと思いつつ、ダウンジャケットを着て来て正解だった。マフラーを首に巻きつけ直し、砂が薄く積もった歩道を歩き始めた。空は雲が一掃されたような青空だったが、それがまた寒さを意識させる。背中を丸め、向かい風に逆らって歩いて行く。ほどなく、海岸沿いにある公園から続く緩い坂道へたどり着いた。大股で途中まで下り、右手にある松林の中に入る。ここにいると、家を横から見ることができるのだ。玄関前に停まったワンボックスカーも見えるから、動きがあればすぐに分かるだろう。

枯れ枝を踏む音を気にしながら、槇田は地面に膝をついた。火の粉が飛ばないように、両手でライターを包みこんで煙草に火を点ける。今日最初の一本が、胸に染みこんでいった。このまま煙草をやめられなくなるのだろうか、と不安になる。一段落して気持ちが落ち着けばやめられるかもしれないが、何を以て「一段落」になるかが分からない。この騒ぎは、この先何年も続くのではないか。

家を見詰めたまま、ゆっくりと煙草を吸った。何も起こらない……それはそうだ。悠々自適に暮らしているはずの長原が、こんな朝早くから何かをしているとは思えない。だったら自分は、こんなところで何をしているのだろう。何かが動き出すのを期待しているのだが、今は時間を無駄にしている感じしかなかった。佳織と一緒というのも気が重い。高藤は自分の立場や考えを理解してくれているが、佳織はまだ疑っている節がある。

長原の家に、一台の車が近づいてくる。地元ナンバーの、ごく普通のセダンだ。県道から長原の家に続く私道に乗り入れるとスピードを落とし、ワンボックスカーの隣に停まる。降りてきたのは、二十歳ぐらいの若者のようだ。薄手の青いダウンジャケットにジーンズという軽装。寒さは防ぎ切れない様子で、背中を丸めている。

スマートフォンが鳴る。佳織だった。

「家に車が入っていきましたけど」感情的な声の響きはなく、仕事用に切り替えた感じだ。「こっちからも見えてます。若い男が一人で降りて来て……今、玄関の前で何か待っています」

いかにも、予め決めておいた約束の時間に訪ねて来た感じである。ほどなくドアが開き、杖をついた老人が顔を見せた。大社長——株主総会で見たことがあるが、その時と違って「大物」のイメージではなかった。単なる疲れた老人。かすかに緊張しながら佳織に報告する。

「今、長原さんが顔を見せました。外へ出るみたいですよ」

「どうします？」

「エンジンをかけておいて下さい。あなた、運転はできますよね？」

「もちろん」

「ここからの方が、家の様子がよく見えるんです。何か動きがあったら、そっちへ走って戻りますから、すぐに走り出せるようにしておいて下さい」

「……分かりました」

不機嫌になったのは、命令されることに慣れていないからかもしれない。こっちだって別に、好きでやってるわけじゃないんだ、と槙田は口の中で毒づいた。刑事でも探偵でもないんだから、張り込みや尾行の経験などないのだし、この後どういう手順で続ければいいのかも分からない。

家のドアが閉まると、青年はワンボックスカーの運転席に滑りこみ、エンジンを始動させた。マフラーから水蒸気がかすかに立ち上る。見ているうちに、スライド式のドアが開き、そこから車椅子用のリフトが降りてきた。どこかへ行くのは間違いないが、どこだろう……槙田は片膝を立てた状態で、スマートフォンを構えた。写真を撮っておけば、後で使えるかもしれない。

　ズームして、ワンボックスカーの様子を確認する。青年は運転席から降りて来て、リフトの横で足踏みしながら待っていた。ほどなく家のドアが開き、長原が車椅子を押しながら出て来る。車椅子に乗った男は、膝には毛布、さらに分厚いダウンジャケットを着こんだ上にニットキャップまで被って完全武装だ。これが四男か……そのニットキャップのせいで、表情が隠れてしまっているのが惜しい。車椅子が大きいのか、男が小さいのか、体は少しだけ左側に傾いでいた。車椅子が地面の小さな瘤《こぶ》を乗り越える度に細かく揺れ、その都度頭が左右に振れた。

　青年が手助けして、車椅子をリフトに乗せる。車椅子がワンボックスカーの中に消え、スライドドアが閉まると、青年が長原と一言二言話し、運転席に入った。何枚か写真を撮ったが、何とも嫌な気分だった。見てはいけないものを見てしまったような……槙田は佳織の携帯を呼び出した。

「出るみたいです。すぐにそっちへ戻りますから」

「急いで下さい」

　言われるまでもない。槙田は、枯れ葉に足を取られ、滑りそうになりながら、必死に緩い傾斜を上り始めた。ワンボックスカーが走り出したらしく、砂利を踏む音が聞こえてくる。慌てて道路まで出て、全力疾走で車に戻った。

ワンボックスカーは既に、県道を走り始めていた。助手席に飛びこむと同時に、車が急発進する。佳織の運転は乱暴で、シートの上で槙田の体が弾んだ。

「もうちょっと丁寧に……」

文句を言うと、佳織が「距離を詰めておかないと」とぽつりと言って、さらに深くアクセルを踏みこんだ。すぐに、ワンボックスカーに追いつく。佳織がそこでようやくアクセルを緩めたので、槙田も人心地ついた。溜息を漏らし、ようやくシートベルトをする。運転席側のカップホルダーからコーヒーを取り上げ、一口飲んだ。思っていたより鼓動が激しい。走ったためではなく、興奮していたからだが。

前を走るワンボックスカーは、制限速度を淡々と守っていた。佳織が苛立たしげにハンドルを人差し指で叩き、「こんなところで、最高速度四十キロはないわよね」とつぶやく。実際には片側一車線だし、結構カーブも多いので、あまりスピードを出せない道路なのだが——彼女は、ハンドルを握らせてはいけないタイプのようだった。

ワンボックスカーは市街地を抜け、北を目指して走っていく。途中で朝のラッシュに巻きこまれ、市街地を抜けるのに少しだけ時間がかかった。

「こういうところだけ、東京並みなんだから」佳織がつぶやく。

「何がですか?」

「朝のラッシュ。みんな車で通勤してるから、当たり前かもしれないですけどね」

追跡はしばらく続いた。ワンボックスカーは結局高速道路に乗り、西へ向かって走り始めた。ここでも制限速度を守り、左側の走行車線で同じ速度をキープする。車椅子のまま乗っている男——長原の息子に気を遣っているのだろうか、と槙田は訝った。

しばらくはこのままだろうと考え、槙田はシートに背中を預けた。冷めてしまったコーヒーをちびちび飲み、右側に視線を向ける。北側——富士山の方には雲がかかっているようで、はっきりとは見えなかった。

「私の顔に何かついてますか？」棘のある言い方で佳織が言葉をぶつけてきた。

「いや……今日は富士山が見えないなと思って」

「別にあんな物、見えなくてもいいじゃないですか。私は見飽きてます」

「そうかなあ。富士山を見ながら毎日暮らせたら、気持ちが豊かになりそうだけど」

「豊かというか、呑気になっちゃうんじゃないですか？　四十年前に、湊の人たちが長原製薬と喧嘩しなかったのも、基本的に呑気だからかもしれませんよ」

「元々漁師町でしょう？　気性は荒そうだけど」

ハンドルを握ったまま、佳織が器用に肩をすくめ、「よく分かりません。私は畑井の生まれだけど、湊の人間じゃないんで」とあっさりと言った。

それきり会話が途絶える。どこまで行くつもりだろう……五十キロほど西へ行くと県都である。当然、県内で一番大きな街で、政令指定都市——病院だ、と見当がついた。

「ここだと、大きな病院がありますよね」槙田は自分の推論を佳織に話した。

「それは、もちろん。病院は、東京よりも地方の方が充実しているかもしれませんよ。年寄りが多いし」

「リハビリとか」

「長原病に関しては、治療法も分かっていないんだから、リハビリはないんじゃないですか」

「真島先生は、筋肉が固まらないように、高藤先生にストレッチを勧めているそうですけど」

「効果はあるんですかね」白けた口調で佳織が言った。「高藤先生、それで劇的によくなったわけじゃないみたいだし」

「他に治療法がなければ、仕方ないんじゃないかな」

「それはともかく……病院に行くとなると厄介ですよ。中に入られたら、接触が難しくなる」

「そこは何とか……」

「何かアイディア、あるんですか」

「これから考えます」

佳織が舌打ちしたが、槙田は無視して目を閉じた。怪しまれずに病院に入りこむ手は……思いつかない。大抵の病院では、見舞い客を受けつける時間は午後である。午前中から関係ない人間がうろついていたら、目立ってしまうだろう。

まあ、とにかく……病院についてから考えよう。会話の「障壁」になりそうなのは、車を運転している青年だけなのだ――むしろまず、あの青年と話をしてみようか。長原家とどんな関係かは分からないが、自分が長原製薬の社員だと名乗れば、話のとっかかりになるかもしれない。少なくとも長原家の関係者から見れば、現段階の自分は「敵」ではないはずだ。

ワンボックスカーが、予想通り県都の最寄りのインターチェンジで高速を降りる。そこから、新幹線の駅の南口にある総合病院までは、車で十分もかからなかった。午前八時半……そういえば、高藤に報告しなくていいだろうか。電話しようかとも考えたが、控える。高藤も、体調が万全なわけではないのだ。昨日は普通に食事をしていたが、何となくだるそうで、さほど食欲もない様子だった。やたらコーヒーばかりを飲んでいたような記憶がある。こんな朝早くから、はっきりしない情報で煩わせたくなかった。もう少し具体的なことが分かってからにしよう。

広大な駐車場の、少し離れた場所にレンタカーを停め、様子を確認する。車を運転してきた青年が車椅子を下ろし、そのまま付き添って病院に入って行った。槙田はワンボックックスカーに近づき、窓から中を覗いてみたが、それで何か分かるわけでもない。結局ノープランのまま、レンタカーに戻った。佳織は車に体を預け、病院の建物をじっと見ていた。

「待ちましょう」

「それがあなたのプランですか」皮肉をぶつけてくる。

「いずれ、出て来ます。必ず家に送って行くはずですから、車に乗りこむタイミングで声をかけてみるのがいいと思います。それがベストです」

「そんな、適当な……」

「だったら、他に何かいい考えがあるんですか」少しむきになって、槙田は反論した。

「それは……ないけど」

「正面から行きましょう。余計な策を弄すると失敗しますよ」

「だったら、まずあなた一人で行って下さい」

「え」思わぬ一言に、槙田は固まった。弁護士の交渉能力に期待していたのだが。

「二人とも顔を覚えられたら、もう接触できないでしょう。私は自分を温存します」

何だか変な言い方だが、理に適《かな》っているような気はする。槙田はうなずき、彼女の提案に同意した。

あとはひたすら待つだけになった。この時間が長い……煙草が吸いたくなったが、病院の敷地内は全面禁煙だろう。外へ出れば佳織一人に監視を任せることになってしまい、彼女の機嫌を損ねるのは明らかだ……煙草が吸えない状況が、また苛立ちに拍車をかける。

十一時半。佳織が目ざとく二人を見つけた。「出て来ましたよ」と言って、運転席のドアを押し開けようとする。温存すると言っておきながら、いざとなると気が逸《はや》るようだ。「あなたは行かないことにしたでしょう」槙田は彼女を押し止め、さっさと助手席のドアを開けた。小走りに、ワンボックスカーに駆け寄る。

ゆっくりと近づいて来る二人が、同時に槙田に気づいた。槙田はネクタイを撫でつけてから、二人に向かって深々と頭を下げた。二人の顔に戸惑いの色が浮かぶ。こちらから近づき、声をかけた。

「長原紀博《のりひろ》さんですね？」

「はい」

車椅子に乗った男が認める。声はしっかりしているようだ、と槙田はほっとした。これなら会話は無理なく成立するだろう。

「長原製薬広報部の槙田と申します。少し、お話しさせていただいていいでしょうか」

「構いませんが……」

紀博が、隣に立つ青年を見上げた。青年は「大丈夫ですよ」と軽く言って、「待ってますから」とつけ加えた。この青年の物腰には、悪意は感じられなかった。

「ここだと冷えますが……」槙田は、紀博の体調が心配になった。

「じゃあ、食事でもしましょうか」紀博がいきなり切り出した。「少し早いけど、そんな時間です」

「構いませんけど……大丈夫なんですか」

「いろいろな意味で大丈夫です。食事に介助は必要ないので。それにこの近くに、バリアフリーのお店があります。どうですか？」

「よろしければ。もう一人いるんですが……」

「いいですよ」

ほっとして、槙田は右手を振り、佳織に合図した。すぐにレンタカーのドアが開き、佳織が小走りにこちらにやって来る。

「三人ですね。じゃあ、念のために店に連絡を入れておきましょう」紀博が、斜めがけにしたバッグからスマートフォンを取り出し、気軽な調子で話し始めた。それを見て、佳織が渋い表情を浮かべる。あまりにもあっさりと話が進んでいるのが分かり、かえって疑っているのかもしれない。

「予約しておきました。私の足で——車椅子で十分ぐらいかな」電話を切って、紀博が淡々と言った。

「お供します」槙田は頭を下げた。話が上手く転がり過ぎている気はしたが、この状況を利用しない手はない。

青年をその場に残したまま、三人は歩き出した。電動車椅子はそれほどスピードが出るわけではなく、つき合っているとどうしても歩くのが遅くなってしまう。その状態だと、非常に話しにくい。しかし意外なことに、紀博の方で積極的に話しかけてくれた。無難な話題ではあったが。

「最近、景気はどうですか」

「あまりよくないですね」

「製薬業界には、世間の景気はあまり関係ないと思いますけどねえ」

「それなりに影響は受けますよ」

「そうですか」

会話はそこで手詰まりになった。紀博は気にもならない様子で、平然と車椅子を動かしている。店に着いた時には、さすがにほっとした。バリアフリーというのは大袈裟で、単にドアのところに段差がなく、テーブルとテーブルの間隔が広いだけだった。紀博には馴染みの店のようで、店員がすぐに、椅子を二脚片づけたテーブルに案内する。カジュアルなフレンチ、という感じの店で、ランチメニューにはカレーもナポリタンもあった。

「ランチセットにしましょう。それが一番早いしお得だ」紀博がいきなり仕切り始めた。

特に反対する理由もなく、槙田と佳織は同時にうなずいた。

座って向かい合うと、紀博が実際にはかなり大柄な男だと気づいた。キャップを取ると、ぼさぼさに伸びた白髪交じりの髪が露わになる。顔色は悪くないが、体が全体的に左側に傾いでいるのが気になった。

水を一口飲むと、紀博が槙田に視線を向けた。

「それで？　父の会社の人が私に何の用事ですか——失礼、もう父の会社ではないですね」

「あなたの体調不良は——四十年前の一件が原因ですか？」

「分かりません」紀博が肩をすくめたが、右側だけだった。足もそうだが、左手もあまり自由が利かないようである。何となく体が傾いでいるのもそのせいだろうか。「それが分かっていたら、もう少し治療のしようもあると思うけど」

「今の治療は……」

「取り敢えず、治療ではなくリハビリをしています。筋肉が固まらないようにね。週二回、この病院でお世話になっています……あまり効果はないようですが」

「きついですか？」

「きついですね」紀博があっさりと認めた。「こんな風にならなければ仕事も続けていけただろうし、離婚することもなかったと思う。ああ、私の奥さんはアメリカ人だったんだけど、合理的というか、計算高くてね」

愚痴を零す人間性が、槙田をほっとさせた。この男となら、腹を割った話し合いができそうである。

「もっと詳しく原因を究明するつもりはないですか？」

「私が？」

「そうです。あなたが——いわば実験台になって」

紀博が黙りこんだ。今の言葉が彼を傷つけたのは間違いない。謝ろうかと思った瞬間、紀博がまた口を開く。

「私一人では、どうしようもないでしょう」

「他にも患者がいるんです」

槙田の指摘に、紀博の喉仏が上下した。この事実を知っているのかいないのか……判別できなかったが、何か考えているのは間違いない。再び彼が口を開いた時、その言葉は重くなっていた。

「あなたは、長原製薬の代表として来ているんですか」

「そういうわけでもありません。それなら、直接家を訪ねます」

「なるほど……それで、あなたは？」紀博が佳織に視線を向けた。

「弁護士です」

佳織は、極めて整理された内容を淡々と話した。四十年前とよく似た症状の患者が、湊地区で何人も出ていること。長原製薬の責任を追及するために、訴訟を検討していること。

しかし長原製薬側が、訴訟潰しのために患者に接触して金で黙らせようとしていること——最後の話が出た時に、槙田は耳が赤くなるのを感じた。自分はもう、あんなことはしない。しかし、やってしまった事実は消せないのだ。

「話は分かりましたが、私にどうしろと？　裁判に巻きこむつもりですか」紀博が、また槙田に視線を向けた。

「いえ」

「意味が分からないな」

「裁判にはしたくないんです」

言い切った槙田は、横に座る佳織がにわかに緊張するのを感じた。それはそうだろう。この計画について説明してはあったが、彼女自身が納得しているかどうかは分からない。すぐに激して怒り出す割には、本音が読めない人なのだ。

「裁判だけが解決の方法ではないと思います。患者も長原製薬も傷つかないで、両者が最大限の利益を得られるやり方があるはずです」

「なるほど……アメリカではね」紀博が、急に諭すような口調になった。「法廷に立たない弁護士が、一番腕がいい弁護士だと言われているんです。裁判になる前に、相手方の弁護士と酒を呑みながら話をまとめてしまう。裁判になれば莫大な費用がかかって、どっちが勝っても負けても損することになるケースが多いですからね」

「向こうでは、そうやって弁護士活動をしてきたんですか？」

「それが、なかなか」紀博が苦笑した。「そこまでアメリカの弁護活動に慣れないうちに、こんなことになってしまったから」

「だったら今、日本でそれをやってみませんか」

「日本での弁護士資格はありませんよ」紀博がにわかに表情を強張らせる。

「弁護士でなくても、戦術を考えることはできるでしょう。正式な弁護士業務をやってくれとお願いしているわけではないです」

「つまり……」

「関係者同士の話し合いを、法廷の外でやりたいんです。そのために、大社長――あなたのお父さんにつないで下さい」

「つまり、父を当事者の一方にする、と？」

「違います。大社長は、もう現役を退かれている。今の公的な立場は、あくまで個人筆頭株主です。しかし、影響力は大きい……現在、長原製薬でこの件を仕切っているのは安城副社長ですが、この人に何か言えるのは、大社長ぐらいなんです」

「しかし、ね……私自身は先が長くないと思いますよ」紀博がさらりと言った。「今さらどうにかしようなんて……」

「諦めないで下さい！」槙田は叫んだ。周囲の目が気になり、耳が赤くなるのを感じたが、今はそんなことはどうでもよく思える。「治るかもしれないんですよ」

「原因が分からないのに、治るとは考えられない」

「神経系に影響を与える毒物が原因なら……」

「四十年前の話ですね？　その頃の資料は、会社には残っていないはずだ」紀博の声が冷ややかになってきた。「ほとんど破棄されてしまった、と聞いています。そもそも長原製薬は、きちんと原因究明もしていない」

「患者の数が多ければ、そこから分かることもあります」根拠のない自信を元に槙田は言った。

「そもそもこれが、四十年前のことと関係あるかどうか、考えたことはありますか？」

虚を衝《つ》かれ、槙田は唇を閉じた。確かに……症状は四十年前とよく似ている。まだ死者が出ていないだけだ。しかしそもそも、四十年前に有害物質を摂取して、その影響が今になって出てくるようなことがあるのだろうか。もしかしたら、長原製薬とは関係ない、別の原因があるのかもしれない。それなら話が変わってくるのだが、いずれにせよ綿密な調査を経ないと、仮定の話さえできない。紀博がさらに突っこんだ。

「私は、この分野では完全な素人です。医学的、生理学的なことは何も分からない。ただ、何十年も経ってから症状が出てくるというのは、ＤＮＡレベルで何らかの損傷を受けたとか、そういうことではないでしょうか」

「しかし、第二世代には影響が出ていないんです」

「そうか……」紀博が腕組みをした。「それは確かにおかしい。遺伝子に影響があれば、あの後で生まれた人——現在四十歳以下の人に症状が出ても不思議じゃないですね」

「ところが、今発症している人は、全員が四十代以上——むしろ、五十歳に近い人たちが下限です。つまり、当時あの湾で捕れた魚を普通に食べていた人たち、ということになります」

「私のようにね」紀博が右手で鼻を指差した。「昔から魚が好きだったんですよ。自分が毒物を食べているとは思わなかったけど……しかしこれは、非常に興味深い状況なんですね」

「興味深い？」

「ええ」紀博が穏やかな笑みを浮かべた。「純粋に、知的に興味深い。どういうことなのか、是非実態を知りたいですね」

「そのためには、長原製薬と患者側の全面的な協力が必要です。それを実現できるのは、大社長しかいない。説得して下さい。会社が折れるよう、安城副社長と話し合うようにしてもらえませんか？」

紀博がまた腕組みをした。左腕が上手く上がらないので、ひどくバランスの悪い腕組みだったが。無言のまま時が過ぎ行き、せっかくのスープが冷めて、表面に膜が張っていた。

6

眩暈は完全に消えたのだ、と自分に言い聞かせる。高藤は念のため、渋谷の自宅から六本木の事務所までタクシーで行ったのだが、頻繁なゴーストップや揺れにも、体は悲鳴を上げなかった。車に乗っていると案外頭が揺れるものだが……それで安心して、日常の業務に入ることにする。

事務所の自室に入るのは、ずいぶん久しぶりのような気がした。月曜日を休んだだけなので三日ぶりだったが、それでも妙に懐かしい感じがする。自分でコーヒーの用意をし、溜まっていた書類に目を通しているうちに、次第に心が落ち着いてきた。こういう何気ない行為が、ひどく大事に思えてくる。もしも先日のような眩暈が頻繁に襲ってきたら、こういう日々も手放さざるを得ないだろう。

気づくと、書類を両手で持ったまま、ぼんやりとドアの方を見ていた。

生きたい、と強く思う。生きてさえいれば何でもできるのだから。しかし、そのために自分が何をすべきかが分からない。あの眩暈が襲ってくるまでは、長原製薬をこの世から抹消することこそが自分の役割だと思っていた。しかし――今は考えが変わっている。会社がなくなれば、原因解明と治療法確立のヒントまで消えてしまうかもしれない。

ふと意識が遠くへ行ってしまいそうになるのをこらえ、淡々と書類仕事をこなす。その間、コーヒーを二杯。これだけで人間らしい気持ちになってくる。

ふいに空腹を覚え、書棚の片隅に立てかけた時計に視線をやった。午後一時。ここへ座ってから、電話は一本もかかってこなかったし、若手の弁護士や職員が相談に来ることもなかった。こういう静かな状況は珍しい。だいたいいつも、二十分に一回はドアが開くか電話が鳴って、邪魔されるのだ。

この空腹は本物か、あるいは偽物か。しかし、何か食べておこうと思った。食べなければ動けない――自明の理であり、無理してでも食事は摂らなければならない。

近くの蕎麦屋で済ませよう。この時間ならもう空いているし、せいろ一枚なら胃に負担もかかるまい。徐々に慣らしていけばいいのだ。真島も「食事には特に気をつける必要はない」と言っていたし。

立ち上がろうとすると、膝に鋭い痛みが走る。眩暈に悩まされて忘れていたが、これも問題だな、と苦笑する。今はまだ、足を引きずる程度で何とか歩けるが、いずれ杖が必要になるだろう。その後には車椅子。うんざりするが、今のところはそういう状況を甘んじて受け入れるしかない。

デスクに両手をついて、慎重に立ち上がる。その瞬間、携帯が鳴った。槙田。今日から湊で張り込みを始めているはずだが、何かあったのだろうか。

「高藤です」

「槙田です。先生、明日、こちらに来られませんか？」ひどく慌てた口調だった。

「何かあったのか？」

「大社長の息子さん——紀博さんと話ができました」

「君は優秀だな。探偵になっても生計を立てられるんじゃないか」

「それは勘弁して下さい……とにかく、大社長に話をつないでくれることになったんです」

「本当か？」高藤は思わず携帯を強く握り締めた。これほど順調に話が進むとは。

「ええ。息子さんも、いろいろ考えていることがあるようで……」

「例えば？」

「彼は、気持ちが揺れています」

「どういう意味だ？」

「人生を諦めているような、まだ諦めきれていないような……やはり大社長の意向に添おうとしていたんです。自分が大人しくしていないと、外部に情報が漏れる恐れがあるから、治療らしい治療も受けないでリハビリで誤魔化しているんですが、未だに死に対する恐怖も絶望感も持っています」

「——それに縁がない人間はいないだろうな」自分も例外ではない。

「失礼しました」槙田が強張った口調で言った。「紀博さんは、非常に複雑な人です。ただ、このまま事態を埋もれさせてしまうのは間違っている、ということは認識しています。自分が父親を諭すことは不可能でも、誰かがそれをやるなら橋渡しはできる、と言ってくれました」

「……よくやってくれた」ふいに目頭が熱くなるのを感じた。この男は結局、自分の立場を捨ててまで、正義のために動いてくれたのだ。絶対に不利にならないように手を尽くそう、と心に決める。

「今のところ、私にできるのはこれぐらいかもしれません」

「ああ……後は私の仕事だな」

「どうでしょう？　明日、こちらに来られませんか」

「何とかする」テーブルに置きっ放しにしてあるスケジュール帳を広げた。明日は午前中に、どうしても外せない面会がある。顧問をしている企業の法務部との定期的な集まりなのだが、ややこしい話ではないので遅れることなく終わるだろう。「午後……夕方ではどうかな。できれば、真島にも同席してもらいたい」

「そうですね。湊病院は、何時までなんですか？」

「診察は六時までだ。しかし他にも先生はいるし、やり方次第でいくらでも調整できる……私がそちらに行けるのは、四時過ぎになると思う。それ以降に面会できるように、君

「体調はいかがですか」

「分かりました。また連絡します……ところで、体調はいかがですか」

「今日は事務所に出ているよ」

「無理されてませんよね？」疑わしげに槙田が言った。

「今日は何ともないんでね。体が動くうちは、ちゃんと働くつもりだ。これでもまだ、私を必要としている人がいるんだよ」

「分かっています。でも、無理はしないようにしていただかないと」

「そうだな。今日はたっぷり寝て、明日に備えることにするよ」

「とにかく、また連絡します」

電話を切っても、高藤はしばらくその場に立ち尽くしていた。明日は大一番になる。そこでヘマをせず、長原を説得するためには、相当入念な準備をしなくてはならない。たっぷり寝るのは無理なようだ。だいたい電話を切った直後に、新しい作戦が浮かんでしまった。ここはチャンスだ。一気に長原製薬を追いこむためにどうするか……二面展開でいこう。湊と東京——二つの場所で、同時に会社を追いこむ作戦を展開する。

高藤は電話に手を伸ばし、槙田を呼び出した。

「どうしました？」切った直後に電話がかかってきたせいか、槙田は少し驚いた声を出した。

「分断作戦でいこう」

「分断って……会社側と大社長を切り離すんですか？」槙田が疑わしげに言った。

「そうだ。二手に分かれて、同じ時刻に東京と湊で作戦を展開するんだ。私と真島は長原社長――元社長を説得する。四男の紀博さんに電話して、明日家で会えるかどうか確認してくれないか。宮本弁護士と安城副社長が会うための方法は……」そちらは考えていなかった。

「一つ、考えがあります」

槙田の提案を、高藤はすぐに受け入れた。これなら自然で、安城も逃げられまい。

「広報部を通じてのアポ、ということにしましょう」槙田が続ける。「それなら私も同席できますから」

「君は……それでいいのか」あまりにも深く入りこみ過ぎるのではないか。彼の立場が悪くならないなら、それに越したことはない。

「大丈夫です」槙田の声に揺るぎはなかった。「とっくに覚悟はできています」

追いこまれたか……安城は顎を胸に埋め、じっとドアを見詰めた。まだ打つ手はあるか？　全て試してみたか？　誰か知恵を持っている人間はいないのか？

全ての問いに対して、答えは「ノー」だった。徒手空拳のまま、牙を剝いた奴らの前に出ていかなければならない。そして今や、何を守るべきなのかも分からなくなっていた。ユーロ・ヘルスが最後の爆弾になった。年内に何とかしろとは……無理だ。前屈みになり、両手で頭を抱えこむ。裁判を避ける方法はないのか？　そもそも、みすみす負けると分かっている戦いに挑むのは馬鹿らしい。社長に相談してみるか……徹底抗戦すべきか、さっさと軍門に降《くだ》るべきか、判断を仰ぐ。いや、社長の意見など当てになるまい。そもそも判断から逃げ回るだろう。ここはやはり、自分が何とかするしかない。

しかし、どうすればいいのだ？　何の考えもないまま、安城はゆっくりと顔を上げた。おそらく、四十年前の一件も蒸し返されるだろう。サラリーマンとしての自分の原点。それが断罪されるのは、自分の人生そのものを否定されるも同然だ。

何故、上手くいかない？

今まで、どんな苦境も乗り越えてきた。おそらく、人に仕える立場として最後に仕上げるべきだったのが、今回の大合併である。だが今、その計画には大きな壁が立ちはだかり……苦しい。合併計画そのものが危険な状況にあると安城は読んでいた。どう転んでも上手くいかないか——自分のサラリーマン人生が、無様《ぶざま》な終焉に近づいていることを覚悟する。有終の美を飾ることは、本当に難しいのだ。上司を仰ぐ立場なら、無難に終われるだろう。しかし自分のように、実質的に会社を背負っている人間は、最後の最後までギャンブルを続けているようなものだ。勝つか負けるかは、自分の腕と運次第。

今回は、全てが悪い方に傾いた。どこで判断を誤ったのか……結果的には、D07の件で隠蔽を決めたのが失敗だったような気がする。何故か真島にもこの件を知られてしまい、向こうの有利なペースに巻きこまれてしまったのだから。

酒がないとやっていられない。もう夕方で、今日はこの後人に会う予定はないから、一杯やってもいいだろう。

何だったら、二杯でも三杯でも。

無意識のうちにうめき声を上げながら立ち上がり、デスクに戻る。屈みこんで一番下の引き出しを開けた瞬間、デスクに置いた電話が鳴った。思わず舌打ちして体を伸ばし、受話器をひっ摑む。

「はい」つい不愛想に応答してしまった。

「高藤です」

「ああ、先生」この人も結局役に立たなかったな、と今さらながら思う。もっとも彼の仕事は、法的な側面から会社にアドバイスすることである。未だ訴えられたわけではないのだから、彼の仕事はむしろこれからだ。

「一つ、ご報告というかお願いがあります」

「何でしょうか」妙によそよそしい態度なのが気になった。

「私、この度、御社の顧問弁護士を辞任させていただくことにしました。今年度一杯の契約ですが、本日付で辞任させていただきたいので、先払いしていただいている顧問料については、日割りで計算して返却させていただきます」まるで台本を読んでいるように、淀みない口調だった。

「ちょっと……ちょっと待って下さい！」安城は思わず叫んでいた。「これから裁判があるかもしれないんです。先生のお力が必要になるんですよ。弊社の状況をよくご存じの先生の手助けが必要です」

「それはできません」

「何故ですか」もう一度立ち上がり、安城はほとんど叫ぶように訊ねた。

「利害が相反する可能性が高いからです」

「それはどういう意味――」

「私は、畑井市――湊地区の生まれなんですよ」高藤が、安城の言葉を遮った。

「何ですって？」

「それぐらいのことは、ご存じかと思いましたが」

「いや……」初耳だった。しかし顧問弁護士を頼む時に、相手の出身地など調べはしない。安城が高藤に顧問を頼んだのは、評判が良かったことと、その割に料金が安かったためだ。つき合ううちに、人間的にも信頼できる男だと確信できたのだが。「知りませんでした」

「実は私も、例の症状に苦しんでいます。これからますます悪化するでしょう」

「まさか……」言ってしまってから、すぐに思い当たった。彼とは、数年前によくゴルフを一緒にしたのだが、しきりに右足を気にしていた。そして最近は、はっきりと足を引きずるようになっている。膝痛から始まる、という症状の典型である。

「病気のこともありますし、状況はお分かりいただけますね？」

「いや……」

「詳細については、後で法務部の方に文書でお伝えします」

「本当に利害が相反することになるんですか？」一瞬で我を取り戻した安城は、引き留めにかかった。「これから、本格的に先生の力が必要になるんですよ」

「無理です」高藤はにべもなかった。「申し訳ありませんが、翻意するつもりはありません。今後、御社とは連絡を取ることもないと思います」

電話はいきなり切れた。唖然として、安城は受話器を見詰めた。元々高藤は、こういう無礼な人間ではないのだが……よほど病状が良くないのだろうか。

これで一人、頼りになる人間を失ったことになる。ここまで追いこまれていなければ、必死に説得していただろう。しかし今、そんな時間はない。

こんな状況で、どう戦えというのだ？　再び顎を胸に埋めると、また電話が鳴る。どうして一人にしてくれないんだ……広報部からだった。思わずかちんとくる、面倒な面会の依頼。まあ、どうでもいい。人を立ち会わせる必要も、大社長に相談する必要もないだろう。こんな話はさっさと片づけて、もっと未来の話を考えないと。

体調が悪い時には、移動するだけでも疲れる。高藤は、自分が一気に二十歳ほども年を取ってしまったように感じていた。新幹線で東京から一時間ほど……小旅行というほどの距離でもないのに、新幹線特有の臭いがどうしても気になる。目がしばしばして、わずか一時間の間に三回も目薬をさしてしまった。

新幹線の新畑井駅前でタクシーを拾い、槙田と決めた通り、湊病院へ向かう。二十分ほどの道程なのだが、揺れがどうにも気になった。頭がぐらぐらする感じが消えず、首から上と下が、別の人間のように思えてくる。

病院へ着いて、慎重に車を降りる。ゆっくりと背筋を伸ばしてから、さらに伸びをしてみた。眩暈はなく、何とか直立できているのを意識する。真島がすぐに出て来た。

「体調はどうだ?」心配そうに訊ねる。

「その話はやめよう」高藤は思わず顔をしかめた。「何だか、本当に病人みたいな気分になってくる」

「本人が大丈夫と言えば、医者は何も言えない」真島が力なく首を振る。

「いよいよ敵陣に突入だな」高藤は顎を撫でた。気合いを入れていかないと……。

「ああ。東京へ行った連中は大丈夫かな。彼らは経験が足りない」真島が心配そうに言った。

「そこは頑張ってもらわないと。こっちは人手が足りないんだし」

「分かった。こちらはこちらでベストを尽くそう……今、最後の患者さんを診《み》てる。終わるまで待ってくれないか」

うなずき、足を引きずりながら待合室に入った。自分一人……ひんやりした空気が流れ、消毒用アルコールの臭いが鼻を刺激する。体調がよくないせいもあるが、非常に居心地が悪かった。まもなく、最後の患者が診察室から出て来る。七十歳ぐらいの老女で、やはり足が悪いらしく、右膝を庇って足を引きずっている。長原病だろうか、と高藤は心配になった。いったい被害はどれほど広がっているのだろう。

すぐに、真島が診察室から顔を覗かせる。まだ白衣を着ていた。

「ちょっと待ってくれ。着替えるから」

高藤は無言でうなずき、右膝を撫でた。こうやって触っても、痛みも違和感もないのだが……不思議なものだ。ほどなく、背広に着替えた真島が待合室に入って来る。

「ちゃんと食事してるのか？　少し痩せたみたいだが」

「いいダイエットだよ」食欲があまりないのは、自分でも気になっている。足元がふらつくのも、ろくに食事をしていないせいかもしれない。

「とにかく今日は、ちゃんと食べよう。いいしらすが手に入ったから、終わったらしらすのフルコースだ」

「しらす、ね」

一向に食欲は湧かないが、食べなければどうしようもない。話し合いでエネルギーを使えば、腹が減るかもしれない。

「出かけよう。俺の車で行こうか」真島が切り出す。

「そうだな」高藤は立ち上がった。少し頭がぐらぐらする感じはあったが、我慢できないことはない。喋っているうちに興奮してきたら、どうなるかは分からないが。

真島がハンドルを握り、高藤は助手席に座った。唐突に笑みが零れる。

「どうした」真島が目ざとく気づく。

「おかしな話だな。こんな風にまた、お前とつき合うようになるとは思わなかった」

「確かに」真島も顔を綻ばせる。「人生、どこでどうなるか分からないな」

「不思議だよ」

あらゆることが——湊を出てからの三十年以上の人生全てが、今考えると不思議な偶然に満ちている。とにかくこの街を出たい一心で東京の大学に入学しただけなのに、その後弁護士を目指す気になって、憎んでいたはずの長原製薬の顧問弁護士を務め、かつて湊の大人たちが苦しんでいた症状を自分も経験する羽目になった。人生に本当に偶然があるのかないのかは……分からない。自分の意思でこうなった部分もあるし、意図していない事態に巻きこまれたこともある。一つだけはっきりしているのは、この病気のせいで、今後は自分で人生をコントロールするのが難しくなるだろう、ということだった。

「長原製薬が憎いか」

「憎いよ」真島の質問に、高藤はあっさり答えた。

「今でも潰したいと思ってるのか」

「それは……ちょっと違う」

「と言うと？」

「もしかしたら、俺たちが何もしなくても潰れるかもしれない。それぐらい、状況はよくないんだ。外資と合併したら、長原製薬という会社は消えてしまうかもしれない。だから、潰すために無理をするのは、単なる労力の無駄じゃないかな」

「ああ」

「今はむしろ、長原製薬からどれだけの金と謝罪、それに人的な力を引き出せるかが勝負だと思っている。それが、関係者全員のためになるはずだ」

「分かった。一つだけ――医者としての忠告だ。無理はしないでくれ」

「俺は、そんなに悪いのか？」

高藤の問いかけに、真島は答えなかった。答えが得られないことで、不安感はいや増す。しかし、それ以上質問を続けても無駄だと分かっていた。

7

十分ほど走って、長原邸に到着する。今回初めて敷地の中に入ってみて、まさに「邸」と呼ぶに相応《ふさわ》しい大きさだと高藤は実感した。正面から見ると巨大な五角形になっており、広い二階部分の更に上に窓があって、三階、ないしは屋根裏部屋があるのが分かる。一階の左側はガラス張りになっており、そこから広大な室内が覗けた。柔らかいオレンジ色の灯《あか》りが外へ漏れている。暖炉、ロッキングチェア——卓球ができそうなほど広いカウンターは、キッチンとの境界だろうか。今風というより、昭和三十年代の金持ちの家、という感じだ。室外にはウッドデッキが併設されており、その外には薪《まき》が積み重ねられている。暖炉は飾りではなく、実際に使われているようだ。

真島がインタフォンを鳴らす。家そのものはウッディな雰囲気で統一されているのだが、インタフォンや防犯設備は最新のようだ。ドアの上には防犯カメラ、警備保障会社のステッカーも張ってある。

ドアが開く。顔を見せたのは、見慣れぬ青年だった。紀博を病院へ送り迎えしていた青年がいたというが、この男だろうか。

「失礼ですが、あなたは?」高藤は訊ねた。

「ああ、あの……長原の孫です」

「というと？」

「三男の息子、です。近くに住んでいるし、大学が暇で時間があるので、いろいろお手伝いしているんですよ……どうぞ」彼自身は、今一家が巻きこまれている騒動には何の関係もないようだった。表情は穏やかで、声も落ち着いている。

「長原さんはご在宅ですね？」真島が念押しした。

「先ほどからお待ちです」青年がうなずき、ドアを大きく開け放した。

玄関だけでも、ワンルームマンションほどの広さがありそうだった。段差はほとんどない。歩けなくなった息子のために、わざわざ改造したのだろうか。

先ほど外から見えていた部屋に通された。中はむっとするほど温度が高く、高藤は一瞬頭がぼうっとするのを感じた。暖炉の火が入っている上に、エアコンも動いている。青年に案内されて、部屋の中央に進み出た。座る場所はいくらでもあったが、どうやら部屋の中央に椅子を集めて、そこを会談場所にするつもりらしい。ロッキングチェアに座っていた長原が立ち上がり、二人に向かって軽く頭を下げた。

これがあの社長か——高藤は言葉を失っていた。年を取っても、まだ相応の迫力を持っているだろうと想像していたのだが、そういう雰囲気は微塵もない。背中は曲がり、髪は残り少なくて、頭皮には赤茶けた染みがいくつもできている。立っているだけで手が震えた。

「高藤です」最初に名乗ることにした。ここはあくまで、自分が先頭に立たないと。真島には、専門的な話になった際にアドバイスを貰うだけにしたい。

「話は聞いていますよ」外見は老人だが、声はしっかりしている。「あなたはずいぶん優秀な人だったようですね。湊では珍しい……」

彼が過去形を使っていることに気づいて、思わず苦笑した。だが余計なことはいわず、じっと彼の目を見詰める。

「今日は、御社による汚染が原因と思われる病気の件でお話しにきました」

「どうぞ、お座り下さい」

高藤の言葉には直接反応せず、長原が二人に椅子を勧めた。自分はロッキングチェアを離れ、一人がけのソファに腰を下ろす。高藤は真島に目配せし、長原の向かいに置かれた木製の椅子に座った。

座った途端、高藤は部屋の隅に置かれたソファに、一人の男がだらしなく腰かけているのに気づいた。いや、だらしないわけではない……右足を投げ出しているのは、膝の状態が思わしくないからだろう。体が傾いでいるのは、おそらく上半身の自由も利かなくなっているからだ。この男が四男だ、とすぐに分かる。体が不自由なのに反して、表情はまったく普通で、飄々とした雰囲気すら感じさせる。この状況がどう転がっていくか、興味津々といった様子だった。

長原が長々と吐息を吐く。話し続けるだけのエネルギーが残っているかどうか、高藤には読めなかった。できるだけ早く進めていかないと。

「既にご存じかもしれませんが、四十年前と同じような症状で苦しんでいる人が何人もいます。私もその一人です」そこで紀博の顔をちらりと見た。「息子さんも同じではないですか？」

長原は何も言わなかった。ただ大きく目を見開き、高藤を凝視するだけだった。

「この件に関して、我々は訴訟の準備を進めています。あなたたちは四十年前に、この事実を隠蔽した。我々にも弱い部分はあったのでしょうが、今度はそうはいきません。会社の責任を徹底して追及するつもりです」

「そうしたら、長原製薬は潰れるな」

「そうでしょうね」高藤は感情抜きで言った。「一種の罰です。私は、長原製薬を潰すために、この訴訟を起こすつもりでいますから」本音はともかく、まずは脅しをかけるつもりだった。

「個人的な復讐かね」

「あなたには……」高藤は頭に血が昇るのを感じた。訴訟回避がこの会合の最大の目的なのに、突然この男を法廷に引っ張り出してやりたくなった。傍聴人や記者の前で恥をかかせ、裁判官の心証を最悪にしてやりたい。被告に対する尋問は、公的に許された「いじめ」でもある。その思いに押され、言葉が溢れ出た。「人の痛みが分からないんですか？仮にも製薬会社を長年経営していた人なら、病気で苦しむ人のことはよく分かっているはずだと思いますけど」

「四十年前には、何もなかった」

高藤は、頭から冷水をぶっかけられたような気分になった。何なんだ、この傲慢な態度は……確かに記録は残っていないが、事実は消せないのだ。

「惚けるつもりですか？」

「何もなかった」長原が繰り返す。

「それも、法廷で明らかにしましょうか？　こちらは、証言でいくらでも事実を証明できる」

「それで、どうするつもりだ」

「どうするとは？」

「うちの会社をどうしたいんだ」

「責任を取ってもらうだけです」高藤は背筋を伸ばした。「賠償金を払っていただきます。さらに原因究明と治療のための研究費用を全面的に負担してもらう。あなたには土下座をお願いしたい。そして最終的には、こんな会社には潰れて欲しいと思っています」

長原の頬がぴくぴくと痙攣した。ここまでひどく罵《ののし》られたことなど、人生で一度もないだろう。彼は、会社という小さな社会の中で絶対的な権力を持ち、力を振るってきたはずだ。意見する人間もいなかっただろう――それが同族会社の弱点である。

「――と、先日までは考えていました」

高藤が方向修正すると、長原がさらに大きく目を見開く。一瞬だが優位に立てた、と高藤は判断した。

「私が先陣を切りますから」本社ビルに入る前に、佳織がさっさとコートを脱いだ。北風の吹く季節、しかも時刻は午後六時になろうとしているのに、まったく寒がる様子を見せない。

「分かってます」

「あなたは黙っていた方がいいですよ。馘になりたくないでしょう？　今日はもう、有休じゃなくて、普通に出勤しているんだし」

「こんなところで脅さないで下さい」槙田は思わず周囲を見た。約束の時間の五分前に佳織と落ち合ったのだが、ちょうど業務時間を終えて帰宅する同僚たちの姿を何人も見かけた。こんなところを見られたらまずい。

「脅してません。こういうことは、専門家に任せて下さい」

「まだ裁判になってないんですよ」槙田は警告した。「裁判だけが弁護士の仕事じゃありません。私は、交渉のプロですから」

大した自信だ。とにかく勝負――槙田は会社に入る前に唾を呑んだ。

用意された会議室に佳織と共に入ると、既に安城が待っていた。

「どうして君がここにいる?」

安城が睨んできたが、槙田は涼しい表情を崩さなかった。

「広報部として副社長との面会のアポを受けましたので、同席します」

「広報は関係ないだろう」

「記録も必要です」

槙田はちらりと佳織を見た。さすがに緊張している。安城と直接対峙するのだから、緊張しないわけがないだろう。だが押しの強さ、それに依怙地《いこじ》な性格は、こういう場所でも通用するはずだ、と自分に言い聞かせる。槙田はあくまで「記録係」を務めることにして、ICレコーダーのスウィッチを入れてテーブルに置いた。

「今回は、畑井市湊地区における神経障害――長原病の問題について、長原製薬に対して正式に提訴の準備があることをお伝えするために参りました」

佳織が立ち上がって口火を切る。話し始めてしまえば堂々としていて、気後れしている様子はまったくない。

「ちょっと待って下さい」安城が色をなして言った。「嘆願書の話では？」

「それはお渡ししません」

「嘘なのか？」安城の頰が引き攣る。「嘘をついてまで私に面会しようとしたのか？」

「そうでも言わないと、会っていただけないと思いましたので」佳織がさらりと言った。

「今回お話ししたいのは、我々の裁判の計画についてです」

「騙したのか！」

安城が怒鳴ったが、佳織はまったく動じない。それを見て安城が立ち上がり、窓辺に寄ってどこかに電話をかけ始めた。何も言わず椅子に戻ると、無言のまま両手を組み合わせる。すぐに、槙田も見知った法務部の人間が三人、それに社長の長原まで顔を見せた。しかし相手が増えても、佳織の様子に変化はない。「先陣を切る」と言った通り、このままどんどん切りこんでいくつもりのようだ。

「ちなみに、嘆願書は本当にあります。ただ、現在はまだお渡しできる状態ではありません。千人分集めたいのですが、もう少し時間がかかります」腰を下ろしながら、佳織が言った。

「だったら何を――」

「現在、膝痛や手足の痺れ、眩暈などの障害を訴えている患者は、二十数人に上ります。いずれも湊地区在住者で、四十年前、長原製薬の廃液タンクが台風で倒壊し、廃液が港に流れ出した結果、五人が死亡した事件の被害者と似た症状が見られます」佳織が淡々と説明を始める。

「ちょっと待って下さい」安城が手を上げた。「そういう事実があったかどうかは、確認できませんが」

「また隠すんですか？」佳織の表情が皮肉に歪む。「もう、そういう手は通用しませんよ」

「まさか――」

「我々は、当時の隠蔽工作の全容を記した資料を入手しつつあります」

はったりだ。この会談における秘密兵器を、佳織は早速出してきた。今まさに、湊で高藤たちが大社長と対峙している。ただし、彼が持っているはずの当時の資料――四男の紀博が存在を示唆していた――が手に入るかどうか、保証はなかった。

「弊社の資料ということですか」安城が慌てて立ち上がった。

「違います」佳織があっさり言い切った。「しかし真正の資料です。あるところから入手予定です」

「予定？　そんな仮定の話をされても困る」白かった安城の顔に血の気が戻った。「入手できなかったらどうするんですか」

「できます」佳織が短く断言した。

「あなたは、適当に話をしているだけではないんですか？」安城の声に余裕が戻る。「はったりで話をされても困る」

「はったりではありません」佳織の声には、まだ余裕が感じられた。

「はったりでないというなら、その証拠を示して欲しいものですね。こんなやり方では、どんな交渉も上手くいきませんよ」

「コピーではなく、原本を入手するのに時間がかかっているんです」

「まさか。コピーなどないはずだ」

「など？」佳織が突然顔を上げた。「では、真正の資料についてはご存じなんですね？」

「それは……」安城の声から勢いが落ちた。

「入手先は申し上げられませんが、間違いなく真正のものです」

佳織が自慢気に唇の端を持ち上げた。引っかけたと確信しているのだ、と槙田には分かった。コピーの存在を否定しているということは、オリジナルがどこにあるか、どうやって保管してあるかを、安城が把握していたことになる。この資料を大社長が持っていることを教えてくれたのは、紀博だった。自分が頼むことはできないが、槙田たちが大社長を説得するなら邪魔はしない、と彼は明言した。裏では――湊では着々と作戦が進んでいる。

「大社長――先々代の社長か？」勘よく安城が言った。

「申し上げられません」感情の抜けた声で佳織が言ったが、無表情な仮面の裏に、かすかに自慢するような本音が透けて見える。

「そうなんだな？　大社長が会社を裏切ったんだな？」

「申し上げられません」佳織が繰り返す。

安城が音を立てて椅子に腰を下ろした。槙田は隣に座る社長の顔を見たが、真っ青だった。彼は何も知らないのだろう。所詮、蚊帳《かや》の外ということか。

「あるかないかも分からない資料の話を出されても、話にならない」安城が開き直る。

「私たちは——」佳織が安城を睨みつけ、すかさず話を切り替えた。「この一件に関与した社員の名前も把握できます。安城副社長、あなたも当時、揉み消しにかかわっていたんじゃないですか？　四十年前、まだ本社が湊にある時代に、向こうで勤務していましたよね」

「私は何も知らない」

「結構です。ここで認めていただかなくても構いません」佳織はあっさり言い切った。余裕がある。「四十年前の一件については、内部資料が物証になります。当時のことに関して責任を問えるかどうかは分かりませんが、現在、御社が再び行おうとしている隠蔽工作の犯罪性を裏打ちする内容になると思います。長原製薬の隠蔽体質は、四十年前からまったく変わっていないのです。会社ぐるみの犯罪です」

畳みかけるやり方は、弁護士ではなく検事のそれだ。法廷で被告を追いこむような態度ではないか。槙田は密かに感心していた。こういうやり方が正しいかどうかは分からないが、安城は確実に追い詰められている。

「弁護団は、現在と当時の病状を詳細に比較しています。過去の記録は地元の医師によるもので、内容がかなり詳細なのです。比較対象としては十分通用するものです」佳織が一度言葉を切り、自分のノートを広げた。「当時の症状はいずれも、関節痛や手足の痺れ、眩暈から始まっています。ほどなく歩行困難になり、最終的には自発呼吸ができなくなって死に至る——現在は、まだ亡くなった方はいませんし、病状の進行も四十年前に比べて緩やかなようですが、間違いなく同様の症状だと判断します」

「四十年も経ってから、同じような症状が出るわけがない」安城が頭から佳織の説明を否定した。

「それは、これから調べます」

「だったら現段階では、同じ原因かどうかは分からないだろう。うちを提訴するのは無理がある」

「提訴したらどうなりますか」挑みかかるような口調で佳織が言った。「この件は世間に公表されます。その際、マスコミはまず、長原製薬にコメントを求めるでしょう。その時、『まったく関係ない』と断言できますか？　あるいは『調査中』で誤魔化しますか？」

安城の顔が歪んだ。この男も、マスコミの面倒臭さは十分知っているはずである。それに自分たちが内部資料を手に入れたら、いくら否定してもどうしようもない。高藤は上手くやっているだろうか、と槙田は彼の顔を思い浮かべた。体調が悪化していないといいのだが。体の弱さは、気の弱さにもつながる。

「いずれにせよ、全ての事実は裁判で明らかにさせていただきます」佳織が結論づけた。

ここまで問題が明らかになってしまった以上、訴訟を避ける道はないはずだ。ユーロ・ヘルスとの関係もここまでだろう。見ると、安城はますます強く、顎を胸に押し当てている。長原社長は依然として蒼い顔色。法務部の連中も黙りこんでいる。長原製薬側には、状況を打開できる手はない。

8

「私が長原製薬の顧問弁護士だったことは、当然ご存じですよね」高藤は長原に確認した。

「知っている。そもそもこの件に首を突っこむのは、倫理的に許されないのではないか?」

「ですから、辞任しました」そうでなくても、体調のせいで辞めざるを得なかったかもしれない、と高藤は皮肉に思った。「私は会社と患者——双方の間に立って、事態を鎮静化しようとしているだけです」

「裁判を起こす気ではないのかね」

「私の最終的な目的は」高藤は背筋を伸ばし、長原の目を凝視した。「やはり、長原製薬を潰すことです。従業員が路頭に迷おうが、知ったことではありません。長原製薬は罪を犯した。その責任は負うべきです」

「私怨で裁判を起こすつもりか」

「そう言われても仕方ありませんが、先ほども申し上げた通り、今は気が変わりました」

「どんな風に？」

「私が何もしなくても、長原製薬は消滅する可能性が高い」

今度は長原がすっと背筋を伸ばした。先ほどまで丸まっていたのが信じられないほどだった。

「外資――ユーロ・ヘルスとの合併の話が進んでいますね？　私は商売柄、様々な会社の情報を聞きます。下らない噂話に過ぎないものもありますし、信用できるものもある。今回の合併については――ユーロ・ヘルスは、実質的に長原製薬を吸収したいだけだ、と聞いていますよ。目的は、長原製薬が持っている特許と技術力でしょう。ブランド名は生き残っても、長原製薬という会社自体は消滅するはずです。その覚悟が、今の経営陣にあるんでしょうか？　社員は守られるかもしれない。しかし、現経営陣は一人残らず追い出される可能性が高い」

「そんなことは許されない」

「だったら、合併話をストップさせますか？　そうなったらどうなるでしょうね……長原製薬を救ってくれる会社は、他にあるんでしょうか？　ないと思います。ユーロ・ヘルスに見放されたら、数年後には長原製薬は本格的な経営危機を迎えるでしょう。いずれにせよ、会社は消滅するんです。だったら、何も私が手を汚す必要はない」

「まさか……」

何が「まさか」なのだと突っこみたくなった。いくら経営の一線から退いたといっても、この男が会社の現状を把握していないわけがない。長男の現社長から、折に触れて報告を受けているはずだ。

「仮に裁判が始まれば、ダメージはもっと大きくなるでしょうね」自分はこの状況を楽しんでいるな、と思いながら高藤は続けた。「もちろん、こういう裁判で判決が出るまでには、相当長い時間がかかります。ただ、提訴すればマスコミは飛びつきますよ。事実が明らかになれば、そもそも合併話は立ち消えになるでしょうし」

「脅す気か」

「事実を――事実に基づく推測を申し上げているだけです」高藤は肩をすくめた。「それにユーロ・ヘルスは、もう情報を収集していますよ。合併は、どんな企業にとっても大きな問題ですから、リスクを負うわけにはいかない。この話も摑んでいる可能性が高い」

「まさか、君が情報を流しているんじゃないだろうな」

高藤は首を横に振って即座に否定した――否定するふりをした。弁護士は時に、嘘をつかなくてはならないことがある。依頼人を守るためには仕方ないことだ。

「私には私なりの職業倫理がありますし、それは世間一般で信じられているものと大きく乖離してはいませんよ」

「何が職業倫理だ……そもそも、長原製薬の内情を調べるために顧問弁護士になったのではないのか？」

「長原製薬が四十年前に汚染事件を起こしたことは、公表されていません。私には知る由もなかったですよ。当時まだ、小学生だったんですから。周りの大人たちが口をつぐんでいるのに、子どもに分かるはずもない。長原製薬も、湊地区の大人たちも、どちらも卑怯でしたね」一気に喋って言葉を切る。鼓動が高鳴り、かすかに眩暈がする。やはり、興奮するのはよくないようだ。真島が心配そうな視線を送ってきたので、「大丈夫だ」と言う代わりに素早くうなずいて見せる。

「それで君は、どうしたいんだ？　そもそも経営にかかわっていない私に何を期待している？」

「資料をいただきたい」

「資料？」長原が目を細める。

「四十年前の被害実態を調べた資料があるでしょう。あなたはそれを持っているはずだ」

はったりだった。しかし、調べていないわけがないし、それを廃棄したとも考えられない。

何かあった時のために……と用心深くなるのは経営者の常識だ。

「それは渡せない」

「つまり、あるんですね？」

長原が目を見開く。自ら認めてしまったと気づいたのだ。それに助けられ、高藤は一気に攻め続けた。

「資料をいただきたい。それと、安城副社長を説得して下さい。今回、訴訟潰しを進めているのはあの人です。もちろん我々は、切り崩されるようなことはありませんが、非常に不愉快だ。今後、彼が余計なことをしなければ、我々は話し合いに応じる用意があります」

「裁判は？」

「裁判などしなくても、私たちの要求が認められればいい。私は今は、冷静に考えれば、会社を存続させるべきだとも思っています。患者救済のためには金が必要ですから。どうしますか？　簡単なことですよね。あなたは私たちに資料を渡す。そして安城副社長に釘を刺し、我々との話し合いの場を持つように指示する。私たちは、その話し合いの結果によっては提訴しませんし、事態を公表もしない」

「そんなことが信じられるか」長原が吐き捨てた。

「プレビールの問題もありますね」高藤は畳みかけた。「些細《ささい》なミスで、死者が三人も出て、そのうち一人の遺族には金を渡して黙らせたでしょう。また隠蔽です。こんなことが許されるわけがないし、いずれ必ず漏れます。ただし、私が情報を流すことはない。それは約束しましょう」

「……恐喝じゃないか」

「私は恐喝犯かもしれないが、あなたたちは人殺しだ」感情的になってはいけないと思いつつ、高藤はつい脅しつけてしまった。「人の命を守るはずの製薬会社が人を殺し、あまつさえ、その事実を隠蔽した。そんなことが許されると思っているんですか」

長原が歯嚙みした。その様子を見る限りでは、まだ入れ歯ではないようだ。健康で結構なことだ……周りを犠牲にして自分の健康を守ってきたのかもしれないが。

「二つに一つです。安城副社長を説得して話し合いの場につかせるか、あるいは拒否してこのまま裁判を受けるか。あなたにも、当然法廷に立ってもらいます。これまでの隠蔽工作を、全て明るみに出します。それだけで、長原製薬は一巻の終わりですよ」

長原が高藤を睨みつける。だが目は濁っており、内心の怒りを発散できずにいた――もしかしたら彼にも、少しは良心が残っているのかもしれない、と高藤は想像した。それ故、本気で怒れないのだ。

「オヤジ、負けだ」

長原製薬本社での話し合いは、膠着《こうちゃく》状態に陥っていた。どちらも引かず、話が前に進まない。槙田は胃の痛みを感じ始めていた。自分も話し合いに加われば、むしろ楽になるかもしれないが、ここで会社の「敵方」として振る舞うのは愚かしい。自分はどうでもいいのだが、安城の怒りが沸点に達し、話し合いが決裂する可能性もある。

「一つだけ、譲歩案を用意してあります」

座ったまま佳織がつけ加えた。安城が組んでいた腕を解き、身を乗り出す。

「社長の息子さん——四男の紀博さんが、同様の症状で苦しまれているのは、ご存じですね」

「いや——」

知っているのかいないのか、安城が言葉に詰まる。隣に座る長原に顔を寄せ、こそこそと何事か話すと、長原が素早くうなずいた。知っているのか——当たり前だ。自分の弟の話なのだから。ある意味、この男も強靭《きょうじん》な精神力の持ち主なのかもしれない。

「このままだと紀博さんは、そう遠くない将来、亡くなる可能性が大きいんです」淡々とした口調で佳織が告げる。「こちらからの提案は、次の通りです。長原製薬は、全ての事情を公表する。それと同時に、社内に原因究明と治療のためのセクションを立ち上げる——これは、長原製薬だからこそできることです。さらに、患者に対する賠償金の支払いを要求します」

「それでは、裁判で一方的に負けたのと変わらないじゃないか」安城が抗議の声を上げた。

「裁判になれば、はるかに多額の費用が発生します。しかも長引くでしょう。長原製薬にとって、いいことは一つもないと思いますが」佳織が冷静に脅しをかけた。「細かく詰めなくてはいけない部分はありますが、患者さんの側では何も言わないと思います。ここが落としどころではないでしょうか」

「君たちのやっていることは恐喝だ」突然、安城が開き直った。「ここへ来た理由も嘘だったし、脅迫的な言動で我々を脅した。この件を警察に持っていったらどうなると思う？」

沈黙……佳織が唇を引き結ぶ。そう、安城の言う通りで、佳織は少しだけやり過ぎたかもしれない。彼女の話し振りは終始冷静だったが、話の中身はかなりきつい。警察がどう判断するかは分からないが、恐喝とも取られかねない。しかも証拠が……自分が動かしたＩＣレコーダーはまだ作動中である。手を伸ばして停め、記録を消去しようかと考えた。だがＩＣレコーダーは安城に近い位置にある。神経を尖らせている安城が、槙田の動きに気づかないわけがない。

「弁護士としてはあるまじき言葉が多々あった」安城がさらに追及する。「話し合いに来たつもりかもしれないが、私は脅しと受け取る」

「そう思うなら、警察にでもどこへでも行って下さい」

佳織がむっとした口調で言った。瞬時に、槙田は顔から血の気が引くのを感じた。弁護士が開き直っちゃ駄目だ……佳織は口をきつく引き結んでいる。

「記録が残っていますよ」安城がICレコーダーを顎で指した。「警察がそれを聞いたら、どう判断しますかね」

「そんなことは、私には関係ありません」

反発しながら、佳織の声は緊張している。まさか安城が、ここまで強硬に出るとは考えていなかったのだろう。何とか割りこんで、この空気を変えないと……槙田は焦り、額に汗が滲むのを感じた。暖房が効き過ぎているせいではない。唾を呑み、乾いた喉を湿らせてから、とうとう口を開いた。

「副社長、ご検討いただけないですか。ユーロ・ヘルスからの資金援助や合併は、立ち消えになるかもしれません。でも、会社自体がなくなるよりはずっとましじゃないでしょうか。患者さんには、長原製薬の力が必要なんです。患者さんを助けましょう。それが製薬会社の役割じゃないですか」

「お前はどっちの味方なんだ！」安城が怒鳴った。唇が震え、目は充血している。

「入社して最初に、社訓を覚えさせられました」槙田は静かに言った。喋っている間に緊張は抜けていた。「第一条。長原製薬は国民の健康と長寿のために存在する——こんなものはお題目だとずっと思っていました。社訓なんて古いもので、何の意味もない、と。でもこの会社のやり方を見て、最近ずっと第一条の意味を考えていたんです。これを考えた人は、本気でそう考えていたに違いありません。でもその人は、自分で自分を裏切った。それが大社長ですよね」

沈黙。槙田はまたも胃の痛みを感じた。ちらりと佳織を見ると、平然としている。両手を揃えて膝に置き、無表情を貫いていた。一方の安城は社長に身を寄せ、何事か相談する。内容までは聞こえてこなかったが、佳織の提案を真剣に受け取っているのは間違いない。槙田は、安城の次の言葉を待った。しばらくして、安城が佳織に視線を据えた。槙田がそこにいないように振る舞っている。

「この件は、ここでは回答できません」

安城が言った。引き延ばしにかかったのだ、と槙田には分かった。時間稼ぎをしているうちに、話をうやむやにしてしまうつもりか、あるいは他の弁護士を雇って相談するのか。

「いえ、ここで回答して下さい」佳織は引かなかった。「社長と副社長がお揃いじゃないですか。取締役会を経る必要がある話だとは思いますが、トップツーがお揃いなら、方針は決められますよね」

再び緊張した空気が流れ始める。これはまずい……槙田は打開策を探ったが、下手に自分が口を挟んだら、この話し合いは空中分解するだろう。どうしたものか……どうしようもない。壁の時計を眺める。秒針の動きが、ひどくゆっくりに感じられた。

9

突然聞こえた紀博の言葉に、高藤は我が耳を疑った。ドラマならここで立ち上がり、一同の前に進み出て朗々と自説を展開するところだな、と高藤は思った。だが紀博は、ソファに力なく腰かけたままである。近くに電動車椅子があるが、一人では座れないほど弱っているのかもしれない。

紀博が高藤に目を向ける。何故か、その視線は温かく感じられた。

「私はアメリカで弁護士をやっていましたが、法廷に裁判を持ちこまないのが優秀な弁護士、と教えられてきた。あなたはアメリカのレベルでも優秀なようですね」

高藤は無言で紀博を見詰めた。そう、この要求が通れば裁判にはならない。患者も救済されるかもしれない。しかも最終的には、長原製薬だけが大きなダメージを受ける。それこそが高藤の狙うところだ。

「よく分かりませんが、裁判ではお互いに得はないでしょう」

高藤が応じると、紀博がうなずき、父親に視線を向けた。

「オヤジ、あなたは負けたんだ。俺が言うのも変だけど、こんなやり方がいつまでも続くわけがない。いい加減終わりにしよう。それに安城副社長は、会社を自分の物にしようとしていいるんだよ」

「どうしてご存じなんですか？」高藤は思わず訊ねた。

「兄たちの口振りで」紀博が言う。「二人ともそんなことは一言も言っていないけど、言葉の端々のニュアンスで分かりますよ」

「そうですか」

高藤はまた長原を見た。唇から血の気が引き、痙攣するように震えている。敗北——おそらく人生で初めての敗北が信じられないのかもしれない。

「あなたは、どうして……息子さんでしょう」

高藤の質問に、紀博が声を上げて笑った。真意が理解できず、高藤は無言で紀博を見詰めた。

「中途半端に終わりましたけど、私もやはり弁護士だったんですよ。こういうやり取りが懐かしいですね。相手の弱点を突いて、何とか話をこちらに有利に持っていこうとする……それで勝った瞬間の快感は、たまらないですよね。久しぶりに、そういう場面を見せてもらいました。それに……」

「それに？」

「私も本当は、まだ生きたいんです。そのためには、裁判などやっている場合ではない。色々考えましたけど……やはり、会社の犠牲にはなりたくないです」

長原の頭ががくんと落ちた。顎を胸に埋めた姿は、強烈なパンチを食らって腰からリングに落ちたボクサーのようだった。

「あなたもそうでしょう?」紀博が高藤の目を見ながら言った。「死にたくないですよね?他の患者さんも死なせたくない。そのために何をするのが一番いいか、結論を出したんでしょう?」

こんな状況にもかかわらず、高藤は思わずにやりとしてしまった。この男は――病気さえなければ、やり手の弁護士として活躍していたのは間違いない。

「勝ったな」帰りの車中、真島がぽつりと言った。あまり嬉しそうな様子ではなく、淡々と事実を告げる口調だった。

「まだ分からないぞ。最初の扉を開けただけだと思う。本番はこれからだ」高藤は助手席で首を振った。やはり緊張を強いられたのか、ひどく疲れていて、またあの嫌な眩暈を感じている。倒れるほどではないが、車を降りれば、真っ直ぐ歩くのに難儀するだろう。

「最初の扉かもしれないが、一番重くて開きにくい扉だったんじゃないかな。あとは、さっさと話を進めるだけだ」

「そう上手くいくといいが」

勝利の高揚はなく、楽天的になれない。その理由の一つは、自分が表に出て戦うわけにはいかないことだ。長原製薬の顧問弁護士は辞任しても、そのままこちら側について長原製薬を攻撃するのは、自分の倫理観が許さない。あくまで裏で、佳織のバックアップに徹するしかないだろう。それが心配だった。佳織はまだ経験が少ない。法廷の外で決着をつけるような仕事がきちんとできるかどうか、予想もできなかった。

「とにかく、前へ進んでいるんだから」真島が、高藤を元気づけるように言った。

「ああ」

「こちらと協力して治療法を研究してくれる、外部の研究機関を探さないといけない」

「そうだな」自分には専門外のことで、この件は真島に頼るしかない。

槙田と佳織は上手くやっただろうか……そうだ、二人に連絡しないと。今頃はまだ、長原製薬の本社で安城と対決している最中のはずだ。電話をかけるわけにはいかないから、メールを入れておこう。それが止めの一撃になるはずで、二人は勝てる。何とも頼もしい……槙田を引きこんだのは正解だった、と自分を誇りに思う。あとは会社で不利な立場にならないよう——万が一放りだされるようなことになったらそのフォローも含めて、考えていけばいい。正義に身を投じた者には、何らかの報いがあって然るべきなのだ。

そういうことも全て含めて、今後は安泰だろう。高藤は顔に笑みが広がってくるのを感じた。俺は……治療に専念してもいいかもしれない。たまに佳織にアドバイスするぐらいで——いや、むしろそれぐらいしかできないのではないか。

背広の胸ポケットでスマートフォンが振動し、槙田はびくりと身を震わせた。メールだ……このタイミングでのメールは、高藤に違いない。慌てて引っ張り出し、高藤からのメールだと確認してから顔を上げた。

終わった。長原製薬に明日はない。

「副社長、これで終わりです」

「何だと」安城が目を糸のように細くする。

「先ほど申し上げた資料は手に入りました。長原製薬が四十年前に何をしていたか、これで明らかになります。いわばオフィシャルな記録ですから」

「今のメールはどこからなんだ?」安城が露骨に脅しをかけてきた。

「それは、現段階では申し上げられませんが、覚悟を決めていただかないと。これで終わりです」槙田は効果の増幅を期待して「終わり」を繰り返した。

安城がまた長原の耳に顔を寄せる。長原は顔面蒼白のまま、無言で耳を傾けていたが、やがて素早くうなずき、逆に安城に耳打ちした。安城がうなずき返し、ゆっくりと佳織に視線を向ける。

「こちらから改めてご連絡させていただきます。それでよろしいですか?」

勝った、と槙田は確信した。

会合は終わりになった。これから何回も、事務的な話をする機会があるだろう。今日のところは下手に出て、相手にいい印象を与えておくべきだ。

安城は佳織に丁寧に挨拶をして、会議室から送り出した。居残った法務部の連中が部屋の片隅に固まってあれこれ相談しているが、無視する。役立たずどもが……高い給料をもらっているんだから、こういう時こそ何とかしろ。誰も一言も喋らなかったではないか。

社長も既に退出していた。安城は、法務部の連中が部屋の隅でこそこそやっている雰囲気に耐え切れず、会議室を出た。一人でじっくり考えたい――まずは、自分の身の安全について。再就職先を確保してから問題の処理に当たるべきだ。

外に出ると、槙田がいた。スマートフォンに視線を落としていたが、安城に気づくと廊下の壁からゆっくりと背中を引き剝がし、近づいて来る。立ち止まって丁寧に頭を下げたが、安城の頭にこびりついた嫌な印象は消えなかった。この男はすっかり変わってしまった……しかし、無視しておいていいのだろうか。だいたいこの一件は、槙田が「外して下さい」と言った後、大きく動き始めた。まさか、こいつが裏で糸を引いていたとか？　あり得ない。そんなことができるほどの力はないはずだ。

しかし、奴が一枚嚙んでいたのは間違いない。何のつもりか知らないが……はっきりさせておく必要がある、と思った。

「ちょっと話をしよう」

槙田は無言でうなずいた。覚悟はできているのか……安城は、槙田を副社長室に招き入れた。ソファを勧めたが、座ろうとしない。抵抗されているようで気分が悪かったが、立っていたいなら好きにしろ、とも思う。安城は無視して自席についた。一番下の引き出しに入っているウイスキーに思いが及ぶ。まさか社員を前にして呑むわけにもいかないが……思い切って槙田にも勧めてみるか、と一瞬馬鹿なことを考えた。

椅子の肘かけを摑んだまま座り、槙田を凝視する。槙田はゆっくり歩いて来てデスクの正面に立ち、「休め」の姿勢を取った。両手は後ろで組んでいる。その目は澄み切り、何の悩みもないようだった。

「この一件の裏で糸を引いていたのは君か？　今日の会談も、君が仕組んだんだな」ダイレクトに聞いてみた。何が嘆願書だ……簡単な嘘に引っかかった自分が情けない。

「申し上げられません」

「馘になるのが怖いか」

「いえ」

「そうか……もう、次の働き先でも見つけたのか」

「就職活動はしていません」

「馘にならないと思っているのか？」

「私から辞めると言い出さない限り、馘にはならないと思います」静かだが、やけに自信に溢れた口調だった。

「何故そう思う」

「副社長には、私を解雇する直接の権限はないはずです。無理にそんなことをしたら、私が何も言わなくても、誰でもおかしいと気づくでしょう。それに副社長には、他に心配することがあるんじゃないですか」

「何が言いたい」ぶっきらぼうに訊ねて、椅子に体重を預ける。

「これから、辞める社員がたくさん出てきますよ」

「何故――」言いかけ、口をつぐむ。彼の指摘通りだ。事実を公表すれば、会社が危ういと怯える社員は多いだろう。再就職が難しい時代とはいえ、沈むことが分かっている船にわざわざ止まろうとする人間はいないはずだ。

「社員が大量に辞めれば、会社を存続させていくのも難しくなるでしょう。補充も大変だと思います。評判が悪い会社にわざわざ入ってくる人がいますか？」

「条件次第で何とでもなる」強がりだ、と自分でも分かっていた。金で転ばない人間がいることは、今回十分思い知ったはずではないか。

「それは、私が決めることではないです」槙田が素っ気なく言った。

「四十年前の資料を持っているのは、大社長なんだろう？」他には考えられない。

槙田が無言で首を横に振る。否定ではなく回答拒否、と受け取る。それ故安城は、自分の指摘が当たっていると確信した。両手で顔を拭う……弱音、というか愚痴を零してもいい気分になっている。

「まさか、大社長が心変わりをするとは思わなかった」

「誰だって、会社よりも家族が大事なんですよ」その一言で、槙田は大社長の変心を認めたも同然だった。

「よくそんなことが言えるな」安城は頭に血が昇るのを感じた。「君も会社から給料を貰っている立場だろうが」

「私には、守るべき家族がいません。それより、大社長がこの四十年間、どんな思いをされてきたか、考えたことがありますか?」

「四十年前の一件は、大社長の主導で行われたことだ。私はそれに従っただけだ!」安城は爆発した。

「何も考えずに?」

「それが最良のやり方だと思った」

「でも、その考えは間違っていたんでしょう」槙田があっさりと言い切った。「私は、間違わずに済んだと思います——副社長は、この四十年間、まったく苦しまなかったんですか」

安城は槙田を睨みつけた。この男は……俺を追いこもうとしているのか？　しかし槙田の目は涼しいままで、邪《よこしま》な意図などまったく見えない。

「大社長は、ずっと痛みを抱えていたんだと思います。だからこそ、気持ちを変えられたんでしょう。お年のせいかもしれませんし、原告団に追いこまれたからかもしれません……私には分かりませんが」

「誰が大社長と交渉したんだ」

「この件には、多くの優秀な人たちが噛んでいます」

ふいに、最悪の考えに思い至った。まさか……いや、あり得ない話ではない。言葉にすると、今まで信じていたものが全て崩壊してしまいそうだったが、知りたいという欲求には勝てなかった。

「高藤弁護士じゃないだろうな」

何も言わず、槙田が真っ直ぐ安城の目を見詰める。

「高藤弁護士は、顧問弁護士を辞任すると言ってきた。彼は畑井の――湊地区の出身だな？　しかも同じような症状が出ている。利害が相反する可能性があるから辞任すると言っていたが、本当は、彼が裏で全ての糸を引いていたんじゃないか」もしかしたら、ユーロ・ヘルスに情報を流したのもあの男か？　それで外堀を埋めた？

「申し上げることはありません」

「ふざけるな！」デスクに拳を叩きつけ、安城は立ち上がった。「知っていて黙っていたなら、お前は前から会社を裏切っていたことになるんだぞ」

槙田が小さく肩をすくめる。ふざけた仕草だが、それで安城は自分の「負け」を強く意識させられた。

「その辺の事情を知りたいなら、高藤弁護士に直接確認されたらいかがですか……もう無理かもしれませんが」

「どういう意味だ？」

「症状が急速に悪化しているんです」

「病気で逃げるのは、よくあるやり方だ。政治家の入院みたいなものだな」

「副社長は、実際に苦しんでいる人の立場を考えたことがありますか？　ただ事態を隠蔽して、会社に都合が悪いことが漏れなければ、それでいいと思っていませんか」

生意気なことを……しかし安城は、反論できなかった。彼の言い分は百パーセント正しい。自分が大事だと思っていたのは会社だった。その信念は今も変わっていない——いや、今は会社をも切り捨てようとしている。自分が生き残るために。つまり、安城にとって一番大事なのは、結局「自分」だったのだ。全てを取っ払った後で見えてきたのは、自分が生き残りたいという裸の欲望だけである。

「高藤弁護士が裏で糸を引いていたとしたら、彼の職業的な倫理観はゼロに等しいな。もしかしたら、うちの顧問弁護士を受けたのも、情報収集のためだったたんじゃないか」

「そうだったとしても、事前にきちんと調べなかったこちらにも問題があると思いますが」

槙田の指摘に、安城は怒りで耳が赤くなるのを感じた。しかし今、この小僧に反論する手が一切ない。

「それに、職業的倫理観がどれだけ大事なんですか？　会社やビジネスパートナーを守るよりも大事なことなんか、いくらでもあるでしょう」

「だったら君は、どうしてここにいる？　会社が間違ったことをしていると思うなら、さっさと辞表を出せばいいだろう」

「辞めません。私は、この会社の最期を見届けます」

「最期……」安城はぽつりとつぶやいた。

「患者さんたちと真摯《しんし》に向き合うのか、この件をどう片づけるのか。それが終わる頃には、会社の寿命は切れているかもしれません。でも、会社がどう動いたかを、しっかり見届けたいんです」

「勝手にしたまえ」俺は抜ける。裁判にならないなら、個人の責任を追及されることもないだろう。陰口は叩かれるかもしれないが、そんなものは聞こえなければ存在しないも同然だ。さっさと逃げ出した方の勝ちだ。「君は、会社に対してやましいことはしていないと言えるのか」

「いえ」槇田の顔に躊躇いの色が浮かんだ。

「それを話す気はないか？」

「Ｄ07の件が向こうに漏れたのは、私の責任かもしれません」

「何だと？」安城が身を乗り出した。

「私はその件を、高藤弁護士に話しました」

「いつだ」

「……比較的早い時期です。一人で抱えこむのに耐えきれませんでした」

「何ということを……」安城は頭を抱えこんだ。もしかしたら、四十年前の汚染が続いている件も、高藤からユーロ・ヘルスに流れた可能性があるのではないか。だとしたら自分たちは、とんでもない弁護士を抱えていたことになる。

「私は……あの件は間違っていると思います。今後も犠牲者が出るかもしれないんですよ。それにこの件は、世間に漏れると思います」

「何か知っているのか？」安城は槇田に疑いの視線を向けた。

「いえ。でも、少し考えれば分かることです。湊地区の一件が明らかになれば、Ｄ07の件で声を上げる人が出てきてもおかしくない」

「金は払ったんだぞ」

「そういう問題ではないと思います」

安城は口をつぐんだ。彼の理屈には一理ある。もしも湊地区の一件を隠蔽できれば、D07の件も隠し通せたかもしれない。だが今、それは不可能だ。全ては明るみに出るだろう。

「この会社は潰れると思うか?」胸に顎を埋めたまま、安城は訊ねた。

「私は経営者ではないので、何とも言えません。でも、潰れようが生き残ろうが、やらなくてはいけないことが何かは、お分かりですよね」

安城は無言でうなずくしかなかった。敗戦処理、という言葉が脳裏に浮かぶ。こんなことが、サラリーマンとして最後の仕事になろうとは。

「一つだけ――差し出がましいですが、申し上げてよろしいでしょうか」

「遠慮するようなタイプじゃないだろう、君は」皮肉にも力がないな、と安城は自分で思った。

「ユーロ・ヘルスとの関係ですが……合併とは別件で、向こうと協力できることがあるんです」

「まさか。これで資金援助も期待できなくなったんだぞ」

槙田が背広に左手を突っこんだ。内ポケットからコピーを取り出し、体を屈めて安城に渡す。こちらに近づきたくないのだな、と安城は思った。見ると、安城にも見覚えのある医学雑誌のコピーである――最近は、この手のものに目を通す機会もなくなっていた。

「もしかしたら、長原病の治療に効果があるかもしれません。神経性の麻痺に関する新薬の情報が載っています。開発したのは――」

「これは?」

「ユーロ・ヘルスか」

槙田が無言でうなずいた。資金援助や合併がご破算になった後で、ユーロ・ヘルスに頭を下げて研究協力を求める? そんなことができるとは思えなかった。鼻で笑われ、それで終わりになるのではないだろうか。しかし槙田は、極めて真面目な表情を浮かべている。

「一番大事なのは、患者さんを助けることだと思います。そのためには、どんなことでもすべきではないですか? 頭を下げることも含めて。それは、私などではできないことです。まさに副社長の仕事かと思います」

安城はコピーに視線を落としたが、内容は頭に入ってこなかった。馬鹿なことを……俺を「教育」するつもりなのか? 顔を上げると、槙田が丁寧に頭を下げた。

「では、失礼します」

「さっぱりしたか?」安城は皮肉っぽく言った。「自分だけが正義の味方だと思っているか?」

「いえ」槙田が短く否定した。「私は、D07の問題に足を突っこみました。綺麗な体ではありません」

「君が人を殺したわけじゃない」

「この会社を殺すのに、手を貸してしまったかもしれません。でも、責任を果たさない会社は、死ぬしかないでしょう……失礼します」

深く一礼してから、バネ仕掛けのように頭を上げる。右足を引いて体の向きを変えると、一度も振り返らずに部屋を出て行った。その背中は、大事な仕事をやり遂げたサラリーマンに特有の自信に満ち溢れている。

取り残された安城は、椅子に浅く腰かけ直した。両足を投げ出し、両手で顔を覆う。どん底だ。ここまでひどい状態も、なかなか経験できないだろう。そんな風に考えても、気持ちは前向きにはならない。仕方ないんだ。俺はやるだけのことをやった……その結果全てを失うとしたら――。

サラリーマンとは、何と馬鹿らしいものか。

10

この会社は、既に緩やかに終焉への坂道を転がり始めている、と槙田は確信した。それを実感したのが、濱野の退社だった。「こんな仕事はもうできない」と吐き捨てた濱野は、あっさり辞表を提出し、年内一杯で退社してしまったのだ。辞める直前に一緒に呑んで、転職先を探り出そうとしたが、濱野は話をはぐらかし続けた。何となく嫌な予感が走り……年が明けてしばらくして彼から届いた手紙を見て、その予感が当たっていたことが分かった。

転職先はユーロ・ヘルスだった。

資金援助、それに合併交渉そのものは、年明け早々にご破算になった。もちろん、トップレベルで極秘に進められていたことが、社員にきちんと説明されるはずもないが、その手の情報は薄らと、しかし確実に伝わってくるものである。槙田としては、むしろほっとした。仮に合併が実現していれば、それは長原製薬の実質的な消滅の第一歩になる。そうなれば、濱野が自分の上司になる可能性もあったのだ。

後ろ向きの話が多い中、湊地区の患者たちとの交渉は速いテンポで進んでいた。長原製薬は、安城をトップに据えた対策委員会を作り、週に二度のペースで佳織たちと交渉を続けていた。槙田はこのプロジェクトには一切かかわっていなかったが、佳織経由で経過は逐一聞いていた。佳織曰く、会社側は「最初から諦めていたみたい」で、患者側の要望をほぼ百パーセント受け入れる方向で細部の詰めが行われていた。

そしてやっと、槙田――広報部本来の出番がやってきた。前向きな話ではなく、謝罪会見というのが情けなかったが、これは仕方がない。いずれにせよ、しばらく経験していない大仕事になるのは間違いなかった。

一月十六日、午後二時。この日時に会見を設定したのには訳がある。金曜日なので、今夜のニュース、明日の朝刊には掲載されても、ワイドショーなどが報じるのは月曜日以降になるのだ。ワイドショーが絡んでくると、どんな話でも突然スキャンダラスな様相を帯び、世間の無用かつ無理解な注目を集めやすくなる。それを避けるために、金曜日に大きな――特にマイナスの発表をするのはよくある手だ。二時という時間にも意味がある。新聞は夕刊の作業を終え、テレビの夕方、夜のニュースにも十分間に合う時間。それにこの時間帯なら、会見の時間をたっぷり取れる。午前中の会見だと、夕刊や昼のニュースを控えたマスコミ側の都合で、会見がひどく慌ただしく打ち切りになり、その後で五月雨《さみだれ》式に取材が続くことがままある。それを捌《さば》いているうちに、現場が混乱してしまうのもよくある話だ。二時からなら、会見の中だけで、マスコミの質問を全て受けつけられるだろう。

もっとも今日は、それほど詳しい話をする予定ではなかったが。疫学的にやはり不明な点が多く――佳織は納得していなかったが――「長原製薬の責任だ」と完全に認めて頭を下げるのは不可能、と説明する方針が決まっている。

午前九時。本社の大会議室では、会見の準備が整っている。普段置かれている巨大な会議用テーブルを撤去し、持ちこんだ椅子は約百脚。後方には、テレビカメラ用のスペースを確保してある。前方のテーブルには、社長、副社長、それに法務部長の名前が書かれた紙が既に貼られていた。

槙田はひとまずほっとしていた。一番心配していたのは、今朝の朝刊でどこかがすっぱ抜いてくることだったが、どうやらどこにも察知されなかったようである。一紙だけが書くと、会見の予定など無視して報道陣が押しかけ、大混乱になってしまう。

とにかくここまでくれば、何とかなるだろう。社長の喋りは非常に不安だが——突っこまれたら言葉に詰まってしまいそうな予感がする——背後には自分たちが控えている。どんなに厳しい質問に対しても、必ず答えを用意して社長に知らせる予定だ。そのために、プロンプターまで用意してある。これは後で、念のために動作を確認しておかないと……槙田は真新しい社員手帳を取り出し、会見本番までの間にやるべきことのリストに、新しい項目を書きつけた。今日は早めに昼を済ませ、十二時頃から本番の準備に取りかからないと間に合わないだろう。そのためには、午前中に他の仕事を片づけて——ここでのんびりしている暇はない。

会議室を出ようとした瞬間、長原社長が入って来た。役員フロアだから、社長がいても驚くことはないのだが……向こうは驚いている。

「失礼しました」何の失礼もしていないのだが、槙田は思わず頭を下げた。

「広報部の……槙田君、でしたね」

「はい」直接話をしたことは一度もないのに、名前を知られている——それが嫌だった。

二つの隠蔽工作にかかわったことで、社内トップにまで名前と顔を覚えられてしまったのだろう。向こうからすれば、自分はやはり「共犯者」かもしれない。と思った。

「今回の件では、いろいろ不快な思いをしたと思います。申し訳なかった」

丁寧に頭を下げてきたので、槙田は慌てた。この社長は「昼行灯《ひるあんどん》」などと陰口を叩かれていて、社内での評判はよくない。だいたい、平社員に頭を下げるなど、絶対にやってはいけないことではないだろうか。

「辞めないで下さいよ」顔を上げると、長原が冗談めかして言った。「君は、いろいろ頑張ってくれたと聞いています。会社が完全な悪に落ちる前に、引き戻してくれたんじゃないですか」

「私は何もしていません」公式には、そういうことになっている。実態は社長の指摘する通りなのだが、そのことに対して誇りを抱いているわけでもない。安城と対決してから一月《ひとつき》が経ち、今は少しだけ冷静に状況を振り返れるようになっている。

俺は……自分がクズになりたくなかっただけだ。結局は自分のため、個人的な事情で会社を裏切ったことになる。では今、すっきりしているかと言えばそんなこともない。依然として渦に巻きこまれたまま、抜け出す方法も見えずにもがいているだけのような気がする。ここ数日は、記者会見の準備で多少気が紛れていただけだ。

「私の後は、会社を頼みますよ。君のような若い人に頑張ってもらわないと」

「お辞めになるんですか」反射的に訊ねてしまって、かなり異様な状況だと気づいた。社長が平社員に辞意を漏らす——社長のもう一つのあだ名を思い出した。「軽量級」。

「そうなるでしょうね。誰かが責任を取らなくてはいけない」

「でも」槙田は思わず反発した。「二件の隠蔽は、安城副社長が主導して進めたものです」

「最終的にゴーサインを出したのは私です」

「しかし……」

「社長というのは、こういう時のためにいるんです」自分を納得させようとするように、長原がうなずいた。「会社というのは不思議な組織で、指揮命令系統がはっきりしているようでしていない。成功したプロジェクトに関しては、誰がリーダーで誰が一番功績のある社員なのか分かっても、失敗した時は、何故か責任者が分からないようになっているんです。責任者が分からないから失敗するのかもしれませんが」

「ええ」

「しかし、最終的に責任を取る人間は必要なんです。社長というのも、因果な商売かもしれませんね」

「そうですね」

　誰に責任があるか分からない組織——そういうのは、利益を追求する会社だけなのだろうか。それとも他の組織も同じようなものなのか。

　いずれにせよトップは、失敗した時に首をさし出すためだけに存在している。哀れなものだ、と思った。そして、「会社の将来のために」という安城の言葉に乗せられそうになった自分を恥じた。途中で降りたものの、その恥ずかしさは一生消えることはないだろう。

静かだった。湊病院の病室では、音量を低くしたテレビが記者会見の様子を伝えている。入院患者は受け入れていないので、高藤だけのために真島がテレビを用意してくれたのだ。

緊張しきった様子の長原社長、安城、そして高藤も顔なじみの法務部長が揃って立ち上がり、一斉に頭を下げた。フラッシュが瞬き、三人の姿を真っ白く浮かび上がらせる。中し合わせたように、顔を上げるのも同時だった。ただし、三人の表情はそれぞれ違う。長原は何かを諦めている。安城は真剣な中にかすかに傲慢さを漂わせていた。法務部長は戸惑っている。

最初は三人とも立ったまま、長原が話し始めた。

「本日はお集まりいただき、恐縮です。この度、弊社が原因である可能性がある神経障害の患者が多数発生していることが分かりましたので、ご報告します」

座らせていただきます、という言葉は、カメラのシャッター音にかき消されてほとんど聞き取れなかった。長原がゆっくりと腰をおろし、手元に目をやる。一つ深呼吸し、肩を上下させてから顔を上げて話し始めた。

「まず、発生場所からお知らせします」手元にはメモがあるはずだが、それを見ないまま話し続ける。畑井市湊地区、と二度繰り返した。「そもそもの原因ですが、四十年前の一九七四年、この地方を襲った台風の影響で、弊社工場の廃液タンクが倒壊し、有害な廃液が大量に湾内に流れ出しました。当時、この有害物質に汚染された魚介類を食べたことが原因と思われる神経障害が発生し、台風から一年以内に五人が亡くなりました。しかしその後は、この症状は出ておりませんでした」

ざわざわとした雰囲気が流れ、長原は戸惑って説明をストップせざるを得なくなった。再開する前に、質問が飛ぶ。

「その四十年前の公害被害は、明らかになっていたんですか?」

「いえ」短く言って、長原が唇を噛む。「弊社は患者さんに見舞金——補償金を払い、それで当時は解決しています」

ざわめきが一段と大きくなった。そんなことが可能なのか……マスコミの連中も疑っているに違いない。

会見は長引いた。BS放送が頭からノーカットで報じていたのだが、さすがに一時間近くも続くと、それ以上の生中継は諦めたようだった。映像がスタジオに切り替わり、アナウンサーと記者が話をまとめにかかる。残念ながら、記者のコメントは支離滅裂だった。それも仕方あるまい、と高藤は同情する。この件は、ぎりぎりまで伏せられていたのだ。会見の様子を画面で観ながら話をまとめるのは、専門家でも難しいだろう。

高藤はリモコンを手に取ろうとした。サイドテーブルに置かれたリモコンに手が触れたが、摑めない。年末ぐらいから急速に症状が悪化して、今は上半身の自由もほとんど利かないのだ。眩暈も頻繁で、一日のほとんどを寝て過ごしている。一時間もテレビを見続けるなど、本当に久しぶりだった。しかし、さすがに疲れた……リモコンを操作するのを諦め、枕に背中を預ける。軽い眩暈が襲ってきて、きつく目を瞑った。

　ドアが開く気配がして、何とか目を開ける。真島だった。

「会見はどうだ」

「右往左往だな」

「あの社長なら、そうなるだろうな」真島がベッド脇の椅子を引いて座った。「いずれにせよ、ここから始まるんだ」

「ああ……後はよろしく頼む」

「任せておけ」真島の声は力に満ちていた。「ユーロ・ヘルスが、神経障害に効果のありそうな新しい薬を開発している。槙田君が見つけてくれたんだ」

「聞いたよ」

「治療には、これが有望じゃないかと思うんだ」

「俺で治験してくれてもいいよ」何だか息が苦しく、声がかすれる。治るものなら、何にでも頼りたい気分だった。

「そこまで焦ることじゃない。ま、しばらくはゆっくりしろよ。どうだ？　田舎の病院でのんびりするのは」

「まだペースが定まらないな」高藤は苦笑した。年末からの体調不良で、年が明けてからここへ転がりこんで来たのだが、ペースは……依然として摑めない。やたらと見舞いが多いせいかもしれない。地元に残った小中学校の同級生が、頻繁にここへ来てくれるのがどうにも理解できなかった。別に面白いことなどないはずなのに……最初は、恐る恐る珍しい物を見るような感じで入って来て、しかしすぐに馴染んで馴れ馴れしくなる。不思議なものだ。この街からずっと遠ざかっていたのに、昔の友人たちはそんなことをまったく気にしていない。

「お前、多分働き過ぎだったんだ」真島が指摘した。

「それはお互い様だろう」

「東京と湊じゃ、忙しさが違う。体のあちこちにがたがきてるぞ」

「健康診断もろくに受けてなかったからな。自業自得だよ」

「五十を過ぎたら、健康診断は必須だよ。四十代までとはまったく違うんだから」

「十分、思い知った」顔を擦ろうと手を上げようとしたが、手が上がらない。これはまだ、真島には気づかれていないはずだ。気づかれたくない。治療を任せている医者に嘘をついても何にもならないのだが、何故か話す気になれない。壁があるわけではないのだが、何というか……最近、些細なことでも考えがまとまらなくなっていた。

「ここから先は、俺たちが頑張るから。お前はしばらく、治療に専念してくれ」

「そうせざるを得ないだろうな。無理は利かないよ……ちょっと疲れた」

「少し寝ておけ」

真島が立ち上がった。その動きを目で追うのも面倒臭くなっている。

五十年、とふと思う。何と半世紀だ。しかし、子どもの頃から全力で突っ走ってきたせいか、とてもそんなに長い間生きてきた実感はない。しかし今、五一年分の重みが全身にのしかかり、身動きが取れなくなっているようだった。

自分は正しいことをしたのだろうか。これから、長原製薬の社員は路頭に迷うことになる。彼らに湊地区の人たちの命を奪う権利がないのと同様、自分にも彼らの生活を破壊する権利はないのではないか。弁護士としての倫理観を踏み越えてしまったのも心残りだ。

そう……死ぬ瞬間に「幸せだった」「後悔していない」と言える人など、ほんの一握りだろう。多くの人は、大なり小なり悔いを抱えて死ぬ。自分も世間の大多数の人たちと同じだ。

高藤は目を閉じた。それでも――患者救済に道はつけられたのだ。金とともに生きてきた自分の、おそらく最後の仕事は金と関係ない。それも人生なのだろう。呼吸が浅くなる。遠のく意識の中で、高藤は自分が歩いてきた道を何とか総括しようとしていた。

特別対談　玉山鉄二×堂場瞬一
（ドラマ『誤断』主演）

リアリティを追求したい

映像化できない作品だと捉えていた

玉山　僕が主人公・槙田《まきた》を演じたドラマ『誤断』の第一話がWOWOWで放送されたのは、二〇一五年の一一月でした。ドラマと原作では設定が異なる部分がありましたが、堂場先生はドラマ化にあたって脚本のチェックなどはされるんですか？

堂場　します。でも、その前にきちんとお話しして製作側の意図も伺っているので、そこから外れておらず、ストーリーがメチャクチャになっていなければいいと思っています。あとは演者さんの話ですから。

玉山　なるほど。キャストの希望などはどうでしょう？

堂場　誰にどの役を演じて欲しいとか、僕から希望を出すことはありません。キャストを知らされて驚くのが楽しみなので。だから『誤断』はビックリしましたよ。おいおい玉山さん、槙田でいいのかと（笑）。なにしろNHKの朝ドラ『マッサン』の直後でしたからね。せっかく優しい雰囲気でやっていらして、日本中にあのイメージが伝わったところに真逆の役なんて申し訳ないなあと。

玉山　僕は全然そんな風に思いませんでしたよ。朝ドラって、撮影期間がおよそ一年弱と、かなり長いんです。そして子供から、おじいちゃん、おばあちゃんまでという幅広い世代の方に観ていただくぶん、セオリーにのっとってやらなければいけない部分も多い。求められているものを求められているように返す作業を、一年間続けるわけです。もちろんやっていて楽しいですし、いろいろな思いを乗せて演じてもいるわけですが、その一方で消化不良を起こしてる自分もいるんですよね。

堂場　それはどのような？

玉山　多分、僕の中のリアリズムが、ドキュメンタリーのように生々しく人間臭い部分を求めていたのだと思います。ちょうどそんな時に『誤断』のお話をいただいて。

堂場　うまくリハビリできました？（笑）

玉山　できました。（笑）

堂場　だったら良かった。『誤断』は、僕の小説の中で「映像化できない五本のうちの一本」に入る作品だと捉えていました。テーマが医薬品の事故にまつわるものだけに、民放だとスポンサー問題などがあって難しいし、NHKでもやり辛いだろうなあと。縁あってWOWOWさんにお声掛けいただきましたが、正直言って相当重たい話ですからね。ほぼ自爆小説ですし。どうなることかと心配していたら、ドラマは原作以上に重たく仕上げてきたので驚きました（笑）。僕自身、ストーリーを分かっているにもかかわらず、毎回観ていて胃が痛かったですもん。ドラマ侮り難しというか、まだまだやれるなという可能性を感じました。

玉山　僕は『誤断』に出演したことで、普段見ているニュースの見方や事件の捉え方が変わりましたし、気づかされることが増えたような気がします。たとえば何か大きな幸せの陰で、ひっそりと人柱になる人間がいたかもしれない、とか。と同時に、以前はそういった裏の部分に光が当たることは無かったけど、今はインターネットやSNSが普及している分、隠しておくのは難しくなっているんじゃないか――。なんて、いろいろなことを考えながら、槙田を演じさせていただきました。

堂場　嬉しいです。今回の主人公は、自分で書いていても非常に作りにくいタイプの主人公でした。槙田はヒーローではなく、ただの会社員です。彼の根底には常に「これをやらなきゃクビになる」「これをやれば出世するかもしれない」という極めて個人的な思いがある。結局、会社の隠ぺい工作に巻き込まれ、人生が暗転してしまった。

玉山　どんな職業にも、大なり小なり悪の部分はあると思います。特に日本人って「無難に生きなければいけない」という気持ちが強いじゃないですか。槙田がまさにそうですけど。仕方がないといえばそれまでですが、それだけだと僕は力のある大人になれないというか、能力のある大人になれないような気がするんですよね。

正義ではなく「利益」である

堂場　ドラマでは、槙田が土下座をするシーンがありますね。問題となっている薬を服用して亡くなった男性の奥さんに、安城《あんじょう》副社長に託された菓子折りを持って行く。ところが菓子折りには、安城が密かに仕込んだ「お見舞い金」の札束が入っていた。

玉山　一話のラストですね。土下座をした槙田が、被害者の奥さんに札束を投げつけられ、飛び散ったお札を床に這いつくばって拾うところで終わる。でも実はそのシーン、最初は槙田が土下座をするだけで終わっていたんですよ。でも僕は話の流れから考えて、必死にお金をかき集める画《え》のほうが、観る人の印象に残るんじゃないかと思ったんです。床に這いつくばってお金を拾うってすごく惨めな行為だし、それをじっと見られていたら余計に情けないじゃないですか。なので僕から監督に変更を提案したんです。

堂場　そうだったんですか。確かに土下座をして、さらに人からお金を投げつけられるというシチュエーションは、実生活ではまず経験することがない。あれはドラマの序盤に緊迫感を与えるシーンになりました。その一方で、世の中には土下座を何とも思わない人もいますよね。「だって仕事だから」「会社の命令でやって、俺が土下座することで相手を黙らせたんだからいいじゃないか」と、その晩に旨い酒を飲める人。槙田はあの時、何を考えていたんでしょうね？

玉山　演じていて感じたのですが、土下座って特に抵抗なくできる人と、自身の信念を傷つけられて凹む人がいると思うんです。今三〇代位の男の人は、土下座までなら意外とできるような気がするんですよ。でも、お金を投げつけられて拾うという行為までいったら、心が折れてしまうんじゃないかな。

堂場　なるほど。槙田はあそこから、会社の意図の渦に巻き込まれていきますよね。自分のやってることに疑問を感じながらも、会社の言うことを聞いて。

玉山　相手は副社長ですから、逆らうのは難しいですよね。しかもドラマでは、槙田が婚約者と憧れのタワーマンションを購入する場面もありました。原作にはないシーンですが、おそらく彼が背負ってるものを見せておきたいという意図があったのでしょう。結婚を控えて家まで買ってしまっては、もうレールから外れるわけにはいきません。

堂場　流されるしかない。小説の王道としては、ここで主人公をものすごく強い人物にして、会社と戦い正義を貫く展開にするところなのでしょうが、残念ながらそうい

う展開って僕の中ではリアリティがなくて。（笑）

玉山　ああ、すごくよく分かります。

堂場　そもそも「正義」だと考えるからおかしくなるわけでね。正しくは「利益」ですよ。

玉山　僕も「正義」はないと思っている派です。そもそも本人が「俺が正義だ」と決めつけて何かをしたら、その段階でもう正義では無いような気がします。正義だと言いつつ偽善だったり、どこかで正義をやっている自分に酔ってしまったり、おかしくなる人もいるじゃないですか。

堂場　被害を受けた方たちは、何も悪いことをしていない。槙田がその人を助けたいと思う気持ちは正義かもしれないけれど、どうしたってそこには利益が生じてしまうんですよ。今はどんな問題でも、お金が関わらないことはないですから。皆がそれぞれ、自分の利益を求めている。それを正義と言ってはいけないような気がするんです。時代劇の越後屋じゃないけれども、菓子折りの箱の下に現金を見つけちゃったら、会社のためとはいえ正義だとは思えませんよね。逆に言うと、会社の利益のためにやっていると割り切れば、いろいろなことがスーッと通る。

玉山　納得しやすくなりますね。

「昭和感」の強い副社長に洗脳されている感覚

堂場　ドラマには、槙田の婚約者や実家など、彼の背景も描かれています。でも原作には、そういった彼の事情はほとんど出てきません。それは『誤断』を書いている頃から、「登場人物の名前すらなくてもいい、極端な話、A、Bでいいや」という意識になっていたからです。だから槙田についてもできるだけ個性を削いで、組織の中でぐるぐる動かされているだけの人を書こうという思いがありました。

玉山　槙田の父親が倒れ、大きな病院に転院させたいけれど術がないと追い詰められた時、コネのある安城があっさりと解決してしまうシーンもドラマオリジナルでした。槙田は切なかったでしょうね。あらためて大企業の副社長と、何の力もない一社員の違いを見せつけられて。

堂場　あのシーンは観ている方も辛かったなあ。結局個人は、大きな力の前では負けてしまうんですよね。非常に象徴的なシーンだったと思います……ああいうの、原作でも書いておけば良かった（笑）。それからドラマでは、原作以上に安城副社長の「昭和感」が際立っていました。おそらく彼のサラリーマン人生では、あれが普通だったんでしょうね。「会社のために尽くせ。そうしたら全部、会社が面倒をみてやるから」という感覚。対する槙田は、昭和生まれですが平成育ちです。やっぱり押されるんですよ、平成が昭和に。でも最後は、昭和が自爆して負ける。

玉山　僕自身、演じていて、小林薫さん演じる安城副社長に洗脳されているような感覚がありました。強引に説得されたり、出世をちらつかされたり……。安城とのシーンって、朝から晩までずーっと副社長室で撮っているんです。これが結構苦痛で（笑）。あれこれ言われているうちに、安城の言葉が頭に入ってきてるのか、右から左に抜けているのかが分からなくなってくるんです。おそらく槙田も、同じように感じていたんじゃないですかね。

堂場　相手は、修羅場をくぐり抜けてきた大企業の副社長。若手の一社員には太刀打ちできない相手ですからね。今回、小林薫さんと一緒にお芝居されてどうでしたか？

玉山　もともと大ファンだったんです。この機会に役に対するアプローチ法など、いろいろ盗めたらと思って観察していたんですけど、意外と普通というか、僕の想像とは真逆な方で。すごくフラットだし、いい意味で適当だし（笑）。だからちょっと羨ましかったです。

堂場　それはやっぱり、長いキャリアのなせる業《わざ》なんでしょうか？

玉山　そうだと思います。だから僕も、もっとたくさん仕事をして、いろいろなものを見て、経験して、早くその境地までいきたいです。

堂場　では二〇年後ぐらいに、今度は悪い社長役で戻ってきてくださいよ。いいところが全くない社長（笑）。僕の小説には今後そういうキャラクターがたくさん出てくると思うので、玉山さんには悪い役を演じていただくと面白いと思います。

玉山　いいですねえ。ぜひよろしくお願いします！

（二〇一七年九月　東京にて）

この作品はフィクションで、実在する個人、
団体等とは一切関係ありません。

『誤断』二〇一四年一一月　中央公論新社刊

中公文庫

誤《ご》 断《だん》

2017年11月25日　初版発行

著　者　堂《どう》場《ば》瞬《しゅん》一《いち》

発行者　大橋善光

発行所　中央公論新社
〒100-8152　東京都千代田区大手町1-7-1
電話　販売 03-5299-1730　編集 03-5299-1890
URL http://www.chuko.co.jp/

ＤＴＰ　ハンズ・ミケ
印　刷　三晃印刷
製　本　小泉製本

Published by CHUOKORON-SHINSHA, INC.
Printed in Japan　ISBN978-4-12-206484-3 C1193

と-25-9
被匿 刑事・鳴沢了　堂場瞬一

鳴沢の配属直前に起きた代議士の死亡事件。事故と判断されたが、地検が連絡してきて……自殺か他殺か？　代議士の死を発端に浮かぶ旧家の恩讐に鳴沢が挑む！

204872-0

と-25-11
疑装 刑事・鳴沢了　堂場瞬一

鳴沢が保護した少年が、突然病院から消えた。事件に巻き込まれた可能性を考え行方を追うが、もう一人の少年の死と繋がっていき――書き下ろし警察小説。

204970-3

と-25-12
久《く》遠《おん》（上） 刑事・鳴沢了　堂場瞬一

早朝、自宅を訪れた警視庁の刑事たちに、アリバイ確認を求められた鳴沢。自らに殺人容疑がかけられていたのだ。潔白を証明するため、ひとり立ち上がる。

205086-0

と-25-13
久遠（下） 刑事・鳴沢了　堂場瞬一

絶体絶命の窮地に立たされた鳴沢。孤立無援の中、自らの無実を証明するため、唯一の手がかりを追って奔走するが……大人気シリーズの最終巻、堂々刊行。

205087-7

と-25-25
七つの証言 刑事・鳴沢了外伝　堂場瞬一

日々起きる事件、そのとき鳴沢が取った行動とは？　彼にかかわる七人の日を通して描く「刑事として生まれた男」の真実。人気シリーズ外伝、短篇で登場！

205597-1

と-25-14
神の領域 検事・城戸南　堂場瞬一

横浜地検の本部係検事・城戸南は、ある殺人事件の真相を追ううちに、陸上競技界全体を蔽う巨大な闇に直面する。あの「鳴沢了」も一目置いた検事の事件簿。

205057-0

と-25-15
蝕罪 警視庁失踪課・高城賢吾　堂場瞬一

警視庁に新設された失踪事案を専門に取り扱う部署・失踪課。実態はお荷物署員を集めた窓際部署だった。そこにアル中の刑事が配属される。〈解説〉香山二三郎

205116-4

と-25-16
相剋 警視庁失踪課・高城賢吾　堂場瞬一

「友人が消えた」と中学生から捜索願が出される。親族以外からの訴えは受理できない。その真剣な様子にただならぬものを感じた高城は、捜査に乗り出す。

205138-6

各書目の下段の数字はISBNコードです。978－4－12が省略してあります。

と-25-17
邂逅　警視庁失踪課・高城賢吾　堂場瞬一
大学職員の失踪事件が起きる。心臓に爆弾を抱えながら鬼気迫る働きを見せる法月。その身を案じつつも捜査を続ける高城たちだった。シリーズ第三弾。
205188-1

と-25-19
漂泊　警視庁失踪課・高城賢吾　堂場瞬一
ビル火災に巻き込まれ負傷した明神。鎮火後の現場からは身元不明の二遺体が出た。傷ついた仲間のため、高城は被害者の身元を洗う決意をする。第四弾。
205278-9

と-25-20
裂壊　警視庁失踪課・高城賢吾　堂場瞬一
課長査察直前に姿を消した阿比留室長。荒らされた部屋を残して消えた女子大生。時間がない中、二つの失踪事件を追う高城たちは事件の意外な接点を知る。
205325-0

と-25-22
波紋　警視庁失踪課・高城賢吾　堂場瞬一
異動した法月に託されたのは、五年前に事故現場から失踪した男の事件だった。調べ始めた直後、男の勤めていた会社で爆発物を用いた業務妨害が起こる。
205435-6

と-25-24
遮断　警視庁失踪課・高城賢吾　堂場瞬一
六条舞の父親が失踪。事件性はないと思われたが、身代金要求により誘拐と判明、高城達は仲間の危機に立ち上がる。外国人技術者の案件も持ちこまれ……。
205543-8

と-25-28
牽制　警視庁失踪課・高城賢吾　堂場瞬一
娘・綾奈を捜し出すと決意した高城とサポートする仲間たち。そこに若手警察官の失踪と入寮を控えた高校球児の失踪が立て続けに起こる。
205729-6

と-25-29
闇《あん》夜《や》　警視庁失踪課・高城賢吾　堂場瞬一
葬儀の後、酒浸りの生活に戻った高城は、幼い少女の失踪事件の現場に引き戻される。被害者の両親をかつての自分に重ねあわせ、事件と向き合おうとするが……。
205766-1

と-25-30
献心　警視庁失踪課・高城賢吾　堂場瞬一
娘の死の真相を知る――決意した高城に、長野が新たな目撃証言をもたらす。しかし聴取後、目撃者が高城たちに抗議してきて……。人気シリーズついに完結。
205801-9

と-25-21
長き雨の烙印
堂場瞬一
地方都市・汐灘の海岸で起きた幼女殺害未遂事件。ベテラン刑事の予断に満ちた捜査に疑いをもった後輩の伊達は、独自の調べを始める。〈解説〉香山二三郎
205392-2

と-25-26
夜の終焉（上）
堂場瞬一
両親を殺された真野亮介は、故郷・汐灘を捨て、喫茶店を営んでいた。ある日、店を訪れた少女が事故で意識不明に。身元を探るため、真野は帰郷するが――。汐灘サーガ第三弾。
205662-6

と-25-27
夜の終焉（下）
堂場瞬一
父が殺人を犯し、検事になることを諦めた川上譲は、東京で弁護士として仕事に邁進していた。そこに舞いこむ故郷・汐灘からの依頼は、死刑を望む殺人犯の弁護だった。
205663-3

と-25-31
沈黙の檻
堂場瞬一
沈黙を貫く、殺人犯かもしれない男。彼を護り、信じる刑事。時効事案を挟み対峙する二人の傍で、新たな殺人が発生し――。哀切なる警察小説。〈解説〉稲泉連
205825-5

と-25-34
共鳴
堂場瞬一
元刑事が事件調査の『相棒』に指名したのは、ひきこもりの孫だった。反発から始まった二人の関係は調査を通して変わっていく。〈解説〉久田恵
206062-3

と-25-36
ラスト・コード
堂場瞬一
父親を惨殺された十四歳の美咲は、刑事の筒井と移動中、何者かに襲撃される。犯人の目的は何か？ 熱血刑事と天才少女の逃避行が始まった！〈解説〉杉江松恋
206188-0

と-25-38
Sの継承（上）
堂場瞬一
捜査一課特殊班を翻弄する毒ガス事件が発生。その現場で発見された死体は、五輪前夜の一九六三年に計画されたクーデターの亡霊か？
206296-2

と-25-39
Sの継承（下）
堂場瞬一
ネット掲示板で国会議員総辞職を求め、毒ガスを盾に国会議事堂前で車に立てこもるS。捜査一課は、その正体を探るが……。〈解説〉竹内洋
206297-9